LA SERIE
X-CLAN

Le origini
Il settore Andorra
L'esperimento
La freccia di Winter
Il settore Bariloche

LA FRECCIA DI WINTER

UN ROMANZO DELLA SERIE X-CLAN

AUTRICE DI BESTSELLER PER USA TODAY

LEXI C. FOSS

Titolo originale: *Winter's Arrow*

Copyright © 2020 Lexi C. Foss

Traduzione italiana: Claudia Sartori

A cura di: Biba Sven

Design di copertina: Covers by Julie

Fotografia di copertina: CJC Photography

Modelli di copertina: Jenna Elisabeth & Garrett Riley

Pubblicato da: Ninja Newt Publishing, LLC

eBook ISBN: 978-1-68530-225-2

Paperback ISBN: 978-1-68530-202-3

A Dee, per aver ideato la raccolta di fiabe oscure Sinister Fairy Tales e avermi dato l'opportunità di conoscere Kazek e Snow.

LA FRECCIA DI WINTER

Un romanzo della serie X-Clan

LA FRECCIA DI WINTER

Un romanzo della serie X-Clan

Il vero amore è un mito
Un trucco.
Un modo per soggiogare la protagonista e portarle
via tutto.

Winter Snow

Il mio "vero amore" ha cospirato con la mia matrigna per farmi uccidere e rubare il mio trono.

Ma hanno fallito.

Mi sono nascosta e ho architettato la mia vendetta. Non sono più la damigella in pericolo che credevano che fossi. È giunto il momento di affrontarli. E riprendermi il mio regno.

A chi servono i nani, quando hai i lupi?
A chi servono le lame, quando hai le frecce?

Una volta il mio nome era Snow, ma ora mi chiamano "la freccia di Winter". Perché sono qui per distruggerli tutti.

Kazek Flor

Non sono un principe, ma un alfa. E prendo quello che voglio, quando voglio. Nei boschi, ho trovato una principessa in fin di vita. L'ho presa e l'ho fatta mia.

La addestrerò. La incoraggerò. La aiuterò a ottenere la vendetta che le spetta. Poi, insieme, sconfiggeremo il settore Winter e la malvagia Regina degli Specchi.

Scappate, lupi.
La vostra principessa è pronta a risorgere. Con me al suo fianco.
E siamo assetati del vostro sangue.

Nota dell'Autrice: Questa storia è una rivisitazione della fiaba di Biancaneve, basata sull'universo Omegaverse in cui è ambientata la serie X-Clan.

UN MONDO SINISTRO, POPOLATO
DA ALFA & OMEGA

CI SARANNO MOLTI MORSI...

UN AVVERTIMENTO DA PARTE DI KAZEK

Caro umano,

il mio mondo non è come il tuo. È un futuro governato dalle specie soprannaturali. Un virus ha trasformato il novanta per cento degli esseri umani in zombie. Alcuni clan di mortali sono sopravvissuti, ma la mia storia non riguarda loro. Questa è la storia di Snow, una beta che non è quello che sembra.

Io sono un alfa.
Sono io a dettare le regole.
I beta si inchinano.
Le omega si sottomettono.

Snow ha uno spirito combattivo, ma alla fine sarà mia. Che lo voglia o meno. Se questo ti crea qualche problema, ti consiglio di smettere di leggere. La nostra è una storia oscura, con delle situazioni che probabilmente ti spingeranno a disprezzarmi. Il fatto è che io posso prendere ciò che voglio, quando voglio. Inclusa Snow.

Procedi, quindi, se hai il coraggio.

Io ti ho avvertito.

—Kazek

se le situazioni in cui il consenso è dubbio e in cui si pratica lo scambio di potere ti mettono a disagio, non leggere questo libro

PROLOGO

KAZEK

«Siete cordialmente invitati a partecipare alle nozze tra la beta Snow, principessa del settore Winter, e l'alfa Enrique del settore Bariloche, che si terranno…». Smisi di leggere; il cartoncino che tenevo in mano mi aveva rovinato l'umore. «Che stronzata è questa?».

«Un matrimonio» rispose Ludvig, sottolineando l'ovvio. «Sembra che Vanessa non veda l'ora di mostrare a tutti i miglioramenti apportati al settore Winter. Perché sappiamo entrambi che questa sceneggiata non riguarda la sua "figliastra"».

Sbuffai. *Figliastra. Certo.*

Non riuscivo ancora a capacitarmi di come i beta del settore Winter non si fossero accorti del complotto con cui Vanessa era salita al potere. Subito dopo che si era unita alla loro corte, l'alfa Einar e la sua compagna omega erano morti. Non poteva essere una semplice coincidenza. Eppure tutti avevano accettato la versione ufficiale della storia, accogliendo la femmina alfa a braccia aperte. Soprattutto perché si era offerta di adottare l'unica erede al trono, promettendo di crescerla come fosse sua.

«È interessante che abbia accettato di far accoppiare la giovane beta» dissi, riflettendo a voce alta. «Con un altro alfa, tra l'altro. Stando alle loro leggi arcaiche, ciò non dovrebbe farlo diventare re?».

Appartenere alla dinastia Frost significava avere automaticamente diritto al trono, prevalendo anche sulla gerarchia degli alfa. Tecnicamente, ciò rendeva la beta Snow la regina del settore Winter. Tuttavia, era Vanessa a fregiarsi di quel titolo, mentre *preparava* la figliastra a prendere il controllo del regno.

«Sono scioccato che la ragazza sia ancora viva» aggiunsi.

Ludvig grugnì. «Io sono più scioccato dal matrimonio. È per questo che accetterai l'invito e mi riferirai le tue osservazioni».

Gemetti, per nulla interessato a un incarico così frivolo.

«Sei l'unico di cui mi fido, K». Inarcò un sopracciglio. «Non ho nessun timore che ti lascerai distrarre dalle beta come fanno gli altri luogotenenti».

Serrai la mascella al solo pensiero dei famigerati bordelli di cui Vanessa si vantava con gli altri settori. La sua colonia di beta non offriva molto in termini di esportazioni, a parte il pesce, ma il settore Norse ne aveva in abbondanza. Così, aveva creato una rete di lavoratrici del sesso per attirare gli alfa privi di una compagna.

Beta fatte per ricevere i nodi.

Qualsiasi cosa significasse.

Il mio cazzo non era interessato.

«Va bene». L'incarico non mi piaceva, ma avrei accettato lo stesso. Perché aveva ragione: ero l'unico che poteva occuparsene. Gli altri sarebbero stati troppo distratti dalle beta per analizzare la situazione del settore Winter. «Ma mi porterò dietro anche Mick».

Ludvig sorrise, facendo muovere appena la sua barba lunga e folta. «Pensi di aver bisogno di una rapida via di fuga?».

SNOW

Sorridere.

Annuire.

Salutare con la mano.

Ripetere.

Non farle capire che c'è qualcosa che non va, mi dissi. *Non puoi permetterti che Vanessa scopra che hai origliato.*

Mi sedetti al tavolo principale, dove accolsi con parole gentili gli auguri dei nostri ospiti, recitando la parte della perfetta principessina. Se fossi riuscita a continuare così per tutta la sera, sarei sopravvissuta. Quello era il mio mantra, la mia speranza, il motivo per continuare a sorridere nonostante il mio cuore infranto.

"Diremo che ti sei lasciato prendere un po' troppo dall'entusiasmo, durante la prima notte di nozze. Sei un alfa, capiranno. Le beta non sono fatte per ricevere i vostri nodi. È colpa sua se è nata con una genetica inferiore alla tua."

"Ma come? Non posso dare il mio nodo a comando."

"Conosco dei modi per indurre le sensazioni necessarie. Vedrai."

Quelle parole continuavano a risuonarmi in testa, e il tono gelido di Vanessa mi squarciava ogni volta le viscere.

La mia mentore.

La mia protettrice.

La mia matrigna.

La donna che mi aveva tradita.

"Il settore Winter crederà a qualsiasi cosa io dica. Fidati. Come ben sai, ho una certa esperienza al riguardo."

Risate.

Dolore.

Furia.

Invece di affrontarla, ero scappata via, tornando in camera mia con la sensazione che il mondo mi fosse crollato addosso. Per anni l'avevo sospettata di tradimento, ma i lupi del settore la adoravano. La vedevano come la soluzione a tutti i problemi. La loro salvatrice, la donna che aveva preso sotto la sua ala protettrice me, Snow Frost, dopo la tragica morte dei miei genitori.

Una morte che ora sapevo essere stata orchestrata da Vanessa per appropriarsi del trono.

Solo che non avevo prove.

E la sua conversazione con il mio promesso sposo lasciava intendere che fossi la prossima.

Il mio fidanzato era seduto accanto a me. Il suo braccio muscoloso era avvolto attorno alle mie fragili spalle, la sua presenza era un calore intenso nell'inverno perenne del nostro mondo.

La neve ammantava ogni superficie, i laghi erano coperti di ghiaccio. Le candele che illuminavano il palazzo non potevano nulla contro il gelo in cui era avvolto il nostro regno. Nemmeno il falò che bruciava al centro del salone principale riusciva a scaldare la nostra casa.

Eppure lui ardeva come un sole estivo.

Un tempo, amavo quell'aspetto di lui. Adoravo i suoi abbracci e i suoi baci roventi. Avevo perfino atteso con ansia la nostra prima notte di nozze.

Che sarebbe avvenuta l'indomani.

E lui voleva sfruttarla per uccidermi, dissanguandomi

dall'interno, costringendomi a ricevere un nodo che non si sarebbe nemmeno dovuto formare scopando con una beta.

Rabbrividii, e il solo pensarci mi fece annodare lo stomaco. *Come?* Mi domandai per la milionesima volta. *Come* pensava di riuscirci? Non ne avevano parlato. O forse ne avevano già discusso prima che li trovassi in camera sua.

Pensare che ero andata da lui per il bacio della buonanotte, e invece… invece il mio mondo aveva improvvisamente smesso di girare.

Come prima cosa, ero corsa nella mia stanza. Poi avevo convocato una riunione straordinaria con i miei sette protettori. Mi avevano creduta immediatamente, ma il loro capo, Doc, mi aveva consigliato di non parlarne con nessun altro. Perché nonostante il regno adorasse la mia famiglia e riconoscesse il mio diritto di nascita, la Regina degli Specchi li aveva ammaliati, dominando su una terra che avrebbe dovuto essere mia.

Solo che ero nata beta. Una rarità. A dirla tutta, era praticamente impossibile.

Ma proprio per questo il mio matrimonio si era rivelato una necessità: qualcuno di superiore doveva regnare al mio fianco.

E invece il mio promesso sposo aveva intenzione di uccidermi.

Alzai il calice e bevvi un sorso di vino. Quando le labbra di Enrique mi sfiorarono la guancia, trasalii. «Tutto bene, Biancaneve?».

Ah, quel soprannome.

Un nomignolo che mi avrebbe perseguitata in eterno, solo perché un tempo mi piaceva.

Fino alla notte prima.

Quella conversazione udita di nascosto aveva cambiato tutto.

«Tesoro?» insistette. Sul suo splendido viso spuntò

un'espressione preoccupata. Seriamente, meritava un premio per le sue doti da attore.

«Sto bene» gli dissi. Il mio talento nella recitazione non era neanche lontanamente paragonabile al suo, ma riuscii comunque a costringermi a sorridere. «Sono solo un po' nervosa, sai com'è, con tutti questi ospiti nel nostro settore».

«Ah, per questo dobbiamo ringraziare la tua regina» rispose divertito e infastidito al tempo stesso. Era sempre stato così contraddittorio? O, dopo aver scoperto il suo tradimento, lo vedevo in una luce completamente diversa?

«Cosa state confabulando voi due?» chiese Vanessa. I suoi occhi neri sembrarono trafiggermi con la loro autorità.

Alfa.

Mi sottomettevo sempre a lei.

Non riuscivo a evitarlo.

Sostenere il suo sguardo anche solo per un istante mi mandava nel panico.

Abbassai gli occhi. Le sue labbra si arricciarono in un sorrisetto compiaciuto; assistere alla mia resa non la stancava mai. Sospettavo che fosse quello il motivo per cui si rifiutava di addestrarmi nelle arti marziali. Non voleva darmi nessuna possibilità di batterla. Se avesse scoperto che i miei protettori mi avevano insegnato tutto quello che c'era da sapere sul combattimento corpo a corpo, le loro teste mozzate avrebbero decorato i cancelli del castello.

Per nostra fortuna, Doc sapeva come tenerci al sicuro. E lo faceva sfruttando il narcisismo di Vanessa.

Si vantava di essere la donna più bella del settore, oltre che la più forte e la più letale. Enrique la eguagliava in tutto e per tutto; i suoi tratti da alfa si sposavano meravigliosamente con quelli di lei.

Aveva senso che governassero insieme.

Solo che mi ero resa conto delle loro intenzioni quando era ormai troppo tardi. Quando avevo sentito…

«Alfa Kazek» disse improvvisamente Vanessa. La sua voce era disgustosamente dolce. «Dovevo immaginarlo che Ludvig avrebbe mandato il suo famigerato Cacciatore, invece di partecipare di persona».

La sua osservazione fu accolta da un grugnito, che attirò la mia attenzione sul maschio in piedi davanti a noi. «È da più di un secolo che non mi chiamano così, Regina degli Specchi».

Vanessa si lasciò sfuggire una risatina che riconobbi come provocante. Adorava qualsiasi tipo di uomo, e di conseguenza si era sempre rifiutata di prendere un compagno omega, nonostante ne avesse ben tre nel suo harem. «Vedo che le tue doti comunicative non sono migliorate con il tuo potenziamento genetico, eh?».

L'alfa si limitò a guardarla. I suoi profondi occhi blu scuro gli donavano un aspetto letale. *Cacciatore*, ripetei mentalmente. *Un soprannome appropriato*. Emanava un'aura pericolosa e dominante, nonostante Vanessa lo stesse squadrando dall'alto in basso.

La scena che si stava svolgendo davanti a me mi affascinava e mi disgustava al tempo stesso.

Per la mia matrigna, quelli erano dei preliminari. Eppure, l'alfa non sembrava minimamente interessato. Anzi, aveva un'aria palesemente annoiata. Non sarebbe andata a finire bene; Vanessa adorava la sottomissione. Avrebbe dovuto arrendersi a lei, oppure pagare il prezzo di quell'affronto.

L'attenzione dell'alfa si spostò d'un tratto su di me. Trovandomi intenta a studiare i suoi lineamenti scolpiti, inarcò un sopracciglio castano scuro. Fui sul punto di abbassare lo sguardo, ma ero una principessa. L'erede al trono del settore Winter. Una beta, certo, ma comunque potente.

Così alzai appena il mento in segno di sfida.

Guadagnandomi un ringhio leggero da parte della regina.

Di norma, l'avrei preso come un avvertimento e avrei smussato i miei modi. Ma dopo la conversazione origliata la notte precedente, mi sentivo un po' ribelle. Così rimasi dritta, nonostante il peso crescente che premeva sulla mia spina dorsale per costringermi a inchinarmi.

No, pensai. *No, non cederò.*

Dovevo essere forte.

Solo così sarei sopravvissuta.

«Tu devi essere la principessa Snow» osservò l'alfa Kazek.

«È stato il diadema a tradirmi?». Le parole lasciarono le mie labbra prima che il mio cervello potesse intervenire.

Merda. Non mi rivolgevo *mai* in quel modo a un alfa. Solo ai membri della mia cerchia, come Grum e Doc. *Per fortuna che dovevo fingere che fosse tutto normale.*

Enrique mi diede una stretta alla coscia, talmente forte da strapparmi una smorfia. *Mi resterà il livido.* Come quello che mi aveva lasciato sul collo un paio di notti prima, quando aveva perso il controllo durante un bacio.

Un bacio che ora sapevo essere una bugia.

«Perdonala» disse, accompagnando alle sue parole un basso ringhio. «Ha bevuto un po' troppo vino».

Fui sul punto di sbuffare. Me ne ero concessi solo un paio di sorsi.

No, non era l'alcol. Ero io che finalmente avevo aperto gli occhi e capito che tutto il mio mondo mi aveva tradita.

Devo scappare.

E andare dove?, domandò per la milionesima volta la parte più cinica di me.

Non importa. Ovunque, purché sia lontano da qui.

L'alfa Kazek strinse le labbra e mi studiò con uno sguardo calcolatore. Avrebbe avuto tutto il diritto di darmi una bella lezione, dal momento che avevo palesemente sfidato un maschio di rango superiore. Ma io ero la principessa Snow del settore Winter. In teoria, ciò avrebbe dovuto concedermi un po' di clemenza. Almeno da parte sua.

Enrique e Vanessa non sapevano nemmeno cosa fosse la clemenza.

Un'altra ragione per fuggire.

D'altro canto, non ero pentita della mia reazione. Certo, ero stata scortese. Ma non ne potevo più di quella dannata farsa. Tutti volevano festeggiare, mentre io non desideravo altro che smetterla di recitare la parte della brava principessina.

Il mio promesso sposo voleva uccidermi.

Appropriarsi del mio trono.

Unirsi a una regina che era lì soltanto perché mio padre l'aveva accolta nel suo regno, tanti anni prima.

Come avevo fatto a credere a tutte le sue bugie? Perché nessuno aveva mai messo in discussione le storie che raccontava?

«Sei uguale a tua madre» disse l'alfa Kazek, ignorando l'interruzione di Enrique. Il che era già di per sé un insulto: avrebbe dovuto rivolgersi all'uomo al mio fianco, e invece aveva scelto di concentrarsi su di me. «Capelli neri, pelle di porcellana, corporatura minuta. Una fragile bambolina».

Fragile, ripetei tra me e me. *Non sai quanto*. Per essere una beta, ero particolarmente debole. Una caratteristica per cui Vanessa non faceva che assillarmi. Mi dava anche degli integratori per rafforzare la muscolatura, che però non sembravano sortire alcun effetto. Li prendevo soltanto perché mi costringeva.

Non dovrò farlo ancora per molto, pensai, aggiungendo alla mia lista mentale un altro buon motivo per lasciare il castello.

Ora che conoscevo le sue vere intenzioni, mi chiesi se mi avesse mentito anche sulle pastiglie. Non le prendevo dalla sera precedente, e non avevo notato nulla di diverso. Certo, i miei nervi erano un groviglio di follia, quindi probabilmente non me ne sarei accorta comunque.

Kazek inarcò un sopracciglio scuro, indicando che era in attesa di una risposta.

Tipico degli alfa.

Sempre al comando.

Sempre dominanti.

Ma invece di reagire come si aspettava, e come imponevano le norme sociali, scelsi di farlo a modo mio.

Mi dipinsi sulle labbra il sorriso modesto che aveva previsto, solo che poi dissi esattamente ciò che mi passava per la mente: «Mi è stato detto che esteriormente somiglio a lei, ma che dentro ho il cuore di mio padre».

Forse comportarmi da impertinente con quell'estraneo noto come il Cacciatore era un'idea sciocca, ma dato che probabilmente non mi restava molto da vivere, tanto valeva che mi divertissi un po'.

Ottimo piano, Snow, mi rimproverai. *I sette protettori saranno entusiasti di sapere che, come se tutto il resto non bastasse, ti sei anche guadagnata una bella punizione.*

«Snow» sibilò Enrique. Strinse la presa in segno di avvertimento, causandomi un'altra fitta di dolore.

Soffocai un'esclamazione indignata. Il tradimento aveva messo a repentaglio la mia concentrazione, nonché la mia capacità di rispettare le regole.

Era una sensazione liberatoria e terrificante al tempo stesso.

Enrique emise un basso ringhio, e il cuore prese a martellarmi nel petto. *Ci siamo...*

Ma poi successe qualcosa di strano.

Un barlume di rispetto sfiorò l'espressione dell'alfa Kazek, lasciandomi interdetta.

Non poteva essere divertito dal mio atteggiamento. Gli alfa erano creature orgogliose, e io gli avevo appena mancato di rispetto. Solo qualcuno che aveva voglia di morire si sarebbe comportato in quel modo. E forse era proprio così. Forse volevo strappare all'alfa Kazek una reazione violenta. Se mi avesse picchiata abbastanza forte, avrebbero dovuto rimandare il matrimonio, rovinando il piano di Enrique di scoparmi a morte.

Kazek si schiarì la voce. «Spero sia vero, principessa. Tuo padre era un buon lupo. Ti faccio le mie condoglianze, seppur tardive, per la tua perdita». Mantenne lo sguardo fisso sul mio. La sua autorità mi vorticava attorno come una minaccia incombente. Come per avvertirmi che avrebbe potuto costringermi a inginocchiarmi, se avesse voluto, ma aveva *scelto* di non farlo.

Rifiutai di riconoscere la sua premura, continuando invece a guardarlo negli occhi in un modo decisamente inappropriato per una beta. Vanessa me l'avrebbe fatta pagare; per fortuna non avevo nessuna intenzione di restare nei paraggi abbastanza a lungo da scoprire come.

L'espressione dell'alfa si illuminò di nuovo, seppur per un breve istante. Poi riportò la sua attenzione sulla regina. «Non voglio disturbarvi ulteriormente. Ci tenevo solo a portarvi le congratulazioni del settore Norse per questa gioiosa unione. Oh, Vanessa, devi essere al settimo cielo». Inclinò appena il capo, abbastanza per mostrarsi educato, ma senza dare alcun segno di sottomissione.

«Lo sono» confermò lei. «Grazie di essere venuto».

Che strano alfa.

Avrebbe dovuto essere furioso e farmi a pezzi.

E invece sembrava completamente indifferente al mio comportamento. Non che sperassi in una reazione. Forse.

Uff, non lo sapevo.

Ero un disastro.

Devo andarmene di qui.

«Oh, Cacciatore» aggiunse Vanessa, proprio mentre l'alfa Kazek aveva iniziato ad allontanarsi. «Ricordati di mandare il giovane figlio di Mickelson a salutarmi. Non abbiamo ancora avuto il piacere di conoscerci».

Lui serrò la mascella in un gesto che rese ancora più evidenti i suoi zigomi scolpiti. «Certo. Ma non sarebbe saggio sfidarlo. È più forte di quanto sembri».

L'entusiasmo di Vanessa sfrigolò tutto attorno a noi. «Suona quasi come una sfida. Ora ho ancora più voglia di incontrarlo».

«Ti consiglio solo di non toccarlo in modo inappropriato» rispose l'alfa Kazek. La velata minaccia di cui era intriso il suo tono mi sciocco. Quell'uomo non aveva paura di nessuno. Eppure aveva lasciato che gli mancassi di rispetto. *Chi sei?* «Passa una bella serata, Regina degli Specchi».

Il Cacciatore si congedò. Si mosse tra la folla con disinvoltura, fino a sparire in una delle tante zone d'ombra che si celavano tra le mura del palazzo.

Ero talmente concentrata su di lui, da non accorgermi degli sguardi penetranti di Vanessa ed Enrique.

«Che fine hanno fatto le tue buone maniere?» mormorò Vanessa a denti stretti.

«Hai dimenticato il tuo posto? Hai bisogno di essere messa in riga pubblicamente?» aggiunse Enrique. Ogni parola traboccava di rimprovero. «Sarai anche la mia promessa sposa, ma ciò non ti autorizza a rivolgerti in quel modo a un altro alfa». La sua presa mutò in cemento, la mia coscia urlò sotto le sue dita. «Devi sottometterti, Snow. Sempre».

Vanessa si schiarì la voce, attirando la nostra attenzione sul nuovo ospite venuto a porgere i suoi saluti.

Un altro alfa.

Con questo non parlai. Non alzai nemmeno lo sguardo.

Ero troppo impegnata a sovrastare l'istinto di piagnucolare per la stretta di Enrique. Non cedette nemmeno per un istante, determinato a punirmi a dovere.

Passarono i minuti. Forse addirittura delle ore.

Che trascorsi a reprimere qualsiasi dimostrazione di dolore, mentre Enrique conversava amabilmente con i nostri ospiti come se nulla fosse.

Non mi lasciò andare nemmeno per un secondo. Più tardi avrei avuto bisogno di trasformarmi per rimediare al danno. Sarei uscita dal salone zoppicando.

Quando si sporse verso di me e mi chiese di danzare, l'ennesima messinscena a beneficio degli invitati, fui sul punto di svenire. «E manterrai il tuo contegno» aggiunse in un sussurro.

Ossia, non mi era permesso zoppicare.

Un compito per nulla semplice, dato che aveva trascorso gli ultimi minuti, o ore, a maciullarmi la coscia.

«Ora, Snow» disse in tono secco.

Quell'atteggiamento non era una novità.

Dopotutto, era un alfa. Come tutti i suoi simili, adorava dominare. Di solito, i suoi ringhi mi eccitavano. Quella sera, però, l'unico istinto che mi suscitavano era quello di darmela a gambe.

Non ancora.

Sta' al gioco.

Sorridi.

Annuisci.

Balla.

L'alfa Kazek catturò il mio sguardo dall'altro lato della sala. Mi osservò da capo a piedi con un'espressione impassibile, soffermandosi sulla mia gamba destra. Un barlume di comprensione gli sfiorò i lineamenti. Restò completamente indifferente, anche se doveva aver capito che la punizione era stata causata da come mi ero rivolta a lui.

La stretta di Enrique sul mio fianco si fece ancora più brutale. Mi strattonò verso di sé, trascinandomi sulla pista da ballo improvvisata al centro del salone. Cercai di mantenere il suo ritmo, muovendomi come desiderava, ma la mia coscia continuava a pulsare e il mio ginocchio minacciava di cedere da un momento all'altro.

Più tardi, Vanessa mi avrebbe detto che ero debole. Lo faceva sempre. Mi avrebbe chiesto se avessi preso i miei integratori. Poi avrebbe riso e scosso la testa con finta preoccupazione, ripetendomi che non ero fatta per governare.

Nessuno vedeva quel lato di lei, tranne me.

Anzi, probabilmente anche Enrique doveva esserne a conoscenza.

Ero stata accecata dalle sue affascinanti fossette, dalla sua forza da alfa, dal suo profumo inebriante. Ma era proprio come lei: un mostro con gli occhi puntati su quello che avrebbe dovuto essere il mio regno.

D'altro canto, come avrei potuto comandare in quello stato? Ero a malapena in grado di essere una beta, figuriamoci la regina del settore Winter.

Enrique mi fece piegare all'indietro in un casquè, costringendomi ad appoggiare tutto il peso sulla gamba sofferente, e mi scoccò un sorriso feroce. «La prossima volta ci penserai due volte prima di fare l'impertinente, eh?».

Volevo morderlo. E non in senso buono.

Ma mi limitai ad abbassare il capo in segno di sottomissione.

Il gesto mi fece guadagnare un piccolo brusio proveniente dal suo petto, una sorta di ricompensa per la mia obbedienza. Ma non volevo nessuna ricompensa. Lo odiavo. Lo volevo *morto*.

La violenza di quel desiderio fu talmente intensa da rischiare di farmi cadere.

Uccidere un alfa infrangeva un'infinità di regole. Ma perché non potevo massacrarlo? Lui aveva tutte le intenzioni di fare lo stesso con me.

No. Mi farebbe fuori in un istante.

Dovevo giocare d'astuzia.

Avevo bisogno di tempo per progettare qualcosa di adatto.

Per questo era necessario che seguissi il piano di Doc. Oh, speravo proprio che avesse trovato l'aereo giusto con cui partire. Aveva detto che alcuni sarebbero decollati durante la notte, altri il giorno dopo.

L'unica cosa che sapevo con certezza era che non potevo restare lì. Era troppo rischioso.

Dovevo essere su uno di quei voli.

Stanotte.

KAZEK

«Questo posto è un fottuto circo» borbottò Mick, unendosi di nuovo a me. Era appena andato a porgere i suoi saluti a Vanessa ed Enrique, e la sua espressione mi disse che non era affatto colpito.

Grugnii in tacito accordo.

La Regina degli Specchi aveva messo in scena uno sfoggio di eleganza, ma percepivo che c'era qualcos'altro in arrivo. Qualcosa di perverso. La maggior parte degli alfa era palesemente in attesa. Sapevano che il vero show doveva ancora iniziare. Vanessa ci aveva promesso un benvenuto adeguato, che sospettavo sarebbe giunto sotto forma di schiave nude.

Non il mio genere.

Preferivo di gran lunga un po' di resistenza, come la sfida che mi aveva lanciato poco prima la principessa Snow. La sua arroganza aveva catturato la mia attenzione. Soprattutto perché ero convinto che avesse parlato senza riuscire a trattenersi, per poi rifiutarsi di fare un passo indietro. Come se essere di sangue reale potesse salvarla. Non in questo mondo. Non quando aveva dei tratti da beta che rasentavano la debolezza di un'omega.

Ecco, quello aveva solleticato ancora di più il mio interesse.

Non si era sottomessa, eppure avevo percepito il suo bisogno di farlo. Avevo potuto assaporare la sua resa nell'aria, anche mentre si sforzava di reggere il mio sguardo.

Un enigma inebriante, che attirò ancora una volta la mia attenzione su di lei.

Era a lato della pista da ballo, con tutto il peso appoggiato sulla gamba sinistra. Sapevo perché: l'alfa Enrique l'aveva rimessa pubblicamente al suo posto, semplicemente stritolandole la coscia destra.

Se n'erano accorti tutti.

Eppure, Snow Frost era a malapena trasalita, dimostrando un'eccezionale tolleranza al dolore. Subito mi ritrovai a pensare cos'altro fosse in grado di sopportare, se dominata a dovere. Soprattutto in camera da letto.

Che era esattamente il luogo in cui la mia mente non poteva permettersi di andare.

Tuttavia, continuava a vagare proprio lì. Fui colto da una vampata di irritazione. Scopavo le beta solo per necessità, non perché le desideravo. Ma allora come mai ero così rapito da quella donna, peraltro già impegnata? I suoi occhi neri come la notte? Il suo seno sodo? Le gambe lunghe? La vita sottile? Il fatto che rappresentasse una sfida proibita?

Appoggiato al muro di pietra, mi massaggiai la mascella coperta da un velo di barba, e osservai le sue spalle irrigidirsi per qualsiasi cosa le avesse appena sussurrato all'orecchio Enrique. Sembrava che la sua punizione non fosse ancora finita. Non potevo biasimarlo. Sapeva bene quanto me che avrei potuto picchiarla davanti a tutti per il suo comportamento. Non l'avevo fatto solo perché sapevo che se ne sarebbe occupato lui.

La mia versione di un regalo di nozze.

Solo che ora me ne stavo pentendo. Perché volevo

metterle le mani addosso. Strozzarla finché non fosse più riuscita a respirare. Farle implorare pietà. Poi infilarle il cazzo tra le sue labbra rosse e carnose e scoparla mentre piangeva.

E l'avrebbe fatto, lo sapevo.

Perché le beta non erano adatte a sopportare l'assalto di un alfa.

Per questo le scopavo raramente.

Ma allora perché proprio lei? Perché volevo spogliarla e sculacciarla finché la sua pelle pallida non fosse tinta di cremisi?

I suoi affascinanti occhi di ossidiana trovarono i miei dall'altro lato del salone. Deglutì a fatica, distogliendo rapidamente lo sguardo. *Adesso non sei più così sfrontata, eh?*, pensai.

«Continua a guardarla così, e l'alfa Enrique ti sfiderà» mormorò Mick.

Soffocai una risatina. «Quell'idiota non ha istinti suicidi».

«Ma è orgoglioso».

Anche questo è vero. «Non sarebbe male far fuori uno sposo la sera prima del suo matrimonio».

«Non penso fosse quello l'intento di Ludvig, quando ci ha mandati qui in rappresentanza del settore Norse».

Alzai le spalle. «Gli ho detto che non volevo andarci. La colpa è solo sua».

Mick si sciolse la coda di cavallo, liberando i lunghi capelli biondo platino, che ricaddero sulle sue spalle ampie. «Per quanto mi riguarda, quando vuoi possiamo andare».

«Lo so». Odiava quell'atmosfera almeno quanto me. Era per quel motivo che avevo chiesto che fosse proprio lui ad accompagnarmi. «Ma sono curioso di vedere cos'ha pianificato la regina per invogliarci a restare».

«Se pensi che ti offrirà la principessa beta, ti aspetta una grossa delusione».

Arricciai le labbra. «Non ci sarebbe alcun divertimento nell'averla in dono. Preferirei di gran lunga darle la caccia».

Mick grugnì. «Giusto. In ogni caso, è meglio che lasci perdere».

«Ma sarebbe così bello domarla, Mick. Dov'è finito il tuo senso dell'avventura?».

«L'ho lasciato nel settore Norse. Perché non torni indietro con me e mi aiuti a cercarlo?».

I suoi occhi azzurri brillavano di divertimento. «Dimmi che non hai voglia di dare una bella lezione a quell'alfa e dimostrare cosa significhi davvero dominare».

«Francamente, me ne infischio» commentò lui.

«Molto ventesimo secolo».

«Ehi, l'ho imparato in uno dei tuoi film».

Ridacchiai. «Ci scommettevo». Non faceva altro che frugare tra le mie cose senza permesso. In qualche modo, io e il cucciolo eravamo diventati un'improbabile coppia di amici. Aveva un centinaio di anni meno di me ed era nato in un'epoca in cui erano gli zombie a dominare il mondo, non gli umani. Non aveva la più pallida idea del mio passato e di come fossi stato accidentalmente trasformato in un lupo.

Quell'innocenza era probabilmente il motivo per cui continuavo a permettergli di respirare.

Beh, e i suoi legami familiari. L'alfa Ludvig non l'avrebbe presa bene, se avessi ucciso il più giovane dei suoi figli.

La mia attenzione tornò sulla mia preda, le cui guance avevano assunto un colorito rosa scuro in seguito a qualsiasi cosa le avesse appena detto Enrique. Con una mano le stringeva il braccio, mentre con quella opposta il fianco. L'angolazione del suo corpo suggeriva che volesse un favore di tipo orale.

Interessante.

Non ero l'unico lupo che fantasticava sulla sua bocca sensuale.

La principessa Snow annuì al suo futuro marito, e lui la lasciò andare.

Si diresse rapidamente verso il corridoio che conduceva sul retro del palazzo, mentre Enrique tornò da Vanessa. Il sorriso con cui lo accolse la regina, seduta sul trono, conteneva un segreto. Un segreto che stuzzicò il mio assassino interiore.

Cosa nascondi, Regina degli Specchi?

Una serie di mormorii attraversò la stanza. La maggior parte delle beta se ne stava andando, proprio come Snow.

Ah, è giunto il momento dello show.

Decisioni, decisioni.

Potevo restare e assistere a ciò che aveva organizzato Vanessa. Oppure dare la caccia alla bellezza dai capelli corvini.

Restare sarebbe stata la mossa più intelligente. Ma correre rischi era nella mia natura. Preferivo assecondare le mie inclinazioni più oscure, e quella giovane mi aveva colpito.

«Non farlo» mi avvertì Mick.

«Non fare cosa?» ribattei, ma già iniziando ad allontanarmi da lui. «Ho solo voglia di una passeggiata. Sarò di ritorno in tempo per farmi un'idea approfondita della situazione. Non preoccuparti».

Borbottò qualche imprecazione e scosse la testa. Al contrario di me, però, Mick fece la scelta più intelligente: non cercò di fermarmi. Le conseguenze sarebbero state a dir poco problematiche. Un po' come quelle di ciò che stavo per fare.

C'era un motivo se adoravo le situazioni pericolose. Mi facevano sentire vivo.

E quando volevo qualcosa, cercavo in tutti i modi di ottenerlo.

Quella sera, il "qualcosa" aveva le sembianze di Snow Frost.

Non ero certo di cosa le avrei fatto. Desideravo un altro duello verbale. Forse di più. Forse no. Avrei deciso dopo averla trovata.

Per farlo, avrei dovuto inseguirla tra i corridoi labirintici del palazzo.

Il mio naso fremette cogliendo la scia del suo profumo. Mi ricordava i raggi del sole, qualcosa che praticamente non esisteva nel circolo polare artico in quel periodo dell'anno. Inspirai profondamente e seguii le tracce del suo delizioso odore.

Se qualcuno mi avesse chiesto perché avevo lasciato la festa, avrei usato come scusa il bisogno di un po' d'aria fresca. Non era del tutto una bugia. L'adorabile Snow Frost sembrava proprio una ventata di…

Un coro di ululati mi fece bloccare sui miei passi. Provenivano dal salone.

E uno apparteneva sicuramente a Mick.

Cazzo.

Era un richiamo per l'accoppiamento.

Poteva significare una cosa soltanto: da qualche parte, in quella stanza, c'era un'omega eccitata. Speravo solo che non fosse in calore.

Ringhiando di frustrazione, tornai indietro respirando con la bocca e non col naso. L'omega giusta nel bel mezzo dell'estro avrebbe potuto far perdere la testa anche a me.

Per fortuna, la pazienza era una mia caratteristica innata. Proprio come l'amore per la violenza. Una combinazione letale che, secondo alcuni, mi privava di ogni moralità.

Forse avevano ragione.

Mi bloccai sulla soglia. La mia attenzione si rivolse immediatamente a una donna bionda e minuta, imprigionata in una gabbia di vetro posta al centro del salone.

La gabbia in questione dondolava, scossa dagli alfa e dai beta che tentavano vanamente di raggiungere la femmina all'interno. L'omega gemeva e piagnucolava. Mi bastò un'occhiata per confermare che non era in calore, solo molto vogliosa. Forse vicina al ciclo.

Presto si sarebbe scatenato il caos.

Vanessa osservava la scena dal suo trono con un'espressione incuriosita, mentre Enrique camminava nervosamente accanto a lei. Si era strappato di dosso sia la giacca che la camicia. Come il resto dei presenti, aveva bisogno di prendere la femmina che la regina stava sventolando davanti a tutti come un'allettante carota.

Maledetta strega.

Qualcuno volò attraverso la stanza, lanciato da Mick. Il lupacchiotto era entrato in modalità protettiva. Tipico. Vedeva quella povera creatura come bisognosa d'aiuto. Ma il collare che le cingeva il collo la marchiava come schiava.

La crudele regina doveva aver iniettato all'omega un siero per stimolare la sua eccitazione, con l'intento di permearne l'aria. Non mi avrebbe stupito se le avesse anche indotto l'estro. Anzi, vista la situazione, probabilmente era proprio ciò che aveva fatto. La ragazza non era ancora completamente in calore, ma ci sarebbe entrata presto.

Forse Vanessa voleva offrire un assaggio dell'omega a Enrique, come una sorta di dono di nozze. Questo spiegava i suoi passi impazienti e l'aver mandato a letto presto Snow. O forse Vanessa aveva pianificato di farlo assistere e basta.

In ogni caso, c'erano tutti i presupposti per un disastro con cui non volevo avere niente a che fare.

A dirla tutta, non vedevo l'ora di andarmene.

Quel luogo puzzava di incubi e cattivi proposti. In passato non mi sarebbe dispiaciuto troppo, ma non quella notte.

Dovevo solo riuscire a fermare Mick e costringerlo a lasciare la festa. Era in mezzo a un branco di alfa in preda alla frenesia, tutti desiderosi di appropriarsi dell'omega. E Mick li stava bloccando con le sue abilità nel combattimento, nettamente superiori alle loro.

Beh, dopo quella dimostrazione di forza, nessuno avrebbe più messo in dubbio i suoi diritti di nascita.

Cazzo. Mi strinsi la sommità del naso tra pollice e indice, sospirai e scossi la testa.

Avevo due opzioni. Aiutarlo, o farlo incazzare, mettendolo al tappeto davanti a tutti.

La seconda opzione avrebbe potuto essere divertente, ma la prima avrebbe portato a uno spargimento di sangue.

E io amavo il sangue.

Soprattutto se proveniva da altri alfa.

Con un sorriso, mi tolsi di tasca un pugnale. Uscivo sempre preparato.

Volevo un modo per sfogare la mia aggressività e avevo pensato di usare Snow, ma, a quanto sembrava, sarebbero stati gli alfa a placare la mia sete di violenza.

Un vero peccato. Dubitavo che sarebbe sopravvissuta al primo anno con Enrique.

Forse ci incontreremo in un'altra vita, mia bella beta.

Che si dia inizio alle danze.

SNOW

Gli ululati riecheggiavano in ogni angolo del castello, facendomi venire la pelle d'oca. Enrique mi aveva detto di andare a dormire, in modo che fossi ben riposata per il "grande giorno".

Sbuffai. *Bastardo.*

Come se non avessi riconosciuto il richiamo all'accoppiamento proveniente dal salone. Non ero una bambina. Pur avendo trascorso la maggior parte della vita tra le mura del palazzo, preparandomi per i miei futuri doveri di regina, non ero certo una sprovveduta.

I bordelli di beta introdotti da Vanessa non erano un segreto. Non ne avevo mai approvato l'esistenza, anzi. Lei, però, sosteneva che fossero una nuova fonte di reddito per il settore. Inoltre, operavano tutto l'anno, a differenza delle nostre esportazioni di pesce, limitate ai mesi estivi.

Riuscivo praticamente a sentire i miei genitori ringhiare dall'aldilà.

Avevo intenzione di smantellarli, non appena fossi diventata regina. Che ingenua ero stata a credere che potesse accadere.

Mi fidavo di te, pensai. Il mio sguardo cadde su uno dei tanti specchi appesi ai corridoi del palazzo. Vanessa ne era ossessionata. *Eri la mia mentore. La mia matrigna. La mia guardiana. Come hai potuto?*

In realtà, era da un po' che avevo dei sospetti su di lei. Soprattutto dopo che aveva scelto il mio futuro compagno. Ma poi avevo incontrato Enrique e mi ero innamorata del suo sorriso, del suo fascino feroce, della sua intelligenza. Scordando tutti i miei dubbi, scegliendo di credere che forse Vanessa aveva davvero a cuore i miei interessi.

Avevo torto.

Serrai la mascella e strinsi i pugni. *Smettila di crogiolarti nell'autocommiserazione e datti una mossa*, mi dissi. Il mio riflesso nello specchio mi restituì un'espressione determinata. *Scappa.*

Costrinsi un piede a muoversi davanti all'altro. La mia decisione di darmi alla fuga fu rafforzata dal fragore proveniente dal salone. Enrique se la stava chiaramente spassando. A lui i bordelli piacevano. Così come le femmine disponibili. Era per quello che mi aveva spedita in camera: voleva godersi l'ultima notte da scapolo.

Un ringhio cercò di farsi strada lungo la mia gola, ma lo soffocai.

La gelosia era un'invenzione.

Così come il vero amore.

O la lealtà.

O qualsiasi altra stupida emozione su cui un tempo fantasticavo.

Ora sapevo come stavano davvero le cose. La mia mentore mi aveva tradita. Insieme al mio fidanzato. Volevano *uccidermi*. Far fuori l'ultima erede della dinastia dei Frost. Non potevo permetterlo.

E quale sarebbe il tuo piano?, domandò la parte più cinica di me per la milionesima volta. *Nasconderti nel bosco? Andare in un altro settore e implorarli di aiutarti?*

Era ridicolo.

Oh, speravo con tutto il cuore che Doc fosse riuscito nel suo intento. Perché altrimenti... Deglutii e scossi la testa. *Non pensare, Snow. Continua a camminare.*

I miei pensieri continuavano a rincorrersi, privi di senso logico. Il timore del fallimento e la codardia minacciavano di intrufolarsi nella mia mente, ma non glielo permisi. Una codarda avrebbe accettato il suo destino e sarebbe morta. Io avevo scelto di vivere. E di vendicarmi, non appena avessi avuto l'occasione e le risorse per farlo.

Non volli credere neanche per un istante che quel momento potesse non arrivare mai.

Era un'idea troppo pericolosa, che avrebbe potuto spingermi a restare.

E poi? Avrei accettato il nodo di Enrique? Sarei morta durante una scopata? Al diavolo.

Entrai in camera ringhiando e trovai Grum ad attendermi. Era uno dei sette di cui mi fidavo, un beta che mi aveva addestrata a combattere, nonostante Vanessa sostenesse che ero troppo debole.

Rimase in silenzio. I suoi occhi chiari, quasi argentei, erano puntati alle mie spalle. Come se si aspettasse che qualcuno mi avesse seguita. Forse Enrique. E non sarebbe stato un incontro esilarante? Enrique non sapeva dell'esistenza dei sette. Nemmeno Vanessa. Era un antico segreto di famiglia: solo i Frost erano a conoscenza della fedeltà della cerchia dei protettori. Che era stata creata esattamente per situazioni del genere.

Chiusi la porta. Grum si rilassò visibilmente e allargò le braccia. «Hai l'aria di chi ha bisogno di un abbraccio, passerotto».

Gli corsi incontro, accettando il suo conforto. Lui e gli altri erano come fratelli per me. Non letteralmente, ma in spirito. Li amavo come fossero sangue del mio sangue. E sapevo che anche per loro era così.

Sospirò sui miei capelli e mi accarezzò la schiena. «Doc ha trovato una via d'uscita».

Il mio cuore si fermò. «Per stanotte?».

Annuì. «Sì. Mi ha detto di trovarti e accompagnarti nel tunnel. E... e vuole che tu vada da sola». Il suo tono lasciava chiaramente trasparire cosa pensasse di quell'idea, ma io ero d'accordo.

«Rintracciare un branco è facile» sussurrai. «Nascondersi in gruppo è dura».

Le labbra di Grum erano posate sulla mia testa, le sue braccia si strinsero attorno a me. «Tutto questo non mi piace, Snow».

«Lo so». *Neanche a me*. Non aggiunsi quell'ultima parte, perché non avrebbe risolto nulla. «Che aereo ha trovato?».

«Quello del settore Norse. L'alfa Ludvig è noto per la sua correttezza. Se c'è qualcuno che può aiutarci, è lui».

«Il settore Norse?» ripetei con voce stridula. *"Ci tenevo solo a portarvi le congratulazioni del settore Norse per questa gioiosa unione"*. Le parole dell'alfa Kazek mi risuonarono nella mente, facendomi correre un brivido lungo la schiena. «Siete sicuri che sia la scelta migliore?».

Si staccò dall'abbraccio, tenendo le mani sulle mie spalle. «L'alfa Ludvig e tuo padre erano amici. Lo sai».

Vero. Ma... «Ha mandato un alfa in rappresentanza del settore Norse. Potrei... potrei averlo sfidato» ammisi con una smorfia. Le sopracciglia di Grum schizzarono in alto.

«*Cosa*?».

«Lui... Beh... Io... Voglio dire, non l'ho proprio *sfidato*. Diciamo che non sono stata esattamente rispettosa?». Mi uscì come una domanda, strappandomi un'altra smorfia.

«Non importa. Troverò una soluzione. Doc ha ragione. Il settore Norse...».

La porta della mia stanza si riaprì di colpo ed Ez e Leep fecero irruzione; entrambi avevano un'espressione terribilmente seria stampata in viso.

Ez non perse tempo. «Dobbiamo portarla fuori di qui. Adesso».

Mi accigliai. «Perché? Cos'è successo?».

I due beta scossero il capo, con le ciocche di capelli castani che ricadevano davanti ai loro identici occhi grigi. I gemelli tendevano sempre a muoversi all'unisono e si separavano raramente.

«Non c'è tempo, principessa. Dobbiamo andare» disse Leep, la cui voce roca era appena più profonda di quella del fratello. Era da quello che li distinguevo.

Grum mi afferrò il braccio e mi trascinò verso la porta. «Se dicono che dobbiamo andare, allora dobbiamo andare». E tutti e tre mi accompagnarono attraverso i corridoi del palazzo, sbirciando dietro ogni angolo per assicurarsi che nessuno ci vedesse, per poi condurmi in uno stretto passaggio di cui pochi conoscevano l'esistenza.

Un sentore di pericolo mi mise, se possibile, ancora più all'erta.

Si respirava un'atmosfera letale.

Era successo qualcosa di brutto. L'odore della morte, proveniente dal salone, raggiunse le mie narici e le fece dilatare. Non domandai cosa fosse successo, perché non ero sicura di volerlo sapere.

All'uscita incontrammo Doc. La sua figura ingombrante riusciva a malapena a stare in quello spazio angusto. Ci accolse con un grugnito, poi i suoi occhi neri incontrarono i miei. Irradiavano saggezza ed esperienza. Era stato il consigliere più fidato di mio padre ed era a capo del consiglio di beta che aveva giurato fedeltà alla mia famiglia. Vanessa era convinta che lavorassero per lei e che fossero ammaliati dalla sua forza e dalla sua bellezza. In realtà, la tolleravano solo per starmi vicino. Dopotutto, ero l'unica erede della dinastia dei Frost.

Quegli uomini erano i miei insegnanti. I miei fratelli.

Senza di loro, non sarei mai diventata ciò che ero. Non sarei stata *io*.

E ora... ora dovevo lasciarli.

«Venite» disse Doc. Era noto per essere di poche parole.

Lo seguimmo e incontrammo il resto dei miei protettori, Opy, Happa e Bash.

Avevano tutti un'espressione composta e determinata, ma nel loro odore colsi una certa preoccupazione di fondo. Amavamo pianificare, e la mia fuga era stata improvvisata all'ultimo minuto.

«La stai mandando su un jet con un noto assassino» borbottò Bash. «Ha già fatto fuori mezzo salone».

Rabbrividii all'immagine evocata da quelle parole, perché sapevo a chi si riferiva. *L'alfa Kazek.*

Doc ignorò il commento di Bash e mi diede una collana. «Indossala. L'alfa Ludwig la riconoscerà».

Osservai il simbolo inciso sul ciondolo, che rappresentava l'impronta di una zampa, e la infilai al collo.

«E mettiti questi». Indicò con un gesto della mano un paio di jeans e un maglione impilati lì accanto. «Copriranno il tuo odore».

Aggrottai la fronte, poi li annusai e feci una smorfia disgustata. *Pesce.*

«Già. Non è molto piacevole» confermò Bash con un ghigno. «Ma è lo stesso del carico che hanno trasportato qui». Doveva aver strofinato gli abiti su qualsiasi regalo di nozze avesse spedito il settore Norse. Un'idea brillante.

Feci un passo verso i vestiti. Avevo lo stomaco sottosopra e i nervi a fior di pelle.

«Non ci resta molto tempo» mi esortò Doc, facendo trasparire i tratti da alfa che lo caratterizzavano, pur essendo un beta.

Bash sbuffò. «Giusto. Perché il famigerato Cacciatore è in preda a una furia omicida e tu vuoi mandare la nostra Snow sul suo aereo il prima possibile. Ottimo piano. Hai tutto il mio appoggio, amico».

«Quale settore consiglieresti, allora?» chiese Leep, inarcando un sopracciglio castano. Non si preoccupò di celare una punta di irritazione.

«Già, quale?» gli fece eco il gemello con lo stesso tono.

«Come vi ho già detto, penso che dovremmo andarcene tutti insieme, proteggendola in branco» disse Bash. I suoi occhi verdi scintillavano nel buio. «È l'opzione migliore».

Leep ridacchiò. «Certo, finché la Regina degli Specchi non ci troverà».

«Che ci provi pure». Opy si scrocchiò il collo. I suoi capelli chiarissimi mi ricordavano la luna che brillava sopra di noi.

Scossi la testa e mi avvicinai ulteriormente agli abiti, con Grum al mio fianco. Abbassò la cerniera del mio vestito come se nulla fosse. Non davamo grande importanza alla nudità. Eravamo lupi. Giravamo spesso senza niente addosso.

Happa, il più basso del gruppo, alzò le mani come a voler calmare gli animi. In tono tranquillo, disse: «Ragazzi, abbiamo già deciso...».

«No, *lui* ha deciso» lo interruppe Bash, conficcando l'indice nel petto di Doc e strappandogli un ringhio.

Doc strinse il polso di Bash. «Attento».

«Devi essere *tu* a stare attento, vecchio» sibilò Bash, fremente di rabbia.

Al diavolo, pensai, infilandomi il maglione dall'odore disgustoso. Il mio stomaco si contorse ancora una volta. *Che schifo*.

«Tutto questo non ci è di nessun aiuto» fece notare Leep. Stava osservando la situazione di stallo che si era venuta a creare tra Bash e Doc, con un'espressione annoiata.

«Proprio per nulla» confermò il suo gemello.

«Oh, la volete smettere?» sbottò Opy, avvicinandosi a Bash per dimostrare la sua lealtà. I due si coprivano sempre le spalle a vicenda. Di solito lo adoravo, ma in quel momento avevo bisogno di una dimostrazione di solidarietà.

Iniziai a infilarmi i jeans puzzolenti. «Ragazzi...».

«È un pessimo piano» intervenne Bash. «Almeno lascia che uno di noi vada con lei».

Alzai la cerniera e abbottonai i pantaloni. «Seriamente, ragazzi...».

Leep sferzò l'aria con la mano. «Se uno di noi può andare con lei, allora ci andremo tutti».

«Esatto. Siamo una squadra». Ovviamente Ez era d'accordo.

«Ragazzi! Ascoltate...».

«Ora sì che ci capiamo». Era come se Bash e gli altri non potessero sentirmi. Continuavano a interrompermi. «Andiamo nel bosco e pensiamo a un piano migliore».

«Rischiando che la regina mandi tutti i suoi tirapiedi a darci la caccia? Ottima idea». Doc incrociò le braccia muscolose sul petto. La sua pelle scura si intravedeva appena nel buio. «Questo è il modo migliore per dare a Snow la possibilità di sopravvivere».

Aprii la bocca per sottolineare la mia capacità di

decidere da sola, ma una violenta fitta allo stomaco mi provocò un'ondata di vertigini. *Oh...* Afferrai istintivamente il braccio di Grum. Avevo bisogno di aggrapparmi a qualcosa per non cadere.

«Cosa c'è?» mi chiese dolcemente, mentre gli altri continuavano a litigare. Parlavano a bassa voce, ma erano chiaramente furiosi. Volevo dir loro di farla finita e ascoltarmi, ma non riuscivo a parlare; un altro spasmo mi aveva tolto il respiro.

«Snow». Grum mi fece girare verso di lui. «Cosa c'è che non va?».

Schiusi le labbra, le parole erano pronte a uscire. D'improvviso, però, mi si rizzarono i peli sulla nuca.

Tutti rimasero come paralizzati.

Un grido aveva squarciato la notte, un grido proveniente da una furiosa regina alfa che reclamava l'attenzione dei suoi sudditi.

Le gambe minacciarono di cedermi. L'istinto di sottomettermi strattonò ogni fibra del mio essere, esigendo che cedessi.

Ma Grum mi tenne in piedi. A denti stretti, stava combattendo anche lui contro l'impulso di inginocchiarsi.

«*Cazzo*» borbottò Doc con voce burbera. «Devi salire su quell'aereo *adesso*».

Nessuno si azzardò a discutere.

Bash venne verso di me, si chinò ai miei piedi e mi aiutò a infilare le scarpe. Non le avevo nemmeno notate. La mia vista era offuscata da un turbinio di emozioni, la mia lucidità vacillava. Per non parlare degli spasmi che continuavano a tormentarmi le viscere.

Stritolai il braccio di Grum. Un gemito tentò di sfuggirmi dalle labbra, ma lo ingoiai. *È solo l'odore. Andrà tutto bene.*

«Snow?».

Scossi la testa. «Sto bene». Non avevo altra scelta.

Doc fece un passo avanti, reggendo un dispositivo. «È completamente carico. Non accenderlo finché non sarai pronta a contattarci».

Un telefono satellitare.

Erano congegni molto rari. «Dove…».

«Non è importante. Porta anche questi». Doc mi passò tre coltelli; erano in seconda posizione tra le mie armi preferite. «Un arco sarebbe troppo ingombrante».

Aveva ragione. Riposi in fretta gli oggetti, poi feci una smorfia quando gli ululati ricominciarono. Qualsiasi punizione avesse appena dispensato Vanessa, la folla doveva aver apprezzato.

«È lì che devi andare». Doc indicò un velivolo palesemente all'avanguardia, parcheggiato accanto a una scaletta a meno di una decina di metri di distanza. «È già aperto. Va' direttamente nel vano di carico. Ci sono degli scatoloni in cui puoi nasconderti».

«Sei stato sull'aereo?».

Annuì.

«Ma sentiranno il tuo odore». E poi controlleranno che non ci sia un clandestino a bordo. «Doc…».

«Tutti gli aerei sono stati controllati dalle guardie di Vanessa. Ecco perché sono aperti. Fidati, non sospetteranno di nulla». Le sue labbra si incurvarono in uno dei suoi affettuosi sorrisi paterni. «Ho pensato a tutto. Questa è la soluzione migliore. Va' dall'alfa Ludvig. Digli cos'è successo. Ci aiuterà, lo so».

Avrei tanto voluto condividere il suo ottimismo. Non avevo mai conosciuto l'alfa del settore Norse. Ma il suo Cacciatore aveva avuto uno strano impatto su di me. «E se non lo farà?» chiesi, con lo stomaco nuovamente in subbuglio. «E se…?».

«È a questo che serve il telefono» rispose, stringendomi

in un abbraccio nonostante i miei abiti puzzolenti. «Tesoro, andrà tutto bene».

Gli altri cominciarono a mormorare i loro saluti, avvicinandosi a noi per un abbraccio di gruppo. Labbra accarezzarono i miei capelli e il mio collo, alcune mi sfiorarono le guance.

I miei fratelli.

La mia famiglia.

I miei occhi si riempirono di lacrime. «Mi manch…».

Un altro ululato trafisse il buio; era più vicino e vittorioso. Non ne riconobbi il proprietario, ma il dominio di cui traboccava costrinse le mie ginocchia a piegarsi. Se gli altri non fossero stati lì a reggermi, sarei caduta a terra, in totale sottomissione.

Chiunque avesse emesso quell'ululato era forte. Terribilmente forte.

I lupi mi tennero in piedi come se non pesassi nulla; in confronto a loro, era proprio così. Ero sempre stata minuta per essere una beta, un aspetto che i miei integratori…

«Oh!». Spalancai gli occhi. «Dovrei prendere i miei…».

L'ennesimo ululato spinse i miei protettori a lasciarmi tra le braccia di Doc. «Devi andare. Qualsiasi cosa ti sia dimenticata, può essere rimpiazzata».

«Non…».

«Ora, Snow!». Mi spinse verso Grum. «Mettila su quel cazzo di aereo, Grum».

C'era così tanto da dire, ma gli ululati che non accennavano a smettere mi resero impossibile parlare. Non saremmo rimasti soli ancora per molto, e se qualcuno mi avesse vista, sarebbe stata la fine. Vanessa non l'avrebbe presa alla leggera, soprattutto dopo ciò che avevo scoperto la notte prima. E gli abitanti del settore mi avrebbero vista come una disertrice, una traditrice indegna del sangue reale.

Mi vedranno così comunque.

«Troveremo una soluzione» disse Doc, mentre Grum, notando la mia indecisione, mi portava di peso verso l'aereo. «Andrà tutto bene».

Non ne ero così sicura, ma non c'erano altre opzioni. Aveva ragione: quello era il modo migliore per sopravvivere.

«Fa' la brava, dolcezza» sussurrò Grum, stritolandomi in un abbraccio. «Ti vogliamo bene». Non mi diede l'opportunità di rispondere e mi spinse lungo la scaletta. Allungai una mano tremante verso il portellone. Quando lo trovai aperto, proprio come aveva detto Doc, il mio cuore prese a battere all'impazzata.

Lanciai un'occhiata alle mie spalle e vidi soltanto Grum, che era rimasto a fare la guardia. Gli altri si erano dispersi tra le ombre, ma sentivo i loro sguardi su di me.

«Vai» ringhiò Grum. «*Ora*».

Odiavo lasciarlo.

Odiavo tutto quello che stava succedendo.

E odiavo soprattutto Vanessa, la Regina degli Specchi.

Avrebbe pagato per quello che aveva fatto. In un modo o nell'altro, mi sarei vendicata. Fosse anche nell'aldilà.

Con un'ultima occhiata a Grum, entrai nell'aereo, per poi chiudermi il portellone alle spalle.

È ora di nascondersi.

KΛZEK

AMAVO L'ODORE DEL SANGUE. Veniva subito dopo quello del sesso. Entrambi erano fottutamente eccitanti, ma non mi sarei mai scopato nessuna delle femmine presenti.

Beh, forse la piccola Snow Frost.

Ma non sarebbe mai accaduto, considerando il modo in cui Vanessa stava cercando di incenerirmi con lo sguardo. Cosa si era aspettata esattamente, dando il via alla rissa?

Feci l'occhiolino all'alfa furibonda. «Splendida festa, Regina degli Specchi».

«Vattene» ringhiò.

«È così che premi il vincitore?» dissi. «Era quello il punto, no? Combattere per aggiudicarsi la bella omega in gabbia?».

«Non è sul mercato».

«Allora perché sventolarla come tale sotto il naso di tutti?» chiesi, inarcando un sopracciglio. «Devo rompere il vetro per far valere le mie ragioni?». Non sarebbe stato difficile. Avevo una pistola infilata nello stivale che avrebbe funzionato a meraviglia.

«È un regalo per l'alfa Enrique. E tu stai passando il limite, alfa Kazek».

Strinsi le labbra. «Che regalo magnifico da offrire al

fidanzato della tua *figliastra*». L'avevo capito fin dall'inizio, ma non volevo fargliela passare liscia.

Fiamme nere danzarono negli occhi della malvagia regina. «Tra i tuoi simili non era consuetudine organizzare un addio al celibato? Ecco, considera questa festa l'addio al celibato di Enrique».

Mick era accanto a me, e la sua furia era palpabile. Sapevo cosa voleva. Ma non ero sicuro di condividere il suo desiderio di combattere. La femmina era bella, con i suoi lunghi capelli biondi, il seno sodo e il sesso rasato. Solo che il suo odore non mi affascinava quanto quello di Snow Frost. Fortunatamente, l'omega non era in calore; era stata costretta a eccitarsi con degli stimolatori posti sul clitoride e sui capezzoli.

Astuto.

Perverso.

Crudele.

«Voglio l'omega» dissi, incrociando le braccia sul petto. «Sono felice di lottare contro l'alfa Enrique per ottenerla».

Parte della tensione di Mick sfumò, la sua approvazione era evidente. Se non l'avessi fatto io, probabilmente avrebbe sfidato lui Enrique. Solo che, nonostante fosse riuscito a sbaragliare il resto dei presenti, non ero sicuro di come se la sarebbe cavata contro l'alfa. Qualcosa mi diceva che il maschio più anziano giocava sporco, e l'alfa Ludvig non sarebbe stato contento se suo figlio fosse morto per quel casino.

«Come ho detto, non è sul mercato». Se Vanessa fosse stata in grado di sputare fuoco, l'intero salone sarebbe stato avvolto dalle fiamme.

«Una brava padrona di casa non mette in palio un prodotto e poi lo toglie da sotto il naso del vincitore. Una cosa del genere può causare una guerra, *alfa*». Lanciai un'occhiata a Mick. «Come pensi che la prenderà tuo padre?».

«Male, K. Molto male».

«Come pensavo. Voglio dire, le faremmo un favore a portare via l'omega. Eviteremmo un sacco di morti». Accarezzai con lo sguardo i risultati della carneficina che si era svolta nel salone. «Beh, un sacco di *altri* morti».

«È sterile» sibilò Vanessa. «Darle il tuo nodo sarebbe inutile. Perché farlo?».

«Piacere» risposi, scoccandole un sorriso feroce. «Non è quello il punto?». Un'ondata di paura permeò l'aria. La ragazza in gabbia non aveva apprezzato la mia risposta.

Me ne sarei occupato più tardi.

O forse avrei lasciato che lo facesse Mick.

In fin dei conti, era per lui, non per me. Mi ero accorto di come la guardava. La desiderava. Avevamo combattuto per lei. Ora l'avremmo presa.

«Allora, Regina degli Specchi? Mi mancherai di rispetto negandomi la vittoria, ritrattando quella che era chiaramente un'offerta ai presenti? O mi darai l'omega? Dopotutto, non è che tu possa farci molto, visto che è *sterile*».

Vanessa ringhiò. Il suo ululato riecheggiò di nuovo tra le mura del castello, ma tutto ciò che ottenne da parte mia fu uno sbadiglio. Poteva continuare a esigere la mia sottomissione fino all'alba. Non gliel'avrei mai concessa.

Rifiuto che la fece arrabbiare ancora di più.

L'alfa Enrique era alle sue spalle, altrettanto furioso. Aveva il labbro insanguinato a causa del pugno che gli avevo tirato poco prima.

«Il tuo orgoglio è così importante per te?» chiesi dolcemente a Vanessa. «Al punto di rischiare una guerra per un'incomprensione?». Scossi la testa. «Che *regina* sei?».

Se il suo sguardo avesse potuto uccidere, sarei stato un lupo morto.

Per fortuna, l'omicidio richiedeva una certa abilità. Che, a differenza di Vanessa, possedevo in abbondanza.

«Va bene» disse a denti stretti. «Tienila per la notte».

Inarcai le sopracciglia. «Oh, no. La terremo con noi *ogni* notte. Trasferirai la proprietà dell'omega al settore Norse. Oppure tornerò a casa e dirò all'alfa Ludvig cos'è successo. A te la scelta».

Era con le spalle al muro. E lo sapeva.

Io e Mick ci eravamo appena guadagnati una nemica. Ma dato che non avevo nessuna intenzione di tornare in quel dannato settore, per me non c'era alcun problema. Inoltre, era divertente avere dei nemici. Era passato fin troppo tempo dall'ultima volta che avevo avuto l'opportunità di farmene uno.

Digrignò i denti.

L'alfa Enrique ringhiò.

E alla fine le labbra si Vanessa si incresparono in un sorriso. Le era venuta un'idea. La mise in pratica qualche secondo più tardi, con spietata precisione. «Okay. È vostra». Alzò una mano con uno scintillio crudele nello sguardo. «Liberate la ragazza».

Oh, merda.

Il vetro iniziò a sollevarsi, facendo serpeggiare di nuovo tra la folla l'odore dell'eccitazione dell'omega. Mick ringhiò e si lanciò subito verso di lei. La prese tra le braccia e se la strinse al petto, lasciandomi il compito di tenere a bada i lupi famelici.

Vanessa aveva creato le condizioni perfette per far perdere la testa ai beta e agli alfa più deboli.

«Bella mossa» borbottai in direzione della stronza in piedi accanto al trono. «Vai» dissi a Mick. «Ti seguo a ruota».

E si aprirono le danze.

Altro sangue.

Morsi.

Graffi.

Ululati.

Caos.

Adoravo tutto questo. Ringhiando ferocemente, misi al tappeto chiunque tentasse di seguire Mick. Avevamo già fatto parecchi danni, quindi non fu troppo difficile. La maggior parte dei lupi era rimasta in una posizione sottomessa. Solo gli idioti controllati dalla lussuria cercarono di lanciarsi all'inseguimento di Mick.

Scommetto che te la stai godendo un mondo, pensai, rivolto a Vanessa, e la salutai facendole l'occhiolino. Le sue labbra si ritrassero in un ringhio. Non l'avevo esattamente sfidata, ma di sicuro le avevo mancato di rispetto. Avrebbe avuto tutto il diritto di chiedere formalmente un duello. Quasi ci speravo. Sarebbe stato divertente farla sanguinare.

Quando raggiunsi l'esterno del palazzo, Mick era già a metà strada verso il nostro jet.

La struttura che mi lasciai alle spalle era una di quelle vecchie fortezze europee con i muri di pietra e le torce. Il settore Winter non disponeva di tecnologie avanzate, anzi, tutto il contrario. L'interno del castello era riscaldato principalmente dal fuoco. Almeno avevano a disposizione l'acqua corrente. Altrimenti, sarebbe stato come vivere durante l'era glaciale.

«L'omega è svenuta non appena ho rimosso gli stimolatori» mi informò Mick sulla scaletta dell'aereo. I maschi, accecati dalla libido, erano da qualche parte dietro di noi; i loro ringhi esaltati tingevano la notte di una passione violenta.

Mick gettò a terra gli stimolatori, delle specie di morsetti vibranti. A quanto sembrava, il settore Winter poteva permettersi quelli, ma non un sistema di riscaldamento. *Cosa ne pensano i tuoi lupi di come stabilisci le priorità, Regina degli Specchi?*

Ma non sarei rimasto abbastanza a lungo per chiederglielo di persona.

«Fottuto collare». Mick stava osservando l'oggetto cercando di capire come aprirlo. Dopo qualche istante, strinse il metallo tra le dita e lo spezzò con la forza.

«Aspetta». Afferrai le estremità con entrambe le mani e allargai con attenzione la fessura che aveva appena creato. Da solo non ci sarebbe riuscito, visto che aveva ancora una mano occupata a reggere l'omega.

«Grazie». Tolse con cautela il dispositivo dal collo della femmina, poi si accigliò alla vista del livido violaceo che le aveva lasciato. «*Cazzo*».

«Non c'è più tempo» dissi, sentendo lo scalpiccio di stivali in avvicinamento. «Entra». Aprii il portellone e fui investito da un odore ripugnante. «Dannazione. Quegli idioti devono aver trasportato il nostro regalo attraverso la cabina principale».

Mick grugnì in risposta e chiuse a chiave il portellone. Avrebbe tenuto i nostri inseguitori all'esterno, almeno per un po'. Si guardò attorno e si incupì. «Hanno frugato tra le nostre cose».

«Te l'avevo detto». C'erano pochissimi settori che potevamo visitare senza essere sottoposti a tutti quei controlli, e il settore Winter non era tra loro. «Passami l'omega. La sistemerò qui dietro, mentre tu ti prepari al decollo». C'erano altri ululati provenienti dall'esterno, e non volevo segni di artigli sul prezioso aereo di Ludvig.

Mick valutò il mio suggerimento per qualche istante, poi mi consegnò con riluttanza l'omega. Nonostante tutti i commenti che mi passarono per la testa, non lo presi in giro per la sua reazione. Gli alfa erano intrinsecamente innamorati delle omega. Erano rare ed erano le uniche a poter ricevere il nostro nodo. Ciò significava che potevamo scoparle come volevamo senza il rischio di ferirle. O peggio.

La maggior parte dei settori trattava le omega come il prezioso tesoro che erano, mentre altri le sfruttavano come schiave. E se Vanessa aveva detto la verità sulla sua incapacità di procreare, allora la femmina era indubbiamente una schiava. Senza la possibilità di fare figli, era utile per una cosa soltanto: farsi scopare.

Ma ciò non giustificava torturare quella povera creatura. Probabilmente, sarebbe servita ad allietare i maschi del settore Norse. I maschi privi di una compagna, come me e Mick. E Ludwig si sarebbe assicurato di fornirle cure e denaro in cambio dei suoi servizi. I lividi di cui era disseminato il suo fragile corpo mostravano come ciò non fosse affatto una priorità nel settore Winter.

Povero agnellino.

Le scostai una ciocca dal viso, sistemandogliela dietro l'orecchio. Era molto bella, con quel naso dritto e le labbra carnose, ma su di me non aveva alcun effetto. C'era un'altra bocca a tormentarmi, una bocca tinta di rosso scuro, incastonata in un viso dall'incarnato di porcellana. Nella mia mente, rividi i suoi occhi neri. Nelle loro profondità lampeggiava uno sguardo di sfida, una sorta di afrodisiaco per il mio lupo.

Oh, quanto desideravo sottomettere quell'adorabile beta.

Era strano che Snow Frost fosse ancora in cima ai miei pensieri, nonostante stessi tenendo tra le braccia un'omega eccitata. Avevo ancora l'impressione di essere circondato dal suo odore.

Forse avrei pensato a lei, più tardi, scopando con la nostra più recente conquista.

O forse no. Sarebbe stato difficile, considerando quanto erano diverse.

Scossi la testa e mi misi a cercare qualcosa per coprire l'omega infreddolita. Afferrai una spessa coperta di lana da uno degli scompartimenti e gliela avvolsi attorno, poi sistemai la donna su uno dei sedili.

Non spettava a me prendere decisioni su di lei. L'onore spettava a Ludvig, perché qualsiasi cosa vincessi apparteneva a lui, in qualità di alfa del settore Norse. Inoltre, era giusto che fosse Mick a provarla per primo. Salvarla era stata una sua idea, seppur non pronunciata ad alta voce.

Lasciandomi a bramare ciò che non potevo avere.

Sospirando, mi allontanai dalla femmina per occuparmi dei miei abiti rovinati. L'aereo era munito anche di una doccia, ma non saremmo rimasti in volo abbastanza a lungo da darmi l'opportunità di goderne. Così mi limitai a sostituire i vestiti insanguinati con un paio di jeans e un maglione.

«Allaccia le cinture» disse Mick non appena entrai nella cabina di pilotaggio. Si era cambiato anche lui, ma aveva lasciato i vestiti sporchi in una pila appena oltre la soglia. Li calciai via e mi sedetti accanto a lui. Sembrò sorpreso dalla mia scelta. «E se si sveglia?».

Feci spallucce. «Cosa può fare? Siamo su un aereo».

Mi guardò di sottecchi. «A volte mi domando quanto tu capisca le donne».

Sbuffai. «Cosa c'è da capire? Se fa qualcosa, mi metto a ringhiare e lei si sottomette. Risolto».

Mick ridacchiò e armeggiò con i comandi, lanciandoci in avanti. Il velivolo che Ludvig aveva acquistato dal figlio maggiore, l'alfa del settore Andorra, mi ricordava più un razzo, che gli aerei della mia gioventù.

La spinta in avanti doveva aver svegliato l'omega,

perché la sentii emettere un piccolo strillo. «Va tutto bene, piccola» la rassicurai. «Non muoverti. Tra circa un'ora saremo nel settore Norse».

Non rispose. Speravo significasse che intendeva obbedire.

Chiusi gli occhi, e di nuovo una femmina dagli occhi scuri e le labbra color rubino mi accarezzò la mente. Oh, se solo ci fosse stata lei su quel sedile, invece della bionda. Non le avrei dato una coperta. Se avesse voluto scaldarsi, le avrei concesso le mie mani e la mia bocca. E poi mi avrebbe ricompensato succhiandomi il cazzo.

Mmm… sì, l'idea mi piaceva.

Mi trastullai con quella fantasia, mentre Mick era concentrato a pilotare nel buio. Nel frattempo, il suo profumo continuava a solleticarmi le narici come se fosse stata sul jet con noi. Non capivo come fosse possibile. L'odore dell'omega avrebbe dovuto travolgermi, ma riuscivo a pensare soltanto a Snow Frost.

Ho sbagliato a lasciarla nel settore Winter?

Mi accigliai.

No, certo che no. Come avrebbe potuto essere un errore? Non la conoscevo nemmeno. La volevo soltanto perché non avevo reagito alla sua sfida come avrei dovuto, punendola davanti a tutti.

Non importava. Mi ero fatto valere lo stesso, abbattendo tutti quegli alfa e beta e rubando il regalo di addio al celibato di Enrique.

Sorrisi, compiaciuto del mio operato, e mi concessi un pisolino per il resto del viaggio.

Mi svegliai stimolato dall'odore di Snow Frost, che come una sirena chiamava il predatore annidato dentro di me. *Cosa diavolo sta succedendo?*

Scossi la testa, cercando di schiarirmi le idee. Quell'infatuazione doveva finire. Snow sarebbe morta presto, ne ero certo. La Regina degli Specchi non avrebbe mai permesso alla beta di governare a lungo. I suoi istinti da alfa avrebbero preteso in tutti i modi la sua sottomissione.

«Come vuoi gestire il tuo prezioso carico?» chiesi a Mick, scacciando via ogni pensiero sull'affascinante principessa. Eravamo appena atterrati.

Mick si slacciò la cintura di sicurezza e mi guardò con un'espressione seria. «Dovrò combattere contro di te per averla?».

Aggrottai la fronte, momentaneamente confuso. Di chi stava parlando? *Smettila di pensare a Snow, idiota.* «Vuoi combattere per l'omega? Perché?».

Inarcò le sopracciglia. «Non hai sentito il suo odore?».

Sì, l'avevo sentito, ma era un altro il profumo che aveva suscitato il mio interesse. Anche in quel momento. *Perché? Come? Non è nemmeno qui.*

«Perché mi guardi così?» chiese Mick. «Ho capito che è sterile, ma è comunque un'omega. Nel settore Norse ce ne sono solo tre di adulte, e nessuna di loro mi ha mai fatto lo stesso effetto».

«Era solo il tuo istinto protettivo, Mick».

«Può darsi. Ma adesso la voglio. Dovremo lottare?». Un lampo di determinazione gli illuminò lo sguardo. Era terribilmente serio.

«Perderesti».

«Lo so».

«Allora perché mi stai sfidando?».

«Non lo sto facendo. Voglio solo sapere se *dovrò* farlo».

Lo squadrai. Il mio cervello andò temporaneamente in cortocircuito. «Cosa diavolo ti prende?».

«Rispondimi, Kazek. Ti batterai con me per averla?».

Santo cielo. Il ragazzino aveva perso la testa. Certo, era un ottimo alfa. Ma era troppo giovane per tentare di reclamare un'omega. Di solito, accadeva quando un alfa raggiungeva la mia età, non a venticinque anni. Ero quasi ammirato dalla sua determinazione.

«Sei sempre stato così presuntuoso» commentai con un sorrisetto.

Mick non condivideva il mio divertimento. Si limitò a fissarmi, e nelle sue pupille vidi agitarsi il suo lupo.

«Oh, sei proprio nei guai, amico. Non la conosci nemmeno». Certo, la stessa cosa si poteva dire di Snow Frost, eppure ero lì a struggermi sulla mancata opportunità di farla mia. Forse ci avevano drogati durante la cena? Non era da escludere che la Regina degli Specchi avesse aggiunto alle bevande una qualche pozione d'amore. *Stronza malefica.*

Mick non rispose. Il suo lupo continuava a guardarmi, in attesa di una risposta.

Sospirai. «Come vuoi, Mickelson». Usavo raramente il suo cognome completo, ma la situazione sembrava richiederlo. «Non combatterò contro di te per lei. Ma è probabile che altri lo faranno».

«Non sono d'accordo. L'abbiamo vinta. Se non la vuoi, allora posso rivendicarla io».

«Non è così che funziona. Tutto quello che vinco appartiene a tuo padre».

«Non lei» rispose, rifiutandosi di cedere.

Testardo di un lupo. «Dovrai discuterne con…». Smisi di parlare, distratto da una nuova ondata del profumo di Snow.

Mi voltai lentamente verso la cabina dell'aereo,

osservando ogni dettaglio. Non trovai nulla fuori posto, solo una timida omega che ci stava ascoltando con gli occhi sbarrati. Quando incontrai il suo sguardo, abbassò subito il capo. Mick ringhiò in segno di avvertimento.

«Ssh» lo zittii, annusando l'aria. C'era qualcosa che non andava. L'odore di Snow Frost non avrebbe dovuto trovarsi lì. A meno che non stessi impazzendo. «Fa' scendere la ragazza dall'aereo» dissi poi a Mick. «Portala da Ludvig. Vorrà sapere cos'è successo».

«Quello non è il tuo lavoro?».

«Vuoi l'omega o no?» sbottai, irritato dal fatto che avesse palesemente ignorato un mio ordine. Se avessi dovuto soffiargli la femmina per dargli una lezione, l'avrei fatto. *Dopo* aver scoperto perché l'odore di Snow permeava la cabina.

«È mia» rispose Mick, lasciando trasparire l'alfa che era in lui.

«Allora fa' come ti ho detto. Adesso». Lo guardai negli occhi. «Se la vuoi, dovrai portarla dall'alfa del settore Norse e lottare per lei. Non sarò io a farlo al tuo posto».

Finalmente, la comprensione gli illuminò il viso. Gli avevo appena fatto un regalo. Se avesse presentato l'omega a Ludvig senza di me, avrebbe significato che avevo rinunciato a ogni diritto su di lei.

Un gesto folle da parte mia, considerando il tesoro che aveva tra le cosce, ma ero troppo preso da Snow e il fottuto incantesimo in cui mi aveva intrappolato.

Mick non mi ringraziò a parole, ma con i fatti.

Si avvicinò alla femmina tremante e la prese tra le braccia. Il contatto la fece piagnucolare, e lui rispose con un verso gutturale simile a delle fusa. Ne rimasi a dir poco spiazzato.

Gli alfa emettevano quel suono solo per le compagne prescelte.

Com'era possibile che volesse accoppiarsi con un'omega difettosa?

Doveva esserci veramente qualcosa di strano nell'aria del settore Winter. Nessuno di noi due stava agendo in modo sensato. In mattinata ne avrei dovuto parlare col nostro medico.

Per il momento, avevo un odore da inseguire.

Rimasi assolutamente immobile appena fuori dalla cabina di pilotaggio, in una zona in ombra.

Mick aprì il portellone e se ne andò con l'omega, che portò via con sé anche il suo profumo. Rimase qualcosa di dolce. Una fragranza che mi ricordava le mele che cuocevano al sole. Molto specifico. Inebriante. E fin troppo presente per essere una coincidenza.

O Snow Frost aveva fatto parte dell'ispezione, cosa di cui dubitavo, o si era intrufolata nel nostro jet.

Poteva essere tutto frutto della mia immaginazione, un sogno che desideravo fosse reale. Ma ero troppo affascinato dalla situazione per lasciar perdere.

Avevo due opzioni: trovare il suo nascondiglio, oppure catturarla mentre usciva dall'aereo.

Tamburellando col dito sul mento, ci riflettei sopra e scelsi la seconda. Sarebbe stato molto più divertente seguirla e spiarla. Dove sarebbe andata? Cosa avrebbe fatto?

Perché ormai ero assolutamente certo della sua presenza. Non poteva essere tutto nella mia testa. Il suo profumo irresistibile aveva riempito ogni centimetro della cabina. Avrei dovuto accorgermene prima, ma l'omega e l'adrenalina della lotta mi avevano offuscato la mente. Avevo anche pensato che si trattasse solo di una fantasia.

Ma no, non lo era.

Snow Frost era lì.

Riuscivo quasi ad *assaporarla*. La sua paura. Il suo dolore. Le sue speranze.

Ah, forse, dopotutto, sarei riuscito a giocare con lei.

Aveva viaggiato con noi senza permesso. Ciò le toglieva ogni diritto. Ogni sicurezza. Ogni protezione. Avrei potuto fare tutto ciò che volevo con lei, e nessuno avrebbe potuto dirmi nulla.

Una splendida conclusione per una giornata troppo lunga.

Okay, lupacchiotta, pensai, scendendo dall'aereo. Mi avvicinai a un albero lì accanto e appoggiai la schiena al tronco, lasciandomi avvolgere dalle ombre. *Fammi sapere quando sei pronta a iniziare. Ti sto aspettando.*

SNOW

Il mio cuore batteva all'impazzata. Per un attimo, avevo pensato che l'alfa Kazek mi avesse trovata. Ma poi se n'era andato, fischiettando un motivetto che non conoscevo.

Mi accasciai sul fianco. Avevo lo stomaco ancora in subbuglio, e sicuramente la tensione provata durante il volo non aveva aiutato. Eravamo decollati così in fretta che mi era sfuggito un grido di sorpresa. Per fortuna, Kazek aveva pensato che provenisse da Kari. Lei non l'aveva contraddetto, ma si era guardata attorno, alla ricerca della fonte del suono. Sarebbe stata solo una questione di tempo prima che dicesse agli altri che sull'aereo c'era anche qualcun altro.

O forse no.

Come hanno fatto a sottrarla a Vanessa?, mi domandai per la milionesima volta da quando l'avevano portata a bordo. Kari era uno dei regali che il settore Bariloche aveva mandato insieme a Enrique, il loro modo di ringraziare Vanessa per aver organizzato il corteggiamento tra me e l'alfa. Non conoscevo l'omega, l'avevo vista soltanto durante lo scambio. Ed ero abbastanza sicura che fosse lì per soddisfare i bisogni di Enrique, quindi non ero molto interessata a fare amicizia con la donna che sarebbe stata l'amante di mio marito.

Ma il collare che rappresentava la sua condizione di schiava era sparito. Strano.

Scossi la testa e mi costrinsi ad alzarmi. Mi sarei preoccupata di Kari più tardi; era il caso che mi concentrassi sul *mio* destino. Per esempio, riflettendo su dove andare, una volta scesa dall'aereo.

Direttamente da Ludvig, a mostrargli la collana e implorare il suo aiuto? E se qualche altro lupo del settore mi avesse trovata prima che potessi raggiungerlo?

Aggrottai la fronte. *Questo piano fa acqua da tutte le parti.*

Almeno avevo i pugnali e il telefono satellitare.

Arricciai le labbra di lato. Restare lì non sarebbe servito a niente. Avrei sbirciato fuori, dato un'occhiata in giro e deciso come procedere.

Forse avrei anche potuto trovare un albero sotto cui riposarmi per recuperare le forze. L'ansia mi aveva indebolita, lasciandosi dietro degli spasmi che si stavano concentrando nel mio ventre.

Mi sentivo… malata.

Impossibile.

Probabilmente era solo l'astinenza dalle medicine che mi obbligava a prendere Vanessa, insieme alla follia delle ultime ventiquattr'ore.

Cercando di scrollarmi di dosso quella strana sensazione, strisciai fuori dal mio rifugio improvvisato e guardai dal finestrino. La vista mozzafiato dell'oceano, su cui brillava il riflesso cristallino della luna, mi lasciò a bocca aperta. Sapevo che il settore Norse si affacciava sul mar Baltico, ma non avevo idea di dove si trovasse il loro aeroporto. Vanessa non mi aveva mai permesso di viaggiare. Diceva che ero troppo debole per farlo. Quello era stato il mio primo volo; in tutta onestà, non ne ero particolarmente entusiasta. Le mie orecchie dovevano ancora riabituarsi a stare a terra. Era forse a causa del mal d'aria che avevo la nausea?

Mi spostai sull'altro lato della cabina. Scorsi in lontananza colline alberate e qualche luce flebile che si inerpicava sul fianco della montagna più vicina. *Dov'è il loro castello?* Forse era nascosto dietro alla montagna. Sarebbe stata una bella camminata.

Ce la posso fare, mi dissi. *Non ho scelta.*

Mi feci coraggio e afferrai la maniglia del portellone. Con estrema cautela, cercando di essere il più silenziosa possibile, lo aprii appena. Una folata d'aria mi scompigliò i capelli, ma non successe nulla. Quindi, spalancai completamente il portellone e mi guardai attorno.

Foglie secche frusciavano nella notte, ancora aggrappate ai rami coperti di neve. La temperatura era simile a quella di casa, così come il paesaggio candido. Ma tutto il resto era diverso. L'aria vibrava di energia, facendomi danzare i peli sulla nuca. Anche i profumi erano un qualcosa di unico. Il vento non portava con sé l'odore acre di cenere e braci, ma solo il dolce aroma dei pini e dell'oceano. Mi ricordava l'estate nel settore Winter.

Inspirai profondamente, per poi fare una smorfia quando una nuova ondata di nausea mi travolse.

Forse sono i miei vestiti. Puzzavano ancora di pesce.

Mi costrinsi a lasciare il jet e in qualche modo riuscii a scendere a terra senza cadere. «Ahia» gemetti. Mi strinsi le braccia attorno alla pancia e mi aggrappai di nuovo alla scaletta. Avevo le vertigini.

C'è qualcosa che non va.

Un lamento mi sfuggì dalle labbra e le gambe mi cedettero. Il cemento ghiacciato mi raffreddò le membra, regalandomi un sollievo inaspettato. Soffocando l'ennesimo gemito, mi ritrovai praticamente stesa sulla pista di atterraggio, alla ricerca del conforto del gelo.

Sentivo la pelle bruciare sotto i vestiti. «Troppo caldo» sussurrai, contorcendomi. La mia lupa mi intimò di spogliarmi, ma due mani mi catturarono i polsi prima che potessi farlo.

Strillai, scioccata dal contatto improvviso. Alzai lo sguardo di scatto e trovai un paio di occhi scuri e penetranti. *L'alfa Kazek.* L'intensità della sua espressione mi colpì. «Cosa sei?» domandò con un basso ringhio che mi fece stringere le cosce.

Oh no... «Non farlo» implorai. Quel suono era troppo da sopportare. *Cosa diavolo c'è che non va in me?* Ero colta da fremiti violenti, e il maglione doveva assolutamente sparire! Cercai di sottrarmi alla sua presa per strapparmi i vestiti di dosso, ma fu tutto inutile. Era molto più forte di me.

Premette il naso sul mio collo e inspirò profondamente. Un profondo brusio gli vibrò nel petto.

Gemetti in risposta, e un'ondata di eccitazione accarezzò il mio sesso. Le mie gambe si tesero. Imbarazzata, fui colta da un altro spasmo al ventre. Gridai per la sorpresa e per il dolore, stringendo le ginocchia al petto.

Cosa mi sta succedendo?

Forse Vanessa mi aveva avvelenata durante la cena. Forse sapeva che li avevo sentiti, e quello era il piano di riserva per assicurarsi che morissi.

Le lacrime iniziarono a rigarmi il viso. L'alfa Kazek mi afferrò il mento, facendomi strillare di nuovo. Stava dicendo qualcosa. La sua voce profonda e mascolina rendeva impossibile concentrarsi. Mi abbandonai al suo tocco, mentre la mia mente non riusciva a comprendere il desiderio che mi scaldava il sangue. Il contatto con l'alfa Kazek mi rilassava, mi intrigava, mi sottometteva.

Sì...

Mormorò qualcosa sui soppressori, facendomi tornare

in me, almeno per qualche istante. Aggrottai la fronte. «Soppressori» ripetei. La mia voce aveva un tono sensuale che non riconobbi. «Mmm, no. Pastiglie. Forza. Dimenticate. Casa». Perché non riuscivo a formulare una frase? E... oh, perché il contatto con la sua mano era così piacevole?

Praticamente mi sciolsi su di lui. Non importava che lo conoscessi appena. Emanava autorità e dominio, e io volevo immergermi nel suo potere. Qualche piccolo mugolio lasciò le mie labbra, tradendo il mio interesse. Avrei dovuto sentirmi mortificata, invece non feci una piega. Anzi, non tentai nemmeno di soffocare quei suoni.

Non era da me.

Mi sentivo come se mi avessero drogata.

Ed era successo tutto all'improvviso.

No, non all'improvviso. Era iniziato... qualche ora prima. Con i crampi.

«Snow» sbottò l'alfa Kazek, riportandomi alla realtà. Aveva parlato di nuovo, ma non avevo idea di cosa avesse detto. Ma... oh, aveva degli occhi stupendi. Lineamenti scolpiti. E quella bocca...

Trascinai il dito lungo il suo labbro inferiore, affascinata. Lui mi morse, togliendomi il fiato. *Forte. Alfa. Maschio. Sì, ti prego.*

Mi strinsi a lui. Volevo di più. Lo desideravo.

Ma dovevo liberarmi di quei dannati vestiti. «Caldo» mi lamentai, tentando di nuovo di liberare i polsi dalla sua morsa.

Si mise a ringhiare, visibilmente infastidito. Tuttavia, quel suono mi fece bagnare ancora di più. Che strano. Perché ero bagnata? Beh, un altro buon motivo per spogliarmi. Avevo bisogno di una doccia.

No, avevo bisogno di *lui*.

Premetti le labbra sul suo collo. Assaggiai la sua pelle con la lingua, gemendo.

Iniziammo a muoverci.

O forse fu il terreno a farlo.

Girava tutto. Era di nuovo come se avessi le vertigini. La parte più logica di me mi gridò di concentrarmi, ma era difficile fare attenzione, con il cielo che spariva sotto una splendida distesa di sempreverdi e neve.

Che bello, pensai, perdendomi negli odori e nei suoni della foresta. L'aria mi aiutò a rinfrescarmi un po', ma la mia pelle era comunque ricoperta da una patina di sudore e sporcizia. «Doccia» riuscii a dire. Avevo la bocca secca. «Per favore».

L'alfa Kazek grugnì. Disse di nuovo qualcosa sui soppressori, in tono sprezzante. Mugolai qualcosa di intellegibile in risposta, triste per averlo contrariato, nonostante non sapessi nemmeno come. Era tutto così strano. Solo qualche ora prima, l'avevo apertamente sfidato.

Dovrei avere paura di lui, mi resi conto. Ma il suo odore mi accarezzò il naso e mi tranquillizzò. Sospirai. La sua forza mi avvolgeva come un rifugio sicuro che non avrei mai voluto abbandonare.

In qualche anfratto della mia mente, riconobbi l'assurdità della situazione. Ma sembrava che ormai fosse la mia lupa a guidarmi. La mia lupa mi piaceva. Era affidabile. La ascoltavo spesso.

Così le permisi di emergere in superficie e controllare i miei impulsi.

«Dopo che avrò finito di scoparti, io e te faremo un bel discorsetto» mi informò Kazek. «Sei stata una lupacchiotta cattiva».

Sbattei le palpebre, sconcertata. «Scoparmi?». L'avevo fatto solo una manciata di volte e non mi era mai piaciuto.

Non riuscivo mai a reagire nel modo giusto. Tuttavia, le sue parole mi suscitarono un'altra vampata di calore tra le cosce. Forse con lui sarebbe stato diverso.

Come?

Perché?

Vanessa doveva avermi fatto qualcosa. Forse mi aveva messo nel bicchiere una di quelle pillole che le piacevano tanto, quelle che in teoria rendevano il sesso molto più allettante. D'altro canto, non mi aveva mai permesso di usarle. Quindi perché proprio ora?

Perché vuole ammazzarti, ricordai a me stessa. *Sì, giusto. È per questo che sono qui!*

«Ho bisogno di parlare con l'alfa Ludwig» dissi in fretta. Le mie mani erano improvvisamente libere, così gli mostrai il medaglione. «Questo. Devo fargli vedere questo».

«Ciò di cui hai bisogno è che qualcuno ti dia il suo nodo» rispose l'alfa Kazek.

Corrugai la fronte. «No». *Nodo?* La comprensione mi colpì come uno schiaffo in faccia. «No!». Era così che aveva intenzione di uccidermi Enrique. «No, ti prego. No. Io non… non posso… Vanessa…».

Un fiotto di acqua gelida mi colpì la fronte, strappandomi un urlo. La mia schiena andò a sbattere su una parete coperta di piastrelle. Sputacchiai, alzando le mani per proteggermi il viso. «Calmati. Sarà tiepida in un attimo» disse l'alfa Kazek, il cui corpo caldo stava ancora sorreggendo il mio.

Mi aveva condotta sotto una specie di cascata.

No, una doccia.

Aspetta… quando siamo arrivati qui?

Eravamo circondati da vetro e marmo nero. L'arredamento mascolino era accentuato da una luce fioca posta sul soffitto. Spalancai gli occhi alla vista dell'enorme stanza da bagno. Quel posto, dotato di tecnologie all'avanguardia, sembrava uscito da una rivista del passato, un passato precedente al Contagio.

Mi guardai attorno a bocca aperta, per poi tornare a concentrarmi su di lui. «Cosa stai facendo?».

«Ti sto dando una ripulita. Hai fatto il bagno in una vasca di pesce marcio, prima di salire sul mio aereo?». Sbuffò e mi strappò via il maglione, sotto cui non avevo nulla. Ci bloccammo entrambi; io per lo shock, lui perché stava chiaramente apprezzando la visuale.

«Kazek» sussurrai.

«Ssh» mi zittì. Il suo respiro sapeva di menta e attirò la mia attenzione sulla sua bocca. Da dove veniva tutta quella attrazione nei suoi confronti? Perché desideravo così tanto baciarlo? No, non solo baciarlo. *Divorarlo*.

Strinsi le cosce, rendendomi conto che erano avvolte attorno ai suoi fianchi. Sussultai. Quando era successo? Perché stavo perdendo la cognizione del tempo? Sentivo la sua erezione pulsare sul mio sesso fradicio, a separarci c'erano soltanto i nostri pantaloni.

Scossi la testa, cercando di schiarirmi le idee. La mia mente era impigliata in una ragnatela di eccitazione che non capivo. «Cosa mi sta succedendo?» domandai, e un'altra fitta mi colpì al ventre. Mi contorsi, sopraffatta da un dolore lancinante che mi fece vedere le stelle.

«Stai andando in calore». Strattonò i miei jeans. I suoi gesti erano furiosi e terrificanti, e io mi sentivo completamente impotente. L'attimo prima ero stretta a lui, parzialmente vestita, e quello dopo ero nuda contro il muro.

«Non... non capisco».

«Hai preso dei soppressori».

«N... no».

«Sì. E hanno smesso di fare effetto nel momento meno

opportuno. Almeno per te. Non c'è da stupirsi che il tuo odore mi abbia attratto». Chinò di nuovo il viso sul mio collo, trascinando le labbra sulla mia pelle. «Non so perché ti sia intrufolata sul mio aereo, ma ora come ora non mi importa».

Tentai di mugolare qualcosa. Tremavo, nonostante il fuoco che mi scorreva nelle vene. «L... Ludvig» riuscii finalmente a dire. «Ho... ho bisogno dell'alfa Ludvig».

«No, lupacchiotta. Non in queste condizioni». Avvicinò la bocca al mio orecchio. «Se ti lascio andare, l'intero settore ti darà la caccia. Qui non hai alcun diritto. Sei un'intrusa. Nonché un'omega in calore. Non andrebbe a finire bene».

«B... beta» lo corressi. «Non posso ricevere un nodo». *Mi ucciderebbe.*

«Ah, ne dubito» mormorò, premendo la sua enorme erezione sul mio ventre. Che fine avevano fatto i suoi vestiti? Perché non riuscivo a essere lucida per più di qualche minuto?

E *come* aveva intenzione di darmi il suo nodo?

«Mi... mi ucciderai» ansimai, seppur inarcandomi verso di lui. Era come se il mio corpo rifiutasse di dare ascolto alla mia mente. «P... pastiglie» aggiunsi, sperando che capisse. Qualcuno mi aveva dato qualcosa di strano. *Mi hanno drogata.*

«Oh, no, piccola. Niente più soppressori per te».

Dannazione. Non aveva capito! «Non... sopp... soppressori». Soffocai un gemito quando si strusciò su di me. L'acqua si era scaldata e mi stava offuscando i sensi, donandomi un briciolo di lucidità e al tempo stesso facendomi annegare nella lussuria. «Vanessa vuo... vuole uccidermi. Forse ha provato. Pastiglie. Veleno».

Si bloccò. «Dillo di nuovo».

Scossi il capo, incapace di concentrarmi abbastanza a lungo. «Aiuto» lo implorai. «Ho bisogno… di aiuto».

Aggrottò la fronte. «Stai andando in calore, Snow. Ho tutte le intenzioni di aiutarti ad affrontarlo».

Scossi di nuovo il capo. Un lamento mi risalì la gola. Non capiva. «Niente nodo». Non potevo accettarlo. Doveva essere tutto parte del piano di Vanessa: convincere un alfa che avrebbe potuto scoparmi completamente.

Aveva progettato che fosse Enrique a farlo.

Ecco cosa intendeva, quando aveva detto che conosceva un metodo per indurre le sensazioni appropriate. Doveva aver lanciato su di me un qualche malvagio incantesimo per spingere gli alfa a pensare che potessi soddisfarli.

Gli occhi mi si riempirono di lacrime.

Ero riuscita a sfuggire dalle sue grinfie solo per ritrovarmi in una situazione ancora peggiore, preda di un alfa guidato dai suoi impulsi più animaleschi.

Aveva vinto.

Nonostante tutto… era comunque riuscita a vincere.

Mi accasciai su di lui, singhiozzando, sopraffatta dal tradimento e dalla sconfitta. E, peggio ancora, dall'eccitazione.

Perché lo volevo.

Le mie cosce erano bagnate dal desiderio che mi scopasse. Facendolo, però, mi avrebbe ucciso. «Mi ucciderai» sussurrai. E continuai a ripetere quelle parole, nella mente e ad alta voce. «Sono una beta. Sono una beta. Sono una beta».

KAZEK

«Non sei una beta». Ero stanco dei suoi tentativi di convincermi del contrario. Sentivo chiaramente l'odore della sua vera natura: un'omega nascosta sotto una nube di soppressori. Era una cosa disgustosa, che mi fece arrabbiare. «Lo sai che nel nostro settore è illegale fingere di essere ciò che non si è?».

L'ennesimo crimine da aggiungere alla lista.

«Ti... ti prego» mi implorò, strappandomi un ringhio stizzito. Odiavo quella sceneggiata patetica. Cos'era successo alla donna che mi aveva sfidato? Perché si era ridotta così?

Doveva essere colpa del calore. «È il tuo primo ciclo?» domandai, per accigliarmi subito dopo. «No, è impossibile. Hai almeno vent'anni».

Si limitò a scuotere di nuovo la testa, continuando a ripetere che l'avrei uccisa. In realtà, sarebbe stato un mio diritto, considerati tutti i crimini che aveva commesso dal primo momento in cui l'avevo incontrata. Ma assassinare un'omega, soprattutto una bella come lei, sarebbe stato sbagliato sotto ogni punto di vista.

«Com'è possibile che Enrique accetti di perderti di vista anche solo per un secondo?» chiesi, accarezzandole lo zigomo. «Sei stupenda. E hai un profumo divino».

Premetti ancora una volta il naso sul suo collo, inspirando il suo dolce aroma di sole e mele. *Mmm.* «Voglio assaggiarti, Snow. Voglio cenare tra le tue cosce. E poi scoparti».

Un gemito le sfuggì dalle labbra, seguito da un grido di dolore. Si piegò di nuovo su se stessa, stringendosi il ventre.

La osservai con un'espressione sconcertata.

Avevo già visto delle omega in calore. Non era così che si comportavano. Doveva essere tutta colpa dei soppressori. C'era un motivo se nel settore Norse erano stati banditi: tendevano a creare più danni che benefici.

La guidai verso la piccola seduta nell'angolo del box doccia, dove le insaponai con cura tutto il corpo per rimuovere lo sporco e il fetore lasciato dai vestiti. Una volta finito di lavarla, avrei gettato tutto nella spazzatura.

Quando passai a strofinarle il seno, i suoi capezzoli si indurirono e le sue cosce si strinsero in un gesto voglioso; nel mentre, però, dalle sue labbra continuavano a uscire dei lamenti agonizzanti. Continuava a ripetere sempre le stesse parole, affermando di essere una beta, implorandomi di aiutarla, borbottando qualcosa sul piano di Vanessa di ucciderla.

Si mescolava tutto in un ammasso di assurdità, che iniziavano a sembrarmi tutte scuse. Ma non potevo negare che le sue reazioni fossero completamente sbagliate.

Alternava pianto e gemiti. L'odore della sua eccitazione permeava l'aria, eppure la sua espressione era quella di una creatura spaventata e disperata.

L'intera situazione me lo stava facendo diventare duro come una roccia.

«Sai perché mi chiamano "il Cacciatore"?» le chiesi dolcemente, spalmando lo shampoo sulle sue folte ciocche corvine. Mi accovacciai davanti a lei, cercando di catturare il suo sguardo. «Perché prima che Ludvig mi trasformasse in un lupo, ero un assassino. "Il Cacciatore" era il mio nome in codice».

Nessuna reazione.

Le sciacquai i capelli, poi tornai ad accucciarmi alla sua altezza. «Mi piace punire gli altri per i loro crimini» la informai, avvolgendomi attorno all'indice una delle sue ciocche umide. «Di solito, li uccido. Alcuni più brutalmente di altri. E per quanto tu ti sia guadagnata una punizione, non hai fatto nulla che meriti una danza con la morte». Le strattonai appena i capelli. «Adesso apri le gambe».

E invece le strinse.

Sulle mie labbra aleggiò un sorriso divertito. «Mi stai rifiutando, piccola Snow?».

«Non posso… mi… mi ucciderai».

Da quello capii che non era mai andata in calore; se fosse successo, non avrebbe avuto paura. Avrebbe saputo di essere in grado di gestire le mie dimensioni. Certo, inizialmente sarebbe stato un po' doloroso. Ma poi si sarebbe abituata e avrebbe iniziato a supplicarmi di darle il mio nodo. Era così che funzionava tra alfa e omega.

Mi alzai in piedi per finire di lavarmi, e mi accorsi con un sorrisetto che stava guardando il mio cazzo a bocca aperta. «Lo prendo come un complimento, dolcezza». Mi piaceva che la intimidisse. E mi sarebbe piaciuto ancora di più sentire le sue urla durante la penetrazione, indotte da un miscuglio di paura e piacere.

Ma, chiaramente, prima c'erano alcune questioni da risolvere.

Avevo l'impressione che stesse cercando di lottare contro l'arrivo del ciclo, probabilmente con l'aiuto dei residui dei soppressori che aveva ancora in circolo. Il suo odore mi disse che le restava ancora un'ora, prima che anche le ultime resistenze si sgretolassero.

Chiusi l'acqua e presi un telo. Quando glielo avvolsi attorno, si ritrasse con un sibilo, togliendoselo di dosso come se la stesse ustionando. Confuso, ripetei l'azione su di me e non vi trovai nulla di strano.

«Non puoi darmi il tuo nodo» disse con un tono improvvisamente deciso.

Inarcai un sopracciglio e la guardai. «Preferisci andare alla ricerca di un altro alfa che soddisfi i tuoi bisogni?».

Spalancò gli occhi. «No».

«E allora lascerai che ti scopi».

«No» ripeté. «Non sopravvivrei».

Ero ancora in piedi davanti a lei, che invece si trovava seduta, e il mio corpo sovrastava la sua figura minuta. Decisi di usare la nostra posizione a mio vantaggio. «Apri la bocca».

«Cosa?».

«Apri». Le posai il palmo sulla guancia. «La». Premetti il pollice sul suo mento. «Bocca». Feci pressione per abbassarle la mandibola. «Di più».

L'aria si tinse di timorosa eccitazione. La sua lingua guizzò fuori per inumidirle il labbro inferiore. Le omega erano fatte per prendere il cazzo degli alfa. Una verità che il suo corpo sembrava comprendere, a differenza della sua mente.

Fortunatamente, era la sua lupa a fissarmi dalla profondità dei suoi occhi. E obbedì. «Brava» la lodai, muovendo il bacino in avanti per posare la punta del mio sesso sulle sue labbra accoglienti. Un'altra ondata di eccitazione saturò l'aria, e con essa i miei sensi. Ma riuscivo ancora a controllarmi. E per dimostrarlo entrai lentamente nella sua bocca, osservando con attenzione le sue reazioni.

Il terrore si smussò in interesse, mutando rapidamente in lussuria.

Sorrisi. «Ti piace».

Rispose facendo roteare la lingua sulla punta. Oh, non sapevo chi le avesse insegnato quella mossa, ma gliene ero grato. Chiusi gli occhi mentre mi prendeva più in profondità. La sua bocca si muoveva divinamente attorno al mio...

«Cazzo!» gridai. Mi aveva morso. Ed era rimasta lì. Cercai di arretrare, ma non mollava. Ringhiai, travolto dal dolore. Grazie al cielo non era in grado di trasformarsi, altrimenti le sue fauci me l'avrebbero staccato di netto. «Lasciami andare» le ordinai, infondendo nel tono tutta la mia autorità di alfa.

Obbedì immediatamente, ma invece di sottomettersi, si lanciò verso i suoi vestiti.

E afferrò i pugnali.

Sì, li avevo notati, mentre la spogliavo. Stessa cosa per il telefono.

La guardai. «Vuoi giocare, piccola? Violenza e preliminari per me vanno di pari passo».

«Non toccarmi». La sua voce era più decisa, sembrava aver ritrovato la sua spina dorsale.

Affascinante. Un'omega così vicina al calore avrebbe dovuto essere un ammasso di desiderio piagnucolante, esattamente com'era lei qualche istante prima. Ma era riuscita a trovare una scorta di determinazione nascosta nel suo spirito. Col risultato di farmi eccitare ancora di più.

Si mise in posizione da combattimento. «Ti rendi conto che me lo stai facendo venire ancora più duro, sì?». Il mio cazzo pulsò, confermando le mie parole. Il morso era già storia vecchia. «Sono dipendente dal dolore, Snow».

L'odore del suo desiderio era così intenso e inebriante da farmi girare la testa. Feci un passo indietro, in direzione della mia camera da letto.

«Vieni a prendermi, tesoro» la provocai, continuando a camminare verso dove speravo mi seguisse. E lei fece esattamente così, impugnando un coltello in entrambe le mani.

Qualcuno le aveva insegnato a combattere.

Perfetto.

La maggior parte degli alfa adorava e pretendeva una sottomissione immediata. Io, invece, preferivo dover lottare per ottenerla. Forse era a causa del mio lato umano, o forse delle mie esperienze di vita. In ogni caso, ero sempre attratto da una femmina grintosa. Amavo riuscire a convincere una donna di carattere a inginocchiarsi e fare ciò che volevo. Servivano abilità e pazienza, due caratteristiche che possedevo in abbondanza.

«Ti concedo il primo tentativo» le dissi.

Arricciò le labbra in risposta, in un'espressione che irradiava forza e ribellione. E che però, in un attimo, mutò in una smorfia di dolore.

«Ti suggerisco di agire in fretta» aggiunsi. «Non potrai lottare ancora per molto, omega. Il tuo estro è alle porte».

«Non sono un'omega» ribatté con un tono tagliente. «Sono una beta».

«Il tuo odore dice il contrario».

«Il mio odore è stato alterato» ringhiò.

Sbuffai. «L'effetto dei soppressori non dura in eterno».

«Non ho mai preso dei soppressori!». Si scagliò contro di me, e la lama riuscì quasi a scalfirmi il petto. Ma riuscii a catturarle il polso appena in tempo. La feci voltare tra le mie braccia, movimento a cui reagì con un adorabile guaito, e la bloccai con la schiena premuta sul mio petto.

«Vuoi provare di nuovo?» le chiesi con tutta la disinvoltura del mondo.

Ringhiò.

Ricambiai allo stesso modo, e sorrisi quando il mio

verso le causò un gemito smanioso. «Assolutamente un'omega» commentai, poi la spinsi via da me. «Ti do un'altra possibilità, ma ti suggerisco di…».

Un bagliore argenteo fu l'unico avvertimento che ricevetti: aveva lanciato il pugnale verso di me, cercando di colpirmi al cuore. Riuscii ad afferrarlo soltanto all'ultimo, finendo per tagliarmi. Le mie sopracciglia schizzarono in alto per la sorpresa.

«Ottima mira» la elogiai, poi le porsi di nuovo l'arma. Il mio sangue tingeva il metallo. «Terzo round».

La rabbia si sprigionò dalla sua figura minuta, mescolandosi alla lussuria. Un profumo afrodisiaco.

Ringhiò e venne verso di me. Lasciò andare il pugnale che ancora teneva stretto in pugno, facendomi cadere con uno schiaffo quello che le stavo offrendo.

Che diavolo?!

Quella mossa non aveva alcun senso. Né tantomeno la decisione di saltarmi addosso.

La presi per i fianchi e lasciai che mi graffiasse il petto per qualche istante, poi la gettai sul letto. Un ululato selvaggio le squarciò la gola. Cercò di aggredirmi di nuovo, ma in un attimo la bloccai sul materasso.

Le immobilizzai i polsi sopra la testa con un'unica mano, mentre con l'altra le agguantai un fianco e la tenni ferma sotto di me.

Lo shock sembrò farle ritrovare quel briciolo di lucidità di cui aveva chiaramente bisogno. «C… come?».

«In che senso "come"? Hai appena lasciato cadere per terra la tua unica difesa e ti sei messa a graffiarmi». *Pazza di un'omega*, aggiunsi mentalmente. Non ero più colpito dal suo addestramento. Che mossa stupida. Se fosse stata mia allieva, le avrei dato una bella lezione. Era ridicolo.

«Non… non riesco a trasformarmi» disse. La puzza del terrore si fece prepotentemente strada nella stanza.

«Ovvio. Stai per andare in calore».

Scosse la testa. «Non sono un'omega».

«La tua insistenza sta iniziando a essere snervante» la informai. «I soppressori hanno smesso di funzionare, lupacchiotta. Non so più come dirtelo».

«Non uso soppressori» sbottò. Sembrava esasperata. «Prendo solo degli integratori».

Integratori?, ripetei tra me e me, incredulo. *È così che li chiamano nel settore Winter?*

«Me li ha dati Vanessa» aggiunse con voce rotta. Le sue spalle si afflosciarono. «Avrebbero dovuto rendermi più forte. Chiaramente non hanno funzionato».

Rimasi interdetto per qualche istante. *Un attimo...* «Per quanto a lungo hai preso quelle pastiglie?» le chiesi. Un sospetto stava prendendo forma tra i miei pensieri.

«Le uso da sempre». Si schiarì la voce. «Da quando ho memoria».

«Ogni giorno?» insistetti.

Lei annuì. «Sì. Fino a ieri sera».

Studiai il suo viso alla ricerca di un segnale che la tradisse, ma non ne trovai. Stava dicendo la verità. Ero bravo a leggere le persone, era parte del mio lavoro. E lei era un libro aperto. «Vanessa ti ha detto che servono a renderti più forte».

Annuì di nuovo e strinse i denti. «E adesso mi ha dato qualcosa per farmi passare per un'omega. A beneficio di Enrique, in modo che potesse scoparmi fino alla morte col suo nodo».

Cosa? «Enrique aveva intenzione di...?». Non riuscii a terminare la frase, perché non aveva alcun senso. Com'era possibile che un alfa potesse uccidere un'omega col suo nodo? Come? Perché? E soprattutto perché diavolo l'aveva mandata via dal salone? Gli alfa erano estremamente protettivi con le loro compagne, eppure lui aveva deciso di continuare a trastullarsi alla festa, invece di stare con Snow.

«Domani» sussurrò, rispondendo alla domanda che non ero riuscito a completare. «Dopo il matrimonio. Ma qualsiasi cosa abbia fatto Vanessa deve essere iniziata troppo presto. O forse sapeva che li avevo sentiti parlare». Scosse la testa con convinzione. «Non sono un'omega».

«Al contrario, dolcezza, lo sei eccome. Non esiste una sostanza che possa farti profumare così». Anche se i soppressori erano riusciti a tenere celata la sua vera natura. Eppure ero rimasto comunque affascinato da lei. E finalmente ne avevo capito il motivo.

«Non mi stai ascoltando».

«Sì che ti sto ascoltando. È che non sei ancora venuta a patti con la realtà».

Vanessa aveva convinto lei e chiunque altro che Snow Frost era una beta.

L'aveva imbottita di soppressori per nascondere la verità.

Tutto per cosa? Tenersi il trono? Sì, doveva essere quello il motivo. Ma allora perché aveva permesso a Enrique di corteggiarla? Probabilmente lui non sapeva che Snow era un'omega. E aveva intenzione di scoparla a morte. «Perché pensi che Enrique volesse ucciderti?».

«Perché li ho sentiti mentre ne parlavano» mormorò. «Vanessa ha detto... che sarebbe stata colpa mia... perché sono una beta. Che i miei sudditi avrebbero capito. Che li avrebbe convinti senza problemi».

«È assurdo. Se Enrique ti avesse dato il suo nodo, sareste stati ufficialmente una coppia e avrebbe potuto regnare sul settore Winter con te al suo fianco».

«*Non sono un'omega*» ripeté per la milionesima volta.

«Sì. Lo sei».

Borbottò un'imprecazione, aggiungendo alla fine: «Testardo di un lupo».

«Molto presto ti dimostrerò che ho ragione» le promisi.

Il suo labbro inferiore tremò, e iniziò a dondolare la testa avanti e indietro. «Mi ucciderai».

«No, piccola. Ti scoperò. E mi ringrazierai di averlo fatto».

Iniziò a piangere. «Ti... ti odio».

«Non cambierà ciò che sta per succedere, dolcezza». Strusciai il viso sulla sua gola, risalendo con la bocca fino al suo orecchio. «Non ti preoccupare. Mi assicurerò che ti piaccia, anche se non te lo meriti». Dopotutto, aveva infranto una marea di regole. Ma avrei tenuto l'uso dei soppressori fuori dalla lista dei suoi crimini. Quella sembrava tutta colpa di Vanessa.

Per quanto riguardava il resto, però, avrebbe pagato.

A tempo debito.

SNOW

QUANDO ME L'AVEVA infilato il bocca, era successo qualcosa di strano. Mi ero persa per un istante nella meraviglia del suo odore e del suo sapore. Poi le prime avvisaglie del suo piacere mi avevano bagnato la lingua, concedendo alla mia mente offuscata qualche attimo di lucidità.

Che ora... ora stava sparendo di nuovo.

Il dolore al ventre era aumentato, facendomi tremare con una violenza tale da non riuscire a capire di cosa stesse parlando Kazek. Qualcosa sullo scoparmi.

Volevo urlare e implorarlo di non farlo, ma tanto si stava rivelando tutto inutile. Si rifiutava di ascoltarmi. Qualsiasi pozione mi avesse dato Vanessa, stava funzionando.

Mi resi conto di aver iniziato a piangere.

Quella non ero io. Io non mi arrendevo. Ma, sotto di lui, mi sentivo debole e a pezzi. Riuscivo a malapena a respirare.

«Ludvig» biascicai. «Collana». Ero consapevole di come sembrassero dei borbottii senza senso. Il cuore mi martellava talmente forte nelle orecchie da non riuscire a concentrarmi.

Kazek mi baciò lungo il collo, scendendo verso il mio seno e facendomi venire la pelle d'oca. *Oh, sì*, pensai, affondando le dita tra i suoi folti capelli scuri. Una parte di me si rese conto di quanto fosse sbagliato assecondarlo. Ma non riuscii a trattenermi, né a soffocare il gemito gutturale evocato dal suo tocco.

Alzò lo sguardo su di me. Nelle sue profondità color della notte si annidava un intento letale. Catturò tra le labbra il mio capezzolo turgido, facendomi inarcare sul materasso. Era una sensazione talmente intensa da togliermi il fiato.

«Io… oh…». Non riuscivo a parlare. Non riuscivo a respirare. Potevo solo sentire la sua lingua che mi incendiava la pelle. Si mise a succhiare anche l'altro seno, graffiandolo con i denti.

Perché mi piace?, mi domandai. Ero sbalordita. *Non mi è mai piaciuto essere toccata in questo modo.*

Enrique ci aveva provato.

Il mio corpo si era semplicemente rifiutato di reagire.

Eppure, ora ero abbastanza bagnata da poter accogliere in me un intero esercito di lupi arrapati.

«Sbagliato» riuscii a mormorare. «Tutto… sbagliato».

«Ssh» mi zittì. «Rilassati e goditela. Ti farò compagnia durante il calore, poi parleremo».

Scossi la testa, reprimendo un gemito. Non ci sarebbe stato nessun calore. Solo la morte. Non capiva. Mi avrebbe uccisa se…

La mia schiena si sollevò di nuovo dal letto, a causa di qualsiasi cosa mi avesse appena fatto tra le gambe. Non riuscivo nemmeno a comprendere come potesse muoversi così in fretta. Il mio cervello era impotente, travolto da tutte le sensazioni che aveva risvegliato Kazek. Si stava dedicando al mio clitoride, mordendolo, succhiandolo. Gemeva e ringhiava, e tutto si mescolava in un unico vortice di caos nella mia mente in frantumi.

Era così sbagliato.

Non lo conoscevo.

Lo avevo sfidato.

Avevo cercato di accoltellarlo.

E ora mi sembrava di non poter vivere senza di lui.

«Kazek...». Pronunciare il suo nome era come parlare una lingua straniera, un sussurro oscuro che non avrei mai dovuto articolare. Eppure lo feci ancora e ancora, mentre lui torturava la mia carne umida.

Volevo che la smettesse.

La parola "no" mi gorgogliò sulla lingua un centinaio di volte, ma non riuscì mai a lasciare le mie labbra. Tutto era in fiamme. Il mio sangue. Il mio cuore. La mia anima. Il mondo attorno a me. *Rovente.* Troppo.

Fa male.

«Vieni» mi ordinò.

Non potevo. Era impossibile. Enrique ci aveva provato molte volte, ma non riuscivo mai a lasciarmi andare e trovare un po' di sollievo. Lui non aveva mai tentato di scoparmi, affermando di voler aspettare fino alla prima notte di nozze. Avevo condiviso il mio letto con altri, ma nessuno mi aveva mai soddisfatta. Era sempre il maschio di turno a cercare uno sfogo, mentre io restavo delusa e a disagio. E non mi bagnavo mai.

Oh, ma ciò che stavo vivendo era tutta un'altra cosa.

La bocca di Kazek aveva sprigionato un fiume di desiderio, che mi colava tra le cosce in un chiaro invito.

Come?

Perché?

L'incantesimo, ricordai a me stessa. O qualche intruglio. Insomma, era tutta opera di Vanessa. Scossi la testa, cercando per l'ennesima volta di schiarirmi la mente. «Male» riuscii a mugolare, ma la parola non era adatta a descrivere la piacevole agonia che mi incendiava le vene.

Ogni respiro richiedeva uno sforzo immenso. Così come pensare.

Sto morendo.

Questa sarà la mia fine.

Ho deluso tutti.

No.

Non potevo pensarla in quel modo. Non potevo darmi per vinta. Dovevo… dovevo… *qualcosa*. Gemetti, frustrata, provando un dolore intenso al petto.

«C'è qualcosa che non va» disse Kazek. Il suo corpo forte e muscoloso era di nuovo sopra il mio. Ammirai i tatuaggi che gli decoravano il braccio sinistro, mentre la mia coscienza vacillava tra la realtà e il sogno, una terra fatata in cui il suo abbraccio avrebbe risolto ogni problema.

Come fa a essere tatuato?, mi domandai scioccamente. *Mmm… che bella sensazione.*

Era come se il suo corpo stesse assorbendo il mio calore, attirando parti di me in lui e condividendo il peso del mio tormento. Sospirai, strusciando il viso sul suo petto. Mi rispose con un brontolio simile a delle fusa, un suono rilassante, perfetto, stupendo…

«Ancora» lo implorai, bramando la pace che mi donava.

Cosa mi sta succedendo?

Le mie cosce erano spalancate.

Il suo cazzo…

«No!» gridai, quando entrò dentro di me con una rapida spinta del bacino.

Ma non mi fece male come mi aspettavo.

Anzi, mi sentii… *completa*. Fremetti sotto di lui, con le unghie conficcate nelle sue spalle, per spingerlo via e al tempo stesso tenerlo stretto a me.

Sussurrò parole di apprezzamento tra i miei capelli. Il

suo corpo massiccio si appropriò del mio in un'ondata di emozioni e forza che non comprendevo.

E poi iniziò a muoversi.

Tremai, gemetti, piansi e urlai. Tutto insieme.

Quel conflitto mi lasciò ancora più stordita. La mia vista andava e veniva.

Kazek continuava a cercare di ottenere dal mio corpo le reazioni necessarie.

Non sono un'omega, pensai, sperando vanamente che potesse udirmi.

E lui si bloccò come se avesse capito. I suoi occhi blu scuro trovarono i miei, e un lampo di preoccupazione ne tinse le profondità. Sospettavo che fosse raro per lui; mi dava l'impressione di un uomo che prendeva ciò che voleva, quando voleva. Eppure, mi stava osservando con un'intelligenza che non potevo che ammirare.

«I soppressori stanno influendo sul tuo ciclo» disse. Sul suo viso comparve per un attimo un'espressione sofferente. «Tutto questo non sarà piacevole per te. Non ancora».

Piagnucolai in risposta, incapace di formulare qualcosa di senso compiuto. Non che mi avrebbe ascoltata. Volevo dirgli che il vero motivo per cui non mi sarebbe piaciuto era che non ero un'omega, ma una beta. Non ero fatta per ricevere il nodo di un alfa. Ma lui ricominciò a muoversi, stringendomi i fianchi e tenendomi dove mi voleva.

«Il mio seme ti aiuterà» sussurrò sul mio collo. «Senza, proveresti un dolore lancinante».

Lo sto già provando!, tentai di urlare, ma tutto ciò che mi uscì dalla bocca fu un gemito.

Animalesco.

Violento.

Tortura.

E nel frattempo, però, continuavo a bagnarmi per lui.

Il mio corpo era al suo servizio. Non riuscivo a oppormi a lui e nemmeno a rimproverarlo. Non potevo far altro che tenere duro e lasciare che mi distruggesse, in quello che avrebbe dovuto essere uno splendido momento di passione.

Odiavo Vanessa più di quanto avessi mai odiato qualcuno. La incolpavo per ogni spinta. Per ogni grugnito. Per ogni gemito. Per ogni supplica. Perché era stata *lei* a farmi questo. Per quanto volessi disprezzare Kazek per aver colto l'occasione di scoparmi, capivo che, nel profondo, era convinto di aiutarmi.

O forse pensare che l'alfa Kazek nascondesse un barlume di umanità non era nient'altro che un'ingenua speranza.

La sua bocca trovò il mio orecchio, il suo corpo era madido di sudore. «Resta con me» mi ordinò. «Resta con me, Snow».

Dove altro potrei andare?, avrei voluto chiedergli, delirante per il martellamento tra le cosce e nella mia testa. La stanza continuava a sfumare nell'oscurità. L'unica fonte di luce mi sembrava sempre più tremolante e fuori fuoco.

Che strano.

Avrei giurato che poco prima era una sfera opaca e costante.

Sbattei le palpebre.

Oscurità.

Luce.

Oscurità.

Luce.

Sudore.

Sesso.

Maschio alfa.

Seme.

Oh, no...

Il suo petto vibrò sul mio, il ruggito imminente avrebbe rappresentato la mia inevitabile rovina.

E poi un fuoco eruttò nel mio ventre. Il nodo prese forma. Squarciandomi le viscere. Uccidendomi. Riempiendomi di fluidi. Sangue. Morte.

La mia morte.

KAZEK

«Cazzo!» gridai, cercando di far tornare Snow in sé.

Era piombata in una specie di sonno incantato. Aveva gli occhi socchiusi e le labbra aperte in un urlo inespresso. Nel frattempo, i nostri corpi erano colti da una serie di spasmi, effetto dell'orgasmo di entrambi.

I soppressori la stavano uccidendo.

Doveva averne assunta una dose massiccia per nascondere la sua vera natura, e quella natura stava riprendendo il sopravvento con una forza che sembrava distruggerla dall'interno. L'avevo riempita col mio seme sperando che ciò potesse stimolare il suo estro, ma ero riuscito soltanto a farla contorcere senza provare alcun piacere.

Non potevo uscire da dentro di lei senza rischiare di lacerarle le viscere, finendo effettivamente per ammazzarla. Non riusciva a trasformarsi. Non riusciva ad andare in calore in modo appropriato. Era a malapena in grado di respirare.

«Snow» dissi, cercando inutilmente di riportarla da me.

Niente.

Aveva iniziato a spegnersi più rapidamente nel momento in cui avevo cominciato a scoparla, nonostante io desiderassi l'esatto opposto.

Chiaramente, il mio metodo mi si era ritorto contro.

Non ero nemmeno riuscito a godermi quello che avrebbe dovuto essere l'orgasmo più straordinario della mia vita, perché la donna con cui stavo facendo sesso stava morendo davanti ai miei occhi.

Pensa. Pensa. Pensa. Dovevo fare qualcosa. Non potevo lasciarla andare alla deriva in qualsiasi stato le medicine avessero deciso di condurla. Doveva esserci un modo per evitarlo. Un modo per riportarla indietro. Per *salvarla.*

Non mi capitava spesso di fare il protettore. Non ero un eroe o un principe azzurro. Il mio terreno di gioco era la morte. Mi sentivo più a mio agio con un fucile da cecchino e un bersaglio. Occuparmi di quella damigella in pericolo non era da me. Io *toglievo* la vita agli altri, non la salvavo.

Snow cominciò a tremare di nuovo, ma alle convulsioni si aggiunsero dei respiri rantolanti che mi squarciarono il petto.

Com'era possibile che Vanessa fosse così crudele? Prima aveva nascosto la vera natura della figliastra, e ora questo. Ma soprattutto, come aveva fatto a diventare un *mio* problema?

È perché la volevi, ricordai a me stesso. *Hai aspettato fuori dall'aereo con tutte le intenzioni di prenderla. E ora il tuo desiderio è stato esaudito.*

Solo che i miei piani non prevedevano che Snow si rivelasse un'omega.

Una lupa fertile e disponibile, seppur piegata dagli eventi.

Avrei potuto costringerla a trasformarsi, ma sarebbe stato un rischio. Le omega dovevano restare in forma umana durante l'estro; il loro lato animale prendeva il sopravvento, guidando i loro bisogni e i loro pensieri, ma senza mai venire completamente alla luce. Era così che si accoppiavano.

D'altro canto, il suo odore mi diceva che non sarebbe stata in grado di riprodursi in quello stato, né tantomeno di sopravvivere.

L'ordine ringhiato da un alfa non poteva essere ignorato da un'omega. Si sarebbe trasformata, a prescindere dalle conseguenze. Anche se ciò l'avesse uccisa.

Scossi la testa, rifiutando quell'opzione. Era un rischio che non volevo assumermi. Doveva esserci un altro modo.

Integratori, pensai con amarezza. Il settore Norse non credeva nei soppressori o nelle modifiche a livello genetico. Nella scienza, certo. Ma non nello smantellamento della vera natura dei nostri lupi. Non avevo tempo di consultare qualcuno per trovare un farmaco che rimediasse a quello che le stava succedendo. Non con il suo battito cardiaco che rallentava sempre di più.

Il suo corpo si rifiutava di riprendersi, troppo indebolito dalle tossine presenti nel suo sangue. Era esattamente per quel motivo che le omega non dovevano sopprimere i loro istinti naturali.

Tutto questo non dovrebbe succedere.

Il mio seme avrebbe dovuto *risolvere* il problema. Certo, avevo dovuto usare un po' di forza per farmi largo dentro di lei, e il suo grembo non era abituato a ricevere un nodo. Eppure l'aveva accettato. Avevo *sentito* la connessione. Il suo corpo non aveva rifiutato il mio, e non le avevo inflitto dei danni permanenti.

Ma ancora non guariva. Non era caduta vittima della passione come avrebbe fatto qualsiasi altra omega. Era colpa della sua mente, che aveva convinto il corpo a rinnegare la sua vera natura? O si trattava di qualcos'altro?

Mi restava solo un modo per dimostrare a Snow che non era una beta.

Dovevo reclamarla.

Il mio viso cadde sul suo collo, le mie labbra sfiorarono il punto dove il suo battito si percepiva a malapena.

«Non avresti mai dovuto essere mia» sussurrai con una smorfia. Nella nostra società, gli umani trasformati in lupo erano considerati inferiori ai lupi nati come tali. Ludvig non mi aveva mai trattato così, ma gli altri ci provavano spesso. E continuavano a testare le mie abilità, nonostante avessi sempre dimostrato il mio valore.

A dirla tutta, però, non era quello il motivo principale che mi bloccava dal reclamare una donna. Era il fardello che comportava legare la mia anima alla sua. Un peso che non si addiceva alla mia professione. Di conseguenza, non avevo mai desiderato una compagna.

Eppure il mio lupo bramava quella femmina. La voleva così tanto che avevo ignorato ogni norma e l'avevo già presa come se fosse stata mia di diritto.

Un legame di accoppiamento non poteva essere sciolto. Le nostre anime sarebbero diventate una sola, i nostri lupi sarebbero stati destinati per sempre l'uno all'altra. La mia forza sarebbe diventata sua. Avrei posseduto e protetto il suo corpo e il suo cuore, e solo la morte avrebbe potuto separarci.

Snow inspirò bruscamente, quasi sussultando. Con il movimento, le sue labbra carnose si schiusero, ma poi non seguì più nulla.

Non espirò.

E non inspirò più.

Il suo battito assunse un ritmo lento e caotico.

Al diavolo. Il predatore dentro di me prese il sopravvento. I miei denti le affondarono nel collo prima che potessi considerare ulteriormente le nostre opzioni. *Mia.*

L'avevo rivendicata nel momento stesso in cui i nostri sguardi si erano incontrati la prima volta. Quella beta impertinente e testarda, con il suo disprezzo per le buone maniere e la sottomissione, aveva catturato la mia attenzione e se l'era tenuta stretta. Io stesso avevo infranto almeno una decina di norme sociali. L'unico freno era stato il dono di Vanessa a Enrique; il mio istinto ad aiutare Mick aveva avuto la meglio sul desiderio di dare la caccia a Snow. E poi lei mi aveva inseguito lo stesso.

Beh, non esattamente.

Voleva che l'aiutassi.

Ed era esattamente quello che stavo per fare.

Quando il nostro legame si saldò, aprì gli occhi di scatto, inspirando profondamente. Se prima si ostinava a credere di non essere un'omega, adesso non avrebbe avuto più dubbi. Perché gli alfa non potevano instaurare un rapporto di accoppiamento con le beta, e il mio lupo aveva appena reclamato la sua.

«No» sussurrò. Nel suo sguardo lampeggiò la comprensione.

«Sì» ribattei, accompagnando alle mie parole un basso ringhio.

Si inarcò verso di me, con le pupille dilatate per un bisogno irrefrenabile. Il desiderio la fece bagnare istantaneamente, immergendo il mio sesso in un caldo benvenuto.

«Molto meglio» mormorai dolcemente, posando un bacio sul marchio che le fregiava la pelle. «Adesso possiamo iniziare».

Mi gettò le braccia al collo, affondando le unghie nelle mie spalle. «*Di più*». Sottolineò l'ordine con un piccolo ringhio adorabile, che mi strappò una risatina.

«Oh, mia dolce Snow. Non sei nella posizione di dare ordini». Leccai il sangue che fuoriusciva dalla ferita, suscitandole un brivido violento. «Ma per tua fortuna, voglio darti di più. Molto di più».

Mugolò soddisfatta quando iniziai a muovermi. Il mio nodo si ritirò, preparandosi al secondo round. Sarebbe stata una scopata come si deve. Di solito, preferivo prolungare il momento, tormentando la femmina fino a farla implorare, ma Snow ne aveva già passate abbastanza.

Quella notte mi sarei dedicato al suo piacere.

Il giorno dopo avremmo giocato a modo mio.

«Avvolgi le gambe attorno a me» le dissi.

Mi cinse il bacino con le cosce, agganciando le caviglie sulla mia schiena.

«Ora tieniti forte, piccola». Senza aspettare la sua reazione, iniziai a scoparla in un modo che avrebbe distrutto una beta. Ma Snow accettò il mio assalto con un gemito sofferente, che mutò in fretta in un mugolio adorante.

Ogni spinta la gettava sempre di più nel calore, finché il suo corpo non si ridusse a un fremente groviglio di passione. Prese vita tra le mie braccia, con la sua lupa che le brillava nello sguardo. E si sottomise apertamente all'alfa che la stava dominando.

Uno spettacolo meraviglioso.

Inebriante.

Una delle esperienze più incredibili della mia esistenza.

Avevo sentito parlare di quanto fosse piacevole prendere un'omega durante l'estro, ma non l'avevo mai provato. Non fino a quel momento.

E probabilmente non avrei più desiderato qualcosa di diverso. Perché *wow*.

L'umido calore di Snow abbracciava la mia lunghezza, stringendomi in protesta e fremendo, al tempo stesso, in una violenta accettazione delle mie dimensioni. Una combinazione esaltante, che mi portò al limite più velocemente di quanto avessi mai ritenuto possibile.

Infilai la mano tra i nostri corpi, scendendo lungo il suo

ventre, verso il suo sesso depilato. Un'unica carezza sul clitoride bastò a farla gridare di piacere. Il suo orgasmo si scatenò attorno al mio cazzo, spingendo anche me a seguirla nell'oblio.

«*Cazzo*» ansimai, ma per un motivo completamente diverso da prima. Il mio nodo si aggrappò ancora una volta dentro di lei. Pulsando, la riempì col mio seme e la gettò di nuovo in un vortice di estasi.

Mi prosciugò fino all'ultima goccia. Il suo corpo esile accettava avidamente il mio piacere e subito ne esigeva di più. I suoi ordini erano musica per le mie orecchie. «Non ancora» le dissi con una risatina.

Snow esalò una protesta di cui probabilmente si sarebbe vergognata in seguito, ma che mi divertì immensamente. Riuscivo a percepire con chiarezza il suo desiderio crescente, ardeva come un incendio nelle mie stesse vene.

La mia mano tornò verso il basso, nel punto in cui eravamo uniti. Raccolsi un po' del frutto del nostro orgasmo e glielo portai alle labbra. Gemette e mi pulì le dita, leccandole affannosamente. Capii dalla sua espressione che ne voleva ancora.

Così ripetei il gesto.

Più e più volte.

Accarezzandole il clitoride ogni volta che abbassavo la mano, sfiorandole i capezzoli tornando su, seguendo con le dita il contorno delle sue labbra, prima di lasciarmele succhiare. «Presto farai lo stesso col mio cazzo» le promisi.

«Sìììì» sibilò, inarcandosi sul letto.

«Sei insaziabile» mormorai, consapevole che quello era solo l'inizio.

Rotolai sul letto portandola con me, in modo da ritrovarmi con la schiena appoggiata al materasso e lei a cavalcioni sul mio corpo. Eravamo ancora bloccati insieme, col mio nodo che pulsava in profondità dentro di lei, rifiutandosi di lasciarla andare. Ma ciò non significava che Snow non potesse divertirsi un po'.

«Scopami, piccola. Usa il mio cazzo e vieni di nuovo». Io mi sarei goduto lo spettacolo. E oh, non ne fui deluso. I suoi seni rimbalzavano a tempo con le sue spinte impetuose. Inseguì il piacere con movimenti sensuali, accarezzandosi al tempo stesso il clitoride. Eppure, nonostante tutto, non sembrava in grado di venire.

Le lacrime le rigarono il viso, i suoi gemiti appassionati si trasformarono in lamenti di dolore. Mi implorò di aiutarla, di darle ciò di cui aveva bisogno.

La lupacchiotta desiderava sottomettersi.

Così decisi di assecondare le sue inclinazioni.

Mentre il mio nodo si ritirava, le afferrai i fianchi e la staccai da me. «Mettiti a quattro zampe, Snow. Adesso».

Fece come le avevo detto. Le sue cosce luccicavano di eccitazione, e lei le spalancò in un chiaro benvenuto. Le accarezzai il sedere, adorandone la forma, che mi ricordava un cuore, e la splendida pienezza.

Sarebbe stato divertente scoparla anche lì.

Ma, per il momento, decisi di ricompensare la sua obbedienza posizionandomi in ginocchio dietro di lei. Mi spinsi in avanti, strappandole un grido che probabilmente risvegliò l'intero settore.

Non mi importava.

Le diedi ciò che desiderava e anche di più, affondando dentro di lei fino al punto di farla piangere.

Non avevo mai preso una femmina in quel modo, così violento, profondo e completo. E invece di implorarmi di smettere, mi esortò a continuare.

Fottuto oblio.

Perfezione.

Un sogno che non ero sicuro assomigliasse alla realtà.

E raggiungemmo di nuovo l'orgasmo. Il mio seme reclamò il suo ventre, marchiandola come mia per l'eternità. Mi chinai su di lei, premendo il petto sulla sua schiena. Le mie labbra trovarono il segno che le avevo lasciato.

Sussurrò qualcosa di incomprensibile, ma qualsiasi cosa fosse, il mio lupo reagì e la morse ancora una volta.

Strillò, travolta da spasmi causati da un miscuglio contorto di piacere e dolore. E per tutto il tempo, il mio lupo ripeté la stessa parola, incidendo il nome di Snow nel mio futuro e consolidando il nostro destino.

Mia.

Mia.

Mia.

SNOW

AVEVO MALE OVUNQUE, ma soprattutto tra le gambe.

Mi contorsi, cercando un po' di sollievo. Avevo bisogno di quella bestia sexy che cancellava ogni livido a furia di baci, scopandomi allo sfinimento. Era lì da qualche parte. All'esterno della nuvola di morbidezza che mi circondava. Lo cercai, vagando con le mani tra i cumuli di soffice beatitudine, finché non raggiunsi il bordo del mio rifugio. L'aria fredda mi strappò un sibilo.

Una risatina maschile mi fece immobilizzare. I miei sensi tentarono disperatamente di trovare la fonte di quel suono. Apparteneva all'uomo con cui avevo fatto sesso per giorni e giorni, l'uomo che bramavo più dell'ossigeno.

«Fammi finire qui, così poi potrai mangiare».

Ringhiai. Il cibo non era ciò che volevo. Continuava a costringermi a bere acqua, e io gliela sputavo indietro. Un gioco che mi piaceva, perché poi mi obbligava sempre a leccargliela via di dosso. Mmm... e a volte mi nutriva col suo cazzo. Quando secondo lui avevo mangiato abbastanza, mi lasciava succhiarglielo per dessert.

Chi sono?

Oh, non mi interessa.

Questo è il paradiso.

Perché ero morta, su quello non avevo alcun dubbio. Un peccato, ma almeno la mia bestia mi aveva seguita.

Alfa Kazek. Sì, sì...

«Tieni» disse affettuosamente, entrando nel mio campo visivo. Allungai una mano verso la sua erezione, ma l'alfa mi catturò il polso. «No».

Ringhiai.

E lui fece lo stesso, causando un fiotto di eccitazione tra le mie cosce. Ma invece di alleviare la mia sofferenza, posò un piatto sul letto, accanto alla mia testa. «Mangialo e ti darò quello che vuoi».

Osservai il panino con un'espressione infastidita. *Non ho fame.*

«Mangia» disse di nuovo, ma in tono più severo. «O non ti lascerò venire per ore».

Strinsi i denti, colta da un crampo al ventre al pensiero di non riuscire a ricevere alcun sollievo. L'ultima volta che avevamo avuto uno scambio del genere, avevo tentato di toccarmi, sotto il suo sguardo divertito. Dopo svariati minuti di agonia, avevo capito che non sarei mai riuscita a venire da sola. E lui lo sapeva. Così avevo mangiato, e lui mi aveva premiata prendendomi da dietro.

Non avrei mai pensato che mi sarebbe piaciuto.

Ma con lui sì. Anzi, lo avevo adorato.

Adoravo *tutto* quello che mi faceva Kazek. Tranne quando mi costringeva a mangiare.

«Adesso, Snow» insistette, come percependo la mia disobbedienza.

Seppur brontolando, presi il panino e ne staccai un morso. Il sapore mise la mia lupa sull'attenti.

C'era un ingrediente nuovo.

Il suo sperma.

Divorai il cibo con un gemito di approvazione, e Kazek scoppiò a ridere. «È la prima volta che mangi così di gusto» osservò. «Potrei aver bisogno di tenerti in questo stato per l'eternità».

Si avvicinò al letto. Poi appoggiò le mani sul materasso e si chinò sul mio nido di coperte. La sua espressione irradiava approvazione per qualsiasi cosa avesse visto nei miei occhi. Prese il piatto, lo posò sul comodino e si unì a me sotto le lenzuola. Le sue gambe muscolose si intrecciarono alle mie. Mi accarezzò i capelli, ridotti a una massa informe, e mormorò: «Probabilmente hai bisogno di una doccia, ma mi piace averti tutta impregnata del mio odore».

Trascinai le unghie lungo le sue braccia, graffiandogli la pelle e lasciandomi dietro una scia di sangue. Rabbrividì, le sue pupille si dilatarono.

«Mi stai reclamando, piccola omega?».

Risposi affondando le unghie nelle sue spalle, sfidandolo a staccarsi da me.

Ma tutto ciò che fece fu sorridere. «Mmm... mi mancherà questo lato di te».

Sbuffai, non sapendo cosa diavolo intendesse. «Scopami» dissi. Avevo la voce roca dopo tutti quei giorni trascorsi a gridare il suo nome. Mi sentivo il guscio di ciò che ero; il mio corpo e la mia mente non appartenevano più alla donna conosciuta come Snow Frost.

Chiunque fossi diventata, era più audace. Sexy. Selvaggia. *Affamata*.

Cercai di tirarlo verso di me, ma quel dannato maschio aveva un totale controllo sulla situazione. La sua espressione brillava di orgoglio virile. «Non hai idea di cosa significhi essere mia, ma presto lo capirai». Premette le labbra sulla mia mascella e mi mordicchiò dolcemente la pelle. «Molto presto. Ma sei stata così brava con me. Penso che ti accontenterò. Finché non mi dirai di smettere».

Mise la mia coscia sul suo fianco e scivolò ancora una

volta dentro di me. L'unione beata saziò immediatamente il bisogno che stava crescendo nel mio ventre.

Lento.

Liscio.

Caldo.

Gemetti. Volevo di più. Lui rispose spingendomi sulla schiena e sistemandosi tra le mie gambe. «Aggrappati alle sbarre, tesoro».

Le mie mani si mossero automaticamente, il mio corpo era ai suoi ordini. Avvolsi le dita attorno al legno che decorava la testiera del letto e sospirai soddisfatta. Mi accarezzò i fianchi, catturando il mio sguardo.

Sapevo cosa sarebbe venuto dopo. Glielo leggevo nell'intensità della sua espressione, lo sentivo nella direzione che stava prendendo il suo tocco.

Mi afferrò per la vita, inclinandomi secondo i suoi desideri, e affondò in profondità dentro di me. Mi domandai come fosse possibile che quegli assalti brutali non mi avessero ancora uccisa. Ma, in realtà, una parte di me godeva di tutta quella violenza.

Non c'era alcuna emozione tra di noi.

Solo un bisogno selvaggio, tinto di possesso.

I nostri animali si beavano di quella passione, portandoci in mondi sconosciuti. Ogni spinta mi faceva gridare. Stringendo forte le sbarre per restare in posizione, mi resi conto che avrei dovuto implorarlo di fermarsi, o quantomeno di andarci piano. E invece mi ritrovai a incoraggiarlo, smaniosa, esigendo di più e gemendo in segno di approvazione.

Le sue labbra mi accarezzarono la gola, la mascella, ma mai la bocca. Mi sussurrò all'orecchio, complimentandosi per come prendevo il suo cazzo, elogiandomi per avergli dato il mio corpo e la mia fiducia. Mmm… l'ultima parola mi fece venire la pelle d'oca.

Fiducia.

Era questo che gli trasmettevo? Che mi fidavo di lui? La sua aura letale mi terrorizzava. Percepivo il suo desiderio selvaggio in ogni carezza e nel modo in cui il suo corpo aveva reclamato il mio. Fidarsi sembrava impossibile. Ma la mia lupa gli aveva volontariamente dato tutto. Che strano. Da quando era lei a prendere le decisioni?

Il suo cazzo colpì un punto particolarmente doloroso, travolgendomi con un'ondata di piacere. Che reazione insolita. Chi l'avrebbe mai detto che avrei preferito anche un po' di agonia, insieme all'estasi?

«Vieni per me» sussurrò, catturando tra i denti il lobo del mio orecchio.

Il mio corpo obbedì. Mi serrai attorno alla sua erezione, e con quelle tre parole soltanto mi costrinse a precipitare oltre il limite. Ripetei il suo nome, implorandolo di averne ancora, e lui mi ricompensò con un'altra spinta profonda.

«Cazzo» ansimò. I suoi muscoli si tesero e mi seguì ancora una volta nell'oblio, con il suo nodo che ci tenne uniti per quella che mi sembrò un'eternità.

Faceva male.

Ma mi piaceva.

Un'altra di quelle bizzarre contraddizioni che la mia mente non era in grado di comprendere.

Forse sarei rimasta per sempre in quello stato.

Felice.

Sazia.

Posseduta.

Mmm.

I miei occhi si chiusero, e il sonno mi trascinò in un'euforica incoscienza.

L'alfa Ludvig. Spalancai gli occhi. «Deve vedere la mia collana».

«Chi?».

«L'alfa Ludvig» mormorai. Scossi il capo per schiarirmi la mente, in cui continuavano a rincorrersi sempre le stesse parole. *Omega. Calore. Reclamata.*

Non avrei mai potuto prevedere nulla del genere, nemmeno nei sogni più assurdi. Perché una settimana prima ero convinta di essere una beta. Una debole, piccola... *beta.*

«Come ha fatto...? Ma perché? E com'è possibile che...?». Tutti i miei pensieri presero forma in una serie di domande prive di senso. Era una follia. Vanessa mi aveva convinta di essere una beta, e io le avevo creduto. Pur avendo la verità davanti agli occhi. «Alfa e omega non possono creare una beta». Lo sapevo. Tutti mi avevano detto quanto fosse bizzarra la mia esistenza. E invece di analizzare la situazione, mi ero sentita una fallita.

Eppure, per tutto il tempo, ero sempre stata un'omega.

La legittima erede al trono, con un compagno alfa al mio fianco.

Che avrei potuto scegliere.

Ma Vanessa mi aveva sottratto la possibilità di farlo.

«Mi hai reclamata» dissi, ripetendo le stesse parole di poco prima. «Perché?». Doveva saperlo che era stato un errore. Il settore Winter non avrebbe mai accettato che un lupo qualsiasi si prendesse delle libertà con la loro principessa.

«Per salvarti la vita» rispose. «Ah, a proposito, *prego*».

Prego?, ripetei mentalmente, scoppiando a ridere. «Mi stai prendendo in giro? *Prego*? Dovrei esserti grata di avermi reclamata in un momento di debolezza?».

«Sì, perché altrimenti saresti morta».

Il sangue mi si gelò nelle vene, ma la sensazione durò

solo un istante. «Forse avresti dovuto lasciarmi morire» sbottai, fumante di rabbia. Nonostante sapessi che, potendo scegliere, avrei preferito vivere. Ma non era quello il punto. «Non avevi nessun diritto di prendermi».

«*Nessun diritto*, eh? Interessante scelta di parole» rispose. L'oscurità si impossessò dei suoi lineamenti.

Non era con lui che avrei dovuto discutere. E non avrei nemmeno dovuto mancargli di rispetto. Sotto sotto, sapevo che non era nemmeno la persona da odiare. Quel titolo se l'era guadagnato Vanessa.

D'altro canto, lei non era lì.

Lui sì.

Gli ringhiai contro nello stesso modo in cui avrei fatto con lei. La mia furia stava risalendo in superficie. «Toglimi. Le. Mani. Di. Dosso».

Inarcò le sopracciglia. «Oh, non vuoi avere questo atteggiamento con me, Snow. Fidati».

«Altrimenti? Mi marchierai?» gridai, indicandomi il collo. «Troppo tardi. Mi hai già presa contro la mia volontà! Non ti ho mai dato il mio consenso!».

«Quindi avresti preferito morire, è così?».

«Non era una decisione che spettava a te!». Le emozioni mi travolsero tutte insieme. Mi aveva portato via ogni cosa. No, era stata Vanessa. Dannazione, a chi importava? Nessuno aveva chiesto la mia opinione. Tutte quelle scelte erano state fatte senza preoccuparsi minimamente di me o di ciò che avrei preferito.

Soppressori.

Come cazzo avevo fatto a essere così cieca?

«In realtà, spettava proprio a me» rispose Kazek. Il suo tono tranquillo, troppo tranquillo, mi fece annodare lo stomaco. «Sei un'omega, Snow Frost. Non hai nessun diritto. Non qui. Non dopo essere salita su un aereo senza permesso ed esserti infiltrata nel *mio* territorio. Sei fortunata che sia stato io a trovarti. Il mio morso è il motivo per cui stai ancora respirando. Dovresti ringraziarmi per averti salvata, omega, non fare una scenata».

«Vaffanculo!» sbraitai, odiandolo quanto odiavo Vanessa. «Vattene!».

Ringhiò. Il suono mi ipnotizzò per qualche istante; il mio corpo reagiva alla chiamata dell'alfa. *Oh, santo cielo. Sono veramente un'omega.*

Come aveva fatto Vanessa a tenermelo nascosto?

I ringhi di Enrique non avevano mai avuto quell'effetto su di me.

Succhiarglielo non mi aveva mai fatta bagnare. Il sesso con altri beta era stato doloroso. Eppure, Kazek aveva risvegliato in me qualcosa che non sarebbe dovuto esistere. E se Vanessa mi avesse drogata? E se…

«Mettiti a quattro zampe» mi ordinò Kazek, con le mani sulle mie cosce. Si era tolto i jeans, restando fiero e pronto davanti alle mie gambe spalancate.

«No!». Non avremmo fatto sesso. Non in quel momento. Non quando non riuscivo nemmeno a elaborare la follia che si era abbattuta sulla mia vita.

«Quale parte sulla tua mancanza di diritti non hai capito?». Pronunciò quelle parole in un tono che non ammetteva discussioni.

Una lupa intelligente si sarebbe arresa, almeno per il momento.

Io, invece, gli mostrai i denti. In fin dei conti, non avevo più niente da perdere. «Tu non mi possiedi».

«Oh, ti possiedo eccome» rispose, posandomi una mano sul sesso. «Questa è mia, da scopare quando voglio. E sta a me decidere se per te sarà un'esperienza piacevole». Mi pizzicò il clitoride per sottolineare il concetto, facendomi gridare di dolore.

«Non ti ho scelto!» urlai.

«E pensi che io volessi scegliere te?» ribatté. La furia aveva reso il suo tono un ringhio selvaggio. «Ti ho salvato la vita, prendendoti con me. Ora sei mia, e non tollererò un comportamento così irrispettoso dalla *mia* omega».

Mi afferrò i fianchi e mi fece voltare come se non pesassi nulla. Probabilmente per lui era proprio così.

Mi contorsi, cercando di fuggire, ma mi bloccò senza problemi, con una mano ancora sul fianco e l'altra sulla parte posteriore del collo. «Sottomettiti, o te lo sbatto nel culo assicurandomi che non ti piaccia neanche un po'».

«Ti odio» borbottai sul cuscino.

«Non mi interessa. Mi rispetterai e mi *ringrazierai* per averti salvata. Avrei potuto lasciarti lì a essere scopata a morte dagli altri lupi. E invece ho deciso di portarti qui, nonostante come mi hai trattato nel settore Winter». La sua presa sul mio fianco diventò una morsa dolorosa. «Decidi, omega. Dolore o piacere?».

Soffocai le urla nel tessuto premuto sotto le mie labbra, rifiutandomi di rispondergli.

Non può star succedendo davvero!

Era peggio di Enrique. Peggio di Vanessa. L'alfa più terribile che avessi mai incontrato. Volevo ucciderlo. Conficcargli un pugnale nel cuore. Usarlo per fare pratica di tiro con l'arco. Farlo a brandelli con i miei artigli.

Mi bloccai. *Sì! Posso trasformarmi!*

Invocai la mia lupa. Mi rispose immediatamente, ma venne fermata da un ringhio furibondo dell'alfa sopra di me. Il suono causò un dolore lancinante in ogni fibra del mio essere. Mi stava *costringendo* a sottomettermi. E a restare in forma umana.

L'energia mi sfrigolava sulla pelle, residuo della trasformazione che Kazek mi aveva impedito di portare a termine. Mi sentivo come trafitta da una miriade di spilli.

Gridai di dolore e di rabbia, sconvolta che riuscisse ad avere un tale effetto su di me.

Una beta non si sottomette in questo modo. Ma un'omega sì.

Tutto il mio mondo era stato stravolto nel giro di una settimana. Non ero certa di riuscire ad accettare la mia nuova realtà.

E l'agonia della trasformazione mancata mi aveva paralizzata.

«Oh, Snow» disse Kazek. Le sue parole mi fecero venire la pelle d'oca. «Non puoi continuare a essere così disobbediente. Non se vuoi sopravvivere nel settore Norse. C'è un motivo se sono il secondo in comando. E se non riesco a tenere sotto controllo un'omega, chiunque si sentirà in diritto di mettere in dubbio la mia posizione. Non posso permetterlo».

Mi tirò sul suo grembo, a pancia in giù, con la testa che penzolava dal bordo del letto. *Ma che diavolo?!*

«Conta» mi ordinò.

Cosa dovrei cont… «Ahia!» strillai. La sua mano si era abbattuta sul mio sedere, lasciandosi dietro un'impronta infuocata.

«Quello non è un numero» mi informò in tono gelido. «*Conta*».

Il suo palmo squarciò l'aria, schiaffeggiandomi l'altra natica e facendomi imprecare.

Emise un sospiro stizzito. «Non farmelo ripetere, omega. Se non obbedisci, non avrò altra scelta che farti male».

«Mi stai già facendo male!».

Ridacchiò, alimentando così la mia rabbia. «No, dolce lupacchiotta. Questi sono solo preliminari». Lo schiaffo successivo mi fece correre una scarica elettrica lungo la schiena. «*Questa* è una punizione adeguata. Ci tieni così tanto a scegliere? *Scegli*».

Ripeté l'azione, costringendomi a mordermi il labbro per non urlare. Cosa diavolo aveva sul palmo? Dei chiodi? Che cazzo stava succedendo? Mi stava sculacciando come una bambina!

Quando mi colpì di nuovo, mi vennero le lacrime agli occhi. «Basta! Ti prego!».

«*Conta*» ringhiò.

«Uno. Sei. Non lo so, cazzo!».

«Comincia da uno» rispose, accarezzandomi la pelle arrossata. Il contatto risvegliò un'eccitazione che credevo perduta.

Perché è così piacevole?, mi meravigliai, abbandonandomi alla sensazione e dimenticandomi per un attimo di ciò che stava succedendo.

Ma la sua mano me lo ricordò, anche se con uno schiaffo più leggero dei precedenti. «Snow?».

«Due» dissi con odio.

«Brava» mi lodò, accarezzandomi di nuovo la carne dolorante. «Le impronte della mia mano ti donano».

Accompagnò alle sue parole un basso brontolio, confondendo i miei sensi. Mi fece rilassare appena in tempo per ricevere un altro schiaffo.

«Tre». A causa delle sensazioni contrastanti, mi uscì con un tono ansimante.

Altre carezze.

Ringhi sensuali mescolati a quella specie di fusa.

Uno schiaffo che scatenò una scarica elettrica lungo la mia spina dorsale.

«Quattro».

«Cinque».

«Sei».

Continuai a contare. Ogni numero sembrava condurmi a un orgasmo che non capivo. In qualche modo, quella punizione mi aveva eccitata. Rabbrividii, perplessa.

Tra le mie gambe pulsava un bisogno alimentato dai suoi colpi.

Un guaito lasciò le mie labbra. L'alfa lo accolse con una risatina divertita.

Era tutto così degradante e sbagliato.

Lo odiavo.

Mi aveva messa davanti alla mia debolezza e mi aveva costretta a sottomettermi. Eppure, il mio corpo lo bramava, ansioso di ringraziarlo in un modo che la mia mente non sembrava capace di comprendere.

«Perché?» gemetti. Il mio viso era rigato di lacrime di vergogna e frustrazione. «*Perché?*» singhiozzai. La mia mente e il mio corpo giocavano in campi opposti, col mio cuore intrappolato nel mezzo.

Kazek mi prese tra le braccia, stringendomi al petto e cullandomi come se fossi stata un cucciolo. Fu solo allora che mi resi conto di quanto fosse più grosso di me. Non l'avevo notato durante il ciclo. Era enorme, anche più di Enrique. E il suo braccio sinistro era coperto di tatuaggi.

«Ssh» mormorò, riprendendo a emettere quel brusio rilassante. «Andrà tutto bene, lupacchiotta».

Scossi la testa. Non gli credevo. «Voleva uccidermi. E adesso… adesso sono…». Non riuscii a completare la frase, incapace di definire la mia nuova esistenza. «Mi ha uccisa» sussurrai, più a me stessa che a Kazek. «Snow… non esiste più».

Mi strinse a sé, baciandomi i capelli, mentre continuavo a ripetere di essere morta. La mia mente si era smarrita in uno stato delirante di non-esistenza.

Il piano di Doc era fallito.

Mi ero scoperta un'omega ed ero stata reclamata da un alfa che conoscevo a malapena, perdendo nel frattempo la mia identità.

Perché mi era piaciuto essere sculacciata. Chi diavolo

ero, per godere di un gesto così svilente? Anche in quel momento, desideravo che mi scopasse. Le mie cosce erano bagnate di eccitazione, una reazione che non era mai stata ottenuta da nessun maschio in tutto il settore Winter. Forse era colpa delle pastiglie.

Oh, se solo avessi continuato a prenderle... *No*. No, quella non era un'opzione. Sarei comunque finita nella stessa situazione. O forse in una ancora peggiore. Perché Kazek aveva ragione. La sua rivendicazione mi aveva salvato la vita. Non era stato un normale calore, ma un'urgente rettifica imposta dal mio corpo, dopo essersi liberato dai farmaci.

Però... possibile che fosse successo in sole ventiquattr'ore?

Funzionava davvero così velocemente? O c'era di nuovo lo zampino di Vanessa? E se mi avesse somministrato dosi sempre inferiori? Cercai di ricordarmi l'ultima volta che avevo preso i miei "integratori", ma il brusio costante di Kazek interruppe i miei ragionamenti.

«Scegli un nuovo nome» sussurrò dopo un po'.

Aggrottai la fronte. «C... cosa?».

Le sue dita risalirono il mio braccio nudo fino alla spalla, seguendo la linea del collo e fermandosi sul mio mento. Lo premette appena per farmi inclinare indietro la testa e costringermi a guardarlo negli occhi. «Scegli un nuovo nome».

Lo fissai. I suoi splendidi lineamenti erano distorti dalla mia vista offuscata. «Non capisco».

«Hai detto che Snow è morta, che Vanessa l'ha uccisa. Sei rinata e hai una nuova opportunità, e con quella anche una nuova identità. Allora, chi vuoi essere?».

La sua domanda mi rieccheggiò nella mente. *Chi vuoi essere?*

«Ehm...». Arricciai le labbra, pensosa, e la mia lupa mi scrutò con curiosità.

Una nuova identità.

Chi vuoi essere?

«Nessuno me l'ha mai chiesto» ammisi piano. «Sono sempre stata destinata al trono».

«E lo vuoi ancora?» domandò l'alfa, inarcando un sopracciglio scuro.

«È mio» risposi automaticamente.

«Ma tu lo vuoi?».

«Sì». Non avevo bisogno di rifletterci sopra. «Vanessa me l'ha portato via. L'ha portato via alla mia famiglia. Mi ha messa in questa situazione. Avrei dovuto avere la possibilità di scegliere. Avrei dovuto potermi accoppiare con chi volevo».

Non reagì al mio tono, che stava diventando sempre più acuto; si limitò a studiarmi con attenzione. «Non puoi cambiare il passato. Sono *io* il tuo compagno, ora. Devi accettarlo. E dirmi ciò che vuoi».

«E se quello che voglio fosse la possibilità di scegliere?».

«Allora ricomincerò a sculacciarti e ti ricorderò che sei mia. Il nostro destino è già stato segnato». Smise di parlare, come a darmi l'opportunità di ribattere. Ma non volevo che mi sculacciasse di nuovo, così restai in silenzio. «Brava. Ora ti chiedo: chi vuoi essere? Quale dono vorresti che ti facessi, come tuo compagno? Quale identità assumeremo insieme?».

«Un nome» mormorai, incerta, cercando di capire cosa intendesse.

«Sì, possiamo iniziare con quello».

«Il mio nome è Snow Frost».

«Ma Snow è morta» mi ricordò dolcemente. «Chi sei adesso?».

«Un'omega schiava di un alfa stronzo» borbottai.

Le sue sopracciglia si sollevarono. «Stai cercando di provocarmi, lupacchiotta? Ti assicuro che la seconda volta non sarò gentile come prima».

«*Quello* per te è essere gentili?».

«Sono il Cacciatore, omega. Sono stato *molto* gentile».

Deglutii. La sua espressione sembrava scolpita nella pietra. Nei suoi occhi brillava un intento letale, e mi stavano lasciando intravedere il suo spirito oscuro. «Sei un killer».

«Sì. Un sicario. E il mio lavoro mi piace molto».

«Non mi ucciderai».

Sorrise. «No, mia cara omega, non lo farò. Ma ti punirò fino al punto in cui mi implorerai di farlo».

La sua promessa mi fece rabbrividire. «Mi distruggerai».

Scosse la testa e mi accarezzò il viso. «Mai. La tua grinta è un afrodisiaco. Ma devi imparare a stare al tuo posto; è l'unico modo in cui potrò tenerci entrambi al sicuro». Premette le labbra sulla mia guancia e mi sfiorò il naso col suo. «Ho molti nemici, dolcezza. Cercheranno di usarti contro di me».

La sua ammissione mi fece rivoltare lo stomaco. «Vanessa è mia nemica».

Kazek scostò il viso dal mio e si mise di nuovo a osservarmi. «Vuoi che la uccida per te?». Una domanda seria, che mi fece sussultare.

«Lo faresti?».

«Sì» rispose senza esitare.

«P... perché?».

«Ha fatto del male a ciò che è mio» disse semplicemente. «Un atto del genere deve essere punito. Ma devo sapere cosa vuoi. Snow è morta. Chi sei adesso? Chi diventerai? Cosa desideri?».

«Vendetta» sussurrai.

Doveva essere la risposta giusta, perché gli si illuminò lo sguardo. «Sì. Cos'altro?».

«Voglio indietro il mio regno».

Studiò la mia espressione per un lungo momento. «Quello potrebbe essere più difficile».

«Perché? È il *mio* regno. Me l'ha rubato, mi ha tenuta nascosta, mi ha fatto credere per anni di essere un'inutile beta. E ha progettato di uccidermi col cazzo di Enrique». Quando finii, tremavo, sopraffatta dal bisogno di fargliela pagare. «Ha distrutto la mia vita. E sta distruggendo anche il mio regno. Lo rivoglio. La voglio morta. *Il settore Winter è mio*».

KAZEK

ECCO LA MIA GUERRIERA, pensai, felice del suo ritorno.

Quando concentrava la sua rabbia sul bersaglio giusto, apprezzavo la sua tenacia. Ma quando aveva iniziato a mancarmi di rispetto, era diventata un problema. Il suo atteggiamento si rifletteva direttamente su di me, ero stato sincero al riguardo. Se si fosse comportata così in pubblico, attorno ad altri lupi, sarebbe stato un disastro. Le omega dovevano sottomettersi ai loro alfa, non discutere con loro o insultarli.

L'avevo presa senza il suo consenso? Sì. Ma le avevo salvato la vita. Ogni singolo giorno gli alfa dovevano prendere delle decisioni per proteggere i lupi più deboli. Ritenevo di aver preso quella migliore per la sua situazione, e lei doveva accettarlo, invece di urlarmi contro.

Inoltre, sapevamo entrambi che non era me che odiava, in quel momento, ma Vanessa. E ne aveva tutte le ragioni.

«I tuoi lupi potrebbero non accettarmi come alfa» le dissi, riferendomi al suo desiderio di riappropriarsi del settore Winter. «Sono stato trasformato in un lupo, non sono nato così. E hai detto tu stessa che non mi hai *scelto*». Finché non avessimo chiarito quell'aspetto, non ci sarebbe stata nessuna vendetta. Non potevo permettermi di combattere per lei senza che tra noi ci fossero rispetto e fiducia. Ci sarebbe voluto del tempo per sviluppare entrambi.

La lussuria era facile.

Il resto, non così tanto.

«Sei nato umano?» mormorò, e il suo sguardo scese sul mio braccio sinistro. «Ecco perché sei tutto colorato». Le sue dita sfiorarono i miei tatuaggi, con un tocco leggero come una piuma. «Come sei stato trasformato?».

Era una domanda molto personale, ma gliela concessi, viste le circostanze. Se si fosse trattato di un'altra persona, avrei ringhiato e l'avrei colpita, oppure me ne sarei andato.

Doveva essersi resa conto dell'offesa, perché si bloccò. Le sue spalle si erano visibilmente irrigidite. Si affrettò a sussurrare: «Scusami. Non...».

«È stato Ludvig, dopo che avevo ucciso un altro alfa» risposi, interrompendola. «È successo tanti anni fa, quando gli umani ancora non sapevano dell'esistenza delle creature soprannaturali. Non ne ero a conoscenza nemmeno io, ma me ne sono reso conto in fretta, quando ho visto che il mio fucile non era sufficiente a far fuori quel bastardo. Siamo finiti in un combattimento corpo a corpo, perché nel frattempo si era trasformato e mi aveva scovato grazie al suo fiuto. Sono quasi morto. Ludvig mi ha iniettato qualcosa che avrebbe dovuto guarirmi, e invece... mi sono ritrovato a essere un lupo».

Sbarrò gli occhi. «Contro la tua volontà».

«Mi ha salvato la vita. L'ho ringraziato». Le mie parole, scelte di proposito, la fecero trasalire. Già, capivo cosa significasse non avere la possibilità di scegliere. Ma se in quel momento fossi stato lucido, avrei accettato di essere trasformato. Quindi perché avrei dovuto odiare Ludvig?

La mia omega digrignò i denti per qualche istante,

pensierosa. «Non sono ancora pronta a ringraziarti» ammise infine. «È... è molto da accettare».

Su quello ero d'accordo, e glielo dimostrai con un cenno del capo. «Allora, chi sei adesso?» le chiesi, guidandola nel suo percorso verso l'accettazione. «Snow è morta. Tu vuoi vendicarla. Come lo farai? *Chi* lo farà?».

«Freccia» sussurrò, aggrottando la fronte. «Doc mi ha sempre chiamata "la freccia di Winter", perché non ho mai mancato un bersaglio».

«Chi è Doc?» domandai. Il mio lupo si stava agitando. Non apprezzava che venisse nominato un altro maschio nel santuario della mia camera da letto.

«Uno dei miei sette» rispose. I suoi occhi guizzarono verso il bagno. «Devo chiamarli, informarli di quello che sta succedendo. Devo...».

Cercò di alzarsi, ma strinsi la presa e la tenni ferma dov'era. «Uno dei tuoi sette?» ripetei a denti stretti. «I tuoi sette *cosa*?».

Fece una smorfia e riportò lo sguardo su di me, per poi abbassarlo subito. Non sapevo cosa mi avesse letto in faccia, ma aveva spinto la sua lupa ad assumere un atteggiamento sottomesso. Probabilmente furia. Furia dettata dalla possessività.

«Non posso dirtelo» sussurrò. La fissai con un'espressione incredula.

«Col cazzo che non puoi. Sei *mia*. Cosa o chi sono i sette?» insistetti con un tono autoritario che l'omega non avrebbe mai potuto ignorare.

«Un segreto di famiglia». Ogni parola era intrisa di dolore. Mi accigliai.

«Sono il tuo compagno, e questo... questo mi rende parte della tua famiglia». Che strano concetto. Non avevo avuto a che fare con i doveri familiari per più di un secolo. I miei genitori e i miei fratelli erano morti da tempo, così come i loro figli. Il mondo era andato in malora troppo in fretta perché potessi aiutarli. Quando ero riuscito a tornare nella casa in cui ero cresciuto, erano già tutti morti.

«Non ti conosco nemmeno» ribatté lei con un'espressione sofferente. «Non *posso*».

Interessante. Stava lottando contro il mio controllo. Non voleva darmi più di quanto avesse già fatto. Perché non si fidava di me. Qualsiasi segreto custodisse, significava molto sia per lei che per la sua *famiglia*. L'avevo reclamata come mia, ma lei non mi considerava suo.

Sessualmente, eravamo compagni. Ma non eravamo legati emotivamente. Non ero mai stato un sentimentale, né tantomeno il tipo che crede all'amore. Eppure, qualcosa mi diceva che era proprio quello che si aspettava lei.

Ci sarebbe voluto del tempo per sviluppare una vera relazione. Se l'avessi forzata, mi avrebbe odiato. E per quanto io potessi sopportarlo senza problemi, dubitavo che lei ci sarebbe riuscita.

«Va bene» dissi dolcemente, emettendo anche un brontolio rilassante per attenuare l'ordine di prima. «Ma se stai andando a letto con Doc o con chiunque altro, devi smetterla. Io non condivido».

Spalancò gli occhi. «Andare a letto con Doc?». Impallidì. «*No*. È come un fratello maggiore per me».

La sua reazione mi fece sentire un po' meglio. «Bene. Come dicevo, io non condivido». Volevo che fosse ben chiaro.

«Allora non condivido nemmeno io» replicò, inarcando un sopracciglio, come sfidandomi a ribattere.

«Okay». Un'omega era più che sufficiente. Non vedevo nessun motivo per prendermi un'altra amante.

«Okay».

Aspettai che aggiungesse qualcosa. I nostri sguardi erano incatenati l'uno all'altro in una sorta di battaglia di volontà. Sembrava stesse testando la mia determinazione. «Non mi inchinerò mai a te, lupacchiotta. E se vuoi sfidarmi nella privacy della mia casa, te lo concederò. Ma prova a fare una cosa del genere in pubblico e verrai punita. Non posso permettermi di essere visto come un debole. In quanto mia compagna, non puoi permettertelo neanche tu. Sono certo che tu sappia cosa succede, quando un alfa perde una sfida contro un suo pari».

Ci rifletté sopra per qualche istante, poi disse: «Ottiene il diritto di possedere qualsiasi proprietà dell'alfa sconfitto».

«Inclusa la sua omega» aggiunsi.

Ma non sembrava che la cosa la preoccupasse; i suoi occhi brillavano di un entusiasmo inaspettato. «E il suo territorio».

«Sì, se l'alfa possiede un territorio».

«Come il settore Winter».

Ah. «Vuoi che sfidi Vanessa».

Scosse la testa. «No. *Io* sfiderò Vanessa. È il mio regno, e lei me l'ha rubato. Lo rivoglio indietro».

La guardai a bocca aperta. «Non hai alcuna possibilità di battere l'alfa di un settore». Non era inteso come un insulto, era la verità.

«Non sai niente di me o delle mie abilità» disse in tono stizzito.

«Ah sì?». La strinsi ulteriormente a me, attirando la sua attenzione sul fatto che era ancora seduta sul mio grembo. «Il tuo spettacolino con i coltelli è stato notevole per un'omega, ma avrei potuto metterti al tappeto in meno di cinque secondi».

«Stavo andando in calore».

Almeno pareva che avesse accettato di essere un'omega. «Non importa. Potrei riuscirci anche adesso».

«Non mi hai mai vista con un arco».

Era già la seconda volta che lo diceva. Era riuscita a

stuzzicare la mia curiosità. Ma non era quello il punto. «Non sei mai stata addestrata a far fuori un alfa. Soprattutto non forte come Vanessa. È impossibile».

«Allora addestrami».

La sua risposta mi lasciò interdetto. Non poteva dire sul serio. «Il mio compito è proteggerti, non addestrarti».

Mi lanciò un'occhiata sprezzante. «La sfida ti spaventa?».

Dannazione. Quella donna sarebbe stata la mia fine. «Io non ho paura di niente».

«Dimostralo».

Santo cielo. «Sei un'omega».

«E tu sei un alfa» ribatté. «Un assassino. Un lupo nato umano. Hai un sacco di nemici, giusto? Addestrarmi è nel tuo interesse. E poi potrò usare quello che ho imparato per uccidere Vanessa e riappropriarmi del mio trono».

Ottimo. La mia compagna stava delirando. Doveva essere l'effetto delle medicine. «Non esiste un universo in cui potrà mai succedere». Anche se... beh, avevo la tendenza a far incazzare altri lupi, principalmente perché mi piaceva affermare il mio dominio. Quindi aveva senso assicurarmi che fosse in grado di difendersi, nel caso in cui qualcuno volesse usarla contro di me. Ma permettere che affrontasse Vanessa? No. Assolutamente no. «Non lascerò che tu metta a rischio la tua vita».

Non aveva ancora abbassato lo sguardo. La sua tenacia era ammirevole. «Allora aiutami a sconfiggerla».

«Perché dovrei?».

«Per farmi riavere il mio regno. Così poi potrai governare al mio fianco».

Inarcai un sopracciglio. «Quella sarebbe la mia ricompensa? Governare al tuo fianco?».

«Non una ricompensa, ma un semplice dato di fatto. Secondo la legge, il trono mi spetta di diritto. Il mio compagno, che l'abbia scelto o meno, è il legittimo re del settore Winter».

Ed era proprio quello che la rendeva così preziosa.

Snow Frost era una gemma dal valore inestimabile che gli altri lupi avrebbero tentato di portarmi via. La mia morte le avrebbe permesso di prendersi un altro compagno, che avrebbe governato al posto mio.

Il pensiero mi fece stringere i denti. Non avevo voglia di morire, né di avere una taglia sulla mia testa. Eppure eccoci lì, la situazione era quella che era.

«Scegli un nome» dissi, tornando all'argomento iniziale. «Non puoi esistere come Snow, qui». Pochissimi avrebbero potuto conoscere il suo vero nome, e Ludvig sarebbe stato tra di loro.

Che casino.

Non avevo valutato tutte le conseguenze del suo salvataggio. Il mio lupo aveva agito puramente sulla base dell'istinto.

Dannata natura animale.

Ero incastrato con una principessa che voleva riprendersi il suo regno senza preoccuparsi del fatto che fosse impossibile. Avrei potuto allenarla giorno e notte e comunque non sarebbe stata all'altezza di Vanessa. Le omega non erano fatte per combattere. Erano piccole, fragili e destinate a procreare, non ad andare in guerra.

Ma aveva ragione sulla necessità di imparare a difendersi. La mia compagna non poteva essere vista come una creatura debole. Le avrei insegnato tutto quello che sapevo, in modo che fosse pronta ad affrontare i miei nemici, nel caso decidessero di attaccarla per arrivare a me.

Il valore di un alfa era misurato anche nel modo in cui si occupava della sua compagna, sia per quanto riguardava la sua protezione che il suo comportamento. Così come non potevo permettermi che mi mancasse di rispetto davanti agli altri, non potevo nemmeno permettermi che fosse vista come un bersaglio facile.

Cazzo.

Non era quella la vita che desideravo.

Sospirai. Avrei potuto commiserarmi per ore sulle conseguenze del nostro accoppiamento, oppure avrei potuto fare qualcosa al riguardo. «Scegli un nome» ripetei. «Ora».

«Ma...».

«Del resto discuteremo più tardi. Ho bisogno che scegli un nome, così saprò come chiamarti, quando gli altri mi chiederanno di te». Sarebbe successo molto presto. Dovevo parlare con Ludvig, ed ero impregnato del suo odore, che la segnava come mia. Certo, a lui potevo dire la verità, ma gli altri dovevano rimanere all'oscuro. «Se qualcuno te lo chiede, ti ho trovata durante la mia ultima missione. Non ti è permesso aggiungere altro».

Si acciglò. «Non vuoi che nessuno sappia chi sono».

«Esatto. E se ci tieni a vivere, non lo vuoi nemmeno tu».

Le mie parole le fecero rizzare i peli sulla nuca e sulle braccia. «Mi stai minacciando?». Un tono decisamente arrogante per una lupa così piccola.

Quella donna mi avrebbe causato un sacco di guai.

Scossi il capo, di nuovo irritato. «Se gli altri capiscono chi sei, è probabile che mi sfideranno. Non sei solo un'omega fertile, ma l'erede al trono del settore Winter. Facendomi fuori, non otterrebbero soltanto te, ma anche il tuo regno».

Aggrottò la fronte, soppesando le mie parole. «Oh».

«Già. *Oh*». Le posai la mano sulla guancia, e le punte delle mie dita sfiorarono i suoi capelli arruffati. «Il tuo nome, omega. Come dovrei chiamarti con gli altri?».

Le sue pupille si dilatarono. La sua lupa reagì al mio tono più accomodante. La gentilezza non era uno dei miei punti di forza, ma per lei avrei fatto del mio meglio. «Winter» sussurrò. «Chiamami Winter».

Sebbene fosse sicuramente legato al suo retaggio, lo trovai comunque appropriato. *Winter*, pensai. *Inverno*. La sua carnagione pallida mi ricordava i paesaggi innevati, mentre i capelli e gli occhi neri richiamavano le lunghe notti invernali. Era anche un omaggio al suo regno; una scelta adatta alla passione che animava il suo cuore.

«Winter» ripetei, assaporando il suo nuovo nome. «Approvo». Le baciai di nuovo la guancia, inalando il suo dolce profumo, in cui colsi anche qualche traccia dell'odore del mio seme. *Mia. Tutta mia.* Premetti la fronte sulla sua, i nostri respiri si mescolarono. «Va' a farti una doccia, Winter. Dobbiamo incontrare Ludvig».

Avevo ignorato le sue convocazioni per quasi quattro giorni. Per quanto mi concedesse spesso i miei spazi, in qualità di suo secondo, non avrebbe apprezzato essere ignorato ancora per molto. Se avessi continuato, si sarebbe presentato lui. E non sarebbe stata una visita piacevole.

Diedi un altro bacio a *Winter*, proprio accanto alle sue labbra, poi la costrinsi di nuovo a guardarmi. «Fa' un favore a entrambi, tesoro, e comportati bene. C'è un motivo se Ludvig è l'alfa del settore Norse. Non esiterà a rimetterti al tuo posto».

Annuì, con un'ombra di incertezza che le incupì l'espressione.

«È un ottimo alfa» la rassicurai. «Ma è pur sempre un alfa. Io sono stato molto clemente con te, Winter». Doveva rendersene conto. Avrei avuto tutto il diritto di punirla svariate volte per il suo atteggiamento, e invece avevo scelto di sculacciarla. Un'esperienza che le era chiaramente piaciuta. «Lui non ti mostrerà la stessa indulgenza».

La rimisi in piedi prima che potesse rispondere, poi le diedi un colpetto sul sedere che la fece schizzare in avanti. «Su, è ora che ti lavi. Ti aspetto qui». Se mi fossi unito a lei, avrei finito per scoparla di nuovo. E a me avrebbe fatto piacere, ma a lei no. Ne ero sicuro. Mi ero reso conto che aveva bisogno di un po' di spazio, così decisi di darglielo.

Un regalo temporaneo, che dubitavo avrebbe compreso o apprezzato.

Quella lupacchiotta aveva bisogno di imparare così tanto… Flettei il palmo e sorrisi al pensiero delle mie impronte che le decoravano il sedere. Mmm, sì, avremmo trovato dei modi per rendere divertenti le nostre lezioni. Quasi speravo che mi disobbedisse di nuovo. *Quasi*.

WINTER

«Snow Frost è morta» dissi, guardando il mio riflesso nello specchio. «E anche *Biancaneve* non esiste più». Non riuscii a evitare di dirlo in tono amareggiato. Quello stupido nomignolo mi ricordava Enrique. Il mio ex fidanzato. L'uomo che mi aveva tradita.

Ma era Vanessa quella che odiavo di più.

Mi incupii al pensiero della *Regina degli specchi*.

Avrei avuto la mia vendetta.

Avrebbe pagato per tutto quello che mi aveva fatto.

«Ora mi chiamo Winter» decisi, avvolgendomi un telo da bagno attorno al corpo.

La doccia di Kazek mi era sembrata un piccolo angolo di paradiso, con tutte quelle manopole che in qualche modo controllavano la temperatura e il getto dell'acqua. Più tardi gli avrei chiesto come funzionavano. Nel settore Winter, usavamo il fuoco per farci un bagno caldo. Nessuno aveva una doccia. Così mi ci era voluto un po' per capire come usarla, visto che non c'era traccia di una vasca da bagno.

Roteai le spalle per sgranchirle, soddisfatta, e presi un pettine. Il suo balsamo aveva fatto miracoli per i miei capelli aggrovigliati, lasciandoli puliti e soffici.

Kazek bussò alla porta e, senza aspettare una risposta,

entrò. Aveva una piccola pila di abiti tra le braccia. «Tieni». Li appoggiò sul ripiano di marmo. «Probabilmente ti staranno un po' larghi, ma per oggi andranno bene. Nel pomeriggio ti ordinerò un nuovo guardaroba».

Afferrai il maglione in cima al mucchio e lo annusai, corrugando subito la fronte. «Sa di femmina alfa».

«Sì, sono i vestiti di Alana».

«Alana?» ripetei, inarcando un sopracciglio. La naturalezza con cui l'aveva nominata mi disse che lui e *Alana* erano intimi. «Che fine ha fatto il "io non condivido"?».

La sua espressione si indurì. «Prima di conoscerti non ero certo un santo. A volte, io e Alana ci siamo aiutati a soddisfare i nostri bisogni».

Strinsi i denti al pensiero che potesse invitare un'altra femmina nel nido. «E vuoi che indossi le sue cose?». Aveva idea di quanto fosse offensivo?

«Nemmeno tu eri vergine, omega. E qualcuno ti ha insegnato a succhiare il cazzo come una campionessa, quindi lascia perdere». E si voltò per andarsene, aspettandosi che obbedissi.

«No» gridai alla sua schiena. «Dammi qualcos'altro da mettermi».

Si girò lentamente. Il predatore traspariva nella tensione dei muscoli, scolpiti e in mostra. Volevo davvero esplorare i suoi tatuaggi, più tardi. Preferibilmente con la lingua.

Ma non era assolutamente quello il punto.

«Oh, adesso ti do subito qualcos'altro da mettere» disse, venendo verso di me. Mi agguantò i fianchi e mi sollevò, facendomi sedere sul ripiano. «Apri le gambe».

«Cosa? *No*».

Le sue mani scesero sulle mie cosce. Le spalancò e vi si

sistemò in mezzo prima che potessi richiuderle. «Vuoi qualcosa da metterti? Ti ricoprirò col mio seme, poi ti farò marciare nuda in tutto il fottuto settore».

Trasalii. «Ka...».

«Basta, lupacchiotta. Non c'è altro da aggiungere. Ti ho detto che esigo obbedienza e non hai fatto altro che mancarmi di rispetto dal momento in cui hai aperto gli occhi. Devi...».

«Mancarti di rispetto?» lo interruppi, conficcandogli le unghie nelle spalle fino a fargli uscire sangue. «Vuoi che indossi i vestiti della tua puttana!».

«Puttana?» ripeté. La furia si impossessò dei suoi lineamenti. «Alana è un'alfa. Ti è superiore. Non è una fottuta puttana».

Non aveva capito. «Come ti sentiresti se ti facessi mettere i pantaloni di Grum?» chiesi.

«Chi cazzo è Grum?».

«Il beta con cui ho perso la verginità» risposi senza riflettere. *Oh...*

«Stai cercando di guadagnarti una scopata punitiva?» domandò Kazek. Il suo lupo mi guardava dai suoi occhi scuri. «È di questo che si tratta? Vuoi che ti marchi per farlo vedere a tutti? Per me non c'è problema, sarò felice di reclamare di nuovo il tuo culo».

Il pensiero mi fece rabbrividire. Sentii la sua erezione crescere tra le mie cosce, e il mio cervello andò in corto circuito. Indossava i jeans, eppure il tessuto non impediva al suo sesso di pulsare sul mio, ancora dolorante.

«Kazek» sussurrai, lasciandogli andare le spalle. «Non... non posso mettermi i suoi vestiti». Sminuiva la mia posizione. «Sarebbe come avere addosso gli abiti della tua amante».

Mi guardò a bocca aperta. «Non ho un'amante.

Abbiamo già stabilito che nessuno dei due vuole condividere l'altro».

Lasciai cadere la fronte sul suo petto con un sospiro. Non capiva. E non ero così stupida da usare di nuovo l'esempio di Grum. Tra l'altro, in quel caso era stata una questione di praticità, e non era piaciuto a nessuno dei due.

Feci una smorfia. Sulla base delle storie che avevo sentito sui miei genitori, mio padre non avrebbe mai fatto una cosa del genere a mia madre.

Certo, lei aveva avuto la possibilità di scegliere il suo compagno.

Io no.

Non sapevo nemmeno di poter averne uno... finché non era stato troppo tardi.

La mano di Kazek risalì lungo il mio fianco. Le sue dita, dal tocco morbido e determinato al tempo stesso, mi sfiorarono il collo e mi afferrarono il mento. Un gesto che sembrava piacergli. Con un piccolo strattone, costrinse il mio sguardo a tornare sul suo. Ma la furia che vi si agitava dentro qualche istante prima era sparita, sostituita da qualcosa di simile alla curiosità. «Preferiresti indossare qualcosa di mio?».

Avrei preferito avere i *miei* vestiti, ma al momento era chiaramente impossibile. Tuttavia, preferivo di gran lunga i suoi, rispetto a quelli di Alana. «Sì, grazie».

La sua espressione si addolcì visibilmente. «Okay».

«Okay?» ripetei. *Tutto qui?*

«So essere ragionevole, Winter» rispose, facendomi scendere dal ripiano. «Vediamo cosa può andarti bene».

Uscendo dalla stanza, il mio braccio sfiorò i vestiti di Alana. Trasalii, e Kazek se ne accorse. Prese il maglione e i jeans, poi mi guidò fino al camino che scoppiettava nella sua camera da letto e li gettò nel fuoco. «Meglio?».

Lo fissai a bocca aperta, scioccata dal suo cambio di atteggiamento. «Io... Sì. Grazie».

Mi posò un bacio leggero sulla tempia e mi condusse verso il suo armadio. «Tutto quello che c'è qui dentro è mio. Giuro. L'unico motivo per cui avevo i suoi vestiti è perché spesso corre via in forma di lupo, dopo...». Si interruppe, ma sapevo già come avrebbe terminato la frase.

L'idea di Kazek con un'altra donna fece infuriare la mia lupa.

Non aveva alcun senso, perché in fin dei conti non lo conoscevo nemmeno. Eppure, il mio animale l'aveva reclamato durante il ciclo, e ora non riuscivo a scacciare l'istinto possessivo suscitato dal nostro legame.

Non era da me. Enrique voleva prendersi Kari come amante. Lo sapevano tutti. Ma nonostante l'idea non mi avesse entusiasmata, l'avevo accettato. Lui era un alfa. Aveva dei bisogni che, in quanto beta, non potevo soddisfare. Quindi, perché non poteva avere un'omega sterile come amante? Eppure, il pensiero che Kazek potesse anche solo guardare un'altra donna mi aveva messa in guardia.

Mi baciò la nuca. «Ssh» cercò di tranquillizzarmi. «Non succederà di nuovo. Dopo oggi, tutti sapranno che sono tuo».

Le sue parole calmarono la mia lupa. Mi prese tra le braccia da dietro, e subito le mie spalle si rilassarono. Amavo la sensazione del suo petto sulla schiena, ma il telo mi impediva di godere appieno dell'esperienza. Una parte di me voleva ridurre a brandelli il tessuto che ci separava e sciogliermi su di lui.

«Com'è possibile che mi senta così legata a te?» domandai. «Non so praticamente niente di te».

Affondò il naso tra i miei capelli e strinse la presa

attorno alla mia vita. «I nostri lupi si affidano a sensazioni e istinti che non possiamo capire in forma umana. Ho imparato molto tempo fa a fidarmi del mio animale».

«Come posso fidarmi della mia lupa, dopo che mi è stata tenuta nascosta per tutta la vita?» sussurrai. Ebbi l'impressione che il mio cuore si spezzasse. «In questo momento, mi sembra di non riconoscermi neanche». Tutte le mie pulsioni mi erano totalmente estranee, inclusa quella che mi esortava a fidarmi dell'uomo alle mie spalle. «Chi sono io?».

«Sei Winter del settore Norse» rispose, premendo le labbra sul mio collo, accanto al marchio che mi aveva inciso sulla pelle. «Sei la mia compagna, e il tuo futuro è ancora tutto da scrivere». Mi fece voltare delicatamente tra le sue braccia. «Vediamo di arrivare in fondo alla giornata. Poi continueremo a scoprire chi sei davvero, Winter Flor».

«Flor?».

Sorrise. «Sì. Quello è il mio cognome».

Aggrottai le sopracciglia. «Ma non sei l'alfa di un settore». Solo a loro era permesso avere un cognome, a meno che la gerarchia del territorio non ammettesse l'esistenza della monarchia, come nel settore Winter.

«Sono nato umano» mi ricordò. «Avevo un cognome e ho scelto di tenerlo».

«Si può fare?». Non avevo molta familiarità con le regole applicate ai lupi che un tempo erano mortali. Erano incredibilmente rari.

«Scoprirai che, personalmente, tendo a fare quello che voglio» rispose, facendomi l'occhiolino.

«L'alfa Ludvig cosa ne pensa?» gli chiesi.

Kazek si strinse nelle spalle. «Se gli conviene, lo usa a suo vantaggio. So quando è il caso di mostrare rispetto e quando, invece, posso fare le cose a modo mio». Mi lanciò un'occhiata eloquente, come ad aggiungere: "Una distinzione che devi imparare anche tu".

«Ora vediamo di trovarti qualcosa da mettere». Mi fece camminare all'indietro, tenendomi per i fianchi, finché la mia schiena non toccò gli abiti appesi nell'armadio.

Fui avvolta dal profumo di cedro e di maschio, per la gioia della mia lupa. Adorava l'odore del suo alfa. Mio malgrado, ero d'accordo con lei. E adoravo anche il modo in cui i muscoli di Kazek si flettevano, mentre, dopo avermi lasciata andare, frugava tra i vestiti.

Proprio un bell'esemplare di alfa, pensai, ammirando la sua schiena massiccia, la vita stretta e il sedere scolpito.

«Continua a guardarmi così e non lasceremo mai questa stanza» disse senza nemmeno voltarsi.

Non avevo idea di come avesse fatto ad accorgersene, ma sospettavo che fosse stato a causa di un cambiamento nel mio odore.

Una settimana prima, non riuscivo neanche a bagnarmi. E adesso non ero in grado di smettere di farlo.

Strinsi le cosce. Odiavo quel mutamento nella chimica del mio corpo. Era strano, sbagliato. Ma non potevo negare che avesse reso le cose particolarmente piacevoli, negli ultimi giorni.

Ero andata in calore.

Più o meno.

Kazek aveva detto che era stato un ciclo molto breve, dal momento che era durato solo quattro giorni. La maggior parte delle omega andava in estro per una settimana, e di solito il risultato era una gravidanza. A me non era successo. Premetti la mano sul mio ventre piatto, incerta su come mi sentissi al riguardo.

Portare avanti la discendenza dei Frost era il compito più importante della mia esistenza. E se le medicine di

Vanessa mi avessero resa sterile? E se la linea di sangue reale fosse terminata con me?

Pensarci mi fece mancare un battito, e chiusi istintivamente gli occhi. *Smettila. Non pensarci neanche.* Kazek mi aveva chiamata "un'omega fertile". «Il mio ciclo è durato poco a causa dei soppressori, giusto?». Sollevai le palpebre e trovai Kazek che mi osservava, tenendo in mano una maglia e dei pantaloni neri.

«Sì. O almeno quella è la mia teoria». Mi porse i vestiti. «Possiamo chiedere anche a Ludvig cosa ne pensa. Suo figlio è l'alfa del settore Andorra. Sono esperti di genetica dei lupi X-Clan».

Ander Cain, pensai. Sapevo da chi era composta quella famiglia.

Annuii e mi infilai la maglia grigio chiaro. Mi arrivava alle ginocchia. Kazek superava il mio metro e sessanta scarso di almeno trenta centimetri. Quando mi misi anche i pantaloni, mi resi conto che erano degli shorts.

Kazek mi guardò con un'espressione divertita.

«Lo so. Ho un aspetto ridicolo». Non avevo neanche bisogno di uno specchio per confermarlo.

«Al contrario, principessa». Il suo sguardo danzò su di me con palese interesse. «Hai l'aspetto di un'omega che mi appartiene. E la cosa mi piace parecchio». Trovò un maglione da indossare sul suo torso atletico.

La mia lupa fu sul punto di guaire; non approvava che nascondesse tutta quella pelle liscia e abbronzata. Doveva essere il suo colorito naturale, perché nessuno, in quella zona e in quel periodo dell'anno, aveva un incarnato baciato dal sole.

Allungò una mano sopra la mia testa per recuperare un paio di scarpe e le lasciò cadere ai miei piedi. «I calzini sono nel comò nell'angolo». Lo indicò con un cenno del mento. Quel piccolo gesto, unito alle sue parole, ebbe un grosso impatto su di me. Stavamo condividendo un momento intimo e quotidiano, che rese tutto così reale. Ormai era quella la mia vita.

Sono un'omega.

Ho un compagno.

Il mio nome non è più Snow, ma Winter.

Winter del settore Norse.

Ci rimuginai sopra mentre prendevo dei calzini di lana e infilavo i miei piedi infagottati in un paio di scarpe troppo grandi per essere pratiche. Non fecero che dimostrare ancora una volta il mio status di omega, rispetto al grosso alfa che si stava preparando poco lontano.

Eppure non mi sentii piccola, ma al sicuro.

«Pronta?» mi chiese. Si era appena allacciato gli stivali. Prese una giacca dall'armadio e me la mise sulle spalle, rivendicandomi ulteriormente come sua.

Iniziai ad annuire, ma mi bloccai quasi immediatamente. «Ho bisogno della mia collana». Dovevo mostrarla all'alfa Ludvig. Era quello che aveva detto Doc.

Kazek la tirò fuori dalla tasca e mi fece penzolare davanti agli occhi il medaglione con l'impronta di una zampa. «Questa?».

«Sì».

«Qual è il suo significato?» domandò, spostandomi i capelli su un lato. «Un simbolo di famiglia?». Mi mise la collana. Aveva uno sguardo attento.

«Non… non lo so. Ma Doc è stato molto chiaro: devo mostrarla all'alfa Ludvig. Ha detto che l'avrebbe riconosciuta».

Kazek mi scrutò ancora per qualche istante con un'espressione intensa, quella di un uomo a cui non sfugge praticamente nulla.

Indubbiamente un killer. Sospettavo che raramente

provasse rimorso, preferendo a tutti i costi la logica alle emozioni. Non ero sicura di come quella caratteristica si sarebbe adattata a me e alla nostra relazione. Probabilmente sarebbe stato un disastro.

Alla fine, sembrò accettare la mia spiegazione con un piccolo cenno del capo. Il suo volto non lasciava trasparire nulla. «Okay. Andiamo».

KAZEK

LUDVIG ERA SEDUTO alla sua scrivania. Digrignava i denti a ritmo con l'orologio alle sue spalle. Indossava un completo, il suo abbigliamento preferito, senza la cravatta. Era un bene, perché in quel momento avrebbe anche potuto strangolarlo, considerando il modo in cui i muscoli del suo collo continuavano a gonfiarsi.

Dire che era incazzato sarebbe stato un eufemismo.

Winter doveva essersene accorta, perché cercava di farsi sempre più piccola. Fino a quel momento si era comportata bene, lasciando che fossi io a parlare. Avevo descritto con cura il mio viaggio nel settore Winter e quello che era successo dopo che si era intrufolata sull'aereo.

Non mi ero scusato per averla reclamata. Principalmente perché le mie scuse non avrebbero avuto alcun valore. Non ero veramente dispiaciuto. La volevo. L'avevo presa. Di conseguenza, ora era mia. Punto.

Gli altri alfa sarebbero stati furiosi per il mio gesto? Probabile. Ma non me ne fregava niente di loro e di quello che pensavano di me. E Ludvig lo sapeva meglio di chiunque altro.

«Bene». Ludvig si interruppe, stringendo ancora una volta i denti. «Sembra che la visita tua e di Sven nel settore Winter sia stata molto interessante».

L'uso del nome proprio del figlio mi rivelò esattamente cosa pensasse della nostra "visita molto interessante". «Sì, è stata indubbiamente movimentata» ammisi.

Ludvig grugnì. «Almeno ora so perché non l'hai sfidato per la ragazza. Avevi già un'omega con cui giocare».

Su quello non potevo ribattere. Non appena mi ero reso conto che Winter era sull'aereo, avevo spedito Mick a casa con la schiava che avevamo salvato.

Quindi sì, avevo scelto la ribelle dai capelli corvini, invece della biondina.

«Non mi pento della mia decisione» gli dissi onestamente.

«Ci scommetto» commentò. «Qualcuno l'ha vista, mentre venivate qui?».

«No. Ma come ti dicevo, ha scelto di usare il nome Winter per nascondere la sua vera identità. È così che intendo presentarla agli altri».

Altro digrignare di denti.

Altro silenzio.

Poi l'alfa scosse il capo. «Non funzionerà. Non nel settore Norse. È identica a sua madre. Ha perfino il suo stesso *odore*».

Winter trasalì, mentre io mi accigliai.

Aveva ragione. Non ci avevo pensato. I lupi vivevano per centinaia di anni, a volte anche migliaia. La nostra specie era molto difficile da uccidere. Per questo eravamo immuni al virus che aveva infettato il novanta per cento della popolazione umana.

Alla longevità si accompagnava una memoria che si snodava nei secoli.

Io stesso mi ero accorto della somiglianza con sua madre.

Quindi cambiarle nome non sarebbe servito a niente.

«Cazzo» borbottai, irritato con me stesso e per tutta la situazione.

«Già. *Cazzo*» concordò Ludvig. «Ti rendi conto che questo è un motivo legittimo per iniziare una guerra, sì? Hai rubato un bene prezioso. L'hai scopata. L'hai rivendicata. E ora hai diritto al trono di un altro regno. Questo ti rende una minaccia per la mia posizione di alfa del settore. Come vuoi che proceda, Kazek?».

«Non importa cosa voglio, Ludvig. Procederai come ritieni più opportuno».

Di solito, un commento del genere mi avrebbe fatto guadagnare un sorriso. Ma non quel giorno. Le borse che aveva sotto gli occhi mi dicevano che non aveva dormito molto. Mi domandai se fosse collegato a Mick. Con l'altra omega aveva manifestato delle pulsioni estremamente possessive, che mi avevano scioccato. Se si era comportato in quel modo anche con suo padre, beh, non poteva essere andata a finire bene.

Ludvig non avrebbe mai voluto la donna per sé, ma la sua posizione lo obbligava a decidere il suo destino. Era suo compito, in quanto alfa del settore, proteggere tutti i lupi presenti sul suo territorio. Inclusi quelli ottenuti da altri domini.

Mi guardò negli occhi. La sua autorità impregnava l'aria. La maggior parte delle persone, nella mia posizione, avrebbe ceduto. Ma io no. Non mi inchinavo a nessuno, nemmeno a colui che mi aveva creato.

«Sappiamo entrambi che non ti sfiderei mai per il tuo territorio» dissi. «Sono il tuo secondo perché ho scelto di non governare».

«Ma ora le circostanze sono cambiate».

«O la reclamavo, o la lasciavo morire, Ludvig». Doveva capirlo. Averla fatta mia comportava anche ottenere il suo regno, ma quella era una conseguenza che non avevo valutato. Non che mi avrebbe fatto cambiare idea; le complicazioni non erano un problema per me. Se dovevo conquistare il settore Winter come risultato della mia scelta, bene, l'avrei fatto. Ma prima avrei addestrato la mia compagna.

Altro silenzio.

Altro digrignare di denti.

La sua espressione non lasciava trasparire nulla, se non il suo profondo fastidio.

Sapevo che non era il caso di esortarlo a dirmi qualcosa. Nel secolo che avevamo trascorso insieme, avevamo affrontato un'infinità di problemi. Abbastanza da sapere cosa aspettarmi. La sua reputazione di leader saggio e giusto era nota a tutti, anche all'esterno del settore Norse.

Winter si mosse nervosamente sulla sedia. Allungai la mano e gliela avvolsi attorno alla nuca, invitandola tacitamente a calmarsi. Il gesto attirò l'attenzione di Ludvig su di lei. Le sue narici si dilatarono nel percepire l'odore spaventato dell'omega.

«Posso capire le tue azioni, Kazek» disse infine. «Quello che non capisco sono le sue. Come ti è venuto in mente di salire su quell'aereo, piccola omega? Ti rendi conto di quanto sia stato pericoloso, sia per te che per i miei uomini?».

«Non avevo altra scelta» rispose lei, facendo sollevare le sopracciglia biondo platino di Ludvig. Era una domanda retorica, non si aspettava che lei parlasse. Come se non bastasse, Winter sottolineò le sue parole alzando il mento e guardandolo negli occhi. Un po' come aveva fatto con me alla festa. «Vanessa aveva pianificato di uccidermi e mettere fine alla dinastia dei Frost. Sono scappata qui perché mi è stato detto che sei un alfa onorevole e che mi avresti aiutata. Sono stata consigliata male?».

La sfumatura altezzosa della sua voce non sfuggì né a me né a Ludvig.

L'alfa mi lanciò un'occhiata per esprimere il suo sconcerto, poi la fulminò con lo sguardo. «Osi rivolgerti a me in questo modo, dopo esserti intrufolata nel mio settore e aver quasi causato una rivolta?».

«No, io...».

«Non ho finito» la interruppe in tono severo. «Ti sei introdotta nel mio territorio come un'omega disponibile e sei andata in calore all'interno dei miei confini. Se l'alfa Kazek non ti avesse trovata e reclamata, il tuo ciclo si sarebbe concluso in un bagno di sangue. A spese dei *miei* uomini. Per quanto non sia contento del risultato in generale, posso perdonare le azioni di Kazek, perché ha agito nel tuo interesse. Ma il tuo comportamento è tutta un'altra storia».

«Il mio comportamento?» ripeté in tono incredulo. «Non sapevo di essere un'omega finché non è successo tutto quanto, perché Vanessa *ha soppresso* la mia vera identità. È con lei che dovresti prendertela. È il suo comportamento a essere stato imperdonabile». L'ira di Winter aumentava a ogni frase. Quando smise di parlare, mi ritrovai a scuotere la testa.

Non sarebbe andata a finire bene.

«Hai dimenticato qual è il tuo posto, omega» disse Ludvig.

«Forse perché fino a pochi giorni fa non sapevo nemmeno di essere un'omega» ribatté lei.

«Winter». Strinsi la presa sulla sua nuca in segno di avvertimento. Non tanto da farle male, ma abbastanza da attirare la sua attenzione. «Ti stai comportando in modo irrispettoso».

Sbuffò. «E voi vi comportate come se avessi voluto che succedesse tutto questo. Non ho scelto di essere un'omega.

Né di trascorrere la vita nella menzogna. È stata tutta opera di Vanessa, che tra l'altro ha anche pianificato di uccidermi per impossessarsi a tutti gli effetti del mio regno. Perché allora rimproverate me?».

«Perché ti sei intrufolata nel mio settore senza permesso» rispose Ludvig. La rabbia gli faceva sporgere gli zigomi più del normale. «Le tue azioni hanno delle conseguenze, un aspetto che continui a ignorare. O forse sei troppo egoista per pensarci. È così? Ti ritieni più importante dei lupi che vivono nel settore Norse?».

«No, non…».

«Venendo qui, hai messo a rischio le loro vite. E non solo perché sei un'omega. Hai abbandonato la tua gente senza dire una parola. Non sanno che sei scappata. Potrebbero pensare che l'alfa Kazek ti abbia rapita. E allora cosa succederebbe? Cosa dovrei fare, quando Vanessa e i suoi lupi verranno qui a riprenderti? Dovrei affrontarli per te? O lasciarti al tuo destino?».

Winter si irrigidì. Il suo cuore batteva all'impazzata. «Non… non pensavo…».

«È proprio questo il punto» sbottò Ludvig. «*Non hai pensato*. L'unico motivo per cui non sei già su un volo diretto nel settore Winter è perché ti sei accoppiata col mio secondo in comando. E quello complica tutto».

Il ringhio nel suo tono suscitò un brivido di paura nell'omega. Una parte sconosciuta di me voleva prenderla tra le braccia e stringerla forte.

Gli ultimi giorni erano stati un inferno per lei.

Me ne rendevo conto.

Ma Ludvig aveva ragione.

Quando era salita sul jet, aveva messo in pericolo l'intero settore.

Vanessa avrebbe avuto tutto il diritto di andare in guerra per un affronto del genere. Anche se Winter avesse dichiarato di aver lasciato il regno di sua spontanea volontà, non era certo che i suoi sudditi le avrebbero creduto. Io sarei sembrato altrettanto colpevole, soprattutto visto che l'avevo inseguita lungo i corridoi del palazzo, dopo che aveva lasciato la festa. Bastava che un'unica persona mi avesse visto, e tutti avrebbero dato per scontato che l'avessi rapita.

Dopo la discussione che avevamo avuto nel salone, Vanessa non ci avrebbe pensato due volte ad attaccarci.

E, come aveva sottolineato Ludvig, a pagarne le conseguenze sarebbe stato il settore Norse.

«In parte è colpa mia» dissi, tornando a guardare negli occhi l'alfa. «Mi sono inimicato Vanessa portandole via la sua schiava omega. Ora qualsiasi scusa è buona per farmela pagare. Winter non poteva saperlo».

«Sven mi ha già detto che è stata una sua idea. So perché hai partecipato anche tu».

«Amo i bagni di sangue».

«Su questo non ho dubbi. Ma non è quello il vero motivo per cui sei intervenuto. E la ragazza non c'entrava nulla». Resse il mio sguardo, sfidandomi a ribattere. Sapevamo entrambi che consideravo Mick un caro amico e che avrei fatto praticamente di tutto per proteggerlo. Ma ciò non significava che l'avrei ammesso ad alta voce.

Feci spallucce. «È il miglior pilota al mondo. Non possiamo permetterci di perderlo».

«Già». Sospirò e lanciò un'occhiata a Winter. La mia compagna aveva un atteggiamento contrito; le sue spalle si erano afflosciate, e il suo sguardo era fisso sulle sue ginocchia, invece che sull'alfa di fronte a lei. «Detto questo, devo comunque punirla. Si è introdotta nel mio territorio senza permesso e ha quasi scatenato una rivolta. È inaccettabile».

Sapevo che era meglio non opporsi alla sua decisione.

Perché aveva ragione. Winter doveva rendersi conto delle conseguenze delle sue azioni. Per quanto capissi il suo desiderio di fuggire, l'aveva fatto nel modo sbagliato. Come minimo, avrebbe dovuto rendere nota la sua presenza sull'aereo.

E ancora non avevo idea di cosa intendesse fare, una volta atterrata. Nascondersi nei boschi? Raggiungere la città più vicina infestata dagli zombie? Aveva un piano, al di là del mostrare la collana a Ludvig?

Tutte quelle incertezze rendevano la situazione ancora più preoccupante.

Cosa sarebbe successo, se avesse preso un'altra decisione avventata? Non avrebbe messo in pericolo soltanto la sua vita, ma anche la mia. Eravamo uniti in eterno. Il mio istinto di proteggerla era impresso a fuoco dentro di me. Se le fosse successo qualcosa, non avrei avuto altra scelta che lottare per lei.

Un altro motivo per assicurarmi che fosse ben addestrata.

«Posso parlare?» chiese in un sussurro. Le sue spalle erano ancora incassate, esprimendo una desolazione che mi spezzava il cuore.

Scambiai un'occhiata con Ludvig, e lui mi rivolse un leggero cenno d'assenso, dando il suo permesso. Non che ne avessi avuto bisogno, ma non volevo rischiare che Winter si guadagnasse una punizione ancora più dura di quella che aveva in mente l'alfa.

«Sì, lupacchiotta» le dissi. «Puoi parlare».

Si schiarì la voce, torcendosi le mani in grembo. «Cosa succederà col settore Winter? È il mio regno. Vanessa me l'ha rubato. Lo rivoglio».

Ludvig la osservò per qualche istante, lisciandosi la barba biondo cenere. «Prima che possa darti una risposta, devo discuterne più a fondo con il tuo compagno».

Si sporse in avanti e unì le mani sull'enorme scrivania di quercia. Con il movimento, la giacca del vestito si tese sulla sua schiena muscolosa. Ludvig era l'unico alfa nel settore che avrebbe potuto avere la meglio su di me, e il suo fisico massiccio giocava una parte fondamentale. Quando voleva, sapeva incutere timore anche solo con la sua presenza.

«So perché sei venuta da me, omega. Io e tuo padre eravamo buoni amici, e sarebbe furioso se sapesse cosa ne è stato del suo regno. Non sto dicendo che non ti aiuterò, ma il tuo comportamento deve essere punito in modo esemplare. Se fossi troppo indulgente, ci rimetteremmo tutti quanti».

Winter si morse il labbro e annuì. «Capisco».

Le accarezzai il collo, sentendomi in conflitto. Una parte di me apprezzava la sua sottomissione. Eppure, odiavo vederla così. Sembrava che avesse perso ogni speranza.

«Non ti farà del male» promisi. «Non è nello stile di Ludvig».

Lei deglutì e annuì di nuovo. «Mi rendo conto che le mie azioni hanno delle conseguenze. Ma non mi aspettavo di andare in calore. Non avrei mai potuto prevederlo».

«Lo terrò in considerazione» rispose Ludvig. Poi mi guardò. «Hai pensato a come preferisci annunciare la sua presenza nel nostro settore?».

Lasciai andare Winter e mi chinai appena in avanti, appoggiando gli avambracci sulle cosce. «Nel momento in cui capiranno chi è, mi sfideranno».

«Già» confermò senza fare una piega.

E improvvisamente capii perché. *Ah, cazzo.* «Bastardo. È questa la mia punizione, non è vero? Respingere gli altri alfa?».

Si strinse nelle spalle. «Mi sembra appropriato. Hai

reclamato un'omega di grande valore. So che hai agito nel suo interesse, ma dubito che gli altri accetteranno questa scusa. E meritano anche loro una possibilità. È l'unico modo per mantenere la pace. Lo sai benissimo anche tu».

Certo, ma non significava che ne fossi entusiasta.

Scossi lentamente la testa in segno di accettazione, mentre una serie di insulti mi attraversava la mente. «Ti odio, cazzo».

«Bene» rispose l'alfa. Finalmente colsi nel suo tono un pizzico di divertimento. «Significa che ho fatto un buon lavoro».

«Potrei doverne uccidere qualcuno» lo avvertii.

«Solo se non si arrendono. In quel caso, però, sarebbe colpa loro, non tua».

Vero. Roteai il collo per sciogliere i muscoli tesi e scossi di nuovo la testa. «Sei proprio un bastardo, Ludvig».

«L'hai già detto». Arricciò le labbra. «Ma è l'unico modo in cui il branco rispetterà la tua rivendicazione. E non appena succederà, accetteranno anche l'omega come una di loro. A quel punto, se decidesse di diventare Winter del settore Norse, potrà farlo, e tutti la proteggeranno».

Lo fissai. La comprensione di quali fossero le sue reali intenzioni mi scaldò il petto con un'emozione mai provata prima. Mi aveva appena offerto la lealtà su un piatto d'argento. Se avessi convinto gli altri della legittimità del mio legame con Winter, l'avrebbero accolta come parte del branco, rispettandomi al tempo stesso come loro superiore.

Di conseguenza, avrebbero accettato più facilmente la guerra imminente. Forse avrebbero addirittura combattuto per noi.

Mi lasciai cadere indietro sulla sedia. Mi sentivo a disagio. Normalmente, Ludvig mi affidava un incarico e io lo portavo a termine. Non avevo mai chiesto nessun pagamento, visto che avevo sempre scelto di seguirlo per lealtà, non per necessità. E adesso stava ufficialmente ricompensando i miei servigi con un'opportunità mascherata da punizione.

«Non smetti mai di stupirmi, Ludvig».

«È per questo che sono l'alfa del settore Norse».

Abbassai il mento in segno di assenso. Non tanto da mostrarmi sottomesso, ma quanto bastava per esprimere il mio rispetto. «Annuncerò il nostro accoppiamento oggi pomeriggio. Ma chiedo che la violenza inflitta su di me sia considerata parte della punizione di Winter». Perché sapevamo entrambi che praticamente ogni alfa privo di compagna presente nel settore mi avrebbe sfidato. Sarebbero stati troppo orgogliosi per non farlo.

E non appena si fosse sparsa la voce anche all'esterno dei nostri confini, avrei dovuto affrontare ancora più pretendenti.

Era una delle conseguenze dell'essere nato umano. Nessuno mi considerava degno, finché non mi affrontava nell'arena. Solo allora si inchinavano.

Scosse la testa. «No. La sua punizione sarà di dover ascoltare le prove dalla cima del palazzo. Non saprà se avrai vinto o perso. E non le sarà permesso aiutarti a guarire».

Serrai la mascella. «Separare una coppia appena formata. È una crudeltà».

«Al contrario. Lo considero un esercizio di maturità». Premette un pulsante sullo schermo che si librava nell'aria sopra la sua scrivania.

«Sì, alfa Ludvig?» chiese una voce femminile.

Alana.

Cazzo.

Ludvig mi guardò e disse: «Ho bisogno che scorti la nostra nuova omega nella suite di detenzione».

«Certo» rispose Alana.

Lo fulminai con lo sguardo. «Seriamente?». L'aveva fatto apposta, lo sapevamo entrambi. La mia relazione con Alana era nota a tutti. A lei non sarebbe importato che avessi una compagna, ma a Winter sarebbe importato eccome essere *scortata* in cella dalla mia ex amante.

Un'espressione vittoriosa comparve sul volto di Ludvig. Quello stronzo era orgoglioso delle punizioni che aveva scelto. Non appena avessi finito con quelle stupide sfide, gli avrei tirato un pugno in faccia.

«Come dicevo,» commentò «si tratta di un esercizio di maturità».

«Come no». *Stronzo.* Lo ignorai, concentrandomi invece su Winter. Mi inginocchiai davanti a lei. «Mi sono battuto più volte contro questi idioti e ho sempre vinto. Non... non perdere fiducia in me. Okay?».

I suoi grandi occhi di ossidiana incontrarono i miei. Erano colmi di paura. «E se...?».

«Non pensarci. Ho bisogno che ti fidi di me, non dei tuoi dubbi. Hai capito?».

Winter deglutì e annuì lentamente. «O... okay».

Gran bella dimostrazione di fiducia. Ma non potevo biasimarla: mi conosceva a malapena.

Bene.

Sospirai e mi alzai in piedi, passando la mano sulla peluria incolta che mi punteggiava il mento. Erano passati troppi giorni dall'ultima volta che mi ero rasato a dovere. E probabilmente ne sarebbero passati altrettanti prima che potessi farlo di nuovo.

Non sarebbe stato un pomeriggio divertente, e sapere che la mia compagna si aspettava che perdessi bruciava ancora di più.

«Se sarò sconfitto, l'alfa Ludvig farà sì che qualcuno si prenda cura di te» borbottai, mettendo fine alla conversazione. Non c'era molto altro che potessi aggiungere.

Dovevo combattere per una donna che non aveva nessuna fiducia in me, nonostante le avessi salvato la vita. Ma potevo gestire soltanto un problema alla volta.

Per prima cosa, avrei affermato la mia autorità tra gli alfa.

Poi mi sarei occupato dei dubbi della mia compagna.

Come aveva fatto quel casino a diventare la mia vita?

WINTER

LE MIE MANI non smettevano di tremare. Trovarmi in quella stanza con due maschi alfa mi aveva fatto venire i nervi a fior di pelle. L'atmosfera era pregna di testosterone.

Ludvig era il più grosso tra i due. I suoi capelli biondi incorniciavano un viso congelato all'età di trent'anni. Ma avevo colto un'esperienza secolare nelle profondità dei suoi occhi azzurri, le rare volte in cui ero stata abbastanza coraggiosa da alzare lo sguardo.

Vecchio, aveva sussurrato ogni volta la mia lupa. *Così vecchio.*

Doveva avere almeno cinquecento anni. Forse seicento. Il suo corpo muscoloso emanava autorità e sicurezza di sé.

Mi aveva spinta a sottomettermi istintivamente, concedendomi solo qualche istante di determinazione in cui avevo espresso la mia opinione. E me ne ero pentita subito dopo.

Ma più di tutto rimpiangevo la mia reazione alle parole di Kazek.

Mi aveva chiesto di avere fiducia in lui.

Gli avevo dato una risposta patetica, che tradiva tutta la mia preoccupazione.

Che stupida. L'abilità e il valore del suo lupo erano evidenti in ogni suo gesto. Praticamente indossava la sua resilienza come uno scudo. Nonostante avessi trascorso vent'anni accanto a Vanessa, con lei non avevo mai percepito la stessa letalità sperimentata in presenza di Kazek. Faceva impallidire anche le doti di Enrique.

Allora perché avevo dubitato di lui?

Allungai la mano verso di lui, desiderosa di scusarmi. Ma proprio in quel momento, la porta si aprì. Un nuovo odore si fece strada nella stanza, un odore che mi fece rizzare i peli sulla nuca.

Competizione, ringhiò la mia lupa.

Kazek avvolse il palmo attorno alla parte posteriore del mio collo. Fu allora che mi accorsi che il ringhio non era soltanto nella mia testa. «Calmati» mi ordinò.

Calmarmi?, ripetei incredula. *Calmarmi?!*

La sua sgualdrina era appena entrata nella stanza. Non mi sarei *calmata*. Mi alzai e lo abbracciai, reclamando il mio uomo e scoccando un'occhiata omicida alla bionda sulla soglia.

La sfidai con lo sguardo, incurante del suo status o del fatto che avesse un livello di energia simile a quello di Vanessa.

Le femmine alfa erano molto rare.

L'unica che avessi mai incontrato era Vanessa, e non mi aveva lasciato una bella impressione.

«Quell'omega mi ha appena sfidata?» chiese la donna. Le sue sopracciglia bionde erano sollevate a dismisura.

Non avremmo potuto essere più diverse.

Era tutta gambe, ed era almeno venti centimetri più alta di me. I suoi capelli brillavano come il sole, mentre i miei ricordavano una notte senza luna. Avevamo entrambe la carnagione chiara, ma le sue guance avevano una sfumatura rosata che a me mancava. Fianchi snelli, petto formoso, braccia toniche. Un viso molto bello, su cui spiccava una bocca carnosa.

La odiai all'istante.

Le dita di Kazek si insinuarono tra i miei capelli, e mi posò l'altra mano sulla schiena. Mi strusciai su di lui, compiaciuta della sua palese rivendicazione. «Prima ho fatto l'errore di provare a darle i tuoi vestiti» spiegò. «La situazione è una novità per entrambi».

Quella stronza di un'alfa sbuffò. «Indubbiamente. Da dove è saltata fuori?». Annusò l'aria e si accigliò. «Un attimo, non sarà mica...?».

«È la figlia di Sofie ed Einar» confermò Ludvig. Nella sua voce c'era l'eco di un'emozione che non riuscii a identificare. Soprattutto perché ero stata sopraffatta dalla potenza di Kazek. Mi aveva avvolta in una coltre di sicurezza, emettendo un basso brusio che mi accarezzava l'orecchio. Mi abbandonai completamente a lui. La mia lupa aveva ceduto alle sensazioni prima ancora che la mia mente potesse capire cosa significasse.

«Oh, cazzo» boccheggiò la femmina, interrompendo il mio momento di serenità.

Reagii ringhiandole contro.

E lei fece lo stesso. Un brivido mi corse lungo la schiena. Quel suono mi disse che non ci sarebbe stata nessuna competizione tra di noi. Ma la mia lupa non voleva arrendersi, la percepiva come una minaccia.

«Winter» mi ammonì dolcemente Kazek.

«Va tutto bene» rispose per me Alana, strappandomi un altro ringhio. «Non ho intenzione di combattere contro la tua piccola compagna. Volevo solo mostrarle che anch'io sono capace di ringhiare». Il suo tono divertito mi fece incazzare ancora di più.

Kazek sospirò, stringendomi forte tra le braccia come se temesse che mi scagliassi contro l'altra donna. Beh, sì, in un certo senso era esattamente ciò che volevo fare. *Stronza.* «Winter» ripeté con le labbra vicino al mio orecchio. «Non è una minaccia». Abbassò la bocca sul segno che mi aveva lasciato sul collo, mordicchiandolo delicatamente. «Sei tu a portare il mio marchio. Non lei».

«Come diavolo è successo?» chiese la donna a bassa voce, ma la sentii lo stesso.

«L'alfa Kazek spiegherà tutto questo pomeriggio, alla battaglia cerimoniale» rispose Ludvig.

«Battaglia cerimoniale?» ripeté lei.

«È la mia punizione» disse Kazek. «Annuncerò di essermi preso una compagna, riconoscerò di averlo fatto senza l'approvazione del settore e permetterò agli eventuali sfidanti di contestare la mia rivendicazione». Parlando, alzò la testa. Poi mi guardò negli occhi e aggiunse: «E sconfiggerò ciascuno di loro».

Percepii la sicurezza nella sua affermazione.

Non l'aveva detto per tranquillizzare se stesso, ma me. Perché avevo dubitato di lui. E il guizzo di fastidio nelle sue iridi scure mi disse che non l'aveva apprezzato neanche un po'.

Annuii. Trasudava pericolo e dominio. Sarà pure nato umano, ma era indubbiamente un alfa.

«Lo stai preparando per la conquista del settore Winter» disse Alana. «Stai facendo in modo che tutti i lupi lo sostengano, così poi potrà reclamare il trono».

«È questo che sto facendo?» chiese Ludvig. Nel suo tono c'era una sfumatura di innocenza che non suonava per nulla sincera. «Beh, prima deve vincere. Poi vedremo come andranno le cose».

Kazek non si preoccupò di nascondere un sorrisetto. «Certo. Vedremo». Mi posò la mano sulla guancia e mi accarezzò il labbro inferiore col pollice. «Devi andare con Alana e fare quello che ti dice. Verrò a cercarti quando sarà tutto finito, sempre che Ludvig me lo permetta».

«Ne parleremo dopo la cerimonia» rispose l'alfa in questione.

Kazek lo guardò di traverso e grugnì per qualsiasi cosa lesse nella sua espressione. Poi tornò a concentrarsi su di me. I suoi occhi fiammeggiavano di possesso e di qualcos'altro. Qualcosa di letale. Eppure, man mano che tratteneva il mio sguardo, il suo sembrò ammorbidirsi. Lentamente, le sue pupille si restrinsero, lasciando emergere una maggiore quantità di blu.

L'uomo dietro al lupo, capii, affascinata. La maggior parte degli alfa mi avrebbe costretta ad abbassare gli occhi, ma lui no. Lui mi permise di vedere cosa si agitava nei suoi.

Non somigliava affatto agli alfa di cui avevo sentito parlare crescendo. Forte e dominante, certo. Ma mi trattava con una gentilezza che non sapevo potessero possedere.

«Sto facendo tutto questo per te, Winter» disse piano, in tono di avvertimento. «Ho bisogno che tu sia rispettosa nei confronti di Alana. Fallo per me. Okay?».

La scelta delle parole mi irritò, perché ebbi l'impressione che si stesse rivolgendo a una bambina. D'altro canto, aveva ragione: tutto quello che stava succedendo era colpa mia. Il suo alfa voleva che si esibisse di fronte all'intero settore, affrontando una schiera di sfidanti, per il solo fatto di avermi reclamata.

Se non mi fossi intrufolata su quell'aereo, nulla di tutto ciò sarebbe mai accaduto.

Ma non riuscivo a pentirmene fino in fondo, perché, se non lo avessi fatto, probabilmente a quel punto sarei già morta.

O peggio. Enrique mi avrebbe reclamata.

Lo sapeva?, mi domandai corrugando la fronte. No. Non ne aveva idea. Ma allora perché Vanessa si aspettava che il suo nodo mi uccidesse? Lei sapeva che ero un'omega. Si era presa gioco di entrambi?

«Winter» mormorò Kazek, riportando la mia attenzione su di lui. «Puoi collaborare con Alana per me?».

«Sono un'adulta, Kazek» risposi, nuovamente irritata per come aveva formulato la frase.

Abbassò lentamente lo sguardo, e un sorrisetto danzò sulle sue labbra sensuali. «Lo so bene, piccola». Quando li alzò di nuovo su di me, i suoi occhi scuri brillavano di divertimento. «Ti sto solo chiedendo di non sfidare l'alfa Alana. Mi hai già conquistato. Litigare con lei non cambierà nulla».

Posai il palmo sul suo petto. La mia lupa era soddisfatta. «Farò del mio meglio per non ringhiarle contro, ma mi aspetto che tu vinca». La mia bestia interiore voleva che fosse lui a trionfare. Non avrebbe accettato nessun altro risultato.

«Non preoccuparti» mi rassicurò. «Ora devo preparare il mio discorso e voglio sottoporlo anche a Ludvig». Mi sfiorò la fronte con le labbra. «Non mordere Alana».

Valutai la sua richiesta, lanciando un'occhiata alla femmina in questione. Vanessa mi avrebbe già punita severamente per il mio atteggiamento, ma Alana non ne sembrava affatto infastidita. Perfino Ludvig aveva un'espressione divertita.

Beh, una cosa era certa: quegli alfa non somigliavano per niente a quella con cui ero cresciuta.

«La morderò a mia volta» avvertì Alana, ma il suo tono era intriso di ironia.

L'istinto di ringhiarle contro era ancora lì, ma lo soffocai ed evitai di parlare. Kazek mi premiò con un bacio sulla tempia, che mi fece correre un brivido lungo la schiena.

Chi sono?, mi domandai, sconcertata di quanto fosse

cambiata la mia realtà nell'ultima settimana. *Da quando rivendico i maschi?* Enrique aveva intenzione di prendersi un'amante; lo sapevo e l'avevo accettato. Certo, non ne ero felice, ma avevo tenuto la bocca chiusa.

Eppure, l'idea che questo estraneo, *il mio compagno*, potesse andare con un'altra donna mi faceva venir voglia di sbranare qualcuno. Non ero mai stata una persona violenta, mi ero sempre allenata solo per potermi difendere. Ora, invece, volevo usare il mio addestramento per far fuori Alana. Il solo pensiero sfidava ogni logica.

«A presto, Winter». Kazek sorrise e mi lasciò andare, guardandomi con orgoglio.

Orgoglio perché mi stavo comportando bene? O perché mi ero dimostrata possessiva nei suoi confronti?

Ero abbastanza sicura che fosse la seconda. Il nostro legame doveva averlo reso ancora più territoriale.

Non avevo mai capito perché i maschi omega di Vanessa desiderassero il suo marchio. Ma ora in un certo senso sì. Era il sentirsi posseduti e al sicuro. Completi. Dovevano essere incredibilmente infelici senza quel conforto. E allora perché Vanessa non ne aveva preso uno come compagno? Era davvero così egoista?

«Andiamo, principessa Snow» disse Alana, interrompendo le mie riflessioni. «Non vedo l'ora di ammirare il tuo nuovo *principe azzurro* fare il culo a tutto il settore».

Kazek grugnì. «Non sono un principe. Né tantomeno un fottuto eroe. Non metterle strane idee in testa».

«Okay. Terribile assassino. Capito». Alana gli rivolse un ironico saluto militare che mi fece rivalutare l'opinione che avevo di lei. Non sembrava minimamente spaventata da Kazek. Non fece una piega nemmeno quando lui ringhiò in risposta. «Terribile» ripeté la donna in tono sarcastico, poi portò la sua attenzione su di me.

«Andiamo, omega. Ti accompagno nella tua piccola prigione dorata».

Lanciai un'occhiata a Kazek e lui rispose con un cenno del capo, incoraggiandomi a seguirla. «Cerca di non sentire troppo la mia mancanza, compagna» disse.

«Allora vedi di fare in fretta» replicai, sorpresa della naturalezza con cui scherzavamo l'uno con l'altra. Forse i compagni predestinati esistevano davvero. Solo che non avrei mai pensato che *lui* sarebbe stato il mio.

E qualcosa mi diceva che anche lui si sentiva allo stesso modo.

Dopo un ultimo sguardo a Kazek, feci un passo verso Alana. Il mio compagno sembrava completamente a suo agio, la sua accettazione mi calmò i nervi.

Almeno finché non feci lo sbaglio di lanciare un'occhiata all'alfa Ludvig. La sua espressione quasi amichevole di qualche minuto prima era sparita, sostituita da una maschera severa. Rabbrividii e mi precipitai fuori dalla porta, dove Alana stava aspettando pazientemente.

Non dissi nulla mentre mi conduceva lungo un corridoio privo di finestre. Stavamo andando nella direzione opposta a quella da cui ero arrivata con Kazek. Mi si annodò lo stomaco, e la sensazione non fece che crescere quando l'alfa svoltò in un altro corridoio che terminava in un enorme atrio illuminato da varie finestre.

Il sole era alto nel cielo; doveva essere quasi mezzogiorno. Da quello che avevo capito, quell'area del mondo condivideva un ciclo di luce diurna simile a quello del mio settore di provenienza.

Alana premette un pulsante che fece aprire due pannelli metallici.

Un ascensore, mi meravigliai, affascinata dalla tecnologia avanzata. Non avevamo nulla del genere nel settore Winter.

L'alfa digitò una serie di numeri su un pannello posto all'interno, che fece chiudere le porte e prendere vita alla scatola di metallo. Salimmo rapidamente verso l'alto, un movimento repentino che mi fece appoggiare le mani sulla parete e rivoltare lo stomaco. Mi ricordò la sensazione provata sull'aereo.

«Andrà tutto bene» mi rassicurò dolcemente Alana, scioccandomi. «L'alfa Ludvig non metterebbe mai K nelle condizioni di perdere».

Mi domandai se lo stesse dicendo per il mio bene o per il suo, perché sentivo l'odore preoccupato che sprigionava.

Temeva che Kazek potesse perdere?

K, pensai, accigliandomi. *L'ha chiamato K.*

«Ludvig lo sta facendo solo per dimostrare che K è degno di governare un settore» aggiunse, ma quella nota di apprensione continuava a gravare nell'ascensore.

«Lo credi davvero?» le chiesi piano, inspirando le note amare del suo disagio. Era a causa della nostra vicinanza, o per l'argomento?

Un campanello suonò prima che potesse rispondere, e le porte di metallo si aprirono su un muro bianco.

«Sinistra» disse Alana, piegando la testa in quella direzione, nel caso non avessi capito. L'incertezza che continuava a emanare mi turbava sempre di più. Unita all'effetto dell'ascensore, mi sentii sul punto di vomitare.

Mi premetti le mani sullo stomaco, come per trattenerne il contenuto, e uscii sul pavimento di marmo. I raggi del sole che penetravano dai lucernari posti sul soffitto indicavano che ci trovavamo in cima all'edificio, ma era impossibile determinare a che altezza. C'erano solo due porte, lì, una a ogni estremità del corridoio.

«Le porte sono aperte» disse Alana dall'ascensore. «Sei libera di esplorare entrambe le suite presenti su questo piano, ma l'ascensore funziona soltanto per le persone autorizzate, grazie a una scansione della retina. Quindi non provare a scappare. Ti verrà portato del cibo a intervalli regolari. Inoltre, c'è un'area boschiva che collega le due suite. Per la tua lupa».

«Tu non…?» mi interruppi quando le porte metalliche iniziarono a chiudersi.

Alana non disse nient'altro, lasciandomi sola nel corridoio freddo.

Deglutii. «Fantastico. Grazie».

Non solo mi aveva spinta a interrogarmi sul destino di Kazek, ma mi aveva anche abbandonata lassù. Forse era il suo modo di punirmi.

Gli alfa non amavano che beta e omega mettessero in discussione la loro autorità.

Sospirai e iniziai a camminare verso sinistra.

Abbassai la maniglia, ma mi bloccai al ringhio proveniente dall'interno.

Quando un secondo ringhio seguì il primo, mi venne la pelle d'oca. Era più forte del precedente. E chiaramente opera di un alfa.

Indietreggiai e mi lanciai lungo il corridoio, verso l'altra porta.

«*Fermati*». L'ordine fendette l'aria, facendomi gelare il sangue nelle vene. «Cosa cazzo ci fai qui?».

KAZEK

STUDIAI LUDVIG in attesa che dicesse qualcosa. Dopo che Alana e Winter se n'erano andate, era piombato in un silenzio profondo. Si era seduto con un'espressione concentrata, la sua aria intimidatoria era svanita.

Presi i suoi gesti come un invito a sedermi a mia volta. Mi accomodai con la caviglia destra appoggiata sul ginocchio opposto e le mani sui braccioli.

Doveva dirmi qualcosa. Farmi un qualche tipo di discorso. Non un incoraggiamento, ma un avvertimento. Reclamando Snow Frost, tecnicamente ero diventato l'alfa di un altro settore. Il mondo non lo sapeva ancora, ma lui sì. E ciò lo lasciava in una posizione critica, politicamente parlando.

Lo capivo e lo rispettavo.

E non avevo idea di come ci saremmo comportati di lì in avanti.

L'idea della sfida era stata molto saggia: mi avrebbe aiutato ad affermare la mia autorità nel settore Norse e a raccogliere il sostegno degli altri lupi per una futura invasione del settore Winter, se avessi deciso di appropriarmene. Solo che non ero ancora sicuro di volerlo fare. La mia compagna era determinata a rivendicare il suo trono, ma era pronta per governare? Aveva trascorso la vita nell'ombra di Vanessa, era cresciuta credendosi una beta e, di conseguenza, non aveva la più pallida idea di cosa implicasse essere un'omega.

Era vulnerabile.

Non necessariamente debole, ma nemmeno addestrata a dovere per ciò che la aspettava.

E la sua protezione era compito mio.

Non mi sarei nemmeno avvicinato al settore Winter finché non fossi stato sicuro delle sue abilità. E probabilmente ci sarebbe voluta un'eternità a convincermi che era pronta. Non ero noto per la mia indulgenza, soprattutto quando si trattava di allenarsi per il combattimento corpo a corpo.

«Avrai un bel daffare con lei» disse infine Ludvig, rompendo il silenzio. «È chiaramente cresciuta con una mentalità da beta, ma ha anche una vena ribelle».

Annuii. «Era convinta che i soppressori fossero delle pastiglie per aumentare la sua forza fisica». Gli avevo già spiegato tutto, ma valeva la pena ripeterlo.

«Maledetta Vanessa». Si passò la mano sul viso e sospirò. «Qualcuno dovrà occuparsi di lei».

«Lo so».

«Nello specifico, tu» aggiunse.

«Lo so» ripetei.

«Ma la tua piccola omega vuole farlo personalmente». Non una domanda, ma un'osservazione.

«Già» confermai, anche se non ce n'era bisogno.

Scosse la testa, ma sulle sue labbra danzò un sorrisetto. «Beh, apprezzo la sua determinazione, e sono sicuro che anche la mia Mila la penserà allo stesso modo. Ma devo assicurarmi che siate entrambi pronti per ciò che vi aspetta. Quello di oggi è solo un riscaldamento. Verranno alfa da tutto il mondo a sfidarti. L'unico modo di farti valere è un gesto memorabile».

«Come un'entrata trionfale da nuovo alfa del settore Winter» tradussi.

«Esattamente».

Mi massaggiai il retro del collo con un sospiro profondo. «Non ho mai desiderato una posizione di potere. Hai dovuto praticamente *ricattarmi* per rendermi il tuo secondo».

Il bastardo aveva minacciato di cacciarmi via, dicendo che se non mi fossi messo in riga, non avrebbe avuto altra scelta che dichiararmi un lupo privo di clan. Un vagabondo. Non avevo mai rispettato l'autorità quando ero umano, e di certo non avevo intenzione di cominciare a farlo da mutaforma.

Preferivo lavorare da solo.

Per questo avevo scelto di essere un sicario.

«Non sono un leader».

«Probabilmente no» concordò. «Ma Snow Frost è nata come tale. Quella sarà la sua forza nella vostra relazione, così come la passione per il sangue sarà la tua. Solo perché un'omega non viene vista come la figura al comando, non significa che non possa dare consigli da dietro le quinte».

Era opinione diffusa, tra gli alfa, che le omega fossero delle creature delicate, da porre su un piedistallo e adorare. Ma Ludvig non si era mai comportato così. Nemmeno suo figlio Ander. E sospettavo che anche Mick avrebbe avuto lo stesso atteggiamento, perché la madre, Mila, era una donna di carattere. Nonostante si sottomettesse quando ce n'era bisogno, Ludvig era sempre stato chiaro: la sua opinione contava. E la condivideva spesso.

«È testarda ed è anche abile con le lame» ammisi, pensando a come Winter aveva cercato di farmi fuori. «Qualcuno l'ha addestrata a combattere. Almeno per quanto riguarda le basi».

«Beh, allora è un bene che l'alfa che l'ha reclamata

abbia un secolo di esperienza paramilitare». Inarcò un sopracciglio. «Sei pronto a mettere in pratica quell'esperienza oggi pomeriggio?».

«Ti rendi conto che sarà una carneficina? Mi rispettano solo perché mi hai affidato il ruolo di secondo in comando, e useranno questa opportunità per dimostrarti che ti sei sbagliato». Non avrebbero avuto successo, ovviamente. Ma ci avrebbero provato. E avrei dovuto fare del male a molti di loro per provare il mio valore.

«Per fortuna che sbaglio raramente» rispose. Sulla sua guancia apparve una fossetta che gli donava un aspetto più giovane. Si alzò in piedi e si lisciò la giacca. «Devo parlare con Mila prima della cerimonia, e presumo che tu abbia bisogno di un po' di tempo per prepararti. Qualsiasi cosa tu abbia in mente di dire, hai la mia approvazione».

Lo guardai a bocca aperta. «Da quando?». Odiava quando parlavo apertamente alle truppe, perché di solito finivo per chiamarli un mucchio di stronzi ignoranti.

«Da quando sei diventato l'alfa di un settore» rispose, rivolgendomi l'ennesimo sorrisetto. «Vediamo come te la cavi in quel ruolo, eh?».

Strinsi i denti per evitare di ringhiargli contro. «Bastardo. Questa è un'altra punizione». Sapeva che odiavo i discorsi. Erano una fottuta tortura. «Le sfide che mi aspettano non sono abbastanza?» gli domandai. «Ho fatto la scelta più onorevole e tu lo sai».

Mi guardò. «Sì, sono d'accordo che, per quanto riguarda Snow Frost, era la cosa giusta da fare. Ma questa punizione è per aver aiutato mio figlio a tornare qui con un'omega distrutta. Ha perso completamente la testa per lei, e tu sei parte del motivo per cui ha potuto tenerla». Inarcò un sopracciglio, sfidandomi a negare.

«Avresti preferito che lo lasciassi combattere contro tutti quei lupi da solo?».

«Sì. Perché, proprio come te, ha bisogno di imparare qual è il suo posto. E di smetterla di affidarsi agli altri per aiutarlo a governare».

«Proprio come me?» ripetei. «Io so bene qual è il mio posto, Ludvig». Gli altri alfa tendevano a ricordarmelo spesso.

«Sicuro?» ribatté. «Giusto qualche attimo fa, hai detto che gli alfa del mio settore ti rispettano solo perché hai il mio favore».

«Ed è così».

Inclinò la testa di lato. Il suo sguardo astuto mi inchiodò sul posto come soltanto un alfa del suo livello era in grado di fare. «Su questo abbiamo un'opinione molto diversa, Kazek. Forse più tardi capirai».

Ludvig non mi diede la possibilità di rispondere. Le sue spalle ampie erano già sparite oltre la soglia.

Cazzo. Mi passai una mano tra i capelli. *Cazzo.*

WINTER

L'UOMO biondo sulla porta era l'immagine sputata dell'alfa Ludvig. Riconobbi il suo viso e il suo odore; era stato lui a pilotare l'aereo, l'altra notte. Ma non riuscivo a ricordare il suo nome.

«Beh?» insistette, inarcando un sopracciglio. «Cosa cazzo ci fai qui, Snow?».

Mi schiarii la voce e abbassai gli occhi, pensando a come rispondergli. Non mi aspettavo di trovare nessuno lì, soprattutto non un alfa inviperito. Alana non mi aveva avvisata.

«Perché hai l'odore di un'omega?» chiese. Si avvicinò, e il suo calore mi avvolse. Mi afferrò il mento tra pollice e indice, poi si chinò e mi annusò il collo. «*Kazek?*».

Mi lasciò andare di scatto, come se si fosse scottato, e arretrò. Deglutii, incerta su cosa dire.

«Merda. *Come*? È tornato indietro per te?». Scosse la testa e iniziò a camminare nervosamente avanti e indietro, senza nemmeno aspettare che gli rispondessi. «Oh, quel fottuto idiota. Gli avevo detto di lasciar perdere, ma ovviamente non mi ha ascoltato. Quando Kazek vuole qualcosa, fa di tutto per ottenerlo. Anche se si tratta di una femmina dal valore inestimabile e rigorosamente off-limits, a quanto pare».

Tornò di nuovo davanti a me. Si muoveva con una rapidità che rispecchiava il suo potere e la sua forza. Era indubbiamente il figlio di suo padre.

«Ti ha fatto del male?» chiese.

Corrugai la fronte e sbattei le palpebre, confusa. Senza guardarlo negli occhi, gli domandai a mia volta: «L'alfa Kazek?».

«Sì».

«No». Beh, non sul serio. Era stato un po' violento, ma alla mia lupa era piaciuto. Avvampai al ricordo degli ultimi giorni. Una sfilza di immagini si rincorse nei miei pensieri, una più indecente dell'altra. Una più eccitante dell'altra. Santo cielo, cos'ero diventata?

«Bene» rispose l'alfa, indietreggiando di nuovo. «Perché sei qui?».

«Mi ha mandata l'alfa Ludvig». Mi schiarii la voce. «Sono... È...».

Ricomponiti.

Ora sei Winter.

Scegli come vuoi essere.

Solo che non era facile riuscirci, con un alfa davanti. E disponibile, stando al suo odore. Anche se, a dirla tutta, c'era qualcosa di dolce sulla sua pelle. Arricciai il naso e diedi una piccola annusata. Quando riconobbi la proprietaria di quel profumo, sbarrai gli occhi.

«Kari». Mi guardai attorno, preoccupata. «È qui?».

Il mio tono lo irritò. «Dimmi perché sei qui, omega. Adesso».

Trasalii per il ringhio autoritario con cui aveva pronunciato quelle parole. E mi odiai profondamente, perché il mio primo istinto fu di inginocchiarmi. Quella era sempre stata la mia reazione naturale, e avevo sempre pensato che rappresentasse la mia inferiorità di beta. Ma ora aveva molto più senso.

Le omega si sottomettevano.

Sempre.

«È la mia punizione» risposi a denti stretti. «Per essermi intrufolata sul vostro aereo».

Percepii il suo shock. Attorno a noi, l'aria sfrigolava di energia. «*Cosa?*».

«L'alfa Vanessa stava per uccidermi, quindi... quindi mi sono nascosta sul retro dell'aereo. Poi ho rischiato comunque di morire, entrando inaspettatamente in calore. E... ehm... l'alfa Kazek mi ha resa la sua compagna». Era la versione abbreviata, ma riportava tutti gli eventi principali. «L'alfa Ludvig... non è molto contento».

Il maschio cadde in un silenzio profondo. Così profondo che mi domandai se almeno stesse respirando.

Poi scoppiò in una risata fragorosa. «Sto dicendo la verità» affermai.

«Oh, non ne dubito» rispose, ridacchiando a ogni parola. «Ecco perché mi ha lasciato andare via con Kari. Ha sentito il tuo odore sull'aereo».

Tenevo ancora gli occhi bassi, ma capii che stava scuotendo la testa, grazie al movimento d'aria provocato dai suoi capelli. Dalla rapida occhiata che gli avevo rivolto, mi ero accorta che le ciocche biondo platino gli arrivavano sotto le orecchie. Non portava la barba lunga come invece faceva il padre, ma chiaramente non si rasava da almeno un paio di giorni.

«Beh, benvenuta nel settore Norse, *omega* Snow. Presumo che ora mio padre sia occupato a pianificare una guerra».

«Winter» sussurrai. «Il mio nome non è più Snow, ma Winter».

«È stata un'idea di Kazek?».

Riflettei sulla sua domanda, combattuta su come rispondere. Nonostante Kazek mi avesse incoraggiata a farlo, l'idea mi era piaciuta. Non mi sentivo più la beta Snow. Lei era sparita insieme agli integratori.

«Preferisco Winter» dissi semplicemente, alzando per un attimo lo sguardo sui suoi luminosi occhi azzurri, per poi riportarlo immediatamente sul pavimento.

«E Winter sia» rispose, cambiando appena atteggiamento. «Dov'è K? Vorrei congratularmi con lui per aver infranto almeno una decina di leggi».

«L'alfa Ludvig gli ha ordinato di annunciare al settore il nostro accoppiamento e di accettare tutte le sfide che gli sarebbero state lanciate». Solo dicendolo a voce alta, mi si rivoltò di nuovo lo stomaco. Mi ero quasi dimenticata del dolore provato nell'ascensore, ma era tornato. Ed era reso ancora peggiore dalla puzza di sgomento emanata dall'uomo di fronte a me.

«Oh, cazzo...» mormorò. La sua inquietudine aumentava di secondo in secondo. «Non... non è un bene».

Mi torsi le mani. Tutta la mia sicurezza era evaporata. Se lui e Alana erano preoccupati, allora avrei dovuto esserlo anch'io.

«Merda. Devo...». Si interruppe, poi si girò verso la porta senza aggiungere altro.

Un ringhio provenne dall'interno della stanza, identico a quello che avevo sentito al mio arrivo.

«La conversazione non è finita» disse l'alfa con un tono severo. «Considera questa pausa un regalo, omega. Adesso hai almeno due ore per darti una regolata».

La risposta giunse sotto forma di un grugnito, che suggeriva che stava parlando con qualcuno in forma animale. Annusai l'aria e percepii il profumo familiare di Kari. Mi avvicinai alla porta, spinta dalla curiosità.

«Dovrai mangiare mentre sarò via» continuò.

L'ordine fu accolto da un digrignare di zanne. Kari sembrava furibonda.

«Morire di fame non è un'opzione» sbottò lui. «Se non lo farai da sola, ti nutrirò a forza, proprio come ieri. A te la scelta, omega».

Sbirciai all'interno della stanza, trovando una lupa dal pelo biondo seduta su una pila di cuscini fatti a pezzi. Stava fissando l'alfa con uno sguardo di sfida. Lui torreggiava su di lei, con le mani sui fianchi.

«Due ore» disse. «Mangia, lavati e fatti trovare in forma umana».

Il grugnito della femmina mi fece capire che non aveva nessuna intenzione di obbedire.

L'alfa si accucciò lentamente, senza mai distogliere lo sguardo da quello di lei. «Sono stato indulgente con te per via della tua situazione. Al mio ritorno, però, non sarà più così. E la tua disobbedienza verrà punita a dovere».

Kari non fece una piega, scioccandomi profondamente.

L'avevo incontrata soltanto una volta, ma mi aveva dato l'impressione di essere mite e paurosa. Quella lupa non era nessuna delle due cose. Mi domandai se avesse voglia di morire.

Certo, anch'io mi ero rivolta in un modo simile a Kazek.

Più o meno.

L'alfa girò sui tacchi, facendomi balzare indietro nel corridoio. «Vedi di farla ragionare». Si diresse a grandi passi verso l'ascensore, premette il pollice su una specie di pannello e sospirò. «Devo andare ad assicurarmi che Kazek non uccida mezzo settore» aggiunse, mentre le porte si aprivano.

Lo guardai a bocca aperta. Una lunga lista di domande

affiorò sulle mie labbra, ma nessuna uscì abbastanza in fretta. Le porte si stavano già chiudendo.

Cosa intendeva?

Il suo odore mi aveva trasmesso una profonda preoccupazione. Non era per Kazek? Era preoccupato per gli altri?

Uno schianto proveniente dall'interno della stanza mi fece sobbalzare. La lupa si bloccò a poca distanza dalla soglia e si mise a fissarmi con chiaro fastidio. Tutto, nella sua postura, diceva che mi stava valutando per capire se sarebbe riuscita a sopraffarmi.

Quando ringhiò, le risposi allo stesso modo.

«Non sono dell'umore, Kari» le dissi. «Ma sono contenta di vedere che stai bene».

Se avesse potuto sollevare le sopracciglia, ero certa che lo avrebbe fatto.

La ignorai ed entrai, alla ricerca di una finestra. L'alfa Ludvig aveva detto che avrei potuto udire Kazek, ma non vederlo. Quindi doveva esserci una presa d'aria, o qualcosa del genere.

Scorsi delle tende oscuranti dall'altro lato della stanza. Ebbi l'impressione che, fino a poco tempo prima, fosse decorata con eleganza, ma ora sembrava essere passato un uragano. Probabilmente era tutta opera di Kari, e forse anche del suo alfa. Un vassoio colmo di cibo giaceva sul ripiano della cucina, una cucina dotata di elettrodomestici che mi lasciarono di stucco.

Due forni.

Un forno a microonde.

Un frigo e, santo cielo, anche un freezer?

«Wow» mormorai. Avevo visto cose del genere soltanto nelle riviste. Nel settore Winter si usavano fuoco, legna e ghiaccio per cuocere e conservare il cibo. Ecco perché non avevo apprezzato quello che mi aveva dato Kazek. Mi aveva nutrita con piatti preparati usando quegli strumenti, non arrostendoli semplicemente sul fuoco.

Scossi la testa e mi diressi verso la sala da pranzo, notando i segni degli artigli sul tavolo, per poi giungere in una camera da letto completamente fatta a pezzi. Lenzuola, coperte, l'imbottitura del materasso, i vestiti... era tutto ridotto a brandelli. «Okay» mi voltai e andai quasi a sbattere addosso a Kari.

Era tornata in forma umana. I suoi occhi azzurri mi osservavano con sospetto. «Cosa stai facendo?».

«Sto cercando di trovare l'area esterna di cui mi ha parlato Alana» risposi.

«Oh». Kari annuì e mi condusse attraverso il caos, fino a una porta che avevo scambiato per un armadio. La aprì, rivelando un'area disseminata di alberi ed erba vera, circondata da vetrate. «È una serra. Immagino non sia male, per una cella».

Si strinse nelle spalle e andò a cogliere un fiore da una delle piante. Poi se lo sistemò dietro all'orecchio e si avvicinò alle finestre, tutta nuda.

Si affacciavano sull'oceano, non sulla terraferma, e in cima avevano una grata che permetteva all'aria fresca di insinuarsi nella stanza. La mia lupa approvava quell'ambiente. Mi spinse a trasformarmi, ma non lo feci. *Più tardi.*

«Perché ti sei intrufolata sul loro aereo?» mi domandò Kari.

«Perché non hai detto loro che ero lì?» replicai. L'alfa Ludvig non aveva idea che mi fossi introdotta nel suo settore, era stato evidente dalla sua reazione. E lo stesso valeva per il lupo con cui Kari stava... qualsiasi cosa stesse facendo.

«Non ero sicura se fossi reale o meno» sussurrò, sfiorando il vetro con le dita. «Non sono ancora convinta che *tutto questo* sia reale». Si voltò, squadrandomi da capo a piedi. La sua lupa affiorò nei suoi occhi azzurri. «Non sono delle brave persone. *Lui* continua a mentire. A ingannarmi. Ma non sono una stupida. Gli alfa non fanno altro che distruggere, ma non lascerò che distrugga anche me». Il mento le tremò appena, tradendo la sua incertezza.

Fece un passo verso di me, ma si bloccò quando una serie di ululati squarciò l'aria. Le gambe le cedettero, e si accasciò sul pavimento. Iniziò a dondolarsi avanti e indietro, con le mani premute sulle orecchie. Il suo terrore mi riempì le narici, i suoi lamenti mi trafissero il cuore.

Cosa le avevano fatto?

«Cosa posso fare?» le chiesi. «Come posso aiutarti?».

Non rispose. All'esterno, gli ululati erano sempre più rumorosi.

«Mi… mi dispiace» mormorai, accucciandomi davanti a lei. Sapevo che non era il caso di toccarla, ma speravo che la mia presenza l'avrebbe aiutata almeno un po'. Forse avrei potuto parlarle, spiegarle perché mi ero intrufolata sull'aereo e illustrarle la mia situazione. Forse quello l'avrebbe distratta un po'.

Seppur incerta, diedi ascolto all'istinto e iniziai dalla sera in cui udii la conversazione tra Enrique e Vanessa. Quando arrivai al punto in cui Kazek mi aveva trovata nel settore Norse, Kari non tremava più come prima. E quando le parlai della sua rivendicazione e di quanto fossi terrorizzata, si calmò del tutto.

Terminai la mia spiegazione riportandole la punizione dell'alfa Ludvig, e aggiunsi: «Penso sia questa la causa di tutti gli ululati. Mi ha detto che avrei sentito cosa sarebbe successo, ma non avrei potuto vederlo».

Kari non disse nulla. L'unico suono presente nella stanza, a parte il caos che era scoppiato là fuori, era il suo respiro regolare.

A un certo punto, la voce di Kazek raggiunse le mie orecchie, facendomi venire la pelle d'oca. Dovevamo essere almeno al quarantesimo piano, ma era difficile dirlo con certezza, con le onde che si infrangevano sotto di noi. La mia lupa si sintonizzò su di lui, cogliendo la maggior parte delle sue parole.

Dichiarò il suo nome.

La sua posizione.

Annunciò che aveva infranto le leggi dell'accoppiamento.

E poi informò la folla di chi aveva reclamato.

Snow Frost del settore Winter.

Fu allora che tutti eruppero in una serie di ringhi, seguiti dalle parole che temevo di sentirgli pronunciare: «Sono qui davanti a voi, pronto ad accettare la sfida di chiunque voglia contestare la mia rivendicazione. Tuttavia, sappiate che non mi sottometterò e lotterò fino alla morte. Fatevi avanti. Accoglierò con gioia il vostro sangue sulle mie mani».

Kari rabbrividì. «*Quello* è il tuo compagno?».

Deglutii, e quando un coro di ringhi rispose al suo annuncio, mi si annodò lo stomaco. «Ehm... sì. Quello è l'alfa Kazek».

«Sembra terrificante».

Lo è, pensai. Solo che, a un certo punto, la cosa mi era diventata indifferente. Non mi spaventava più. Anche se probabilmente avrebbe dovuto.

Quando i suoni della lotta riecheggiarono nella stanza, mi sentii sprofondare.

Non avevo modo di sapere chi stesse vincendo, i ringhi di Kazek mi erano estranei. Fu in quel momento che capii quanto nuovo e fragile fosse il nostro legame.

«Cosa ti succederà se perde?» mi chiese Kari in un sussurro.

«Verrò reclamata da un altro alfa». Il solo pensiero mi fece correre un brivido lungo la schiena.

«Ma se muore, il legame infranto ti distruggerà». I suoi occhi azzurri cercarono i miei. Erano pieni di compassione. «I legami di accoppiamento dovrebbero essere indissolubili».

«Indissolubili?». Non ne sapevo molto, dal momento che non c'erano coppie di alfa e omega nel settore Winter. E Vanessa si rifiutava di prendere uno dei membri del suo harem come compagno.

Kari annuì solennemente. «Sì. Ero convinta che quello che mi ha fatto mio padre fosse una benedizione, perché nessun alfa avrebbe voluto reclamare un'omega incapace di procreare. L'assenza di un legame significa che la mia anima non dovrà mai connettersi a un'altra. Ma ho scoperto a mie spese che gli alfa possono distruggerti in un modo completamente diverso».

«Quello che tuo padre...».

Una fitta al petto interruppe la mia domanda, facendomi cadere a terra con un grido. Ebbi l'impressione che qualcosa, nel mio cuore, si fosse spezzato. *Kazek!*, urlai nella mia mente. Il dolore mi aveva mozzato il fiato e oscurato la vista.

Non riuscivo a respirare. Mi sembrava di avere il corpo in fiamme, vittima di sensazioni che non capivo.

Finché le parole di Kari non mi risuonarono nella mente.

Il legame infranto ti distruggerà.

No...

No!

KAZEK

QUALCHE MINUTO PRIMA...

MALEDETTO JOEL!

Gli ringhiai contro, esortandolo a sottomettersi, ma quel bastardo arrogante non voleva saperne di cedere.

Fece scattare le fauci, ma senza ottenere alcun risultato concreto. L'avevo bloccato a terra con le mie zanne attorno alla gola.

Era più difficile ucciderci in forma di lupo, cosa su cui stava chiaramente facendo affidamento. Sembrava ignaro del fatto che fossi in vantaggio, perso com'era nella sua furia sanguinaria e nel desiderio di reclamare un'omega che non gli apparteneva.

Capii perché Ludvig aveva spedito Winter di sopra. Era una punizione, certo, ma anche un modo per proteggerla. Se gli alfa avessero sentito il suo odore, i combattimenti sarebbero stati ancora più cruenti. Così come stavano le cose, ero riuscito a sconfiggere i primi due sfidanti in meno di un minuto ciascuno.

Ma Joel sembrava deciso a non cadere altrettanto rapidamente.

Avevano scelto tutti di combattere in forma di lupo

perché erano erroneamente convinti che fosse la mia forma più debole. Lo sfruttai a mio vantaggio, muovendomi con un'agilità che avevo affinato sia come umano che come animale. E tutti gli anni trascorsi ad allenarci insieme mi avevano permesso di familiarizzare con tutti i loro punti deboli. Era stato grazie a quello che ero riuscito a immobilizzare Joel così velocemente. Ma avrei dovuto saperlo che mi avrebbe dato del filo da torcere. Con lui andava sempre a finire così.

Nel suo caso, la sfida non aveva nulla a che fare con Winter; era solo un'ottima scusa per cercare di farmi fuori. Tra tutti i membri del branco, era lui a protestare con più forza per la mia posizione. Non tollerava che fossi in cima alla gerarchia, mi riteneva indegno del mio ruolo. Prima ancora di annunciare il mio nuovo legame, sapevo già che sarebbe stato uno dei contendenti. A dire il vero, però, ero convinto che sarebbero stati molti di più. Invece si erano fatti avanti soltanto quattro lupi, di cui lui era il terzo. Gli altri alfa del settore si erano tutti inchinati, accettando la mia rivendicazione e rispettandola.

Ludvig non mi era sembrato per nulla sorpreso, e sospettavo che fosse quella la vera lezione che voleva impartirmi. Voleva che vedessi con i miei occhi che mi ero guadagnato la mia posizione anche grazie al rispetto dei miei pari.

Purtroppo, Joel non ne possedeva nemmeno un briciolo. Ero sicuro che prima o poi quell'idiota avrebbe sfidato Ludvig per diventare l'alfa del settore. Ammesso che sopravvivesse al combattimento.

Arrenditi, lo esortai con un ringhio.

Ma Joel mi ringhiò di rimando, rifiutandosi di obbedire, conficcando gli artigli nel terreno nel vano tentativo di fare leva. La sua forza e le sue abilità non erano neanche lontanamente all'altezza delle mie. Solo che non se ne rendeva conto.

Mi domandai distrattamente che sapore avrebbe avuto il suo sangue, e il solo pensiero mi fece accelerare il battito cardiaco.

Erano momenti del genere che smantellavano qualsiasi legame avessi con il mio lato umano, lasciandomi assetato di violenza e completamente in sintonia con il mio lupo.

Quello era il mio segreto. Il motivo per cui vincevo sempre. Fin troppi lupi consideravano le mie origini mortali come una debolezza. Quello che non capivano era che ero sempre stato una bestia. La trasformazione operata da Ludvig non aveva fatto altro che rendermi più forte.

Strinsi le fauci sulla sua gola, facendo sì che le mie zanne micidiali perforassero la pelliccia di Joel, minacciando la fragile carne sottostante.

Un altro po', sussurrò la parte più oscura del mio cuore. *Sì, così...*

Sangue.

Delizioso.

Dolce.

Vittorioso.

La mia mente si assoggettò alla ferocia della mia esistenza, ogni mio pensiero era sopraffatto dal mio bisogno di uccidere.

Quel maschio mi aveva sfidato. Minacciato. Era convinto di poter avere la meglio su di me. Una tale follia non poteva essere ignorata. Doveva essere punito. Doveva pagare per la sua arroganza.

La furia mi ribollì nelle vene, allentando la mia presa sulla realtà e spingendomi su un piano dell'esistenza in cui regnava la violenza.

I muscoli della mia mascella si tesero, pronti a mettere fine alla miserabile creatura sotto di me, quando qualcosa strattonò la mia coscienza. Un filo delicato, un'energia estranea. Stuzzicò la curiosità del mio lupo, dividendo la mia attenzione tra quello e Joel.

Almeno finché la paura non permeò l'aria.

Il dolce profumo attirò il predatore che era in me. La mia brama di morte guidava il mio istinto, esortandomi a *finirlo*.

Joel aveva avuto la possibilità di sottomettersi, ma non l'aveva fatto.

Era giunto il momento di…

Un ululato straziante mi squarciò i timpani, facendomi trasalire.

Un ululato femminile.

Familiare.

Mia.

Lasciai andare il cretino e mi girai verso l'origine del suono, con il cuore che mi batteva all'impazzata. *Dove?*, chiese il mio lupo, cercando la fonte di tutta quell'angoscia. Mi aveva trafitto il petto, facendomi avanzare di qualche passo. Poi mi ricordai dov'ero.

Il campo coperto di neve. Membri del settore Norse, sia in forma umana che animale, disposti tutto attorno. Mi osservarono per qualche istante con un acuto senso di consapevolezza.

Poi i loro sguardi si spostarono sugli sfidanti.

Tutti e quattro erano inginocchiati, incluso Joel, con il collo straziato in bella mostra.

E l'ululato cessò.

Cos'è appena successo?

Fissai i miei contendenti, confuso nel vederli in ginocchio e distratto dal mio bisogno animalesco di trovare Winter. Quel nuovo senso di responsabilità pesava come un macigno. Era diventata la persona più importante della mia vita in meno di una fottuta settimana, tutto a causa di quel dannato legame.

Che lei soffrisse era inaccettabile, e qualcosa le aveva fatto del male, negli ultimi minuti. Ma non capivo cosa avesse causato quel grido. Ora si era calmata, il filo che ci legava pulsava di vita.

«Ti ha tirato indietro» mi spiegò sottovoce Ludvig, avvicinandosi a me. «È questo che fa un buon legame. Bilancia il lupo».

Poi osservò con finta disinvoltura la folla, soffermandosi sulle loro pose sottomesse, alcune più evidenti di altre.

«C'è qualcun altro che desidera sfidare l'alfa Kazek?» domandò. La sua voce era tranquilla e al tempo stesso intrisa di potere.

Silenzio.

Solo tre?, pensai sconcertato. Me ne aspettavo almeno una decina.

«Ottima decisione» continuò Ludvig. «Penso sia chiaro quanto sia valida la sua rivendicazione, non è così?».

Gli lanciai un'occhiata, non capendo cosa intendesse. Era perché avevo sentito il suo freno? Il suo dolore? Non era normale, per un legame di accoppiamento? Dal momento che non ne avevo mai avuto uno, non ne avevo la più pallida idea. E non solo non ne sapevo molto, ma non mi era mai nemmeno interessato conoscerne i risvolti.

«Com'è consuetudine nel settore Norse, la finestra per sfidare l'alfa Kazek resterà aperta per le settantadue ore richieste. Tuttavia, considerando come sono andate le cose oggi, mi sembra chiaro che chiunque scelga di partecipare non abbia molte speranze. Ma almeno sapete che non vi ucciderà, nemmeno in uno dei suoi famigerati impeti d'ira».

Grugnii per la scelta delle parole. "Famigerati impeti d'ira". Semplicemente mi piaceva uccidere. Non c'era bisogno di romanticizzarlo. Ma era interessante che fossi stato in grado di trattenermi. Era raro che ignorassi la mia bestia interiore, quando era assetata di sangue.

Eppure Winter era riuscita a distogliermi dai miei propositi omicidi.

Non mi era mai capitato. Mai. Mi chiesi se Joel si rendesse conto di quanto era stato fortunato. Stavo per decorare il campo con le sue viscere solo per punirlo per la sua arroganza. Ma finché continuava a rimanere in ginocchio, non avevo una buona ragione per farlo a pezzi.

«Al termine delle settantadue ore, organizzeremo una festa per celebrare l'arrivo delle nuove aggiunte al settore Norse e formalizzare la rivendicazione di Kazek». Il suo sguardo cadde su Mick, che se ne stava in disparte con un'espressione irritata.

"Nuove aggiunte". Al plurale. Ludvig voleva presentare anche la schiava omega. La faccia di Mick esprimeva esattamente come si sentiva al riguardo.

È letteralmente ossessionato da quella donna. Perché?, mi domandai. Poi pensai a Winter e a come, inizialmente, volessi punirla e riportarla nel suo settore. Forse non c'era nulla di strano nell'aria, forse erano soltanto quelle femmine a essere speciali.

Alana si avvicinò e mi lanciò una bistecca di manzo cruda. La afferrai al volo con i denti, rendendomi improvvisamente conto di quanto fossi affamato. Mi ero nutrito a malapena negli ultimi giorni, troppo impegnato a prendermi cura di Winter durante l'estro. Non era lo stato ideale in cui combattere, ma avevo affrontato di peggio.

«Congratulazioni per l'accoppiamento» disse Alana, rivolgendomi un sorriso d'intesa. «È bella tosta».

Grugnii. La definizione mi sembrava riduttiva.

Winter aveva un fuoco dentro che non potevo non ammirare. E un istinto di sopravvivenza che capivo perfettamente. Con un po' di allenamento, sarebbe diventata formidabile, e ciò la rendeva perfetta per me. La docilità non era attraente. Preferivo le donne forti e grintose.

Alana mi fece un cenno e si voltò, un gesto di cui si accorsero molti dei presenti. Approvava la mia rivendicazione, il che significava molto nel settore Norse. Essere una rara femmina alfa le garantiva un certo status, rafforzato dalla sua naturale abilità al comando.

Divorai la carne, grato tanto per il cibo quanto per il gesto, mentre gli altri cominciavano a disperdersi.

Mi aspettavano tre lunghi giorni. Restare in quel campo in attesa di potenziali sfidanti sarebbe stato sfiancante ed esaltante al tempo stesso. Il mio lupo era elettrizzato, la carne cruda era stata un afrodisiaco.

Winter era già mia.

Così come il settore Winter, se l'avessi voluto.

La mancanza di contendenti mi aveva fatto ricredere su tutto quello che pensavo di sapere sulla mia posizione. Essere sicuri di sé era molto diverso dal vedere con i propri occhi il rispetto e la fiducia degli altri. Era questo che era successo. Praticamente tutto il settore aveva riconosciuto la mia autorità senza fare domande.

Sarebbe successo lo stesso nel settore Winter? Erano tutti beta, quindi probabilmente sì. E gli altri settori?

La mia vita sarebbe diventata una costante lotta per il trono, con alfa provenienti da tutto il mondo che cercavano di sottrarmi il territorio?

Nessuno aveva mai sfidato Vanessa. Forse non sarebbero venuti nemmeno per me.

Scossi la testa, ingoiai l'ultimo boccone di carne e mi accovacciai sul terreno innevato.

Per determinare cosa sarebbe successo, era necessario il contributo di Winter. Avevo anche bisogno della sua fiducia, e che fosse fisicamente pronta per quello che ci aspettava. Ora come ora, non lo era neanche lontanamente.

Dovevamo procedere per gradi.

E il primo passo era vincere la sfida.

WINTER

Mi raggomitolai in posizione fetale, mentre il dolore si attenuava. La mia lupa stava tremando. Avevo provato una sensazione angosciante e devastante, era stato come se la mia stessa anima si fosse staccata dal corpo per avventurarsi in un luogo buio e freddo.

Rabbrividii, avevo la bocca secca.

«Snow?» chiese Kari. Sembrava in preda al panico. «Stai…?».

«Sto bene» riuscii a dire con voce roca, conseguenza degli ululati che avevano squarciato la mia gola qualche istante prima. O era passato più tempo? Non ne avevo idea. La mia presa sulla realtà vacillava, sferzata da un'ondata di gelo.

Ho appena sentito Kazek lasciarmi? Il nostro legame è stato spezzato? La mia mente correva da un pensiero all'altro, il cuore mi batteva selvaggiamente nel petto. *No, lo… lo sento ancora. Credo. Forse.*

Un gemito mi sfuggì dalle labbra. Fui travolta da una scarica di adrenalina, mentre cercavo di distinguere la realtà dalla fantasia. E se mi fossi sbagliata e il legame fosse realmente svanito? Forse una parte di me si era persa in un'eterna spirale di sogni che non esistevano più.

Scossi la testa, ma me ne pentii subito. Avevo le vertigini.

C'era qualcosa che non andava.

Qualcosa si era sicuramente spezzato.

Erano forse gli ultimi residui del dolore che mi aveva squarciato il petto?

Improvvisamente, Kari si mise a ringhiare, attirando la mia attenzione. La colsi nel bel mezzo della trasformazione e mi accigliai, non capendo la sua reazione.

Ma poi lo sentii anch'io: quel qualcosa nell'aria che annunciava l'arrivo di un alfa. E non un alfa qualsiasi, ma uno potente.

Ludvig.

Riconobbi la sua essenza dal nostro primo incontro, quella coltre inebriante di dominio che gli vorticava attorno, minacciando di far fuori chiunque si ponesse sul suo cammino.

Mi rannicchiai istintivamente su me stessa con il bisogno di nascondermi. Mi aveva colta in un momento di debolezza, con il cuore incerto sul mio destino.

Quando entrò nella stanza, Kari gli ringhiò contro. Lui fece lo stesso, e il suono roboante la spinse a rintanarsi in un angolo con la coda tra le gambe.

«Non rendere la tua punizione peggiore di quanto sia già, omega» le disse. Il tono di avvertimento mi fece appiattire contro il muro. E non stava nemmeno parlando con me. La fissò, in attesa della sua reazione. Quando Kari non si mosse, ammutolita, l'alfa portò la sua attenzione su di me. I suoi occhi turchesi, sfavillanti di potere, osservarono il mio corpo tremante.

Sospirò e si passò le dita tra i capelli, emettendo un brusio che mi fece rizzare i peli sulle braccia. L'intensità del suono aumentò, e io inspirai bruscamente. La mia lupa, invece, si risvegliò e trasse un sospiro beato.

Cos'è?, mi domandai, lanciando un'occhiata a Kari. Non si era ancora mossa, ma percepivo il suo disagio e la sua diffidenza.

Il brusio divenne sempre più forte, e finalmente capii. *Sono quelle specie di fusa che mi ha fatto anche Kazek.* Era un suono destinato ai propri compagni. Il sangue mi si gelò nelle vene, e il suono rimbombò nella stanza con un volume impossibile da ignorare.

La mia lupa si inchinò alla superiorità di Ludvig, crogiolandosi nel sollievo evocato da quell'intenso brontolio. Ma la mia mente rifiutava di sottomettersi. «P... perché?» domandai, incapace di aggiungere altro. *Perché hai ucciso Kazek?*

«È mio dovere, in qualità di alfa del settore, fornire conforto a chi ne ha bisogno» rispose, accucciandosi davanti a me. La vibrazione continuò a irradiarsi dal suo petto, facendomi trasalire. «Non preoccuparti, lupacchiotta, non è lo stesso suono destinato ai compagni. Quello è riservato alla mia Mila».

Aggrottai la fronte. *C'è una differenza?*

«Presumo che tu non ne sappia molto, essendo cresciuta in una colonia di beta. E dubito che l'alfa Vanessa emetta spesso un suono del genere» disse, come se avesse udito la mia domanda inespressa. Poi allungò la mano e me la posò sul viso, alzandolo in modo che lo guardassi negli occhi. «Perché sei così angosciata? È perché hai sentito Kazek allontanarsi da te?».

Le mie labbra si mossero, ma non ne uscì alcun suono. Tutta la sicurezza che avevo provato prima era sparita, lasciandomi come un guscio di femmina che riconoscevo a stento. Avevo affrontato quell'alfa con Kazek al mio fianco, e ora mi sentivo sola ed esposta. *Debole.* Una sensazione che odiavo. Quella donna non ero io. *Sono parte della famiglia reale. Sono l'erede al trono del settore Winter.*

Forse assumere una nuova identità era stata una cattiva idea.

Avevo bisogno che Snow tornasse.

No. Anche lei era altrettanto fragile. Una bambola di porcellana usata come una pedina, ignara della verità.

Fino all'arrivo di Kazek.

Se non fosse intervenuto quando lo aveva fatto, sarei morta. Deglutii. Il cuore mi martellava nella cassa toracica con un ritmo caotico. *Non è vero.* Sono *morta, e sono tornata in vita come omega.*

«Non è saggio ignorare la domanda di un alfa» disse Ludvig, seppur con un tono paziente. «Hai sentito che la tua connessione con Kazek era minacciata da qualcosa?».

Ingoiai il mio groppo in gola e annuii. «Sì». Mi uscì come un rantolo. Le mie corde vocali non si erano ancora riprese dagli ululati di prima.

Sembrò soddisfatto della mia risposta. «Immagino sia stato doloroso sentirlo scivolare via, ma tu l'hai riportato indietro». Lasciò andare il mio viso, ma rimase accovacciato davanti a me. «Quando è accecato dalla rabbia, ignora tutte le altre emozioni. È la sua unica debolezza. Ma penso che il legame con te lo aiuterà a migliorare».

Ludvig si alzò in piedi. Le sue cosce muscolose tendevano il tessuto dei pantaloni eleganti.

«Verrai rilasciata tra settantuno ore. Sfruttale per riflettere cosa significhi essere separata da lui, e tienilo a mente per il futuro. Forse, così, eviterai altre azioni sconsiderate, come intrufolarti di nascosto su un aereo per sfuggire al tuo destino. Perché l'agonia che stai per affrontare non è nulla in confronto a quello che proverai, se Kazek dovesse lasciare questo mondo per sempre».

È questa la vera punizione, capii.

Ludvig voleva che sapessi come sarebbe stato esistere

senza il mio alfa. E come aveva già fatto notare Kazek, era crudele separare una coppia appena nata. Non avevo compreso esattamente perché, dal momento che per me era tutta una novità. Ma se era qualcosa di simile al dolore che avevo appena provato, sarebbero stati tre giorni molto lunghi.

«Per quanto riguarda te, omega Kari, non tollero nessun tipo di autolesionismo in questo settore. Dovrai comportarti bene e mangiare. Il digiuno non è un'opzione». Si allontanò di qualche passo, per poi fermarsi sulla soglia.

Io non mi ero mossa di un millimetro, terrorizzata che aggiungesse qualcos'altro al mio castigo.

«L'alfa Kazek sarà affamato quando avrà terminato la sfida, e non parlo di cibo. Preparati, omega. Sarà esigente e spietato, e richiederà la tua totale obbedienza». E con quell'annuncio inquietante, se ne andò.

Mi ci volle qualche minuto per alzare gli occhi dal pavimento. Mi sentivo sprofondare.

Quando alla fine sollevai lo sguardo, trovai Kari in forma umana che mi osservava con un'espressione piena di compassione, che diceva tutto su ciò che mi aspettava.

Tre giorni di agonia per la separazione forzata da Kazek, seguiti da una brutale rivendicazione.

Sopravvivrò, mi dissi. *Anche perché non ho alternative.*

Kazek non mi aveva distrutta durante il ciclo, anche nei momenti più violenti. Di certo non l'avrebbe fatto proprio adesso.

D'altro canto, non era l'atto fisico a spaventarmi.

No. Era il desiderio che mi faceva ribollire il sangue, la brama di essere consumata completamente. *Volevo* che mi dominasse. E, peggio ancora, volevo che lo facesse pubblicamente.

Mio, concordò la mia lupa. La sua esistenza era una presenza costante nella mia mente.

Rabbrividii al pensiero, e l'effetto sul mio corpo non si fece attendere: in un attimo l'eccitazione mi colò tra le cosce.

Solo che l'alfa che avrebbe dovuto soddisfarmi non arrivò.

E fu allora che mi resi conto del vero orrore della mia situazione.

La mia anima voleva il suo compagno, il mio corpo ne aveva bisogno. Ma ero intrappolata lì, lontana dall'uomo che desideravo. Una tortura. La mia vera punizione.

Chiusi gli occhi con un gemito, maledicendo mentalmente Ludvig.

"Forse, così, eviterai altre azioni sconsiderate".

«Bastardo» sibilai, rannicchiandomi ancora una volta addosso alla parete. «Fottuto bastardo».

Potei giurare di averlo sentito ridacchiare nell'ombra. Probabilmente era tutto frutto della mia immaginazione, ma mi spinse a odiarlo ancora di più.

Mi aveva appena condannata a tre giorni di inferno.

Solo perché ero salita su un aereo per cercare rifugio nel suo territorio.

Beh, forse non solo per quello. Non ero stata esattamente rispettosa nei suoi confronti. E aveva ragione: non mi ero scusata. Ma come avrei potuto provare rimorso per aver tentato di salvarmi la vita? Cosa si aspettava che facessi? Che prima gli telefonassi?

Ringhiai, irritata, e il suono vibrò lungo la mia spina dorsale. Una pessima idea, perché si riverberò anche più in basso, in una zona che anelava a essere accarezzata.

Kazek mi aveva resa dipendente dal suo cazzo.

Fottuto alfa.

Dannati geni da omega!

Mi dimenai, cercando di trovare una posizione confortevole sull'erba. L'ambiente della stanza, che ricordava una foresta, mi aiutò a tornare in me.

La mia lupa acconsentì a farsi avanti. La mia pelliccia candida iniziò a comparirmi sulle braccia e sulle gambe, mentre mi trasformavo nel tentativo di guarirmi. Solo che non ero sicura di cosa fosse necessario curare. Non ero ferita, ero *posseduta*.

Sbuffai, e il suono fu accentuato dal mio muso appena comparso. Mi liberai con gli artigli dei vestiti che ancora non avevo rimosso. Poi li annusai. *Kazek. Mmm.* Feci il tessuto a brandelli, creando un giaciglio di cotone. *Perfetto.* Mi ci raggomitolai sopra, agognando il calore familiare del mio compagno, e scacciai dalla mente le mie riserve. Sembrava che tutto andasse bene.

Casa.

Sono a casa.

Peccato che il maschio che desideravo non c'era, e il mio nido improvvisato non era completo senza di lui.

Un ululato mi sfuggì dalle fauci. Un ululato a cui fece eco il *suo*. Drizzai le orecchie e piegai la testa di lato, ascoltando quel suono profondo e permettendogli di tranquillizzarmi, seppur temporaneamente.

Non era lì con me, ma potevo sentirlo. E, per il momento, sarebbe stato abbastanza.

KAZEK

FECI IL GIRO del campo per la milionesima volta, fissando l'alfa che se ne stava ai margini. Se non avesse concluso la sfida a breve, gli sarei saltato addosso e gli avrei strappato la gola. Sebbene fosse stato lui a crearmi.

Erano stati i tre giorni più lunghi della mia vita. Gli ululati di Winter si erano affievoliti in pianti e guaiti, il suo bisogno lambiva ogni centimetro della mia pelliccia. Ero rimasto in forma di lupo perché preferivo avere i sensi più acuti, inclusa l'abilità di poter percepire il suo profumo.

Ludvig l'aveva rinchiusa nella torre e, da quello che avevo capito, la mia compagna non aveva lasciato l'area esterna che collegava le suite di detenzione. Almeno la sua lupa poteva udire il mio, probabilmente anche sentire il mio odore. E se da un lato questo aveva reso ancora più intensa la nostra agonia, dall'altro ci aveva confortati.

Quell'ascendente su di me e sulla mia mente era esattamente il motivo per cui non avevo mai voluto una compagna. Winter pesava sul mio cuore e sulla mia anima, il mio desiderio di proteggerla e di farla mia crescevano ogni secondo che passava.

Ringhiai a Ludvig, facendogli capire che la mia pazienza aveva raggiunto il limite. La mia punizione era terminata. Avevo vinto. Nemmeno Joel era tornato per provare di nuovo a battermi.

I lupi, in forma animale e umana, erano schierati lungo il perimetro, attendendo che la sfida si concludesse.

Sapevano cosa sarebbe successo dopo.

Una rivendicazione pubblica.

Le mie zampe lasciarono tracce profonde sulla neve, man mano che la mia velocità aumentava. Avevo bisogno della mia compagna, e ne avevo bisogno *adesso*.

Tre giorni ad attendere una sfida che non era mai arrivata mi avevano privato di uno sfogo per la mia violenza. Sconfiggere Joel e gli altri due idioti il primo giorno non era stato sufficiente. Avevo bisogno di altro sangue. Qualcuno da mordere. Qualcosa da distruggere.

Per lei.

Per dimostrarle il mio valore.

Ma nessuno ci aveva provato, e la cosa mi aveva fatto incazzare. Era come un complimento perverso che rifiutavo di riconoscere.

Tutti i lupi presenti mi vedevano come un alfa degno del mio premio.

Volevo che almeno uno di loro provasse a sfidarmi, ma non era successo. Non dopo la sconfitta di Joel.

Avevo ringhiato a lungo, cercando di provocarli, sperando che qualcuno si facesse avanti.

Nessuno.

Quei codardi erano troppo spaventati. Troppo fottutamente *rispettosi*.

Cos'era successo a quelli che mi deridevano per le mie origini? E quelli che mi disprezzavano e non accettavano che fossi secondo in comando? Che fine avevano fatto?

Mi voltai, perlustrando il campo e trovando coloro che un tempo avevano messo in dubbio il mio status. Nessuno di loro incontrò il mio sguardo.

Perché adesso mi ritenevano degno.

Avevano accettato la mia rivendicazione.

Beh, bene. Perché era già successo.

Dove diavolo è Winter?, mi domandai, guardandomi attorno alla ricerca di Ludvig.

Aveva un'espressione annoiata, ma percepii ugualmente il suo orgoglio. Era compiaciuto perché nessuno aveva osato sfidarmi. Se non avessi accumulato tutta quella aggressività prima del combattimento, probabilmente mi sarei sentito allo stesso modo. Ma avevo davvero bisogno di uno sfogo, di qualcuno da…

Il mio naso fremette, e il mondo sembrò fermarsi. *Là*, pensai, concentrandomi sul profumo che si diffondeva nell'aria. *Mia*.

Avanzai alla ricerca della fonte del mio bisogno represso, guidato dall'inebriante odore di Winter. Ludvig me lo lasciò fare, senza mettersi sulla mia strada.

A un certo punto, vidi una splendida lupa camminare lungo il perimetro del campo. I suoi occhi di ossidiana mi erano familiari. Mi bloccai, momentaneamente stordito dalla bellezza del suo manto candido. Anche lei sembrò altrettanto affascinata dalla mia pelliccia, nera come la pece. Un colore che si sposava perfettamente con il mio caos interiore.

Feci un altro passo verso di lei e ringhiai, ordinandole di sottomettersi e tornare in forma umana, in modo che potessi prenderla in modo appropriato. Avrei potuto intensificare il suono per costringerla a trasformarsi, ma le diedi l'opportunità di mutare spontaneamente.

Non lo fece.

Al contrario, si voltò e corse nella direzione opposta.

Le ringhiai dietro, contrariato dalla sua evidente disobbedienza.

«A quanto pare, ha intenzione di farti sudare» commentò Ludvig in tono divertito. «Va' a prenderla».

Non avevo bisogno del suo permesso o del suo commento per seguire l'istinto di darle la caccia. Avevo già iniziato a correre prima ancora che avesse finito di parlare. Il mio lupo era furioso per la fuga di Winter.

Avevo passato tre fottuti giorni in quel campo, difendendo il suo onore, e lei mi ricompensava scappando? L'avrei sculacciata a sangue. E poi l'avrei scopata prendendola da dietro, perché potevo. E l'avrei lasciata a smaniare di desiderio senza concederle un orgasmo. L'avrei fatta mia ripetutamente, senza mai darle il mio seme dove lo bramava di più.

Sì.

Ecco come avrei gestito la situazione, non appena avessi catturato quella piccola peste che pensava di potermi sfuggire.

Quando aveva pianto, disperata, avevo ululato per lei. L'avevo rassicurata in ogni momento. Come osava spingermi a inseguirla? Mi aspettavo una sottomissione immediata, mi aspettavo che spalancasse le cosce in attesa del mio cazzo.

Non quello.

Non una fottuta scampagnata nei boschi.

Tra l'altro, dove stava andando? Aveva lasciato la piazza principale, allontanandosi dal porto e dirigendosi verso le montagne innevate. Voleva nascondersi dietro un albero? Ringhiai. L'avrei sbattuta contro il tronco.

Nascondersi non era un'opzione.

Si sarebbe arresa.

Seguii la sua corsa verso l'alto, poi di lato, poi ancora verso l'alto. Era una cosina veloce che si infilava di proposito in punti che il mio corpo massiccio non poteva far altro che aggirare. A ogni curva del suo percorso, mi trovai a rispettarla sempre di più. Il mio lupo era compiaciuto dalla sua abilità nella fuga; si sarebbe rivelata molto utile contro i nostri nemici.

Ma che usasse quell'abilità per scappare *da me* non era accettabile.

Ringhiai di nuovo, grugnendo quando mi rispose con un piccolo guaito.

Se i miei versi la turbavano, chissà come avrebbe reagito non appena le avessi messo le zampe addosso.

Cambiò di nuovo direzione, e fu solo allora che compresi le sue intenzioni.

La lupacchiotta mi stava guidando verso la mia tana.

E il suo nido improvvisato.

La comprensione mi mozzò il fiato.

Non stava rifiutando me o la mia rivendicazione. Stava *giocando*. Winter voleva che la inseguissi fino al suo nido, per divorarla nel comfort di un ambiente familiare.

Oh, gli altri lupi ne sarebbero rimasti molto delusi.

Mh. Quando finalmente la raggiunsi, a un centinaio di metri dalla casa, una nuova sequenza di eventi prese forma nella mia mente. Le mordicchiai le zampe posteriori, facendola inciampare nella neve. Poi le saltai addosso, bloccandola grazie alla mia stazza di gran lunga superiore, e ringhiai di nuovo.

Ultima possibilità, le stavo dicendo. Perché se non si fosse trasformata subito, l'avrei costretta a farlo.

Un suono profondo lasciò la sua gola, un suono che esprimeva la sua sconfitta. Iniziò a tornare in forma umana. Rimasi a vegliare su di lei durante il processo; il mio lupo si sentì immediatamente protettivo nei confronti della sua posizione vulnerabile.

Winter rabbrividì. Il suo corpo nudo non apprezzava il terreno gelato.

Poi la mia compagna abbassò lo sguardo e mi mostrò il collo, sottomettendosi completamente a me.

Premetti il muso sulla sua pelle delicata e le diedi una timida leccata. Non si mosse, nonostante avesse il respiro corto per la paura.

Bene.

Era giusto che fosse spaventata.

Aveva sfidato il mio lato da predatore con la sua piccola bravata.

La leccai di nuovo e riconobbi con un ringhio sommesso che anche lei avrebbe dovuto essere orgogliosa di se stessa.

Così veloce, si complimentò il mio lupo. *Così agile.*

Sì, proprio un'ottima compagna.

Le diedi un'ultima leccata sulla gola, poi mi allontanai di qualche passo per trasformarmi anch'io. Non cercò di scappare né tantomeno si mosse; continuò a mantenere gli occhi bassi e un atteggiamento sottomesso.

Finalmente.

Roteai il collo per sciogliere i muscoli irrigiditi. La mia forma umana stava sperimentando le conseguenze della mia prolungata permanenza a quattro zampe. Sarebbero passate presto.

Le mie membra tremarono incontrollabilmente e il mio torso si fletté, mentre scariche di dolore mi scorrevano nelle vene. La transizione non era mai priva di agonia, forse perché non ero nato lupo. Non ne ero certo, ma se non altro la sensazione svaniva dopo qualche istante. E infatti, qualche secondo più tardi, mi ritrovai di nuovo umano, rinvigorito e pronto a giocare.

Winter non si era ancora mossa, cosa che mi fece molto piacere.

La presi tra le braccia ed emisi quel suono simile a delle fusa riservato solo ai propri compagni. Lei si sciolse su

186

di me, col naso premuto sul mio petto. Inspirò profondamente, spingendomi ad aumentare il volume del mio brusio affettuoso. Il mio lupo approvava la sua chiara resa.

Anche se...

«Non avresti dovuto fuggire, piccola» le dissi con una voce più roca e profonda del normale. «Adesso mi toccherà riempirti col mio seme e farti sfilare per tutta la città».

«L'avresti fatto comunque». Le sue parole si infransero sulla mia pelle rovente. Trascinò il naso lungo la mia clavicola, e mi resi conto di non sentire nemmeno il gelo della neve sotto i piedi o le assi di legno, quando entrai nel mio rifugio. Tutti i miei sensi appartenevano alla bellezza che stringevo tra le braccia. Avevo bisogno di lei in un modo mai provato prima.

Sarebbe stato un atto feroce. Brutale. Forse addirittura violento.

Desideri selvaggi si scontrarono nella mia mente, discutendo sul modo migliore di iniziare a scoparla. Non sarebbe stato come durante il suo estro, quando l'avevo presa per senso del dovere, ma per me e per il mio lupo.

La lasciai cadere sul letto, e subito aprì le cosce, regalandomi una splendida visuale della sua carne soffice, rosata e bagnata. Le diedi una lunga leccata, assaporando la sua eccitazione. Aveva un gusto meraviglioso. Premetti il palmo sulla sua pancia per tenerla ferma e ripetei l'azione.

«*Cazzo*» mormorai. La mia erezione era già dura come una roccia.

Lei gemette in risposta, bagnandosi ancora di più, pronta per il mio ingresso.

«Non hai intenzione di opporti?» le domandai, sorpreso che stesse rendendo tutto così facile dopo essersi fatta dare la caccia nel bosco.

Winter deglutì e i suoi occhi neri come l'inchiostro incontrarono i miei. «Vuoi che lo faccia?».

Una risposta interessante. Ci riflettei sopra per qualche istante, poi dissi: «Sì».

«Okay». E, senza esitare, mi conficcò le unghie nel braccio e le trascinò in basso, graffiandomi la pelle. Sibilai per il dolore inaspettato, ma mi era piaciuto.

Ripeté il gesto sul mio collo, facendomi indietreggiare per la sorpresa. Sfruttò quell'attimo per divincolarsi e saltare giù dal letto.

Ringhiai, infastidito dalla distanza che ci separava.

Strinse le cosce per effetto del mio ringhio, e un altro fiotto di eccitazione le colò lungo le gambe, impregnando l'aria col suo profumo delizioso. Le omega erano programmate per rispondere alla chiamata all'accoppiamento degli alfa, i loro corpi si preparavano in ogni modo per il sesso.

Sfruttai quella caratteristica a mio vantaggio, ringhiando di nuovo mentre mi avvicinavo a lei.

Winter trasalì visibilmente, i suoi addominali si contrassero.

«Cosa c'è che non va, omega? Ti sto facendo venire troppa voglia di me?». Lo dissi con un brusio nel tono che la fece contorcere.

E poi mi scagliai su di lei.

Scartò più velocemente di quanto mi aspettassi, rotolando sul letto e finendo dall'altra parte, con un'abilità che mi colpì. Il mio lupo sorrise e ringhiò, orgoglioso e infastidito al tempo stesso.

«Ti ho detto di opporti, non di sfuggirmi» le feci notare, valutando la prossima mossa.

«Abbiamo modi diversi di farlo. Il mio è questo».

«Scappare?».

Alzò appena le sue spalle delicate, attirando la mia

attenzione sul marchio che portava sul collo, ormai quasi completamente guarito. Dovevo rimediare. Con i denti. Il suo sangue, pura ambrosia, mi chiamò, ricordandomi del gusto che aveva durante il ciclo.

Ancora, disse il mio lupo.

Ma prima dovevo riuscire a catturarla.

Finsi un affondo attraverso il letto, per poi sfrecciare ai piedi dello stesso per afferrarla. Riuscì a sfuggirmi per un soffio, rifugiandosi nel mio bagno.

«Quello è un vicolo cieco» la informai.

«Allora è meglio che tu venga a prendermi» rispose in un tono di sfida che mi eccitò immensamente.

Mi lanciai in avanti con l'intenzione di afferrarle i fianchi, ma mi graffiò il petto e la guancia. Ringhiando, le agguantai la nuca, strattonandola verso di me. La sua reazione non si fece attendere: mi tirò una ginocchiata all'inguine, mancandolo per un soffio e colpendomi sulla coscia. La lasciai andare istintivamente.

«Cazzo, Winter».

Mi ignorò. I suoi meccanismi di difesa si attivarono in tutta la loro potenza, dando prova della sua abilità con calci e colpi mirati. Mentre io facevo del mio meglio per sottometterla senza farle realmente del male.

Avevo voluto che lottasse contro di me.

E lei lo stava facendo.

In modo notevole.

Con estremo coraggio.

E con molta più precisione di quanto avessi mai potuto prevedere.

Chiunque l'avesse allenata aveva fatto un lavoro straordinario.

«Basta». Catturai il suo pugno, facendola ruotare su se stessa e stringendola con la schiena appoggiata al mio petto. Le avvolsi l'altro braccio attorno alla vita, ma lei iniziò a scalciare all'indietro, costringendomi a sollevarla in aria. «*Basta*» ripetei.

Ma qualsiasi meccanismo avessi attivato non voleva saperne di placarsi, e Winter continuò a cercare di battermi. Non aveva nessuna possibilità contro di me, e questo sembrò renderla ancora più disperata. Gridò, si contorse, usò le sue unghie affilate per farmi sanguinare da qualsiasi parte del corpo riuscisse a raggiungere.

«Smettila» le ordinai, facendola piegare sul letto e intrappolandole le braccia dietro la schiena.

Era come se non potesse sentirmi. La sua furia sembrava incapace di attenuarsi, spingendola a fare di tutto per sottrarsi alla mia presa. Se non fosse stata attenta, si sarebbe dislocata una spalla.

Le afferrai gli avambracci con una mano e li premetti sulla sua spina dorsale, poi le spalancai le gambe con il ginocchio.

«Sei mia, Winter». Ed era ora che lo riconoscesse.

«Vaffanculo!» gridò. Il suo collo stupendo si inarcò, mentre lottava per sollevare dal letto la parte superiore del corpo.

«Dammi un attimo» risposi in tono sinistro, sistemandomi dietro di lei. Scalciò di nuovo all'indietro, continuando imperterrita a lottare contro di me. Le strinsi il fianco con la mano libera, tenendola esattamente dove la volevo. «Sta' ferma».

Ringhiò qualcosa di incomprensibile, così mi piegai sopra di lei, intrappolandola completamente sotto il mio corpo.

«Oh, mia dolce omega disobbediente» le sussurrai all'orecchio. «Sei *mia*».

Un incendio divampò nelle mie vene, facendo sì che mi spingessi in avanti con molta più forza del previsto. Le strappai un suono gutturale mentre la costringevo ad accettare ogni centimetro di me.

«Oh, che sensazione stupenda» mormorai, uscendo e rientrando dentro di lei con la stessa violenza di prima.

Tremava sotto le mie mani, sia per lo shock delle mie spinte che per l'orgasmo imminente. La sentivo stringersi attorno a me, implorarmi, esortarmi a prenderla ancora più a fondo. E così feci, reclamandola selvaggiamente nel modo che desideravo, nel modo di cui entrambi avevamo bisogno.

Il mio nome le uscì dalle labbra in un rantolo.

Mi alzai dalla sua schiena, sfruttando il pavimento per fare leva. E aumentai la velocità, affondando ancora di più dentro di lei e strappandole altri suoni deliziosi.

Ansimò.

Gridò.

Mi implorò di fermarmi.

E pretese di più.

Il tutto nel giro di qualche minuto, in una cantilena infinita.

Inseguii il mio piacere tra le sue cosce. Il mio nodo si formò e schizzò verso l'alto, trovando il suo posto dentro di lei. Urlò, e l'intensità del mio orgasmo la fece precipitare nell'oblio con me.

Poi Winter mi maledì.

Singhiozzò.

Gemette.

E alla fine si calmò. Le tremavano le spalle mentre riprendeva fiato dall'esplosione di emozioni e lussuria che aveva investito il suo corpo minuto.

Le lasciai andare le braccia e le baciai il collo. «Non abbiamo finito» la avvertii.

Lei deglutì e annuì, premendo poi il viso sul materasso per nascondere le lacrime.

Le infilai delicatamente il braccio sotto il ventre. L'altra mano, invece, rimase sul suo fianco, a tenerci incollati insieme. Non si ribellò quando condussi entrambi sul materasso. La tenni abbracciata da dietro, con il mio nodo ancora dentro di lei, in un orgasmo pulsante che appagava la mia bestia interiore.

«Tutto a posto?» le chiesi dolcemente, trascinando le labbra sul suo collo fino a raggiungere il punto in cui desideravo marchiarla di nuovo.

Annuì ancora una volta.

«A parole» dissi. Avevo bisogno di sentire la sua voce.

«Sto bene» sussurrò.

«Non la smettevi di lottare».

«Era quello di cui avevi bisogno».

Sbattei le palpebre, sorpreso dalla sua risposta. Aveva ragione. Avevo bisogno di dominarla completamente, e l'unico modo per farlo era un vero scontro.

«Come facevi a saperlo?» domandai. Era stata lei a chiedermi se avesse dovuto opporsi. E poi aveva continuato anche dopo che le avevo intimato di smetterla, eccitandomi ancora di più.

«Perché la mia lupa voleva che vincessi tu» ammise in un altro sussurro.

Ah, adesso era tutto chiaro. «Ecco perché sei corsa via. Per testare il tuo compagno».

Annuì. «Ho percepito la tua aggressività e ti ho dato quello di cui avevi bisogno. Di cui *avevamo* bisogno».

Le accarezzai la gola con le labbra, ritrovandomi ancora una volta profondamente affascinato da lei. Era perfetta. «Sei la compagna ideale» mormorai. «E voglio che tutti sappiano che sei mia».

WINTER

La MIA PELLE bruciava sotto il tocco di Kazek. Le sue mani erano ovunque. Le sue dita continuavano ad affondare nel mio sesso, per poi spalmare i nostri odori su ogni parte del mio corpo.

Aveva iniziato quel rituale non appena il suo nodo si era ritratto, liberandomi.

Concentrato e risoluto, si era occupato per prima cosa delle mie labbra e della mia lingua, costringendomi a ingoiare e appropriandosi così anche della mia gola. Poi era passato al seno e alla pancia.

A seguire, le braccia. E ora si stava dedicando alle mie gambe.

«Ce ne serve di più» disse. La sua voce era un basso ringhio che mi fece stringere le cosce, sopraffatta da una nuova ondata di desiderio. Infilò ancora le dita dentro di me, raccogliendo la mia eccitazione e ricominciando a spalmarla sulla mia pelle. «Stenditi sulla pancia».

Sapevo che era il caso di obbedire.

L'uomo era svanito, si era abbandonato al lupo. Era la sua bestia interiore a guidare le sue azioni.

«Splendida» commentò, dandomi una strizzata al sedere. Poi mi separò le natiche, esponendo il punto che voleva reclamare. Premette il pollice verso l'interno, costringendomi ad accettarlo. Ricordavo vagamente che l'aveva fatto anche durante il mio estro, ma la mia mente era talmente assorbita dal sesso da non essere in grado di percepire il dolore provocato dal suo ingresso.

Ma ora sì che l'avrei sentito.

Dolevo ancora per la sua penetrazione brutale. Se mi avesse presa anche da dietro allo stesso modo, non sarei stata in grado di sedermi per almeno un paio di giorni.

«Ssh» mormorò, accarezzandomi la schiena con l'altra mano. «Mi prenderò cura di te, piccola».

Trasalii, ritrovandomi ancora una volta a disagio per la nostra connessione. Riusciva a leggermi la mente bene quanto io leggevo la sua, forse anche meglio. Sapeva istintivamente di cosa avevo bisogno e viceversa. I nostri corpi e le nostre anime erano legati in un modo che la mia mente non riusciva a comprendere.

Mi posò un bacio tra le scapole. Un gesto sorprendentemente tenero, in netto contrasto col modo in cui le sue dita si stavano insinuando dentro di me. Almeno mi stava preparando, a differenza di quello che aveva fatto prima. Quando mi aveva presa, mi ero sentita spaccare in due. Il dolore e il bruciore avevano lasciato rapidamente il posto al piacere, ma quei primi secondi erano stati *orribili*.

Kazek aggiunse un altro dito, risalendo al tempo stesso la mia schiena con la lingua, fino ad arrivare a mordicchiarmi il collo.

«Hai un profumo meraviglioso, Winter». Il suo respiro caldo mi fece rabbrividire, una sensazione che scese verso il mio seno e mi fece indurire i capezzoli per l'eccitazione. Lo sentii sorridere sulla mia pelle; un fiotto di desiderio mi era colato di nuovo tra le cosce, permeando l'aria.

La sua mano libera scivolò sotto di me. Il suo pollice trovò il mio clitoride e lo accarezzò, per poi spostarsi più in basso e penetrarmi. Kazek ringhiò di approvazione, aumentando la velocità dei suoi movimenti davanti e dietro, preparandomi per la sua rivendicazione.

Quando uscì mugolai, scontenta. Il suo tocco mi mancò immediatamente, e al tempo stesso ero preoccupata di quello che sarebbe venuto dopo. «Mettiti a quattro zampe, piccola».

Il suo tono affettuoso mi cinse come un caldo abbraccio, incoraggiandomi a obbedire. Mi diede un altro morso delicato sul collo, poi accarezzò col viso le tracce del marchio che mi aveva lasciato sulla spalla.

«Ti morderò di nuovo» mi avvertì.

«Lo so».

«Bene». Si sistemò tra le mie cosce ed entrò con un gemito. «Sei così stretta e calda. Potrei seriamente vivere dentro di te, principessa».

Non risposi, perché una parte di me voleva che lo facesse. E in quel momento non potevo fidarmi di lasciarla parlare.

Kazek mi prese con un paio di spinte, per poi uscire e posizionarsi dietro di me. Mi preparai al dolore, conficcando le unghie sulle lenzuola. Lui spinse appena, entrando probabilmente di un centimetro soltanto.

Si piegò sopra di me, premendo il petto sulla mia schiena e posando la mano destra sul materasso, accanto alla mia. L'altra, invece, mi strinse il fianco, tenendomi ferma. «Ti farà male» disse. «Ma ti prometto che poi ti piacerà».

«Mi fido di te». Le parole mi sfuggirono dalle labbra, provenienti da quella parte di me che avevo cercato di mettere a tacere, quella che lo adorava e avrebbe fatto qualsiasi cosa per lui, incluso lasciarlo vivere dentro di me, se era quello che desiderava.

Sospettavo che la mia lupa avesse qualcosa a che fare con quella vocina.

Lui non si mosse né parlò, così a lungo che mi domandai se l'avessi contrariato.

Poi mi diede un altro di quei teneri baci sulla nuca ed entrò con una spinta decisa, strappandomi un grido. I miei gomiti cedettero e fui sul punto di cadere in avanti, ma Kazek mi trattenne, avvolgendomi il braccio attorno alla vita e tenendomi stretta a sé.

Mi ero aspettata che si sarebbe scatenato, accecato dalla lussuria. Invece rimase di nuovo immobile per qualche istante, in modo che mi abituassi alle sue dimensioni.

Com'era possibile che mi fosse piaciuto, durante il ciclo?

Era incredibilmente doloroso. Bruciava, e non in senso buono.

Strusciò il viso sul mio collo e prese a emettere un brusio che invase i miei sensi. I miei muscoli si rilassarono in risposta. La mia lupa era confortata dal suono familiare del suo compagno. «Sì, così» mi incoraggiò. La vibrazione del suo petto era come una dolce carezza sulla schiena. «Puoi prendermi tutto, Winter. Lo so che puoi».

Non ero sicura di cosa intendesse finché non ricominciò a muoversi. Fu solo allora che capii che non era entrato completamente. Il suo sesso da alfa era troppo grande per me. «Kazek...».

«Va tutto bene» mi rassicurò. «L'abbiamo fatto durante il calore e ti è piaciuto. Farò in modo che succeda anche adesso».

Non gli credetti.

Era una situazione completamente diversa, perché adesso la mia mente era ben presente. Non poteva spegnerla come aveva fatto il mio estro, il cui unico scopo era l'accoppiamento finalizzato alla riproduzione. In quel momento, invece...

Sussultai. Aveva fatto qualcosa al mio clitoride.

Un colpetto.

Seguito da una leggera pressione del pollice, che iniziò a muoversi con un lento ritmo sensuale. Le gambe minacciarono di cedermi. Il suo tocco creò una tempesta di fuoco nel mio ventre, diffondendosi nelle mie vene e facendomi tremare incontrollabilmente.

Questa è magia, pensai.

Avevo l'impressione che anche le sue labbra mi lambissero la pelle come lingue di fuoco. Ogni bacio era come un marchio che mi incendiava l'anima e alimentava l'inferno divampato dentro di me. Pronunciai il suo nome con un gemito. I suoi movimenti stavano diventando sempre più veloci, trasformando il bruciore in una dolce agonia.

Ma le sue spinte crearono anche un vuoto tra le mie cosce che mi spinse a emettere un mugolio frustrato. Non mi stava scopando dove volevo. Il suo nodo non stava accarezzando quel punto dentro di me dove lo desideravo. Protestai con un gemito. Il mio orgasmo crescente mancava della connessione di cui avevo bisogno.

Mi scopò con più forza, come per compensare la mancanza di sensazioni sull'altro lato. Ma non servì a nulla, anzi. Lo bramai ancora di più.

«Kazek» gemetti. La testa mi ricadde in avanti in un orgasmo che fece ben poco per dissipare il vortice che si agitava nel mio ventre.

Il suo piacere seguì il mio, riempiendomi col suo seme nel punto sbagliato.

Il suo nodo non c'era, dal momento che il mio sedere non sarebbe mai riuscito ad accoglierlo.

Lasciò cadere la fronte sulla mia spalla, tremando per l'estasi che lo aveva appena travolto. «Non basta» ringhiò. «Ho bisogno di prenderti come si deve».

Gemetti in approvazione. Lui uscì, strappandomi un grido sofferente. Poi si allontanò. La sua assenza e l'aria fredda mi fecero venire la pelle d'oca. Dopo qualche istante, udii il suono dell'acqua corrente. Che volesse scoparmi nella doccia?

Al solo pensarci, lasciai cadere la fronte sul materasso. Il mio corpo si rifiutava di muoversi. Avevo bisogno di almeno cinque minuti prima di potermi alzare. Forse di più.

Chiusi gli occhi e mi concentrai sulla respirazione, nonostante il fuoco che continuava a divamparmi nelle vene con un'intensità assordante. «Kazek» sussurrai. «Portami in braccio».

Non diede segno di avermi udito. Ma tornò, e il suo calore mi avvolse con la familiarità di una vecchia coperta. Alzai la testa e lo osservai mentre si avvicinava. Era nudo e bagnato, col cazzo lucido e affamato.

D'improvviso mi sentii molto simile a quella testa viola e rabbiosa. «Mi hai lavata via da te?».

Lui inarcò un sopracciglio senza degnarmi di una risposta.

Mi sforzai di mettermi in ginocchio e affondai le unghie nel suo petto per tenermi in equilibrio. «L'hai fatto, non è vero?». Lo graffiai, scavando dei solchi fino a raggiungere il suo inguine, e mi chinai per annusarlo. Un ringhio lasciò la mia gola. La mia lupa era livida per l'affronto. «Rimedia subito».

Le sue labbra si incurvarono in un sorriso ferino. «Oh, è proprio quello che voglio fare, omega». Mi spinse all'indietro sul letto e si sistemò tra le mie cosce. Stuzzicando il mio sesso col suo, si appoggiò sui gomiti, posizionandoli ai lati della mia testa. «Quando avrò finito, sarai completamente impregnata di me».

«Lo stesso vale per te».

Fu il suo lupo a guardarmi, quando rispose: «Puoi scommetterci». Mi penetrò lentamente, prolungando l'attesa. Trascinai le unghie lungo la sua schiena, esortandolo ad andare più veloce, ma lui non fece una piega. Senza mai distogliere lo sguardo dal mio, scivolò dentro di me centimetro dopo centimetro.

«Di più».

«No».

Ringhiai.

Lui rispose allo stesso modo, facendomi pulsare di desiderio.

«*Ti prego*» lo implorai.

«No». Lasciò cadere la testa sul mio collo, e i suoi denti si sigillarono sul marchio con cui mi aveva reclamata. Mi morse con forza, fino a farmi uscire il sangue.

Io gridai, inarcandomi verso di lui, solo per essere rimessa al mio posto con una spinta brutale. Entrò completamente dentro di me e rimase lì.

Scavai con le unghie nelle sue spalle, facendolo sanguinare e lasciando delle piccole mezzelune che soddisfecero profondamente la mia lupa.

Mi leccò la ferita sulla spalla. Quando si scostò, notai che la sua bocca era tinta di rosso. Quella vista mi ingelosì, così mi alzai il più possibile e leccai i segni che gli avevo lasciato io.

Lui mi osservò, rapito, con un milione di pensieri che gli attraversavano le iridi scure.

Poi, con una lentezza esasperante, premette le labbra sulle mie.

Trasalii, scioccata dalla sensazione estranea del suo bacio. Avevamo scopato molte volte, ma quella era una novità. E il modo in cui lo fece mi disse che non era un gesto a cui era abituato. Forse era addirittura la prima volta. Non che non fosse bravo, anzi, ero abbastanza sicura che Kazek fosse bravo a fare qualsiasi cosa. Ma fu la meraviglia con cui mi osservava, baciandomi, a tradirlo.

Si scostò da me, con gli occhi che brillavano di emozione.

Lo fissai.

Lui mi fissò.

Poi la sua bocca tornò sulla mia, e mi divorò con la frenesia di un alfa accecato dal desiderio.

Solo che non mi scopò con la medesima ferocia. Al contrario, mi prese lentamente, scivolando dentro e fuori con un ritmo ipnotico a cui presto si adeguò anche la sua lingua.

In quel momento, mi abbandonai completamente a lui.

Ogni parte di me era ufficialmente posseduta dall'alfa, incluso il mio cuore.

Andò avanti per quelle che mi sembrarono ore. Le sue labbra e la sua lingua mi reclamarono allo stesso modo in cui il suo cazzo stava facendo col mio corpo.

Venni in un'ondata di calore e beatitudine, raggiungendo l'apice con dei brividi che mi scossero in ogni fibra del mio essere.

Gridai con una forza tale da poter essere udita fin nel settore Winter.

E alla fine precipitai nell'estasi con il suo nodo ancorato in profondità dentro di me.

Perdemmo ogni senso del tempo, proprio come durante il mio estro. Mi nutrì con il frutto del nostro piacere, poi mi baciò per condividerlo con me. Mi strofinò il viso sul suo inguine, per poi ricambiare il favore.

I miei capelli erano ridotti a una massa informe.

Il mio corpo era coperto dalle tracce delle nostre scopate: lividi, segni di morsi, graffi. E fluidi che avrebbero dovuto disgustarmi, ma non lo facevano.

E fu esattamente così che lasciammo la sua tana.

Tenendoci per mano.

A ogni passo ci avvicinavamo sempre di più alle celebrazioni che si stavano tenendo nel settore Norse.

A ogni passo, la mia fiducia in lui si rafforzava e consolidava.

L'alfa Kazek era mio. E quella notte si sarebbe assicurato che tutti sapessero che io ero sua.

KAZEK

Mentre ci avvicinavamo alla piazza principale del settore Norse, degli ululati riecheggiarono nella notte, accompagnati dai ringhi di approvazione dei maschi del branco.

Winter, priva di imbarazzo, era accanto a me, completamente nuda. La sua splendida pelle diafana era illuminata dalla luce della luna che vegliava su di noi. Il mio lupo era raggiante, approvava il suo odore e il suo stato sudicio.

«Sei bellissima» le sussurrai all'orecchio. «Adoro che tu sia mia».

Lei sorrise e si strinse a me, premendo il naso sul mio petto, cercando il mio conforto. Intensificai la vibrazione che stavo emettendo per lei e la baciai sulla testa, incontrando lo sguardo di Ludvig.

Il capo del settore abbassò il mento in segno di approvazione, e così fecero tutti gli altri alfa che si avvicinarono per dare la loro benedizione alla nostra unione. Non dissero nulla, annusando invece l'aria e annuendo con rispetto.

La mia compagna rimase abbracciata a me, con il viso premuto sulla mia pelle come se stesse cercando di inalare la mia essenza. Non era spaventata, ma appagata. Radiosa. Il mio lupo ne era molto orgoglioso.

Ero stato io a renderla così.

L'avevo immersa nel mio odore.

L'avevo scopata sottomettendola alla perfezione.

E avevo amato ogni istante.

«Seguite questo rituale anche nel settore Winter?» le domandai sottovoce, riferendomi all'atto dei lupi che ci annusavano e ci rivolgevano un segno di approvazione.

«No, ma accoppiamenti come il nostro sono molto rari» sussurrò sulla mia pelle. «Non accogliamo spesso nuovi membri».

«Ed Enrique?». Non era originario del settore Winter.

Alana si avvicinò con le labbra appena incurvate all'insù. Non parlò, ma la sua espressione mi disse che era felice per me.

Winter non se ne accorse, o forse non le importava. Rimase tranquilla e felice tra le mie braccia.

Alana mi fece l'occhiolino e si allontanò. La sua palese accettazione spianò la strada al lupo successivo. *Joel*. Piegò di malavoglia la testa, ma per il resto non fece nulla di irrispettoso.

Si presentarono altri alfa. Quelli accoppiati arrivarono con le loro omega, e tutti diedero il benvenuto a Winter.

Poi toccò ai beta.

Il rituale durò circa trenta minuti. Tutti i membri del settore Norse accolsero Winter nel branco con un cenno del capo, com'era consuetudine. Alcuni addirittura si inchinarono.

A un certo punto, Winter si voltò per assistere, con la schiena premuta sul mio petto. Posai il mento sulla sua testa e la tenni comunque stretta a me. Era tutto così naturale. Così *giusto*. Ero stato uno stupido a pensare di non volerlo. Winter mi completava come nessun'altra aveva mai fatto, e io la adoravo ancora di più per questo.

Mick fu l'ultimo ad avvicinarsi a noi, accettando il nostro legame con un'espressione tesa. Aggrottai la fronte e allungai una mano per afferrargli la spalla, ma lui scosse il capo come per dire: "Non adesso".

Sapevo che non era il caso di insistere, così tornai a stringere Winter e inarcai un sopracciglio in direzione di Ludvig, che ci stava raggiungendo a sua volta. «Vai a prepararti per il barbecue di mezzanotte, così capirai».

Ah, deve avere a che fare con la presentazione della schiava omega, capii. Quella donna gli stava dando del filo da torcere. Mick era venuto a trovarmi soltanto una volta sul campo. Normalmente, non sarei riuscito a liberarmi di lui. Negli ultimi giorni, invece, era praticamente irreperibile.

«Ci vediamo tra un'ora» risposi, per poi avvicinare le labbra all'orecchio di Winter. «Vieni con me, principessa».

Lasciò che la conducessi lontano dalla piazza, ancora stordita dopo la nostra scopata. Avevo visto Mila in quelle condizioni, una volta. Si era spalmata in grembo a Ludvig nel suo ufficio, rendendogli impossibile partecipare a una riunione. L'alfa mi aveva incaricato di rispondere alla telefonata al suo posto, senza preoccuparsi di nascondere il divertimento suscitato dallo stato della sua compagna.

Quel giorno non avevo compreso la sua reazione.

Ma ora sì.

Winter rimase avvinghiata a me lungo il sentiero spalato di recente, come dimostravano i cumuli di neve fresca su entrambi i lati. Le avvolsi un braccio attorno alle spalle e sorrisi quando si strinse a me con un sospiro. Era come se i suoi piedi si muovessero col pilota automatico.

Il mio rifugio nei boschi era troppo lontano, così la portai nel mio appartamento. Non sembrò accorgersene, nemmeno quando entrammo nell'ascensore e salimmo a uno dei piani più alti, che era interamente di mia proprietà. Anche Ludvig viveva in quell'edificio, e così pure Mick.

Osservò incuriosita l'ambiente moderno, indugiando sui pavimenti di marmo e i tappeti, mentre camminavano verso la mia suite padronale.

Gli odori le fecero arricciare il naso.

Il letto, i cuscini e le lenzuola erano nuovi. Ludvig li aveva fatti sostituire mentre aspettavo che qualcuno mi sfidasse. Si era anche preso la libertà di far pulire a fondo l'appartamento. Quando me l'aveva detto, il giorno prima, gli avevo risposto con un grugnito infastidito. Principalmente perché ero irritato dalla separazione forzata. Ma più tardi, al barbecue, avrei dovuto ringraziarlo; se non l'avesse fatto, Winter avrebbe sentito l'odore di Alana e avrebbe perso la testa.

Usavo raramente quell'appartamento, dal momento che preferivo la mia casetta nel bosco. D'altro canto, visto che dovevamo soltanto lavarci, era la soluzione più veloce.

«Di qua» mormorai, spingendola delicatamente sulla schiena e indirizzandola verso la doccia. Si guardò attorno, osservando le piastrelle marroni e le pareti di vetro. Poi la sua attenzione si spostò sull'enorme armadio in fondo alla stanza, e, ancora più in là, sulla porta che conduceva nella mia camera, dotata di un letto a baldacchino.

«Perché siamo qui?» domandò. La sua voce aveva ancora un tono sognante.

La feci indietreggiare finché non toccò il vetro, poi allungai la mano per aprire l'acqua, porgendo la mia schiena al soffione. Il getto gelido mi sferzò la pelle, ma il mio corpo massiccio protesse quello della mia omega.

I suoi occhi neri cercarono i miei. Nelle loro profondità si mescolavano confusione e ardore.

Sorrisi e chinai il capo per posare la fronte sulla sua.

«Questa è la mia casa quando devo restare in città. Siamo qui perché è più vicino della mia tana nel bosco e non abbiamo ancora finito con i festeggiamenti».

«No?».

Scossi la testa e le afferrai i fianchi. «No. Nel settore Norse amiamo festeggiare. Andremo avanti tutta la notte, fino alle prime luci dell'alba».

Lei rabbrividì. «Sono come i festeggiamenti nel settore Winter?».

«No. Niente di simile a quello che organizza la Regina degli Specchi». Premetti le labbra sul suo orecchio. «Le nostre celebrazioni coinvolgono cioccolato e vino».

«Cio… cioccolato?» ripeté, posando le mani sul mio addome.

«Mmm» mormorai, trascinando il naso sulla sua guancia. «Nel settore Norse amiamo i dolci».

«Nel settore Winter non possiamo permetterceli» sussurrò.

Giusto. Il settore Winter era uno dei più poveri territori dominati dai lupi. Lassù nel circolo polare artico, le loro risorse primarie erano il pesce e il ghiaccio. Beh, e le beta. Ma quella non la consideravo realmente una risorsa; se fossimo tornati a reclamare il trono di Winter, avrei smantellato fino all'ultimo bordello.

Continuando a stringerle i fianchi, condussi entrambi sotto il getto d'acqua ormai calda. Winter piegò la testa all'indietro e aprì la bocca per bere.

«Sei affamata?» le chiesi, rendendomi conto che non le avevo dato niente, dopo aver scopato. Non sapevo nemmeno se avesse mangiato qualcosa, negli ultimi giorni.

Lei annuì, poi aprì la bocca per bere un altro po' d'acqua.

Sospirai. «Avrei dovuto nutrirti».

«L'hai fatto» mormorò. E mi guardò con uno scintillio diabolico negli occhi. «Mi hai saziata a dovere».

Sbuffai. «Parlavo del cibo».

«Lo so» rispose, con un sorriso così impertinente che mi venne voglia di baciarla. «L'alfa biondo mi ha portato della carne mentre ero in forma di lupo. Intendevo che sono affamata di *te*».

Un brontolio mi risuonò nel petto. Il mio lupo era soddisfatto della sua risposta maliziosa e del suo sorriso subdolo. Ma volevo anche sapere chi le avesse dato da mangiare, in modo da poterlo ringraziare. «È stato Ludvig a darti del cibo?».

Scosse la testa. «No. Quello biondo che è venuto alla cerimonia di fidanzamento nel settore Winter con te».

«Mick». Era proprio un bravo lupo.

«È così che si chiama?» domandò, chinando la testa per bagnarsi i capelli. «Sembra un tipo a posto, ma a Kari non piace».

«Kari?» ripetei.

«Sì». Annuì. «L'omega mandata dal settore Bariloche per essere l'amante di Enrique».

Ah, la schiava. «La conosci bene?».

«Non proprio». Le labbra di Winter si incurvarono all'ingiù. «Non è una fan dei maschi alfa».

«È comprensibile» risposi. «L'hanno resa una schiava per poterle dare i loro nodi».

Winter esitò. Le sue spalle si irrigidirono. «Ludvig farà lo stesso?».

«Non lo so» ammisi. «Ora è di proprietà del settore Norse. In quanto alfa del settore, deciderà cos'è meglio per lei».

Non apprezzò la mia risposta. L'aria sognante di prima era sparita, e nella sua espressione si stava facendo strada la rabbia. *La mia donna grintosa sta uscendo a giocare.*

«Dimmi a cosa stai pensando» la incoraggiai.

«Non ti piacerà». Il piccolo ringhio sotteso alle sue parole mi divertì.

«Dimmelo lo stesso».

Lei deglutì, poi incontrò il mio sguardo con un'espressione audace. «Forse l'alfa Ludwig dovrebbe parlarle, prima di decidere cosa sia meglio per lei. A meno che non gli interessi soltanto il suo corpo, e in quel caso non sarebbe meglio di Vanessa».

Oh, ero felice che l'avesse detto a me e non direttamente a Ludvig. L'alfa non l'avrebbe presa bene.

«Forse dovresti aspettare di conoscere il suo verdetto, prima di giudicarlo» ribattei. «Gli alfa hanno il compito di proteggere i più deboli. Non è facile, piccola». Avvolsi il palmo attorno alla sua nuca. «È per questo che non ho ancora preso una decisione su cosa fare col settore Winter. Assumermi la responsabilità di tutte quelle vite è un fardello non da poco. Non sono sicuro di volerlo».

Mi fissò con uno sguardo penetrante. La feci voltare, distraendola da qualsiasi cosa stesse per dirmi. «Prendi lo shampoo» le dissi.

Obbedì, ma i suoi movimenti rigidi tradirono il suo disagio.

Le passai le dita tra i capelli, tentando di sciogliere i nodi causati dalla nostra scopata. Lentamente si abbandonò a me, permettendomi di prendermi cura di lei come meritava. Le spalmai il balsamo sulle sue ciocche scure, poi le insaponai ogni centimetro del suo splendido corpo.

Adoravo come rispondeva al mio tocco. Legittimava la mia rivendicazione e mi faceva sentire degno di venerarla.

Mentre mi lavavo i capelli, restò con la fronte appoggiata sul mio petto, completamente rilassata. Poi le diedi la saponetta e lasciai che esplorasse il mio corpo a suo piacimento. Un mormorio compiaciuto le abbandonò le labbra. Il mio cazzo reagì alle sue carezze. «Continua a guardarmi così, tesoro, e ti costringerò a lavarmi con la bocca».

Si era inginocchiata per insaponarmi le gambe; alzò lo sguardo verso di me, con l'espressione di un'incantatrice che tesse il suo sortilegio. Mi sfiorò appena la punta con la lingua, strappandomi un gemito roco. Dannazione, quella donna mi avrebbe distrutto. Non avevamo tempo. Avevo detto a Ludwig che saremmo tornati nel giro di un'ora, ed erano già passati almeno trenta minuti.

«Nutrimi» sussurrò sulla mia erezione. «Ti prego».

«*Cazzo*» ringhiai, con le dita che già si stavano insinuando tra i suoi capelli per guidarla in avanti.

Schiuse immediatamente le sue belle labbra carnose, mettendo in pratica l'atto su cui avevo fantasticato una settimana prima. Mi aveva assaggiato molte volte durante l'estro, dimostrando un talento sviluppato nel corso degli anni. Eppure, in quel momento mi sembrò un qualcosa di completamente diverso. Più intimo. Più giusto. Mi piacque che fosse perfettamente in sé e volesse farlo, adorai osservarla mentre prendeva il controllo della situazione.

Il calore mi incendiò le viscere al sentire le carezze della sua lingua vellutata, mentre la sua bocca faceva pressione su tutti i punti giusti.

Pura e semplice perfezione.

Con i muscoli tesi dal piacere, spostai la schiena in modo da bloccare l'acqua ed evitare che Winter annegasse. Anche se l'unica cosa a cui sembrava prestare attenzione era il mio cazzo. Era troppo impegnata a rendermi il suo prossimo pasto.

Mmm, adoravo quella danza per il controllo. Voleva divorarmi, spingermi oltre il limite. Glielo lessi negli occhi, quando li alzò su di me. La mia piccola omega desiderava dominare dal basso.

Non sarebbe mai successo.

Ma l'avrei ricompensata con il nutrimento che desiderava.

Poi l'avrei fatta impazzire con il mio nodo.

Al diavolo la festa. La sua bella bocca avvolta attorno al mio cazzo era più importante di una fontana di cioccolato.

I suoi occhi mi sorrisero, come se avesse potuto udire i miei pensieri, e succhiò con più forza. I muscoli delle mie cosce si contrassero, l'inferno che divampava dentro di me si fece sempre più rovente.

«Così, Winter» la incoraggiai. La mia voce era ridotta a un ringhio profondo.

Con ogni succhiata della sua bocca affascinante, mi prese sempre più in profondità.

«Cazzo». Quella parola stava diventando una delle più usate in sua presenza.

Continuò imperterrita, muovendo le labbra in uno schema ipnotico che non riuscivo a smettere di guardare. Le sue pupille si dilatarono quando mi accolse ancora più a fondo. Serrai la presa sui suoi capelli, e il mio corpo reagì alla sua mossa peccaminosa.

«Ingoia, piccola» la esortai, mentre il mio piacere le esplodeva in gola. «Ingoia tutto, fino all'ultima goccia».

Ma non c'era bisogno che glielo dicessi. Praticamente si abbeverò da me, avvampando dall'eccitazione nel sentire il sapore che tanto bramava.

Santo cielo, come avevo fatto a non desiderare una compagna?

Vederla così mi trascinò su un altro piano dell'esistenza, uno stato che non sapevo nemmeno ci fosse. Quella lupa era tutta mia. E le *piaceva*.

La sollevai dal pavimento, strappandole un gridolino di

protesta. Non era felice di non avere più il mio cazzo in bocca. Risolsi rapidamente il problema scivolando nel suo calore e avvolgendomi le sue gambe attorno alla vita.

Il suo gemito di approvazione mi colpì dritto all'inguine, e il mio nodo si mise a pulsare per lei.

«Tieniti forte, tesoro» mormorai.

Mi afferrò le spalle, affondando le unghie nella mia carne. La spinsi contro la parete.

Non le diedi il tempo di dirmi come voleva essere presa. Decisi per entrambi, e i suoi ululati estatici mi dissero che avevo scelto bene.

Violento.

Urgente.

Frenetico.

Una rivendicazione su una rivendicazione. Un modo per ringraziarla di avermelo succhiato, e al tempo stesso per legarci in un modo che apparteneva soltanto ad alfa e omega.

Urlò nella mia bocca, la sua lingua duellò con la mia. Ondate di beatitudine ci travolsero e ci trascinarono in quel luogo oscuro dove il tempo non esisteva.

Quella donna era una fottuta droga.

Non ne avevo mai abbastanza.

Anche mentre il mio nodo pulsava dentro di lei, rilasciando altro seme nel suo grembo, riuscivo a pensare soltanto a prenderla di nuovo.

«Mi hai distrutto» ammisi in un sussurro, con la fronte posata sulla sua. «Quando sono con te, non so nemmeno più chi sono».

Le mie parole la fecero rabbrividire. Aveva il respiro affannoso per la ferocia del nostro accoppiamento.

«Voglio...». Inspirò e ci provò di nuovo. «Voglio che tu...». Un'altra pausa, un altro respiro. «Voglio che tu sia il mio re».

Non era affatto quello che mi aspettavo dicesse, ma non ne ero sorpreso. Sospirai sulle sue labbra e cercai il suo sguardo. «Non sono sicuro di poterlo fare, Winter».

«Perché no?» chiese. La sua voce era ridotta a un adorabile rantolo, che indicava che avevo fatto bene il mio lavoro. Il mio lupo ne fu felice. Riflettei per qualche istante sulla sua domanda; meritava una risposta onesta. Certi alfa le avrebbero detto di non impegnare la sua bella testolina con pensieri del genere, ma io non ero così. Io volevo una partner, volevo un rapporto simile a quello che legava Ludvig e Mila.

Il che significava che dovevo confidarmi con la mia compagna.

Spiegarle le mie scelte. Il mio passato. Dirle chi ero e com'ero diventato così.

Annuii, concludendo che era necessaria una lunga conversazione.

Anche quello era più importante della festa.

Dovevo soddisfare la mente della mia omega proprio come avevo fatto con il suo corpo.

«Okay». Chiusi l'acqua e portai Winter a letto, incurante della scia di gocce lasciata lungo il tragitto. I nostri corpi erano ancora incollati insieme, così mi stesi sulla schiena, con lei a cavalcioni su di me.

Posò le mani sul mio petto e aggrottò la fronte. «Okay?» ripeté.

«Sì. "Okay" nel senso che ti dirò perché non posso ancora prometterti di conquistare il settore Winter». Sistemai la testa sui cuscini dietro di me, poi allungai la mano e le accarezzai il viso, trascinando il pollice sulle sue labbra turgide. «Non sono mai stato un leader. Né ho mai desiderato esserlo. Ho sempre lavorato da solo quando ero un umano, e lo faccio ancora. È quello che preferisco».

Piegò la testa di lato. «Perché?».

«Perché amo corteggiare la morte, tesoro. E affrontarla da solo è più facile».

«Non capisco».

Sorrisi. «Lo so. Perché tu possa capire, devo raccontarti della mia vita prima che diventassi un lupo. All'epoca in cui mi chiamavano il Cacciatore».

WINTER

Il racconto di Kazek dipinse nella mia mente un quadro tinto di rosso.

Non era solo micidiale, ma anche sanguinario.

Un sicario su commissione.

Un assassino senza scrupoli.

Lo chiamavano il Cacciatore perché quello era letteralmente il suo lavoro: andare a caccia di uomini. Uomini cattivi. E lo faceva in tutto il mondo, in un'epoca in cui l'esistenza dei lupi era ancora un segreto.

Abbassò lo sguardo su di me. Aveva la testa appoggiata su una mano. Dopo che il suo nodo si era ritirato, mi aveva fatta voltare e mi aveva pulita tutta con la lingua, per poi baciarmi con una passione che ancora mi ribolliva nelle vene. Le sue azioni erano quelle di un amante, non di un assassino, ma nel suo sguardo diabolico si celava un predatore. Nonostante fosse nato umano, interiormente Kazek era sempre stato un lupo.

«Quindi hai ucciso un alfa, quando eri ancora un mortale» dissi, riportandoci alla conversazione che stavamo avendo prima che mi divorasse.

Annuì. «Era un incarico sponsorizzato da un'organizzazione governativa che non riusciva a rintracciarlo con i propri mezzi, così hanno divulgato le informazioni attraverso i canali usati dagli assassini su commissione. Dal momento che ho sempre amato le sfide, e quella indubbiamente lo era, ho accettato».

«Ed è stato così che hai conosciuto Ludvig».

«Già. A mia insaputa, aveva sfidato il mio obiettivo a causa di una disputa territoriale. E io l'ho ucciso prima che potesse farlo lui. Inutile dire che si è incazzato. Io vedevo Ludvig soltanto come un testimone di cui dovermi liberare, ma il bastardo ha agito con una rapidità soprannaturale e mi ha quasi strappato il cuore dal petto». Ridacchiò e scosse il capo.

Chiaramente, Kazek non aveva una visione normale delle situazioni di vita o di morte.

A dire il vero, non aveva nulla di normale.

Incluso il modo in cui trattava me.

«Cosa gli ha impedito di ucciderti?» domandai.

Le labbra di Kazek si arricciarono. «Gli ho detto che ero grato di morire per mano di un degno avversario. Lui è rimasto sbalordito dalla mia arroganza e, al tempo stesso, scioccato dalla calma con cui ho parlato della mia morte imminente. Poi sono svenuto e mi sono risvegliato in un laboratorio. Il dottore avrebbe dovuto aiutarmi a guarire, ma ha preferito interpretare la richiesta a modo suo. Così sono diventato un alfa».

Spalancai gli occhi. «È così che è successo?».

«Già. Un piccolo caso fortuito». Si strinse nelle spalle. «Poco tempo dopo, Ludvig mi ha reclutato per lavorare per lui. Da allora sono il suo principale sicario».

«E non la vedi come una posizione di comando perché preferisci lavorare da solo» mormorai, riassumendo quello che mi aveva detto fino a quel momento. «Ragioni in termini di morte, non di vita».

I suoi occhi brillarono; era il suo lupo che reagiva alle

mie parole. «Sì». Sbatté le palpebre. «Dormo raramente in questo letto. Sai perché?».

Sì. «Preferisci la solitudine del bosco». Era chiaro dall'aspetto vissuto della casetta di legno, in netto contrasto con quello dell'appartamento. «Non sei un animale da branco. Sei un lupo solitario». L'aveva dimostrato quando mi aveva portata nel suo letto e si era accoppiato con me senza consultare nessuno. Faceva quello che voleva, quando voleva. Ma quel comportamento era esattamente ciò che lo rendeva un alfa.

Tutti i lupi dominanti sceglievano di comandare.

Tutti gli alfa reclamavano le omega alle loro condizioni.

«Gli alfa sono fatti per comandare» dissi. «Ma tu puoi scegliere come farlo».

«Non tutti gli alfa vogliono comandare. Me incluso».

«Quello che vuoi non importa. Gli alfa nascono con la responsabilità di proteggere gli altri. Non farlo va contro lo scopo stesso della tua esistenza».

Le sue sopracciglia si sollevarono. «È come dire che le omega esistono soltanto per prendere i nodi».

Sbuffai. «È quello che dice la maggior parte degli alfa». O almeno, era ciò che mi avevano insegnato. La mia esperienza con gli alfa era piuttosto limitata.

«Vuoi che sia come la maggior parte degli alfa?» chiese Kazek in tono tagliente. «Vuoi che ti scopi come la mia piccola omega obbediente e ti sfrutti per procreare?».

L'immagine mi suscitò un brivido. Una parte oscura di me voleva rispondere di sì.

Mi rivolse un'occhiata penetrante. «È questo che vuoi?» insistette. Si mise sopra di me e mi afferrò la gola. «Vuoi che ti usi, Winter? Che ti scopi fino allo stremo? Che ti prenda ogni volta che voglio?». Il suo bacino incontrò il mio, e le mie gambe si spalancarono immediatamente per accoglierlo.

Le sue parole mi fecero gemere di desiderio, e odiai la mia debolezza. Mi stava minacciando. Glielo leggevo in faccia. Intuivo la violenza dietro le sue parole. Sarebbe bastata una conferma da parte mia, e mi avrebbe legata al letto. Una voce traditrice mi sussurrò nella mente che avrei dovuto lasciarglielo fare.

Sarebbe stato molto più facile affidarsi a lui, dimenticare me stessa e diventare la sua omega.

Provare piacere per giorni.

Crescere i nostri cuccioli.

Vivere una vita nel mio nido, in attesa del ritorno del mio alfa.

«Cazzo, Winter» mormorò. Parte dell'oscurità lasciò il suo viso. Premette la fronte sulla mia. «È questo che vuoi da me?».

Lo era? *Sì. No.* «Non lo so».

Le sue labbra assaggiarono le mie. Dolcemente. Castamente. Non era per nulla ciò che mi aspettavo da lui. «Adoro la tua combattività, Winter».

Catturò la mia mano destra e la bloccò sopra alla mia testa.

«La maggior parte degli alfa preferirebbe soffocare la tua inclinazione alla disobbedienza» continuò.

Mi afferrò anche il polso sinistro e lo unì all'altro, ingabbiandomi sotto di lui.

«Ma mi annoierei a morte con una compagna arrendevole». Trascinò le labbra lungo la mia guancia, fino a raggiungere il mio orecchio. «Ho bisogno di essere sfidato. Rende la ricompensa ancora più dolce». Mi mordicchiò il collo e si allontanò da me.

Trasalii alla perdita del suo calore.

Lui ridacchiò e scosse la testa. «Sei insaziabile, ma

siamo già in ritardo. Su, andiamo alla festa. Potremo discutere più tardi della mia riluttanza a comandare». I suoi occhi scuri rapirono ancora una volta i miei. «Prenditi la serata per pensare a cosa vuoi da me, Winter».

Poi si voltò, lasciandomi lì, con la fronte aggrottata e il cuore che mi batteva selvaggiamente nel petto.

Come eravamo passati da discutere di riconquistare il mio regno a non sapere cosa volessi da lui? *Perché ti ha appena fornito un'alternativa*, tornò a sussurrarmi nella mente quella voce oscura.

«Come sarebbe la nostra vita se rimanessimo nel settore Norse?» chiesi, disorientata dal solo pensiero di restare lì. Ero fuggita con la speranza di trovare aiuto. Ma non avevo riflettuto su cosa sarebbe successo dopo, o su come avrei sfruttato quell'aiuto.

Riprendermi il settore Winter.

Reclamare il mio trono.

Uccidere Vanessa.

Ma la maggior parte di quei propositi era recente. Derivavano dalla consapevolezza di quanto orribilmente la Regina degli Specchi si fosse presa gioco di me.

E se l'avessi lasciata vincere e fossi rimasta nel settore Norse? Cosa avrebbe significato per me e Kazek? Cosa avrebbe comportato per i miei sette?

«Vieni alla festa con me e scoprilo» rispose Kazek, appoggiando una scatola sul letto. «Qui sopra c'è il tuo nome. Presumo che l'abito all'interno sia un regalo dell'omega Mila, la compagna di Ludvig». Pronunciò il suo nome con un affetto che mi irritò.

Kazek doveva essersene accorto, perché sorrise. «La tua possessività mi affascina». Si chinò su di me e mi diede un bacio sulla bocca. Reagii mordendogli il labbro, infastidita dal suo commento. «Mmm, ecco la mia guerriera».

La sua lingua si insinuò tra le mie labbra, dominando la mia in un modo che mi fece rabbrividire ancora una volta.

Com'era possibile che qualcuno fosse in grado di controllare il mio corpo con una tale abilità? Bastava che mi sfiorasse per farmi bruciare. Un bacio era sufficiente a distruggere la mia capacità di pensare.

Quando si scostò da me e mi disse di indossare il vestito, lo feci. E fu solo quando ebbe finito di pettinarmi i capelli che riacquistai una vaga presa sulla realtà.

«Sei come una droga» rantolai, deglutendo a fatica.

Lui rise e mi mordicchiò il collo, sul punto in cui il mio battito era più percepibile. Il contatto con i suoi denti mi fece attraversare da una scarica di desiderio, che corse lungo la mia spina dorsale ed esplose tra le mie cosce. Presi a contorcermi, e la seta dell'abito fruscìò sulla mia pelle.

«Sei bellissima» mi sussurrò all'orecchio, col petto premuto sulla mia schiena. A un certo punto, aveva indossato un paio di pantaloni neri e una camicia elegante. Il nostro riflesso nello specchio ci restituì l'immagine di una coppia raffinata, nonostante la mia espressione frastornata.

«Perché mi sento come se stessi sognando?».

«È l'effetto dell'accoppiamento, una sorta di confusione mentale» spiegò. «Un umano direbbe che sei persa nel subspace».

«Subspace?» ripetei.

«È lo stato in cui può cadere un sottomesso durante il sesso».

Aggrottai la fronte. «Non stiamo facendo sesso».

«Purtroppo no, è vero». Mi sorrise nello specchio, stringendomi in un abbraccio da dietro. «È quello a cui lo paragonerebbero gli umani. Ma noi siamo lupi. Non abbiamo bisogno del sesso per provare certe sensazioni».

«Tu non ne sei affetto» osservai, sciogliendomi sul suo

petto. Il morbido tessuto della sua camicia mi solleticò la schiena, tenendomi al caldo nonostante il mio vestito impalpabile. Era nero, con una profonda scollatura sia davanti che dietro, dotato di spacchi su entrambi i lati che arrivavano fino a metà coscia. Era uno degli abiti più sexy che avessi mai indossato.

Vanessa avrebbe avuto una crisi di nervi, se mi avesse vista. Preferiva che mi coprissi il più possibile. Solo la Regina degli Specchi poteva sfoggiare qualcosa di così erotico.

Kazek premette la sua erezione crescente sul mio sedere. «Oh, ne sono affetto eccome, dolcezza. Fidati».

«Ma non mi sembri stordito».

«No. Solo le omega sperimentano quel lato dell'ebbrezza dell'accoppiamento. Presumo sia un residuo del tuo ciclo incompleto. Avresti dovuto essere in calore per una settimana, non quattro giorni». Mi posò un bacio sulla tempia e si allontanò per riporre il pettine in bagno. Non mi ero nemmeno accorta che lo stesse tenendo ancora in mano.

Tornò qualche istante più tardi con un paio di scarpe col tacco. «Sembra proprio che Mila abbia pensato a tutto».

Invece di passarmele, si inginocchiò per terra e me le infilò ai piedi, allacciando i cinturini attorno alle mie caviglie con gesti esperti. Rialzandosi, trascinò le dita lungo le mie gambe; il tessuto nero del vestito si scostò, aprendosi fino alle cosce.

«Sapere che sei nuda, qui sotto, mi farà impazzire» ammise sottovoce.

«Ero nuda anche durante la cerimonia» gli feci notare.

«E reduce da una strepitosa scopata con me». Avvolse il palmo attorno alla mia nuca e mi tirò verso di sé. «Ora sei vestita di seta ed esposta all'ammirazione del mondo.

Mi ci vorrà un notevole autocontrollo per non prenderti davanti a tutti». Mi regalò un bacio veloce e un sorriso malizioso. «Oh, piccola, nonostante non sia strafatto di sesso come te, sto annegando nella possessività».

Il mio stomaco fece una capriola. «Anch'io mi sento possessiva».

«Lo so». Sorrise. «Hai ringhiato quando ho nominato la compagna di Ludvig».

«Davvero?».

Annuì. Il suo sguardo brillava di divertimento. «Sì. E mi è piaciuto».

Arrossii per la conferma della mia reazione e per il modo in cui lui la apprezzava. Questa cosa dell'accoppiamento era un modo tutto nuovo di vivere. Dovevo solo capire come affrontarlo correttamente.

«Andiamo» disse.

Mi condusse lungo il corridoio e verso l'ascensore, passando accanto alla mobilia all'ultima moda del suo appartamento. Avevo visto degli arredi simili sulle riviste, ma osservarli dal vivo era tutta un'altra cosa.

Il movimento dell'ascensore mi fece rivoltare lo stomaco, ma non appena Kazek mi guidò all'esterno, mi sentii subito meglio. La luna brillava sopra di noi, e la mancanza di illuminazione artificiale le conferiva uno splendido bagliore che rallegrò la mia lupa. Era uno scenario simile a quello del settore Winter; la nostra luna scintillava sempre nella notte stellata.

Passeggiammo lungo i sentieri lastricati, con la neve che luccicava sugli edifici colorati. Quando passammo accanto alla piazza centrale, vuota, mi accigliai. «Non ci incontriamo qui?».

«No. Abbiamo un luogo più caldo per i raduni più ampi». Il suo palmo ardeva sulla mia schiena, i suoi passi erano lunghi e determinati. «Presumo che Ludvig voglia annunciare il nostro ingresso, non appena saremo arrivati».

Aveva senso. Ogni volta che Vanessa si presentava a un evento, esigeva di essere annunciata. E sempre con: "Alfa Vanessa, Regina degli Specchi". Indossava perfino la corona di mia madre.

Strinsi istintivamente i pugni.

Non merita quella corona.

Ma non potevo portargliela via senza l'aiuto di Kazek. Non perché temessi la sua forza, dal momento che c'erano altri modi di far fuori un'alfa arrogante, ma perché non potevo andare nel settore Winter senza di lui. Gli ultimi tre giorni mi avevano mostrato cosa sarebbe successo se fossimo stati separati, e non eravamo nemmeno molto distanti l'uno dall'altra.

Avevo bisogno che mi accompagnasse volontariamente, non c'era altra scelta.

Solo che Kazek non voleva governare. Quello sarebbe stato un problema, perché il settore avrebbe avuto bisogno di un nuovo leader, senza Vanessa. E se non fossimo stati noi a prendere il comando, lo avrebbe fatto qualcun altro.

Non potevo permettere che accadesse.

E non potevo nemmeno restare nel settore Norse e lasciare che Vanessa continuasse a regnare.

Mi fermai. Kazek si bloccò a metà di un passo e si voltò verso di me con un sopracciglio inarcato. Eravamo all'esterno di un enorme edificio decorato con vetri e pannelli colorati. Dall'interno si udivano voci e musica; doveva essere quella la nostra destinazione.

«Winter?» mi esortò il mio compagno. Aveva un'espressione paziente e vagamente preoccupata. Mi domandai se quella fosse un'emozione nuova per lui.

Avevo l'impressione che Kazek non fosse il tipo che si preoccupava per gli altri, eppure era chiaro quanto tenesse a me. Sapevo che era il nostro legame a costringerlo, ma il pensiero mi scaldò lo stesso il cuore. Quell'alfa pericoloso e letale aveva scelto me. Mi aveva reclamata. E, a modo suo, mi rispettava.

Fu soprattutto quella consapevolezza a darmi il coraggio di dirgli: «Rivoglio il mio regno».

KAZEK

Le parole di Winter furono come una pugnalata al cuore. Dopo tutto quello che avevo condiviso con lei, voleva ancora che mi assumessi la responsabilità della sua vecchia casa.

Ogni azione aveva delle conseguenze.

Averla resa la mia compagna implicava riconoscere e accettare il suo passato. Un buon alfa si sarebbe riappropriato del suo trono, rivendicando il suo diritto di nascita. Ma non avevo mai detto di essere buono. Anzi, mi consideravo esattamente l'opposto.

«Sono un lupo solitario» le ricordai. «Non voglio comandare». Era già abbastanza difficile che lei facesse affidamento su di me. Ma un intero regno? No, grazie.

«Mi hai detto di dirti cosa voglio, ed è quello che sto facendo. Voglio che Vanessa paghi per tutto il dolore che ha causato. Voglio proteggere la mia gente. Voglio essere la regina del settore Winter, com'è mio diritto di nascita. E voglio che tu sia il mio re».

Una dichiarazione impegnativa.

«Mi stai chiedendo molto».

Lei annuì. «Lo so. Ma gli alfa sono fatti per sopportare il peso del comando».

«E le omega per prendere i nodi» ribattei, infastidito dalla sua argomentazione. Ne avevamo già discusso.

«Sì. Ed è ciò che ho fatto un'infinità di volte, questa settimana. Ora tocca a te» Il fuoco che le danzava nello sguardo mi eccitava e mi faceva infuriare al tempo stesso.

«Ti ho salvato la vita, omega. Ti ho rivendicata davanti a tutto il mio settore. Non insistere per avere di più. Non adesso».

«Parli come se fosse stata una seccatura. Sappiamo entrambi che ti è piaciuto. Adesso che ti chiedo di fare qualcosa di realmente difficile, ti rifiuti di accontentarmi».

Le mie sopracciglia schizzarono in alto. «Stai cercando di litigare?».

«No. Sto cercando di farti capire che quello che ti sto chiedendo è la cosa giusta da fare. Vanessa non può continuare a sedere sul mio trono. Dobbiamo eliminarla».

«Intendi che *io* devo eliminarla». Lasciai cadere la mano dalla schiena di Winter e mi allontanai da lei. «Di' le cose come stanno. Vuoi che vada là, uccida l'alfa del settore e prenda il suo posto. Non è un'impresa da poco».

«È il tuo dovere».

«Allora fa' il tuo dovere anche tu, spogliati e mettiti a novanta».

«No». Incrociò le braccia e mi fissò con uno sguardo gelido. «È una settimana che faccio la mia parte. Adesso è il tuo turno».

La guardai a bocca aperta. «Mi hai appena respinto?».

«Sì. E continuerò a respingerti finché non farai il tuo dovere».

Oh, stava giocando con il fuoco. Le afferrai il collo e la tirai verso di me. «Mi basta un ringhio, e sarai come creta nelle mie mani».

Non cedette. «Costringimi, e inizierò a odiarti».

«Non avrà importanza, perché il tuo corpo mi

accoglierà con gioia» risposi, infilando la mano libera tra le sue cosce. «Vuoi giocare secondo le regole della società? Bene, allora questa è mia». Infilai due dita nel suo calore e fui sul punto di sorridere quando vidi le sue pupille dilatarsi. «Ti scoperò giorno e notte. Ti costringerò a metterti in ginocchio e succhiarmelo ogni volta che ne avrò voglia. E ti lascerò da sola nel tuo nido mentre il tuo ventre crescerà grazie al mio seme. È questo che vuoi?».

«Se significa che conquisterai il settore Winter, allora sì. È questo che voglio».

Cazzo! «Non hai nessun diritto di dirmi cosa fare o come, omega» inveii. «Posso incatenarti al letto qui, nel settore Norse, e scoparti quando mi pare e piace. E tu non puoi farci niente».

Tutta quell'impertinenza doveva finire. Avevo provato a parlarle. Mi ero aperto sul mio passato come non avevo mai fatto con nessuno. Eppure, continuava a insistere.

«Non. Sei. Tu. A. Comandare». Sottolineai ogni parola con una spinta delle dita. «Sono io a possederti, Winter. Non il contrario».

Non disse nulla, tenendo coraggiosamente lo sguardo fisso nel mio. Ma colsi un leggero tremolio del suo labbro inferiore. L'unico segno della sconfitta che non voleva accettare.

Così dannatamente testarda.

Così regale.

Bella da far male.

Volevo una combattente, e con ogni secondo che passava si stava dimostrando esattamente la donna che desideravo. E quella rigidità nella sua postura me la fece bramare ancora di più.

Avrei potuto minacciarla tutto il giorno di renderla il mio animaletto da compagnia, ma non era davvero quello che volevo. Non da una compagna di vita.

D'altro canto, non potevo permetterle di avere il controllo della situazione, né di tentare di manipolarmi negandomi l'accesso al suo corpo. La sua insolenza non avrebbe mai funzionato con me. Era un atteggiamento infantile e controproducente.

Poteva dirmi di no, assolutamente.

Ma non per il solo scopo di farmi incazzare.

Premetti la bocca sulla sua e lei mi morse il labbro inferiore, strappandomi una smorfia. «Mi stai provocando nel modo sbagliato, dolcezza» la avvertii, facendola indietreggiare verso il muro dell'edificio.

«Rivoglio il mio regno» ripeté. «Se sei troppo spaventato di occupare la posizione che hai rivendicato, allora dammi a un altro alfa che non abbia paura di farlo».

Ringhiai. «Attenta, Winter».

«O cosa? Mi stuprerai?». Scoppiò in una risata priva di allegria. «Fallo. Distruggimi, alfa. Preferirei impazzire, che sapere che i miei sudditi soffrono perché il mio compagno non è abbastanza alfa per governarli».

Mi ci volle uno sforzo notevole per non strozzarla.

Tolsi le dita dal suo calore, decidendo che un orgasmo punitivo non sarebbe stato sufficiente.

La sua mancanza di rispetto meritava un castigo diverso.

Dopo tutto quello che avevo fatto per lei, aveva deciso di prendersela con me proprio in quel momento? Proprio *lì*?

Inaccettabile.

Le afferrai i capelli e le strinsi la gola con l'altra mano, quanto bastava per affermare il mio dominio. «Sei fortunata che nessuno ha sentito il tuo piccolo sfogo, Winter. Perché altrimenti sarei stato costretto a rimetterti al tuo posto pubblicamente. Ti suggerisco di comportarti bene alla festa. Forse, così, la tua punizione sarà meno severa».

«Ti farà sentire più alfa?» replicò, alzando il mento.

«Winter...».

«Ti aiuterà ad alleggerire il peso di sapere che hai deluso me e la mia gente?» mi interruppe. «Sarà questo l'effetto di dominare un'omega che già possiedi?».

Ringhiai. Il mio lupo era furioso per la sua impertinenza. «Se è così che speri di convincermi a fare quello che vuoi, sappi che non sta funzionando».

«Perché ti sto facendo notare le tue debolezze?».

«No. Perché stai mancando di rispetto all'alfa che ti ha salvato la vita. Ho fatto tutto quello che potevo per aiutarti, questa settimana, e ti stai comportando come una ragazzina ingrata». La lasciai andare, livido.

Forse aveva bisogno di un'altra pausa. La separazione forzata imposta da Ludvig chiaramente non era stata sufficiente.

Cazzo, aveva rovinato una serata altrimenti stupenda.

Camminai avanti e indietro, incerto su come procedere.

Non potevo portarla alla festa in quello stato d'animo. Gli alfa se la sarebbero mangiata viva, e si sarebbero aspettati che la tenessi in riga. Una parte di me avrebbe voluto che se ne occupassero loro. Oh, come avrebbe odiato che altri la toccassero. Certo, l'avrei odiato anch'io, ma, a quanto sembrava, la mia autorità non era abbastanza per lei.

Beh, se voleva mettere alla prova il loro coraggio e vedere se uno di loro era più alfa di me, che facesse pure.

Mi voltai e mi allontanai da lei senza dire una parola.

Non mi fidavo di cosa mi sarebbe uscito dalla bocca.

«Kazek» mi chiamò Ludvig, costringendomi a fermarmi dopo solo un paio di metri.

Lentamente, mi girai verso di lui e notai la sua espressione preoccupata. Che avesse sentito le sciocchezze di Winter? Sembrava che se lo stesse chiedendo anche lei. Abbassò gli occhi, sottomettendosi immediatamente alla sua presenza.

Il gesto mi suscitò un ringhio, che riuscii a bloccare appena in tempo.

Come osava sottomettersi a lui e non a me!

«L'omega Winter vuole un altro alfa» informai Ludvig, incapace di celare la mia rabbia. «Qualcuno che *non abbia paura*. Sentiti libero di darla agli altri. Poi vedremo cosa ne pensa del suo destino».

Winter sussultò, ma la ignorai. Mi voltai di nuovo, ma fui trattenuto dal ringhio di Ludvig.

Girai solo la testa, inarcando un sopracciglio. «Cosa c'è?».

«Non sono venuto qui fuori per occuparmi dei vostri battibecchi. Vanessa ci ha appena mandato un filmato che dovete vedere entrambi. Ti suggerisco di mettere in riga la tua omega e unirti a noi». Girò sui tacchi e tornò dentro senza aggiungere altro.

Un filmato? Fantastico. Proprio quello di cui avevo bisogno.

«K... Kazek» balbettò Winter. Aveva lo sguardo ancora fisso a terra. «Non... non voglio un altro alfa».

Sbuffai. «Ora come ora non mi interessa cosa vuoi, omega».

Quando le passai accanto, allungò la mano verso di me. La schivai; non mi interessavano né il suo tocco, né le sue parole.

«Seguimi, o fa' a meno» dissi, incamminandomi dietro a Ludvig. Se si fosse comportata male di fronte agli altri, me ne sarei occupato in modo adeguato. Le conveniva collaborare. Per il suo bene.

Entrando nel salone, le mie narici furono assalite dal profumo di dolci. Lo spazio enorme era disseminato di tavoli coperti di vini e torte. Nel settore Norse amavamo preparare dessert di ogni genere, e il cioccolato era una delle nostre specialità. Ludvig ne importava di tutti i tipi, da ogni angolo del mondo.

Di solito, mi piaceva assaggiare tutto quello che c'era.

Ma quella notte no.

Volevo soltanto ascoltare il messaggio di Vanessa e andarmene.

Winter si fermò dietro di me e mi sfiorò la schiena con la mano. Non mi spostai immediatamente, e lei lo prese come un invito ad avvicinarsi. Una parte di me voleva ringhiarle contro e dirle di allontanarsi, ma il crescente interesse intorno a noi mi trattenne dal farlo.

Merda. Non avevo idea di come comportarmi con lei. Il pensiero che altri alfa potessero avvicinarsi a Winter faceva infuriare il mio lupo, ma quella piccola ingrata aveva insultato il mio orgoglio. Capivo quale fosse il suo obiettivo, ma non tolleravo come stesse cercando di raggiungerlo.

Aveva insinuato che fossi debole solo perché non volevo comandare.

Aveva dichiarato di voler un lupo più degno, uno che non avesse paura.

Aveva svilito il nostro legame, dicendo che era venuta a letto con me per dovere e che ora avrei dovuto ricambiare il favore.

Il solo ripensare alle sue parole mi fece infuriare. Non riuscivo neanche a concentrarmi su quello che mi circondava. Non mi accorsi di Ludvig, che si era avvicinato con un'espressione severa, e non seppi come rispondere a qualsiasi cosa avesse appena detto. Qualcosa a proposito del video.

«Fallo partire» dissi. Volevo farla finita il prima possibile.

Le unghie di Winter si conficcarono nella mia camicia, facendomi trasalire. Mi allontanai da lei di un passo, e Ludvig si accigliò. «Non mi sembra che tu stia gestendo al meglio la situazione» mormorò a denti stretti.

Mi limitai a guardarlo e ripetere: «Fallo partire».

Alzò le spalle. «Come vuoi».

Al diavolo. Avrei accolto con piacere qualsiasi sfida il video mi offrisse.

Quando Ludvig si decise finalmente a riprodurlo, la sala piombò nel silenzio. Si trattava di un filmato destinato a tutti i settori di lupi X-Clan. Pertanto, la Regina degli Specchi voleva che tutti ascoltassero il suo messaggio. Non avevo dubbi che riguardasse Winter.

L'elettricità statica mi sfrigolò sulla pelle, mentre i lineamenti di porcellana di Vanessa apparivano in diversi punti del salone, su schermi ancorati al muro o proiettati da vari dispositivi, come ad esempio i nostri orologi. Avevo lasciato il mio nella casetta nel bosco, quindi guardai lo schermo che aleggiava sul polso di Ludvig.

Vanessa era in ghingheri per l'occasione, le sue labbra erano perfettamente tinte di rosso. La maggior parte della gente l'avrebbe considerata una splendida donna, ma io colsi la malvagia vedova nera che si annidava nei suoi occhi scuri. Non mi era mai piaciuta, e sapevo che Ludvig la pensava allo stesso modo.

«Popolo X-Clan, mi rivolgo a voi con un'importante notizia proveniente dal settore Winter. L'unica erede della famiglia Frost è scomparsa». Fece una pausa per ottenere un effetto drammatico, dipingendosi sul viso un'espressione commossa. Alzai gli occhi al cielo.

Winter afflosciò le spalle, distraendomi per un attimo con la sua posa sconfitta. Rifiutai di cedere all'impulso di consolarla e mi allontanai da lei, non volendo schierarmi con la femmina che aveva apertamente mancato di rispetto alla mia rivendicazione.

Il mio gesto sembrò ferirla ancora di più, il suo labbro inferiore prese a tremare.

La ignorai e mi concentrai sullo schermo, dove Vanessa simulò un sospiro.

«Ho passato gli ultimi sette giorni a cercare di localizzarla e sono giunta a due possibili conclusioni. O qualcuno l'ha rapita la notte dei festeggiamenti per il fidanzamento, organizzati benevolmente dai grandi beta del settore Winter, oppure…». Un altro sospiro, e nel mentre i suoi lineamenti divennero di ghiaccio. «Oppure Snow Frost ha deliberatamente abbandonato il nostro amato settore».

Winter smise di respirare.

Gli occhi di tutti furono su di lei, e attesi con loro di vedere la sua reazione.

Due chiazze rosse le ornarono le guance, ma non fece nient'altro che inspirare bruscamente quando Vanessa ricominciò a parlare.

«Lo scopo di questo annuncio è far sapere a tutti che il settore Winter condurrà una ricerca su scala internazionale per trovare la nostra principessa. Se dovessimo scoprire che è stata rapita contro la sua volontà, sarà fatta giustizia. Se invece dovessimo scoprire che ci ha abbandonati, il settore Winter deciderà il suo destino. E chiunque risulti averla aiutata sarà punito secondo le leggi del settore Winter. Se sapete qualcosa, fatevi avanti ora. Altrimenti, i miei uomini si metteranno in contatto con voi. Fine della trasmissione».

Silenzio.

Scambiai un'occhiata con Ludwig, per poi guardare di nuovo Winter.

Voleva essere padrona del suo destino. Eccola servita.

Avevo passato la maggior parte della settimana ad aiutarla. Per quanto mi riguardava, era giunto il momento che si aiutasse da sola.

Forse pensarla così mi rendeva uno stronzo.

Ma preferivo considerarla la punizione perfetta.

Incrociai le braccia e aspettai che dicesse qualcosa.

Si schiarì la voce e ci provò una volta. Poi una seconda. Ma non sembrava in grado di parlare.

«Cosa diavolo c'è che non va in te?» sibilò Alana a denti stretti. Ebbi l'impressione che fosse comparsa dal nulla. «È la tua compagna, Kazek».

Winter ci lanciò un'occhiata. Era abbastanza vicina da aver udito le parole dell'alfa. Un fremito delle sue narici mi rivelò che non apprezzava che Alana fosse accanto a me. Probabilmente perché avevo respinto i tentativi di Winter di toccarmi, ma avevo permesso all'alfa di sussurrarmi all'orecchio, e di sfiorarmi la spalla mentre lo faceva.

Ludvig si schiarì la voce e inarcò un sopracciglio nella mia direzione. «Alfa Kazek?».

Un muscolo si contrasse nella mia mascella.

Ottimo. A quanto pareva, tutti volevano costringermi a fare qualcosa.

Avevo una mezza idea di andarmene senza voltarmi indietro. Non avevo la più che minima voglia di rivolgermi al settore con qualche discorso accorato. Non era da me. Ma se avessi lasciato Winter da sola, avrebbero sicuramente votato per rispedirla a casa. Senza il rispetto e il supporto del suo compagno proveniente dal settore Norse, cioè io, sarebbe stata trattata come un'estranea.

Per quanto fossi arrabbiato con lei, non potevo condannarla a un simile destino.

Così mi schiarii la voce a mia volta e raccontai la storia di come Snow Frost divenne Winter. Ci furono dei borbottii di disapprovazione quando parlai dei soppressori, e qualche ringhio quando illustrai il complotto per ucciderla. Alla fine, però, erano tutti zitti. E la loro rabbia era palpabile.

Attesi il loro giudizio evitando di guardare Winter.

Lei era rimasta in silenzio, ponendo il suo destino nelle mie mani. Almeno si fidava abbastanza da lasciare che parlassi a suo nome.

«Ci sono domande o proposte?» chiese Ludvig, infrangendo l'immobilità del salone.

Altro silenzio. Ne rimasi scioccato. Nessuno voleva consegnarci a Vanessa? Quella decisione incriminava ogni singolo membro del settore Norse, dato che, tecnicamente, stavano tenendo nascosta la presenza di Winter alla Regina degli Specchi.

«Abbiamo riconosciuto Winter come parte del branco» disse una voce maschile dal fondo della stanza. *Joel*. «Questo la rende nostra. Io faccio rapporto a te come alfa, Ludvig. Non all'alfa del settore Winter».

Seguirono diversi mormorii di assenso.

«La Regina degli Specchi dovrebbe pagare per aver minacciato la vita di un'omega. Per non parlare del fatto che Winter proviene da una famiglia prestigiosa». Alana. In qualità di femmina alfa, nel corso degli anni aveva criticato spesso Vanessa. Soprattutto per la sua propensione a tenere per sé tutti gli omega maschi.

L'approvazione si irradiava dalla folla, e alcune voci si levarono al di sopra delle altre, facendo tutte eco alle dichiarazioni di Joel e Alana.

Alcuni invocarono addirittura la guerra.

Alla fine, Ludvig alzò una mano per zittire la sala. La sua espressione era illeggibile. Ma Mila era accanto a lui, raggiante di orgoglio. Aveva sempre appoggiato il suo alfa; quei due erano una squadra formidabile.

Era quello che desideravo anche per me e Winter, ma

lei era a qualche metro di distanza da me, più sola che mai. E io non potevo andare da lei, ancora furioso per quello che era successo.

«La decisione di cosa fare col settore Winter spetta all'alfa Kazek, com'è suo diritto in quanto compagno di Winter».

Mi voltai verso di lei per vedere la sua reazione. Niente. Aveva ancora lo sguardo rivolto a terra, con un atteggiamento sconfitto che mi spezzava il cuore. Quel genere di sottomissione non era ciò che volevo da lei. Doveva esserci una via di mezzo in cui si faceva valere senza mancarmi di rispetto. Ma non avevo idea di come aiutarla a trovarla.

«Eccellente» riprese Ludvig, dopo che i presenti gli ebbero rivolto una serie di cenni d'assenso. «Sono lieto di vedere che siamo tutti d'accordo sul fatto che l'alfa Kazek abbia il diritto di decidere come procedere, anche riguardo la permanenza di Winter nel settore Norse. Soprattutto perché Vanessa mi ha appena informato che domani l'alfa Enrique ci farà visita per parlare di Snow Frost».

Girai la testa di scatto e lo guardai negli occhi. «Cosa?».

«Già, sembra anche che voglia discutere della proprietà dell'omega Kari» aggiunse Ludvig.

«Dovrà passare sul mio cadavere» sbottò Mick, facendo sussultare più di qualcuno. Era vestito con un completo elegante e si era tenuto ai margini della folla. Ed era solo.

Aggrottai la fronte. *Pensavo dovesse presentare Kari al resto del branco.*

«Dal momento che l'omega Kari non vuole unirsi al settore Norse, l'alfa Enrique ha tutto il diritto di negoziare il suo rilascio» disse Ludvig in tono freddo e autoritario. «Non è mia abitudine costringere qualcuno a restare nel mio territorio quando desidera chiaramente di andarsene».

Mick imprecò. La sua rabbia era palpabile, ma fu abbastanza intelligente da non dire nulla. Non aveva nessun diritto sull'omega, che tra l'altro non poteva nemmeno accoppiarsi con lui. La sterilizzazione le aveva alterato l'estro, rendendo impossibile un morso di rivendicazione.

«Come vuoi procedere?» mi domandò Ludvig. «Dovrai partecipare alla riunione, e ucciderlo sarebbe malvisto sia dal settore Bariloche che dal settore Winter».

Grugnii. Come se me ne fosse importato qualcosa degli altri settori. A importarmi, però, era il modo in cui Winter aveva iniziato a tremare all'annuncio dell'arrivo di Enrique. Pensava che volessi consegnargliela? Non sarebbe mai accaduto. Mai.

«Quando sarà qui?» chiesi.

«Tra quindici ore».

Considerando che la mezzanotte era passata da un bel po', significava che voleva incontrarci per cena. «Ti darò una risposta su come voglio gestire la situazione entro mezzogiorno».

Ludvig fece un cenno di assenso, accettando la mia necessità di rifletterci sopra. «Va bene».

Guardai Winter. «Andiamo». Non ero dell'umore giusto per restare a socializzare. Avrebbe potuto conoscere il resto del branco in un altro momento.

Non aspettai che rispondesse.

Me ne andai e basta.

Stava a lei decidere se seguirmi o meno.

WINTER

Quando Kazek se ne andò, il sangue mi si gelò nelle vene. Camminava a ritmo spedito, ignorando la mia presenza.

Non sapevo cosa dire o da dove iniziare.

Gli dovevo delle scuse per aver insistito, ma non ero sicura di come formularle, perché ero comunque fermamente convinta delle mie parole. Tranne, forse, la parte sul volere un altro compagno. In quel caso avevo esagerato.

"Sentiti libero di darla agli altri. Poi vedremo cosa ne pensa del suo destino".

Le parole di Kazek, quelle che aveva rivolto a Ludvig fuori dall'edificio, mi riecheggiarono nella mente, raggelandomi. Non poteva aver detto sul serio, giusto?

Deglutii. *Forse sì.*

Avevo affrontato il problema in modo sbagliato, parlando senza riflettere. La sua riluttanza mi aveva fatta esplodere.

Kazek era un alfa col potenziale di essere un ottimo leader. Ne avevo avuto conferma anche quella sera, nel modo in cui aveva gestito la folla. Eppure, sembrava completamente ignaro del suo potere. Sospettavo che le sue origini umane c'entrassero qualcosa. La nostra società lo aveva costretto a lavorare ancora più duramente per essere rispettato, ma aveva il supporto e la stima del branco. Era palese. Non riuscivo a capire come facesse a non rendersene conto.

Volevo spronarlo, fargli capire l'importanza del suo ruolo nella mia vita. Ma avevo sbagliato tutto.

Certo, era stato lui a chiedermi cosa volessi. Non era colpa mia se la mia risposta non gli era piaciuta.

Quando raggiungemmo la porta del suo rifugio nel bosco, aveva ancora le spalle rigide. Oh, come desideravo allungare la mano e accarezzargli la schiena, aiutarlo a rilassarsi. Ma aveva rifiutato la mia vicinanza e il mio tocco. Quello mi aveva fatto più male di quanto riuscissi ad ammettere. Invece di stare al mio fianco, era rimasto accanto a un'altra donna, la sua ex amante. E invece di arrabbiarmi, mi ero sentita respinta. Il che era ancora peggio.

Dopo quello che gli avevo detto, probabilmente me lo meritavo. Ma ciò non rendeva la mia opinione meno legittima.

Kazek era un alfa. Quelli come lui erano destinati a comandare. E io avevo bisogno che se ne rendesse conto.

Sparì in bagno, lasciando la porta aperta. Mi appoggiai alla parete della camera da letto col cuore in gola. «Mi...».

«No» disse dalla cabina armadio al di là del bagno.

"No" cosa?, mi domandai. *Non scusarti? Non parlare?*

Tornò con un paio di pantaloncini e una maglietta bianca. Invece di darmeli, li lanciò verso il nido. «Va' a letto. Io vado a correre».

«Cosa?» feci per seguirlo, innervosita dalla freddezza del suo tono e dai suoi gesti altrettanto privi di calore. «Kazek...».

«Alfa» mi corresse bruscamente. «Stanotte non sono

dell'umore per scoparti, omega. Va' a dormire nel tuo nido. Tornerò quando avrò voglia di darti il mio nodo».

Lo guardai a bocca aperta. La sua furia era stata come una frustata. L'uomo che poche ore prima mi aveva tenuta tra le braccia, raccontandomi del suo passato, era svanito sotto quella maschera di rabbia. Non sapevo cosa dire. Delle scuse affiorarono sulle mie labbra e morirono un attimo più tardi, quando si strappò di dosso la camicia e scalciò via le scarpe.

I suoi muscoli danzavano davanti ai miei occhi, il suo braccio tatuato rifletteva nella luce dei disegni che mi attiravano verso la forza che si annidava sotto la sua pelle. Volevo leccarlo. Reclamarlo. Marchiarlo come mio e far sparire quella nube di negatività che incombeva su di noi. Ma lui non mi guardava nemmeno.

Ignorata. Era così che mi faceva sentire il suo linguaggio del corpo. Mi aveva respinta.

Dovevo dire qualcosa. Fare qualcosa. Scusarmi. Implorare. Non sapevo bene quale delle due, ma non potevo lasciare che si allontanasse da me in quello stato. Nonostante fosse arrabbiato con me, mi aveva difesa. Alla fine, se non altro. Aveva anche considerato la possibilità di restare in silenzio; avevo percepito la sua esitazione. Ma poi mi aveva sostenuta, proprio come avrebbe dovuto fare un compagno. Gli dovevo la mia gratitudine. E una spiegazione.

«Kazek, ti pre...».

Ringhiò. Il suono mi fece indietreggiare di qualche passo. «Stasera ho fatto il mio dovere di alfa» disse. «Ora fa' il tuo dovere di omega e obbedisci ai miei ordini, cazzo. E non chiamarmi per nome, non è un tuo diritto».

Lo fissai a bocca aperta, lui mi guardò con odio.

«Sei tu che hai voluto giocare secondo le regole della società, omega. Va' a dormire. Ci vediamo quando avrò voglia di scopare». Si sbatté la porta della camera da letto alle spalle, mettendo fine alla conversazione.

Un brivido mi corse lungo la schiena.

È solo arrabbiato, dissi a me stessa. *Hai insistito troppo.*

Non avrei dovuto dire niente.

Kazek era un alfa. Decidevano con i loro tempi. Il controllo era importante per quelli come lui. Avevo insultato il suo orgoglio insinuando che non fosse abbastanza alfa per comandare. E non avrei mai dovuto suggerirgli di lasciare che un altro maschio mi prendesse.

Ma mi aveva fatta infuriare con la sua testardaggine. Come faceva a non vedere il destino che gli si parava davanti?

Pur riconoscendo che mi aveva reclamata solo per salvarmi la vita, pensavo che avesse capito le ripercussioni di quella decisione. Il mio diritto di nascita complicava le cose. Non ero un'omega qualsiasi, ma l'erede al trono del settore Winter.

E se non volesse più tornare indietro?, mi domandai. *E se esigesse che restassimo qui?*

Un altro brivido mi scosse le membra, seguito da un assalto di immagini del mio regno che soffriva sotto il dominio di Vanessa.

Restare nel settore Norse non era un'opzione.

Dovevo solo convincere Kazek a fare la cosa giusta. Ed ero convinta che la cosa giusta fosse che lui si impadronisse del trono. Ma forse... forse avevo bisogno che mi lasciasse andare.

La mia lupa si oppose, non volendo nemmeno prendere in considerazione un'idea del genere. Ma essere una leader richiedeva dei sacrifici. Se salvare la mia gente comportava vivere nel dolore di un legame lacerato, l'avrei fatto.

Vanessa non poteva rimanere al comando.

Qualcuno doveva eliminarla.

E se Kazek non voleva occuparsene, allora non avevo altra scelta che farlo io stessa. In qualche modo.

Lasciai cadere il vestito a terra e mi infilai nel nido, avvolgendomi nelle coperte che sapevano di Kazek. Ma il suo odore non bastò a consolarmi. Avevo il cuore spezzato.

Speravo che al mattino il mio compagno sarebbe tornato.

In caso contrario, avrei iniziato a elaborare un piano.

Dovevo.

Non avevo altra scelta.

KAZEK

CERCAI DI CORRERE, ma non riuscii ad allontanarmi più di un centinaio di metri. Lasciare Winter priva di protezione andava contro la natura del mio lupo, la cui testardaggine prevalse sulla mia furia.

Così mi sdraiai sotto un albero e dormii con un occhio aperto per tutta la notte.

Quando spuntò il sole, mi resi conto che non ero ancora in grado di affrontarla. Non mi fidavo di come avrei reagito dopo gli insulti che mi aveva rivolto la sera prima. Avevo ucciso per molto meno.

A ferirmi era stata soprattutto la sua minaccia di trovare un maschio più degno di me. Il resto potevo sopportarlo. Voleva indietro il suo regno e aveva bisogno di un alfa che governasse al suo fianco; quello lo capivo. Ma il modo in cui aveva posto la questione... Invece di motivarmi, mi aveva fatto incazzare. E non ero pronto a continuare a discutere. Non con l'arrivo imminente di Enrique.

Mi alzai con un sospiro e mi stiracchiai le zampe anteriori, poi quelle posteriori, e infine mi scrollai la neve dalla pelliccia.

Dato che parlarle era fuori questione, almeno per il momento, c'era solo una cosa da fare.

Trotterellai fino al portico e tornai in forma umana, poi digitai un codice sul pannello accanto alla porta della mia tana, chiudendola in modo da non poter essere aperta dall'interno.

Winter si sarebbe arrabbiata, ma almeno sarebbe stata al sicuro.

Mi trasformai di nuovo in lupo e corsi verso il mio appartamento. Lì, mi feci una doccia e indossai qualcosa di adatto all'incontro con Ludvig, una camicia e un paio di pantaloni neri. Quando arrivai da lui, non avevo ancora un piano. Me lo lesse in faccia, nell'istante in cui attraversai la soglia.

«So che per te è tutta una novità, quindi ti darò un consiglio che ti suggerisco di non ignorare» disse a mo' di saluto, mentre mi sedevo di fronte a lui. «Lasciare che un litigio tra te e la tua compagna si inasprisca, non fa che peggiorare la situazione. Non importa cos'altro stia succedendo nel mondo; lei dovrebbe essere sempre la tua priorità».

«Lei *è* la mia priorità» ribattei, appoggiando la caviglia destra sul ginocchio opposto. «Sono qui per parlare di come comportarmi all'incontro con Enrique, un incontro di fondamentale importanza per la sicurezza di Winter».

Ludvig sospirò. «Sai benissimo che non è quello che intendevo».

Lo fissai.

Lui fece lo stesso.

«Starà bene».

«Sicuro?» replicò. «Ieri sera sembrava a pezzi, quando eri accanto alla tua ex amante invece che a lei». Inarcò un sopracciglio. «Doveva essere una punizione? In quel caso, direi che ha funzionato. Winter si è comportata in modo ammirevole».

«È stata Alana ad avvicinarsi a me».

«E tu hai scelto di rimanere lì, invece di supportare la tua compagna. Perfino Alana si è accorta del tuo errore».

Sbuffai, ricordandomi di come l'alfa mi avesse spinto a parlare a nome della mia compagna. «Winter ha messo in discussione la mia opinione sul governare e mi ha detto di trovarle un altro compagno. Uno che non avesse paura di essere un alfa». Non erano esattamente le sue parole, ma il senso era quello. «Perdonami se il suo approccio mi ha fatto incazzare».

«Forse erano le parole che avevi bisogno di sentire» suggerì Ludvig. «Ha abbracciato il suo lato omega senza opporsi più di tanto, nonostante per anni si sia creduta una beta. Tu, d'altro canto, sei troppo testardo per realizzare il tuo potenziale. Ha tutto il diritto di spingerti a migliorare».

«Non in quel modo».

Ludvig annuì, seppur brevemente. «Può darsi, ma discuterne sarebbe un'ottima opportunità di crescita per entrambi. Un'opportunità che le hai negato, dormendo fuori invece che con lei».

Inarcai un sopracciglio. «Adesso mi stai spiando?».

«No. Non ne ho bisogno. Sei entrato qui con l'espressione di un uomo che non dorme bene da giorni. Questo significa che ieri notte non hai assecondato il tuo istinto e non hai condiviso il letto con la tua omega. E so anche che non la lasceresti mai priva di protezione. Probabilmente, in questo momento, è chiusa a chiave nella tua casa nel bosco».

Serrai la mascella. Odiavo che mi conoscesse così bene.

«Già, come pensavo». Mi osservò per un lungo momento, e capii che stava valutando come procedere. «Okay, non ho intenzione di dirti come gestire la tua donna o l'opportunità che hai davanti. Sappiamo entrambi che tanto non mi ascolteresti, perché sei troppo testardo».

Soffocai una risposta, invitandolo invece a continuare. Sapevo per esperienza che non aveva ancora finito.

«Tuttavia...».

Ecco, ci siamo, pensai. *È ora della lezione dell'alfa Ludvig.*

«Ti consiglio di riflettere sugli eventi della scorsa settimana e su ciò che significano davvero. Spesso pensi che gli altri mutaforma ti giudichino per le tue origini umane. Ma hai mai pensato che forse, in realtà, sei tu a farlo? Il settore Norse ti rispetta molto più di quanto credi. È ora che impari a rispettarti anche tu. Forse così riconoscerai il tuo vero potenziale. E, di conseguenza, avrai un debito di gratitudine verso la tua piccola omega».

«Ha insinuato che ho paura».

«Perché ti stai comportando come se l'avessi» ribatté. «E non azzardarti a negarlo. L'idea di governare il settore Winter ti terrorizza. Tutta quella responsabilità nei confronti di qualcuno che non sia tu, è una prospettiva spaventosa. Ma tu hai le conoscenze e l'esperienza per riuscire nell'impresa. La vera domanda è: permetterai a te stesso di provarci, o sprecherai tutto il tuo potenziale trincerandoti dietro un muro di egoismo?».

«Stai cercando di farmi incazzare?» chiesi. Stavo stringendo i braccioli della sedia con una forza tale che le mie nocche erano diventate bianche.

«Sei venuto qui già incazzato, Kazek» rispose. «Ti sto solo dicendo quello che hai bisogno di sentire. Che, tra l'altro, penso sia quello che stava cercando di fare la tua omega. Ti ha insultato? Probabile. Ma è stato un buon motivo per allontanarla in un momento in cui aveva bisogno della tua protezione e della tua fiducia? Se pensi che il branco non se ne sia accorto, ti sbagli di grosso».

Sapevo che se ne erano accorti. Solo che non me ne importava, perché non erano affari loro. O almeno, era ciò che avevo pensato in quel momento. Guardando alle mie azioni della sera prima dal punto di vista di Ludvig, dovetti ammettere di essermi sbagliato.

Winter sembrava così piccola, con le spalle ingobbite e il labbro inferiore che tremava. Aveva cercato in tutti i modi di comportarsi bene, mentre io mi ero tenuto in disparte con un'indifferenza che doveva averle spezzato il cuore.

E tutto perché aveva ferito il mio orgoglio. Non aveva smesso di insistere e spronarmi. Non ero abituato a essere trattato così, tantomeno da una donna.

In passato, quando qualcuno metteva in dubbio il mio status o le mie decisioni, usavo la forza e gli dimostravo che si era sbagliato. Alcuni erano stati addirittura puniti con la morte.

Ma non potevo reagire in quel modo con Winter.

Soprattutto perché aveva ragione.

«Il settore Winter merita qualcuno di meglio» dissi, rendendomi conto con una smorfia di quanto la mia obiezione suonasse patetica.

«Sono d'accordo» disse Ludvig, lasciandomi di sasso.

«Vaffanculo».

Sorrise. «Pensi che quando ho preso il controllo del settore Norse, io fossi il leader perfetto? Di sicuro non volevo questa posizione, ma tu mi ci hai costretto, uccidendo l'alfa precedente».

«L'avresti ucciso comunque».

«Sì, ma alle mie condizioni. Solo che un idiota arrogante mi ha forzato la mano». Mi fulminò con lo sguardo.

«E quindi? Questa è la mia punizione per aver accettato un incarico più di un secolo fa?».

«No. È il mio modo di farti capire che spesso le cose non vanno come vogliamo, ma dobbiamo affrontare quello che ci riserva il destino e dimostrare a tutti gli stronzi che dubitano di noi quanto si sbagliano. Dimostrami che mi sbaglio e prendi le redini del settore Winter. Sii il leader che meritano».

«E se non volessi?» chiesi, consapevole di suonare come un bambino capriccioso. Winter avrebbe avuto molto da dire al riguardo.

«Allora ti rinfaccerò in eterno di non aver avuto le palle di portare a termine qualcosa che tu stesso hai iniziato. Hai morso Snow Frost. L'hai reclamata. È ora che affronti le conseguenze delle tue azioni e la smetta di lamentarti».

Ecco il Ludvig che tutti amavamo odiare. «Sei un pessimo mentore» lo informai.

Grugnì. «Non ho mai voluto essere un mentore».

«Eppure eccoti qui» gli feci notare, indicandolo con un gesto della mano.

«Perché ho fatto il mio dovere di alfa» replicò. «Adesso fa' il tuo e dimmi cosa diavolo dovremmo fare con Enrique».

«Io voto di ucciderlo» dissi in tono disinvolto. L'irritazione nello sguardo di Ludvig mi disse che non apprezzava il mio suggerimento. Dovevo aver toccato un nervo scoperto, quando non ero stato a fianco di Winter. Che, a pensarci bene, era stato un errore madornale. Okay, le dovevo delle scuse.

Avere una compagna era fottutamente stancante.

«Smettila di commiserarti e sii l'alfa che potresti essere» sbottò Ludvig.

«Sei fortunato che mi piaci» borbottai. Il mio lupo scalpitava, voleva che pagasse col sangue per quel commento.

«Ti sottometteresti» rispose Ludvig. «A fatica. Ma ti sottometteresti».

Riflettei sull'esito di un combattimento tra me e lui,

calcolando ogni sua possibile mossa. Scossi lentamente la testa. «No. Non penso che lo farei».

Mi fissò, e io ressi il suo sguardo senza battere ciglio. La tensione tra noi era palpabile.

«Ecco perché hai bisogno di un settore tutto tuo» disse dopo un lungo e intenso momento. «Dieci anni fa, avresti ceduto».

«Forse» ammisi. Solo perché non vedevo alcun motivo per sfidarlo. Anche se, a dirla tutta, avevo voglia di tirargli un pugno in faccia.

«L'avresti fatto» ripeté con sicurezza. «Non perché avevi paura di me. Non perché avresti perso. Ma perché ti piaceva stare qui. È sempre stata quella la nostra dinamica: eri il mio secondo per lealtà e perché non avevi niente di meglio da fare. Quando hai morso Snow Frost, le cose sono cambiate».

«Ti sono ancora leale» affermai.

«Lo so, ma non è questo il punto, no?». Il suo tono mi sfidò a ribattere, ma non ci riuscii. Non potevo.

Aveva ragione.

C'era qualcosa, una nuova responsabilità, che distoglieva la mia attenzione dal settore Norse.

Non c'era altro da dire sul mio futuro. Sapevamo entrambi cosa dovevo fare. Spettava a me accettare il mio destino, non a lui. Non aveva senso rimuginarci sopra.

Sollevai la caviglia dal ginocchio e mi sporsi in avanti, appoggiando gli avambracci sulle cosce. «L'alfa Enrique ha cospirato con la Regina degli Specchi per uccidere Snow Frost. È un crimine punibile secondo le leggi del settore Winter, ma non quelle del settore Norse. A meno che non sapesse che era un'omega».

Ludvig si rilassò visibilmente per il mio cambio di argomento. Sembrava felice che finalmente fossi arrivato al dunque. «Pensi che lo sapesse?».

Scossi la testa. «No».

Era impossibile che lo sapesse. Nessun maschio alfa sano di mente si sarebbe lasciato sfuggire l'opportunità di accoppiarsi con un'omega erede al trono di un settore. Ed era anche contro natura fare del male a una creatura così preziosa.

Le omega erano venerate dai lupi X-Clan. Ucciderne una era inaccettabile in qualsiasi circostanza.

«Immagino che sarà furioso, quando verrà a sapere che Vanessa ha cercato di usarlo per commettere un crimine di portata internazionale» aggiunsi. «Dovremmo offrirgli la possibilità di reagire. È così che scopriremo la verità».

«Vuoi presentargli la tua compagna».

«Sì, ma dopo che si sarà sistemato». Volevo osservarlo e testare la sua aggressività. Mi avrebbe aiutato a determinare la probabilità di una sfida. Non ero ben riposato, e dovevo esserlo per affrontare un alfa come Enrique. In più, prima volevo avere anche l'opportunità di sistemare le cose con Winter.

«Va bene» rispose Ludvig. «Gli farò preparare uno degli alloggi per gli ospiti. Lo tratterremo qui per la notte con la scusa di discutere di Kari».

Le mie labbra si arricciarono di lato. «A Mick non piacerà».

«Ne sono consapevole. Ma è un problema che deve risolvere lui. Preparerò la scena, e lui potrà esibirsi come meglio crede».

Un'altra lezione. «Per un alfa che diceva di non voler comandare, sei bravo a creare delle situazioni da cui i tuoi alfa possano imparare qualcosa» osservai.

«Questo mi fa riflettere sul tipo di alfa di settore che sarai» rispose. «C'è altro sul tuo piano?».

«Dovremmo intrattenerlo, a cena. Distrarlo in qualche modo. Mi aiuterà a capire di che umore è». Considerando che la sua promessa sposa era fuggita, probabilmente era furioso. Ma volevo testare i limiti di quella furia. «Anche Kari dovrebbe partecipare. Forse vedere l'uomo che voleva usarla come schiava aiuterà la causa di Mick».

Ludvig sorrise. «Visto? Un piano da manuale. Sarai un ottimo leader».

Mi accigliai. «Non ho ancora accettato la posizione».

Mi guardò e mi accorsi che gli brillavano gli occhi. «Al contrario, Kazek. Hai accettato una settimana fa. Ora ti stai solo mettendo in pari con tutte le formalità».

Non mi preoccupai di rispondere.

E lui non aspettò che lo facessi.

Aprì invece un cassetto, da cui prese una busta. Me la passò, facendola scivolare sul legno scuro della scrivania. «L'ho trovata nella suite di detenzione al piano di sopra. Penso sia caduta a Winter quando si è trasformata in lupo».

Sbirciai all'interno e colsi un bagliore argenteo. «La sua collana».

«Apparteneva a sua madre» rispose Ludvig. La sua espressione mutò abbastanza da avvertirmi che c'era una storia dietro il suo commento. «Presumo la rivoglia».

«Sì. Voleva a tutti i costi che tu la vedessi». Aggrottai la fronte. «Hai idea del perché?».

Fissò la scrivania e annuì. «Sì». I suoi occhi si alzarono lentamente verso i miei. Nel suo sguardo imperversava una tempesta di emozioni. «Ho regalato quella collana a Sofie per il suo sedicesimo compleanno. Ma dubito che Winter lo sappia. Quindi chiunque le abbia detto di indossarla, sapeva chi l'aveva data a Sofie».

«Hai regalato una collana a Sofie?» domandai, scioccato. «Come l'ha presa Mila?».

Deglutì. Nei suoi occhi turchesi scorsi ombre del passato. «È stata Mila a scegliere il medaglione» disse piano. Le sue labbra si incurvarono in un sorriso triste. «A dire il vero, l'intera faccenda è stata una sua idea».

«Cosa non mi stai dicendo?» chiesi, sentendomi come se mi mancasse qualche pezzo del puzzle.

E lo sguardo che mi rivolse lo confermò. «Perché pensi che abbia mandato te nel settore Winter, Kazek? L'invito era per me e Mila, ma ero preoccupato di come avrei reagito nel vedere Vanessa».

«Hai mandato me e Mick a controllare che non accadesse nulla di illecito durante i festeggiamenti».

Annuì. «Già. Perché non mi fido della Regina degli Specchi».

«Pensi che abbia ucciso Sofie ed Einar Frost» conclusi.

«Sì» confermò lui.

«E temevi che l'avresti punita».

Annuì ancora una volta.

«Perché?» chiesi. «Gli alfa si fanno continuamente la guerra per il potere. Certo, Vanessa ha agito da vigliacca, ma perché vorresti punire lei e non tutti gli altri?».

«Perché gli altri non hanno ucciso mia sorella» rispose in tono gelido. «Quindi chiunque abbia dato quella collana a Winter conosce il mio legame con Sofie. È l'unica ragione che avrebbe spinto questa persona a metterla su uno dei nostri aerei e mandarla qui».

«Sofie Frost era tua sorella?». Non riuscii a nascondere lo shock. «Come diavolo è possibile che non lo sapessi?».

Mi rivolse un altro sorriso triste. «Tutti abbiamo i nostri segreti, Kazek. Questo è uno dei miei. Dimostrami di esserne degno, e forse un giorno ti racconterò tutta la storia. Per adesso, scopri chi le ha dato la collana. Quella persona, chiunque sia, è chiaramente nostra alleata».

WINTER

Ma. Che. Cazzo?!

Tutte le porte e le finestre erano bloccate. Le avevo provate tutte più volte, ma niente. Era stato lo scatto dei chiavistelli a svegliarmi da un sonno agitato, ma non avevo capito cosa fosse quel suono finché non fu troppo tardi. E ora ero intrappolata in quella dannata casa che sapeva di sesso.

Emisi un ringhio basso e deciso.

Non poteva tenermi lì. Non con l'arrivo imminente di Enrique. Il settore Winter era la mia casa. Il messaggio che Vanessa aveva inviato al popolo mi riguardava. Non avevo accettato di essere tenuta nascosta come un orribile segreto. Forse Kazek pensava di proteggermi, ma a me sembrava una punizione.

"Sei tu che hai voluto giocare secondo le regole della società, omega. Va' a dormire. Ci vediamo quando avrò voglia di scopare".

Rabbrividii al ricordo delle sue parole, consapevole che le pensava davvero.

Significava che aveva deciso di aiutare il settore Winter? O che mi avrebbe tenuta qui in segreto, mentre Vanessa continuava a governare?

Non c'era modo di conoscere le sue intenzioni senza parlargli.

E chiaramente quella non era la sua priorità.

Lo maledissi tra me e me e mi feci una doccia, nel tentativo di passare il tempo.

Alle tre del pomeriggio non era ancora tornato. Cercai di ricordare a che ora sarebbe arrivato Enrique, ma gli eventi della notte precedente erano un rompicapo che non riuscivo a risolvere. Il litigio con Kazek era un pensiero costante, e la mia rabbia nei suoi confronti aumentava ogni minuto che passava.

Sì, mi ero comportata male, e in certi momenti avevo parlato senza riflettere. Ma questo non gli dava il diritto di mettermi in punizione. Non quando c'era in gioco il futuro del mio regno.

Il settore Winter era una mia responsabilità.

L'annuncio di Vanessa riguardava me e la mia scomparsa.

Nascondersi non era un'opzione.

Dovevo affrontare la Regina degli Specchi e rivendicare il mio trono. Dimostrare a tutti quello che mi aveva fatto e svelare finalmente la verità sulla morte dei miei genitori. Perché non avevo dubbi che fosse stata lei. Dovevo solo provarlo. E non potevo farlo mentre ero rinchiusa lì, in attesa del ritorno di quel testardo del mio compagno.

Aveva chiarito la sua posizione sul governare. Non voleva avere niente a che fare col mio regno. Bene. Me ne sarei occupata da sola.

Sarebbe stato doloroso. Avrei odiato separarmi da lui. Ma essere una leader richiedeva sacrificio, e quello sarebbe stato il mio.

Frugai tra le sue cose, alla ricerca dei miei coltelli e del telefono che avevo portato con me. Era giunto il momento di chiamare Doc; dovevo solo trovare le mie cose.

Dai, dai, dai.

Dev'essere qui, da qualche parte.

Misi a soqquadro il soggiorno, la camera da letto, la cucina ed entrambi i bagni. Aprii ogni cassetto. Frugai in ogni armadio. Controllai sotto i lavandini, negli armadietti e sotto i cuscini. Controllai perfino le assi del pavimento, nella speranza che celassero qualche nascondiglio segreto.

Niente.

E quel maledetto orologio continuava a scandire il mio destino, senza che ci fosse alcuna traccia di Kazek.

«Cazzo!». Mi sedetti sui talloni, nuda e furiosa, con la sensazione che la mia esecuzione fosse ormai prossima. Dovevo fare qualcosa. Non potevo aspettare e basta. «Ci dev'essere un modo per uscire».

Così iniziai a cercarlo.

Le porte e le finestre non offrivano alcuna via di fuga, avevo già controllato.

Tranne forse la piccola finestra del bagno che fungeva da presa d'aria...

Valutandone le dimensioni e confrontandole con le mie, la spalancai il più possibile. Uno sguardo all'esterno mi restituì una distesa di neve.

Era troppo stretta per poterci passare, ma se avessi scardinato la cornice metallica e rimosso la finestra, forse avrei potuto farcela.

«Aspetta...». Aprii l'armadietto sotto il lavandino e osservai il tubo.

Kazek mi avrebbe ammazzata, ma non mi importava. Era stato lui a rinchiudermi in quella fottuta casa, ed ero stanca di aspettare.

Mi misi in ginocchio e strattonai il tubo con tutte le mie forze, trasalendo per il suono agonizzante che mi restituì in risposta.

Ancora.

Più forte.

Di più.

Col sudore che mi colava dalla fronte, cercai di fare leva anche con le gambe. Premetti i piedi nudi sul retro dell'armadietto, avvolsi le dita attorno al tubo e tirai.

Il pezzo si staccò e io ricaddi all'indietro. Finalmente avevo un solido oggetto di metallo da usare per…

Le mie sopracciglia schizzarono in alto. «Oh!». Fui colta da un'altra idea e maledissi la mia stupidità. Non avevo bisogno di infilarmi in quella finestrella, potevo usare il tubo per rompere una delle altre. «Idiota».

Valutai le mie opzioni e scelsi una di quelle del soggiorno, che dava su un cumulo di neve. «Perfetto». Poi cercai qualcosa da mettere. Avrei preferito la mia pelliccia, ma non potevo parlare in forma di lupo, quindi mi servivano dei vestiti.

Tutti quelli di Kazek erano troppo grandi, ma trovai un paio di pantaloncini da jogging con un laccio per stringerli e una maglietta. Non erano il massimo della praticità, ma la sera prima avevo camminato nuda in mezzo alla neve ed ero sopravvissuta senza problemi.

«Okay» mormorai, esaminando ancora una volta la finestra. «Ora o mai più».

Il mio compagno si sarebbe infuriato comunque per il lavandino, quindi tanto valeva portare a termine il mio folle piano. Non che ne avessi davvero uno; volevo un telefono per chiamare Doc. Poi avremmo deciso come procedere.

Il vetro si infranse con un suono fragoroso e penetrante, che mi squarciò l'udito.

«Merda». Lo stronzo aveva inserito un allarme. Avrei dovuto aspettarmelo.

Beh, peccato.

Adesso avrebbe dovuto darmi la caccia.

Saltai oltre la finestra, evitando per un pelo le schegge di vetro, e mi diressi verso il perimetro del settore.

Era uno di quei momenti in cui sapevo che avrei dovuto avere un piano concreto, ma ormai era fatta. Non potevo tornare indietro. Mi aveva messa in punizione, trattandomi come una bambina. Quello che avevo fatto nell'ultima mezz'ora meritava una reazione del genere, ma fargli notare i suoi errori assolutamente no.

Sono una lupa morta.

Perché diavolo lo sto facendo?!

Ah, già. Per il mio regno.

Giusto.

Corri. Corri. Corri.

Non ho la più pallida idea di dove sono.

Feci un giro in tondo, annusando l'aria. Un'ondata di energia mi sferzò la pelle.

Non era Kazek, ma qualcos'altro.

L'elettricità mi fece rizzare i peli sulle braccia. Di colpo mi sentii profondamente inquieta.

Il vento mi turbinava attorno e le foglie vorticavano ovunque, spinte da raffiche innaturali.

Un aereo, capii. *Enrique. Devo essere vicina alla pista.*

Seguii la fonte di energia attraverso gli alberi, fermandomi alla vista dell'oceano. Era blu scuro e bellissimo. Il sole che tramontava era una pallida sfera all'orizzonte.

Era già trascorsa buona parte della giornata. Beh, non che il sole brillasse a lungo in quel periodo dell'anno... Scossi la testa per cercare di schiarirmi le idee e proseguii, avvicinandomi sempre di più all'aereo.

Era veramente una pessima idea.

Ma non potevo smettere di camminare.

Non dopo aver sentito l'odore di Grum portato dal vento.

Corsi verso di lui. Avevo bisogno dei miei sette protettori più che mai.

Stanno tutti bene?

Vanessa ha fatto male a qualcuno di loro?

Sicuramente aveva incolpato Doc per la mia scomparsa, dal momento che era il mio guardiano più fidato. Non ci avevo pensato minimamente quando mi aveva mandata sull'aereo, e poi ero stata troppo presa dalle rivelazioni dell'ultima settimana e dal legame di accoppiamento.

Sono un'egoista, mi resi conto. *Ho messo me stessa davanti a tutti.*

Non avrei mai dovuto salire su quell'aereo. Avrei dovuto restare e lottare. Beh, non potevo cambiare il passato, ma il futuro sì. Avevo ancora la possibilità di fare la cosa giusta.

Dovevo solo capire come procedere.

Di certo, non potevo restarmene con le mani in mano, aspettando che fosse qualcun altro ad agire per me. Non ero mai stata il tipo di persona che lasciava combattere agli altri le sue battaglie. Volevo un compagno che affrontasse Vanessa insieme a me, non uno che se ne occupasse al posto mio.

Ma lui non voleva governare.

Quindi avrei dovuto farlo da sola.

Sottrarmi ai miei doveri per un legame di accoppiamento non era mai stata un'opzione. Se questo significava dover soffrire ogni singolo giorno per poter proteggere il mio regno, l'avrei sopportato.

Vanessa doveva pagare per i suoi crimini.

La mia gente l'avrebbe cacciata, appena avesse scoperto quello che aveva fatto. Dovevo solo tornare a casa e rilasciare una dichiarazione. Smascherare il suo animo corrotto. E sperare che mi coprissero le spalle.

Era un pessimo piano, ma non avevo altra scelta. Kazek non voleva aiutarmi, e nemmeno Ludvig sembrava interessato a farlo. In pratica, dal giorno del mio arrivo non era cambiato nulla. Ero sola come la notte della festa a palazzo.

No. Ero ancora più sola. Non avevo nemmeno i miei sette.

Ma Grum era lì. Avevo sentito il suo odore.

Corsi più in fretta lungo la costa, cercando il suo profumo familiare. Quando lo vidi al centro di una delle piste di atterraggio, fui sul punto di piangere dal sollievo.

Finché non mi accorsi di chi era accanto a lui.

Enrique.

Kazek, Ludvig e Alana erano in disparte, in attesa. Quando mi videro, le loro espressioni passarono dall'impassibile allo sciocato.

Poi Grum ed Enrique si voltarono lentamente, spalancando entrambi la bocca, increduli.

Ignorai tutti tranne Grum.

Lui annusò l'aria. Le sue spalle si irrigidirono, la sua fronte si aggrottò.

Senza riflettere, corsi verso di lui.

Mi fermai di colpo quando Enrique si mise sulla mia strada, bloccandomi la visuale di Grum e degli alfa del settore Norse.

«Snow?». Enrique pronunciò il mio nome come se non potesse credere che fossi davvero io. Arricciò il naso; il mio odore non era lo stesso, ma i suoi occhi non gli lasciarono alcun dubbio. Sul suo viso si rincorsero una miriade di emozioni.

Irritazione.

Tristezza.

Shock.

Altro dolore.

E poi un inaspettato barlume di sollievo, come se fosse contento di vedere che stavo bene.

Ma probabilmente era solo frutto della mia immaginazione.

«Cosa ci fai qui? Stai bene?» mi domandò, lasciandomi di stucco.

Non era la reazione che mi aspettavo. Pensavo ci sarebbero state delle urla, forse addirittura della violenza. Di certo non una genuina preoccupazione.

«Sto… ehm…». Mi interruppi per schiarirmi la voce; d'un tratto avevo la bocca secca. Le parole che volevo pronunciare sparirono in una nebbia di incertezza.

Kazek si precipitò al mio fianco e in un attimo mi circondò le spalle con un braccio, cercando di spingermi dietro di sé. Non sapevo come fosse riuscito a muoversi così velocemente. Avrei giurato che si trovasse ad almeno una ventina di metri di distanza.

In ogni caso, i suoi gesti bruschi mi fecero tornare in me. Scartai in diagonale per allontanarmi da lui.

«No» dissi, quando mi fissò con un'espressione furiosa. *Okay, sono una lupa morta.* Ma ciò non mi impedì di ricambiare la sua occhiata con altrettanta ferocia. «Ho causato io questo casino. Lasciami spiegare».

Un muscolo si contrasse nella sua mascella, e strinse i denti con una forza tale che mi stupii che non si fosse scheggiato un canino. «Il tuo casino» ripeté con una voce bassa e roca. «E a chi pensi che toccherà risolverlo?».

«A me» risposi. «Ora lo capisco. Sono venuta a fare ciò che devo».

«E cosa diavolo sarebbe?» chiese.

«Consegnarmi a lui» risposi, facendo un passo alla mia destra per incontrare gli occhi scuri di Enrique.

Non diedi a Kazek la possibilità di intervenire. La mia bocca aveva già iniziato a muoversi.

«La notte prima della festa di fidanzamento, ho sentito la tua conversazione con l'alfa Vanessa; avete pianificato di scoparmi a morte. Così, la sera della festa, ho deciso di fuggire e mi sono intrufolata sul jet del settore Norse. Non lo sapeva nessuno, tantomeno l'alfa Kazek».

Trassi un respiro profondo e proseguii. Non volevo rischiare che qualcuno mi interrompesse.

«Gli integratori che mi dava Vanessa per aumentare la mia forza erano in realtà dei soppressori. Io non ne avevo idea. Quando ho smesso di prenderli, sono andata in calore. L'alfa Kazek mi ha salvato la vita. Per questo gli devo la mia gratitudine e il mio rispetto. Ma l'ha fatto senza riconoscere o accettare ciò che mi spetta per diritto di nascita. Ho deciso di sollevarlo dai suoi obblighi. Sono pronta a tornare a casa e affrontare le conseguenze delle mie azioni».

Con la consapevolezza che i miei sudditi friggeranno viva Vanessa, quando capiranno che ha tenuto nascosta la mia identità a tutti, aggiunsi tra me e me. *O almeno è quello che spero.*

Feci un passo verso Enrique, chinando la testa in segno di rispetto. In quanto alfa, mi era superiore. E sarebbe stato anche il mio carceriere. Mi sembrava giusto riconoscere la sua posizione.

«Tutto questo non ha niente a che vedere con il settore Norse» continuai. Le parole iniziarono a uscire a fatica, mi stava venendo un groppo in gola. «Ho fatto tutto da sola. Portami a casa e iniziamo con tutte le formalità del caso».

Silenzio.

Deglutii, incerta su come procedere. Parlare in quel modo era stata una decisione presa al momento, ma non me ne pentivo. Era la cosa giusta da fare. L'alfa Kazek non avrebbe dovuto lottare per me. Nessuno avrebbe dovuto farlo. Era la mia battaglia, una consapevolezza che mi era sfuggita fin dall'inizio.

Scappare era stato da codarda.

Avrei dovuto affrontare Vanessa e vincere a modo mio, dicendo la verità.

Le mie reazioni erano state guidate dalla paura. Quel giorno, invece, avevo scelto l'orgoglio. Beh, l'orgoglio e un pizzico di stupidità. Perché la rabbia di Kazek si scatenò in un'ondata di calore che mi aggredì alle spalle, spingendo la mia lupa a desiderare di sottomettersi. Ma non potevo ascoltarla.

Kazek non voleva salvare il settore Winter.

Spettava a me aiutarli.

Enrique mi sfiorò la guancia con le nocche, provocando un ringhio di avvertimento da parte dell'alfa dietro di me.

«Riconosco la tua rivendicazione, Kazek» disse Enrique. «Non intendo sfidarti per lei. Sono solo meravigliato di non aver intuito qualcosa di così ovvio». Cambiò posizione, permettendomi di vedere di nuovo Grum. «Tu lo sapevi?».

«Doc lo sospettava» ammise Grum. «Nessuno di noi era mai riuscito a spiegarsi come Einar e Sofie avessero potuto generare una beta. Nel nostro regno è consuetudine che il tipo venga rivelato al primo compleanno, ma i genitori di Snow sono morti prima».

«Così è stata Vanessa a fare l'annuncio» dedusse Enrique.

«Esatto» confermò Grum. «L'ha usato a suo vantaggio. Ha promesso al regno di crescere Snow, preparandola a governare, nonostante le sue tendenze da beta. Ha anche suggerito che il suo tipo fosse la conseguenza dell'essere circondata da beta».

Enrique scosse la testa. «Ed è stata lei a prescrivere quegli integratori?».

Grum annuì. «Sì».

«Maledetta stronza» sbottò Enrique, facendomi balzare all'indietro, contro il petto d'acciaio alle mie spalle. Kazek mi avvolse immediatamente le braccia attorno alla vita, tenendomi stretta a sé. Ma sapevo che non era il caso di abbandonarmi a lui, anche se la mia lupa desiderava esattamente quello. Il mio compagno mi stava tenendo in ostaggio, non voleva confortarmi.

«La penso esattamente così» mormorò Grum.

Enrique sospirò e si massaggiò la nuca. «Cazzo. Non so nemmeno da dove cominciare. Ho bisogno di un drink».

«Per quello possiamo aiutarti subito» intervenne Ludvig. Fino a quel momento, lui e Alana erano rimasti in disparte. «Penso che abbiamo molto di cui discutere».

Enrique annuì. «Già. E immagino che ora il mio destino sia nelle tue mani».

«Non le mie, ma quelle di Kazek» lo corresse Ludvig. «Assassinare un'omega è un reato punibile con la morte».

«Lo so». Enrique estrasse una pistola da dietro la schiena e la gettò sulla neve. «Ho anche due pugnali negli stivali».

«Puoi tenerli» disse Kazek. «Preferisco combattere lealmente».

«Allora tieniti alla larga dal settore Bariloche» borbottò Enrique. «Non siamo famosi per giocare secondo le regole».

Sentii Kazek irrigidirsi. «Ti suggerisco di provarci, altrimenti scoprirai cosa succede quando opero al di fuori della legge».

Enrique abbassò il capo. «Non ho intenzione di combattere contro di te».

«Vedremo» rispose Kazek.

Enrique scosse la testa. «No». I suoi occhi quasi neri cercarono i miei. Erano colmi di una profonda tristezza.

«Non lo sapevo, Snow. Mi rendo conto che non cambia niente, ma ti giuro che non lo sapevo».

«Eppure non avevi problemi a uccidermi come beta» sussurrai, più a me stessa che a lui.

La tristezza si estese anche alla sua espressione. «Hai sentito solo una parte della nostra conversazione, non i miei pensieri, Biancaneve». Fece un passo indietro e ricominciò a parlare con l'alfa alle mie spalle, prima che potessi dire qualcosa. «Collaborerò. Dimmi solo cosa vuoi che faccia».

«Va' con Ludvig» rispose Kazek. «Vi raggiungerò tra poco. Prima ho bisogno di discutere con la mia compagna su cosa significhi l'obbedienza».

KAZEK

QUANDO GLI ALTRI lasciarono la pista, Winter rabbrividì. L'unico che si voltò verso di noi fu il beta che era arrivato con Enrique. Non sapevo come si chiamasse, dal momento che Winter era arrivata prima che potessimo presentarci formalmente, ma il modo in cui la guardava non mi piaceva. Nei suoi occhi c'era un bagliore protettivo che non sarebbe dovuto esistere.

Mia, gli dissi con un'occhiataccia. Se avesse provato a sfidarmi, gli avrei servito le sue stesse palle per cena.

Finalmente si voltò di nuovo e si allontanò; doveva aver ricevuto il messaggio. Almeno per il momento. Più tardi avrei dovuto chiedere a Winter il suo nome. Dopo aver parlato di cosa cazzo le era passato per la testa.

Il mio polso aveva vibrato con l'avviso che nella mia tana stava succedendo qualcosa. Lo schermo che avevo fatto comparire mi aveva mostrato un'immagine di Winter che fuggiva dalla finestra. Avevo imprecato e mi ero diretto verso di lei, ma ero stato trattenuto dall'arrivo di Enrique. Poi era comparsa sulla pista di atterraggio, distruggendo il mio piano.

Ludvig mi aveva lanciato un'occhiata che diceva: "Avresti dovuto parlare con lei".

Già, ma ormai era troppo tardi.

A quel punto, Winter aveva già preso in mano il suo destino.

Ribollendo di furia, avevo riflettuto su come gestire la situazione. Lei aveva sbagliato, ma l'avevo fatto anch'io.

Lasciarla nel mio rifugio senza una parola, dopo aver litigato, era stato un errore. Me ne resi conto nel momento in cui lei mi sollevò dai miei obblighi. Quelle parole mi avevano ferito e fatto incazzare al tempo stesso. Non aveva l'autorità per fare una dichiarazione del genere, ed era anche la mossa sbagliata. Ci aveva allontanati ulteriormente e mi aveva dipinto come un idiota che si rifiutava di governare.

Che era esattamente come mi vedeva dopo la lite della notte precedente.

Sapevo di avere le mie colpe, ma doveva capire l'impatto che il suo comportamento avventato avrebbe avuto sul nostro legame. Aveva presentato un fronte diviso. Un po' come avevo fatto io alla festa, ma almeno io non l'avevo lasciata da sola. Ero rimasto al suo fianco. A differenza di quello che aveva appena fatto lei.

Si era offerta su un piatto d'argento per essere riportata a casa senza curarsi di ciò che le sarebbe potuto accadere. Pensava forse che Vanessa le avrebbe semplicemente ceduto il trono? Che le avrebbe preparato una festa di benvenuto?

La mia compagna era andata fuori di testa.

Perché l'avevo lasciata sola troppo a lungo.

E non aveva idea di cosa avessi pianificato.

Chiusi gli occhi e mi sforzai di essere paziente, ricordando a me stesso che ero io il responsabile di quel disastro. Dovevamo sistemare le cose, e in fretta. Solo che non avevo idea di come fare.

«Kaz...». Winter si interruppe di colpo e si schiarì la voce. «Alfa, mi... Non sapevo cos'altro fare».

Trasalii al sentirla usare il mio titolo invece del mio nome. Anche quello era colpa mia. Mi ero lasciato sovrastare dalla rabbia e lei ne aveva pagato le conseguenze.

Premetti il naso sui suoi capelli e inspirai profondamente. Il profumo del mio shampoo mi calmò. Il suo odore sottolineava la sua appartenenza a me. Indossava i miei vestiti e si era sottomessa tra le mie braccia. Il mio lupo ne era compiaciuto.

«È il mio regno» continuò in un sussurro. «Sono stata egoista a rimanere qui. Sono tutti a rischio, e io... Non posso restare. Devo... Vanessa deve essere eliminata. E sono l'unica che può farlo».

«Come?» domandai. «Come pensi di riuscirci?».

«Dicendo... dicendo la verità» balbettò.

Sospirai e scossi il capo. «È molto nobile da parte tua, ma implica che ti aspetti che Vanessa giochi secondo le regole. Ma ha più che dimostrato di essere incapace di farlo».

Le si afflosciarono le spalle. «Non c'è altra opzione».

«Quindi eri pronta a sacrificare te stessa e la nostra relazione in una missione che sapevi sarebbe probabilmente fallita?».

«Cos'altro avrei dovuto fare?». La sua determinazione si perse nel tono ridotto a un mormorio. La sentii tremare tra le mie braccia. «Aspettare che tornassi per scoparmi? Accettare pienamente i miei bisogni di omega e dimenticare i miei doveri? Diventare schiava del tuo piacere, invece della regina che i miei genitori volevano che fossi?».

Man mano che proseguiva, era sempre più disperata, come se si aspettasse davvero che quella sarebbe stata la sua vita. E sapevo che erano state le mie parole a causare quella supposizione.

«Cazzo, Winter» mormorai. La maggior parte della mia ira si dissolse con la leggera brezza che arrivava dal mare. «Ieri ero arrabbiato per il tuo approccio e…».

«Non avrei dovuto insistere» mi interruppe. «Ti sono grata per avermi salvata, ma l'hai fatto senza sapere davvero cosa significasse. Non è giusto, da parte mia, aspettarmi che accetti il peso della mia eredità. Ora lo capisco. Mi dispiace».

La feci girare tra le mie braccia, stanco di parlare ai suoi capelli. «Non interrompermi più» le dissi. Non in modo brusco, ma deciso, perché questa cosa della comunicazione non avrebbe mai funzionato, se non mi avesse ascoltato. Non che avessi il diritto di giudicarla, data la mia performance della notte precedente. Ma dovevamo vivere nel presente, non nel passato.

Winter deglutì e abbassò immediatamente gli occhi. «Scusami» sussurrò.

Le afferrai il mento e riportai il suo sguardo sul mio, odiando la paura che vi lessi dentro. «Non ti farò del male».

«Non te ne farei una colpa». Una frase così pacata, che però mi riempì di rabbia per un motivo completamente diverso.

«Quando ti punirò, e lo farò, sarà un tipo di dolore che ti piacerà. Ricordi l'altro giorno? Quando ti ho fatta piegare sulle mie ginocchia?». Inarcai un sopracciglio in attesa della sua risposta.

Due chiazze rosate tinsero le sue guance pallide. «S… sì».

«È così che preferisco punirti» la informai. Le mie dita risalirono lungo la sua mascella e le accarezzarono la guancia. «Non sono Vanessa. E nemmeno Enrique». Arricciò le labbra su un lato, strappandomi un'espressione sorpresa. «Non mi credi?».

«N... no» rispose. La lasciai andare, scioccato. «No, non è...». Si schiarì la voce. «Enrique non mi ha mai fatto del male» si affrettò a spiegare. «Beh, okay, in un certo senso l'ha fatto, durante la festa di fidanzamento, ma poi il dolore mi è passato subito. E penso che l'abbia fatto solo per placare Vanessa. Perché se non avesse usato quella dimostrazione di forza, ci avrebbe pensato lei a punirmi. Mi ha anche mandata via prima, piuttosto che costringermi a continuare a danzare, che era invece quello che voleva Vanessa».

La fissai e riflettei sul comportamento di Enrique da quando era arrivato. Non aveva mostrato nemmeno un briciolo di aggressività nei confronti di Winter o nei miei. Anzi, sembrava pentito. Certo, quello poteva essere il risultato della sua condanna in sospeso, considerando che la sua vita era in pericolo. Ma forse si sentiva davvero colpevole per quello che aveva fatto a Winter.

Ne avremmo discusso più tardi.

Ora avevamo cose più importanti di cui parlare.

«Okay. Ricominciamo da capo» suggerii, prendendola di nuovo tra le braccia, con una mano alla base della sua schiena e l'altra avvolta attorno alla sua nuca. «Prima di tutto, il tuo piano è pessimo. Non ti lascerò mai tornare nel settore Winter da sola».

Si irrigidì, ma fu abbastanza intelligente da restare in silenzio.

«Ti ho detto che la leadership non mi viene naturale, Winter» continuai. «Ti ho spiegato a fondo le mie riserve, ma non ti ho mai opposto un vero e proprio rifiuto. Mi hai fatto pressione quando ti ho solo chiesto tempo per riflettere. Poi hai svilito il nostro legame insultandomi davanti a Enrique e chiedendogli di consegnarti all'alfa che ha cercato di ucciderti».

«Non... non ti ho insultato».

«L'hai fatto» la corressi. «Gli hai detto che mi sollevavi dai miei obblighi, cosa che tra l'altro non puoi fare».

«Non vuoi nessun impegno nei confronti del mio settore».

«È vero, non lo voglio» confermai, poi le strinsi la nuca per costringerla a sostenere il mio sguardo. «Ma ciò non significa che non avessi intenzione di assumerli. È questo che non stai capendo, Winter. Sono testardo. Non prendo decisioni alla leggera. La tua insistenza mi ha fatto reagire ancora più duramente. Ma non ti ho mai detto che non l'avrei fatto. Mai. Ho solo detto che *non volevo* farlo. Sono due cose completamente diverse».

Aggrottò le sopracciglia. «Non voglio costringerti».

«E allora non farlo» risposi, trascinando dolcemente il pollice lungo il suo collo. «Lascia che sia io a costringermi». La tirai ancora più vicino e premetti le labbra sulle sue. «So cosa devo fare, Winter. Ma non voglio buttarmi a capofitto in qualcosa solo perché mi sento in dovere di farlo. Devi darmi il tempo di valutare ogni aspetto. Sono fatto così. Ed è così che prendo le mie decisioni».

Lei annuì lentamente, sostenendo il mio sguardo, e mormorò: «Mi dispiace».

«Lo so» risposi, e la baciai di nuovo, sussurrandole a mia volta le mie scuse.

Nessuno dei due aveva voluto finire in una situazione del genere. Ma Ludwig aveva ragione: Winter aveva fatto un buon lavoro nell'abbracciare la sua essenza di omega nonostante fosse stata cresciuta come una beta. Beh, almeno fino al confronto sulla pista di atterraggio. Quella era stata una scena da beta di sangue reale, non il comportamento di un'omega già reclamata da un alfa.

«Non insultarmi mai più davanti agli altri» le dissi. «E non metterti mai più in pericolo in quel modo».

Non le diedi la possibilità di rispondere; la mia bocca stava già rivendicando la sua. C'erano cose che avrei voluto dirle e che non sapevo come esprimere, come ad esempio quanto mi ero sentito terrorizzato quando si era messa in pericolo e quanto avrei voluto strozzarla per aver agito in modo così sfrontato, senza curarsi della sua stessa incolumità.

Anche il mio bacio era una sorta di punizione, in cui la mia lingua sferzava la sua per rimproverarla di tutte le scelte che mi facevano arrabbiare. Ogni movimento placava la violenza che covava dentro di me, soffocando il mio fuoco e alimentandone un altro.

Oh, come volevo punirla.

Colorarle il culo di rosa con il mio palmo.

Scoparla fino allo sfinimento, obbligandola a rimanere cosciente e appropriandomi della sua anima.

Ma non avevamo tempo.

Così soddisfai i miei desideri con la bocca, dominandola con il palmo della mano avvolto intorno alla sua nuca e permettendole di sentire il mio potere e il mio dominio in ogni tocco e in ogni leccata selvaggia.

Lei si abbandonò a me, la sua lupa si sottomise a ogni mio capriccio.

Non ci sarebbero stati più litigi.

Solo una compagna obbediente che soccombeva alla volontà del suo alfa.

Un brusio mi riverberò nel petto, facendo accasciare Winter su di me per il sollievo. Qualsiasi dubbio avesse sul nostro legame sembrava essersi dissolto, lasciandosi alle spalle una lupacchiotta felice. I suoi occhi neri assunsero un fascino sonnolento. Mi staccai da lei per osservarla, accorgendomi che stava sparendo in quel luogo speciale riservato solo alle omega.

Le sorrisi e strofinai il naso sul suo. «Ho ancora intenzione di punirti, piccola».

«Lo so» disse in tono sognante.

«Andiamo. Per quanto mi piaccia vederti con addosso i miei vestiti, Mila ti ha scelto un abito per la cena di stasera. È nel mio appartamento».

«Cena?».

«Sì. La cena a cui ti avrei portata dopo aver incontrato Enrique per farmi un'idea della sua aggressività» risposi, lanciandole un'occhiataccia. «Avevo un piano, Winter, e tu l'hai mandato all'aria». Ma non aveva più molta importanza. Enrique avrebbe scoperto il suo status di omega a prescindere. Winter aveva semplicemente affrettato le cose. Per fortuna, l'alfa non sembrava intenzionato a sfidarmi.

«Mi dispiace» sussurrò per l'ennesima volta.

Le posai un bacio sulla guancia. «Dispiace anche a me». Ero abbastanza sicuro di non averlo mai detto a nessuno. «Credo che entrambi dovremmo imparare a comunicare di più» aggiunsi, riconoscendomi a stento.

Non sarebbe stato facile per me. C'era un motivo se lavoravo da solo. Ma il nostro legame mi obbligava a considerare anche lei nelle mie decisioni. E a volte avrei avuto bisogno della sua opinione.

«Mi... mi dispiace anche per la tua... ehm... tana» disse quando iniziammo a camminare.

«Non ci metterò molto a riparare la finestra».

«E il lavandino» borbottò, facendomi fermare di botto.

«Il lavandino?».

«Ehm... il... il tubo...?». Le uscì come una domanda.

La fissai nella più completa confusione. Ma dopo qualche istante capii. «Hai usato un tubo per rompere la finestra».

Annuì, rigida.

«Capisco». Ricominciai a camminare verso l'appartamento, valutando il modo migliore per punire la mia compagna per il suo comportamento. Lasciar correre avrebbe indebolito la mia posizione.

D'altro canto, non potevo essere troppo severo. Non con il mio lupo raggiante di orgoglio per la sua intraprendenza. Aveva anche preso posizione per ciò in cui credeva. La ammiravo per questo, nonostante fossi livido per la sua mancanza di pianificazione.

Dovevo fare qualcosa che le ricordasse chi comandava, pur trasmettendo al tempo stesso il mio apprezzamento per la sua dimostrazione di forza.

Sorrisi. Mi era venuto in mente il metodo perfetto.

Povera Winter.

Una volta finito con lei, non avrebbe proprio saputo cosa fare.

E non vedevo l'ora di sentirla implorare.

WINTER

L'OGGETTO di metallo vibrò tra le mie cosce, facendomi sobbalzare. Kazek, in piedi accanto a me nell'ascensore, sorrise. «È *questo* che fa?» boccheggiai.

Gli avevo chiesto quale fosse lo scopo di quell'oggetto quando me l'aveva infilato tra le gambe, prima di risistemare la mia biancheria intima di pizzo. Mi aveva risposto con un ordine: «Non toglierlo senza il mio permesso». Così mi ero tenuta dentro quell'arnese formato da due palline metalliche connesse da un filo, con i muscoli interni contratti per evitare che cadessero. Non l'avrei deluso. Non di nuovo. Ma quando la vibrazione aumentò, mi domandai se sarei stata in grado di obbedire al suo ordine per tutta la durata della cena.

«Alfa» ansimai. Appoggiai la schiena sulla fredda parete a specchio dietro di me, cercando qualcosa a cui aggrapparmi.

Kazek mi si avvicinò. Il suo corpo massiccio, fasciato in un abito elegante, mi impedì la visuale di qualsiasi cosa non fosse lui.

«Queste sono le regole per stasera» disse, catturando il mio sguardo. «Non puoi venire senza il mio permesso. Non puoi rimuovere le palline Ben Wa. Non puoi gemere. Non puoi urlare. Non puoi proprio reagire, tranne ovviamente bagnarti. Mi aspetto che tu continui a conversare con tutti come al solito. Obbedisci, e sarai ricompensata. Altrimenti... Beh, ti consiglio di obbedire».

Gemetti, rendendomi conto di quello che aveva intenzione di farmi. Non avrei mai dovuto accettare che mi mettesse dentro quell'aggeggio. Non che avessi altra scelta. Aveva aperto la scatola e rimosso il giocattolo prima che potessi sapere cosa fosse. Avrei dovuto aspettarmi una cosa simile.

«Oh, e mi piace sentirmi chiamare alfa. È così che continuerai a rivolgerti a me, stasera». Le sue labbra si avvicinarono al mio orecchio, le mie pulsazioni aumentarono. «Ti sei già guadagnata una bella punizione, Winter. Non peggiorare la situazione ignorando i miei ordini».

Mi leccò il collo e indietreggiò proprio quando le porte dell'ascensore si aprirono, mostrandoci la nostra destinazione. Stavo praticamente ansimando dietro di lui, le mie cosce erano già fradicie di desiderio. *Tutti* sarebbero riusciti a sentire la mia eccitazione. Avrebbe reso molto difficile conversare con gli altri alfa, e probabilmente era proprio quello il punto. Kazek voleva ricordarmi a chi appartenevo e costringermi a implorarlo per avere un po' di sollievo.

Davanti a tutti.

Ciascuno degli invitati alla cena era in piedi con un bicchiere in mano. Quando Kazek mi condusse fuori dall'ascensore, con una mano posata sulla mia schiena nuda, si voltarono tutti a guardarmi. L'abito di seta nera, succinto e aderente, accentuava le mie curve, esponendomi alla vista dei presenti come se non avessi avuto nulla addosso.

Fui sul punto di gemere per l'imbarazzo, consapevole che i miei capezzoli erano ridotti a duri boccioli di agonia grazie alla vibrazione incessante dentro di me. Kazek non aveva spento quel dannato aggeggio, che continuava a stimolarmi con il suo pulsare ritmico.

Grum mi guardò con aria preoccupata, mentre Enrique mi lanciò un'occhiata penetrante.

Kazek si avvicinò a loro con un sorrisetto stampato in faccia. Il suo lupo era palesemente soddisfatto della punizione che aveva scelto per me.

Volevo strangolarlo.

No, non era vero. Volevo scoparlo. E *poi* strangolarlo.

Doveva aver percepito la mia irritazione, perché la vibrazione aumentò, facendomi trasalire e costringendomi a soffocare un mugolio.

Sarebbe fantastico provarlo sul clitoride, pensai, immaginando Kazek che lo usava su di me. *Sì, ti prego.*

«Alfa Enrique, ti porgo le mie scuse per l'interruzione di prima. Il problema è stato risolto». Il pollice di Kazek corse lungo la mia spina dorsale. Doveva essere l'altra mano a controllare il giocattolo dentro di me. I miei sospetti furono confermati quando vidi che era infilata nella tasca dei suoi pantaloni neri. «Credo che tu conosca la precedente identità della mia compagna, ma permettimi di presentartela col nome che ha scelto di usare. Ora si fa chiamare Winter Flor, omega del settore Norse e futura regina del settore Winter».

Lo guardai, sorpresa dalla seconda parte della presentazione. Lui si limitò a inarcare un sopracciglio, come sfidandomi a negarlo.

Arrossii appena per la sicurezza del suo tono e della sua espressione.

Okay.

Non volevo più strangolarlo. Ora volevo baciarlo. E poi scoparlo.

Ciò significava che dovevo sottostare alle sue regole, tra

cui quella di fare conversazione. Mi costrinsi a sorridere e dissi: «Già, il mio nome non è più Snow Frost. Snow è morta quando sono andata in calore, rinascendo come Winter Flor, la compagna dell'alfa Kazek Flor».

L'intensità della vibrazione diminuì. L'approvazione di Kazek si tradusse anche nel bacio che mi posò sulla testa. «Non credo che ci conosciamo, beta» disse poi, rivolto a Grum. «Immagino tu faccia parte della guardia reale».

«Sono il principale esperto di armi del settore Winter» rispose Grum. I suoi occhi azzurro argenteo cercarono i miei. Sapevo cosa voleva chiedermi.

Gli hai parlato dei sette?

No, cercai di dirgli, scuotendo leggermente il capo.

Sembrò dubitare della mia risposta, dimostrando una mancanza di fiducia. Una valutazione accurata. La sua attenzione tornò su Kazek. «Il mio nome è Grum».

«Grum» ripeté Kazek. Lo sentii irrigidirsi. «Winter mi ha parlato di te».

Aggrottai la fronte. *Quando…? Oh. Oh, merda!* L'avevo tirato in ballo quando mi ero rifiutata di indossare i vestiti di Alana. Il mio palmo andò subito sull'addome di Kazek, come a cercare di trattenerlo. E lui reagì aumentando di nuovo la vibrazione. Le mie gambe furono sul punto di cedere e un gemito mi risalì la gola. Riuscii a ingoiarlo per pura forza di volontà.

Strinsi la giacca di Kazek, conficcando le unghie nel tessuto.

Era una situazione ingiusta sotto ogni punto di vista.

Grum mi rivolse l'ennesima occhiata preoccupata. Enrique, invece, fece un passo indietro. La mia eccitazione doveva essere un tormento per lui. Gli alfa privi di una compagna erano programmati per rispondere ai feromoni delle omega. E Kazek stava rendendo il mio odore ancora più intenso con i suoi stupidi giochetti.

Una punizione, capii, schiudendo le labbra per lo stupore. Come avevo fatto a non arrivarci prima? Non si trattava solo di me, ma anche di Enrique. Era l'unico alfa disponibile presente alla cena, e sarebbe stato costretto a sopportare il mio odore per tutta la sera. Se avesse reagito in qualsiasi modo, Kazek avrebbe potuto sfidarlo.

Lanciai un'occhiata scioccata a Kazek, ma lui era troppo impegnato a fissare Grum e a misurare l'uomo che percepiva come un potenziale rivale per il mio affetto.

Avvolsi le braccia attorno a Kazek in una dimostrazione di solidarietà, mentre le mie gambe vacillavano per il piacevole assalto che si stava verificando tra le mie cosce.

Non sarei mai riuscita a resistere tutta la sera in quello stato.

Segui le regole, intimai a me stessa. *Niente gemiti. Niente urla. Non rimuovere quell'aggeggio infernale. Non... Ooh... che bella sensazione. Mmm...*

Premetti il naso sul petto di Kazek, con un gemito sospeso sulle mie labbra.

Tutti sapevano. Sentivo i loro occhi su di me, percepivo il crescente divertimento di Kazek. Un po' lo odiai per avermi messa in imbarazzo in quel modo.

Ma avevo capito quale fosse il suo scopo.

Voleva che sperimentassi l'impotenza che aveva provato lui sulla pista, solo in maniera molto più sensuale.

Subdolo compagno, pensai, incontrando il suo sguardo malizioso.

Almeno ero riuscita a catturare la sua attenzione.

La vibrazione finalmente si placò. Kazek mi diede un bacio destinato a provocarmi, ma anche a trasmettere un messaggio al nostro pubblico: io ero sua. «Mmm, Winter, hai un profumo delizioso» sussurrò, trascinando il naso sulla mia guancia, verso l'orecchio. «Non vedo l'ora di divorarti, più tardi».

Rabbrividii, e un nuovo fiotto di desiderio impregnò i miei slip di pizzo. Presto avrebbe iniziato a colarmi lungo le gambe. Per fortuna il vestito arrivava fino al pavimento. Ovviamente, lo spacco che risaliva lungo la mia gamba sinistra avrebbe concesso a Kazek la possibilità di toccarmi a suo piacimento durante la cena.

Enrique si schiarì la voce. Aveva un'espressione tesa. «Sono contento che tu sia riuscito a salvarla quando io non ho potuto».

Kazek si mosse e mi spostò di nuovo al suo fianco, avvolgendomi poi un braccio attorno alla vita. Mi strinsi a lui, ma tenni le mani a posto. Travolta com'ero dall'eccitazione, temevo di finire per toccarlo in modo inappropriato. O, peggio, di cadere in ginocchio e pregarlo di scoparmi davanti a tutti.

Almeno le vibrazioni erano cessate.

Per il momento.

Certo, questo non mi impedì di stringere le cosce alla disperata ricerca di un po' di sollievo. Il giocattolino di Kazek mi aveva fatto bramare il mio compagno con un'intensità che mi ricordò l'estro. La mia mente continuava a ripercorrere tutti i modi in cui avrebbe potuto saziare il mio bisogno, e con ogni immagine il mio ventre si contorceva dal desiderio.

Non va bene.

Proprio per nulla.

«Dimmi, *Grum*». Kazek pronunciò il suo nome come se fosse stato quello di una malattia incurabile. «Chi è Doc? Hai detto che sospettava che Winter non fosse una beta. Perché non ha fatto niente al riguardo?».

Grum incrociò le braccia con aria annoiata. «Ci ha

provato, ma non è riuscito a trovare niente che dimostrasse il contrario».

«Gli "integratori" non erano un indizio sufficiente?» insistette Kazek, inarcando un sopracciglio.

«Il settore Winter è una colonia di beta. Per noi è normale assumere delle sostanze che possano aiutarci a difenderci contro gli alfa. I soppressori, invece, non sono disponibili e non vengono nemmeno nominati. Non ci sarebbe mai passato per la mente che Snow, voglio dire, *Winter*, li stesse prendendo». Grum si strinse nelle spalle. «Non so dove possa esserli procurati Vanessa».

«Dall'alfa del settore Bariloche» mormorò Enrique. «O almeno quella è la mia ipotesi».

Kazek gli lanciò un'occhiata. «Sulla base di cosa?».

«Vanessa e Carlos sono amici intimi. È per questo che la richiesta di fidanzamento di Snow è arrivata al settore Bariloche. Carlos ne ha parlato al suo consiglio. Quando nessuno si è offerto di prendere in sposa una beta, mi sono fatto avanti io».

Feci una smorfia al pensiero di essere stata rifiutata per quel motivo. Ovviamente, tutti gli alfa speravano di trovare una compagna omega.

«Scommetto che presto rimpiangeranno la loro decisione» commentò Kazek.

Enrique grugnì. «Già, molti di loro ti sfideranno».

Kazek sorrise. «Bene. Non sono mai stato un fan di Carlos o dei suoi piccoli alfa».

Enrique non reagì negativamente alle sue parole. Si limitò a guardare Kazek con un'espressione annoiata. «Perché pensi che mi sia offerto di andarmene?».

«Pensavo che Kari fosse il tuo pagamento. È stata mandata dal settore Bariloche, no? Come regalo?».

Parte della facciata impassibile di Enrique si incrinò. I suoi occhi lo tradirono abbastanza da suscitare il mio interesse. Era per quello che aveva acconsentito a sposarmi? Per avere l'omega come sua schiava personale? Sapevo che aveva intenzione di prenderla come amante, ma non avevo capito che la conosceva già. Era lui il motivo per cui Kari aveva paura degli alfa?

Enrique iniziò a rispondere, ma fu interrotto dall'arrivo della donna in questione. L'alfa biondo, Mick, entrò nella stanza con lei. Le teneva un braccio attorno alla vita, sussurrandole qualcosa che la fece tremare.

L'odore acre della paura mi invase le narici, facendomi sussultare.

Cosa si aspettava che accadesse?

Enrique emise un suono che fece irrigidire Kazek.

E poi Kari alzò di scatto la testa.

Quando vide Enrique, il terrore nel suo sguardo si sciolse in un profondo sollievo, e i suoi occhi azzurri si riempirono di lacrime.

«Cosa cazzo le avete fatto?» ruggì Enrique, facendo un passo in avanti.

Mick spinse Kari dietro di sé in un gesto protettivo che fece ringhiare Enrique.

«Te lo sconsiglio» disse Kazek in tono leggero. «Tecnicamente, ho vinto l'omega Kari. Quindi sono costretto a intervenire e, beh, ho già diversi motivi per volerti uccidere. Aggiungerne un altro potrebbe essere la proverbiale ultima goccia».

Enrique lo fulminò con lo sguardo. «Questo non è un gioco».

«Ah, no?». Kazek suonò indignato. «Vuoi dire che non hai cospirato di uccidere la beta Snow in modo che la Regina degli Specchi potesse salire al trono? E non hai pianificato di regnare al suo fianco? O almeno penso fosse quella la tua ricompensa, ma sentiti libero di correggermi».

«Sì, ho cospirato con lei. Ma questo non significa che

intendessi seguire il suo piano. Ovviamente, non posso provarlo. Tuttavia, per quanto riguarda ciò che volevo in cambio, la risposta è in questa stanza». Si rivolse a Mick. «Dimmi che sta bene».

«Non devo dirti proprio un cazzo» rispose Mick.

«Sto bene» disse Kari. Le tremava la voce. «Non dovresti essere qui».

«Nemmeno tu» borbottò Enrique, passandosi una mano tra i capelli.

«Sembra che abbiamo molto di cui discutere» intervenne Ludvig. Aveva un'aria rilassata. «E sento che c'è una storia che mi piacerebbe molto ascoltare. Vogliamo proseguire la conversazione a cena?».

Kazek trascinò il pollice lungo la mia spina dorsale, lasciandosi dietro una scia rovente. Il suo piccolo arnese mi aveva resa incredibilmente sensibile. Il fuoco che ancora covava nel mio basso ventre aspettava di essere alimentato.

Qualcosa mi diceva che aveva intenzione di bruciarmi viva.

E le sue parole lo confermarono, quando sussurrò: «Amo le belle storie. Sembra proprio l'antipasto perfetto». E riattivò la vibrazione, facendomi sussultare. «Permettimi di accompagnarti al tuo posto, Winter». Il suo palmo scivolò alla base della mia schiena, le sue dita mi sfiorarono il sedere.

Oh, sarà una lunga notte.

KAZEK

Winter si contorceva accanto a me con uno sguardo annebbiato. Aveva smesso già da un po' di ascoltare la conversazione che si stava svolgendo durante la cena.

Presi un altro boccone dal mio piatto e glielo portai alle labbra. Lei aprì la bocca, accettando la mia offerta, e masticò con il pilota automatico, proprio come aveva fatto con tutte le altre cose che le avevo dato da mangiare. Tutta la sua attenzione era rivolta al piacere che le vibrava tra le gambe.

Ognuno dei presenti sapeva esattamente cosa stessi facendo. Potevano sentire il ronzio proveniente da sotto il tavolo, così come percepire l'odore della sua eccitazione.

Enrique era seduto di fronte a noi, con i tendini del collo che pulsavano per la sua crescente aggressività. Ma era riuscito a raccontarci la sua storia con una pazienza degna di ammirazione. E la sua preoccupazione per Kari diventava sempre più chiara ogni secondo che passava.

Quando terminò, Mick sembrava pronto a commettere un omicidio. Aveva le nocche bianche per aver stretto con forza le posate d'argento.

Ludvig, d'altro canto, non sembrava particolarmente sorpreso. Alla luce della sua età e della sua esperienza, il trattamento di Kari e della sorella non doveva essere qualcosa di così scioccante.

«E così hai scelto di sposare Winter nel tentativo di sottrarre Kari al suo destino» conclusi. «Ammirevole».

Enrique sbuffò. «Non l'ho fatto per essere *ammirato*, l'ho fatto per salvarla. Solo per vedermela strappare via quando pensavo di avere vinto».

Questo spiegava il suo incedere rabbioso la sera della festa di fidanzamento.

Ero convinto che volesse scoparsi la piccola omega. Una valutazione sensata, in circostanze normali. Ma nulla, nel racconto di Enrique, poteva essere considerato *normale*.

«Beh, come puoi vedere, l'abbiamo trattata in modo un po' diverso da suo padre» dissi.

Kari trasalì; la sua avversione era palpabile. Ma, in fondo, era stato lui a metterla al mondo, quindi la definizione era corretta. Che fosse venuto meno al dovere di proteggere la sua progenie era tutta un'altra storia.

Beh, "venir meno" era decisamente un eufemismo.

Aveva distrutto le figlie.

Quello stronzo meritava una pena ben peggiore della morte per le sue azioni folli.

«Dovremmo consultare l'alfa del settore Andorra. Penso possa aiutarci a sottoporre a ingegneria inversa qualsiasi cosa le abbia fatto Carlos» disse Ludvig, già pronto all'azione. «Gli telefono appena abbiamo finito qui».

«Ingegneria inversa?» ripeté Kari in un sussurro.

Mick allungò il braccio verso lo schienale della sedia di lei e le accarezzò delicatamente le spalle. Kari non si ritrasse. Anzi, il suo tocco sembrò calmarla.

Interessante. Da quello che sapevo, non facevano altro che litigare. Ma sembrava che avessero legato, almeno a un certo livello.

«Vediamo cos'ha da dire mio fratello al riguardo, poi decideremo il da farsi» le suggerì dolcemente Mick. Un leggero brusio gli si irradiava dal petto. «Ander ha un team con i migliori medici e ricercatori del mondo. Se c'è qualcuno che può aiutarti, è lui».

Povera ragazza, pensai, impietosito dal dolore che doveva provare per qualsiasi cosa le avesse fatto il padre. E tutto perché non voleva che si trovasse un compagno.

Sembrava che a Carlos non piacesse la competizione. Quando la sorella maggiore di Kari aveva preso un compagno, il fratello gemello di Enrique, Carlos lo aveva ammazzato, distruggendo nel processo anche la figlia. Poi aveva alterato Kari per impedirle di concepire. E come se quello non fosse già abbastanza orribile, l'aveva trasformata in un sex toy per le sue guardie.

C'erano molti modi di prevenire una gravidanza; le coppie di alfa e omega lo facevano tutto il tempo.

Ma Carlos aveva scelto il metodo più cruento possibile.

Quello stronzo era esattamente il tipo di uomo che amavo uccidere. Purtroppo, però, avevo altre priorità. Tra cui l'omega trasognata seduta accanto a me. Avevo mantenuto le vibrazioni a un livello basso, sufficiente a stimolarla, ma senza spingerla oltre il limite. Così, stava vacillando sul bordo di un orgasmo che si rifiutava di raggiungere il culmine, una sensazione simile a quella che avrebbe provato durante l'estro, senza il cazzo di un alfa a soddisfarla. Solo che non aveva lo stesso impatto; non era ancora ridotta a una massa piagnucolante e fremente di desiderio.

Non volevo farla arrivare a tanto, volevo solo darle una lezione.

E quello era il punto in cui ci trovavamo in quel momento.

Presi il vino e lo sorseggiai, valutando la mia prossima mossa.

Gli altri partecipanti alla cena avevano compreso perfettamente le mie intenzioni. Winter aveva agito senza riflettere, scavalcando la mia autorità di fronte al branco e mettendosi di conseguenza in serio pericolo. Dovevo punirla.

Alcuni avrebbero scelto un approccio più violento.

Io avevo preferito metterla letteralmente in ginocchio, ricordandole quali fossero le nostre dinamiche.

Eravamo schiavi del nostro legame. Il suo bisogno di piacere era direttamente connesso al desiderio di darle il mio nodo. Era da un'ora che ce l'avevo duro, un'ora trascorsa a pregustare il momento in cui avrei potuto metterla a novanta e immergermi nel suo dolce calore.

La differenza tra noi due era la mia capacità di concentrarmi e di portare avanti una conversazione seria, pur essendo eccitato.

Se uno dei lupi seduti a tavola si fosse rivolto a lei, invece, Winter avrebbe blaterato qualcosa di incoerente. In parte era colpa delle vibrazioni, ma era soprattutto a causa del suo desiderio di sottomettersi al suo compagno. Una parte innata di lei sapeva di essersi comportata male e voleva essere punita.

Le omega bramavano l'approvazione dei loro alfa. E Winter sapeva che non si era guadagnata la mia. Anzi, l'aveva persa del tutto, e ora la sua lupa sperava di ristabilire l'equilibrio.

Appoggiai il calice sul tavolo e mi chinai verso la mia compagna. «Scusati e va' in bagno» le sussurrai all'orecchio, con un tono abbastanza basso da non essere udito da nessun altro. Anche se, a quel punto, nulla di ciò che avrei potuto dire li avrebbe sorpresi.

Winter rabbrividì, ma fece come le avevo ordinato. Si

alzò, regalandomi una splendida visuale del suo sedere avvolto nella seta, e andò verso il corridoio con i bagni, posizionato su un angolo del salone.

Il settore Norse non aveva molte aree in cui poter cenare in compagnia, e la maggior parte veniva usata in situazioni simili, ad esempio quando Ludwig voleva intrattenere un dignitario straniero. Anche gli altri lupi usavano quei ristoranti improvvisati per piccole riunioni o celebrazioni; quelli che si occupavano di cucinare si limitavano a spostarsi in base alle richieste ricevute. Quella sera, Ludwig aveva preso in prestito la sua squadra di cuochi personale.

Al tavolo, la conversazione si spostò sul famigerato alfa del settore Bariloche, con Mick che poneva una domanda dopo l'altra sulla prestigiosa Guardia Alfa di Carlos. Enrique sembrava felice di fornire tutte le informazioni richieste, e a me andava benissimo. Finché si fosse dimostrato utile, gli avrei permesso di vivere.

Grum, invece, rimaneva nella mia lista di potenziali vittime.

Fino a quel momento, non aveva offerto nulla di rilevante. Era riuscito soltanto a irritarmi con la sua insignificante esistenza. E sapere che aveva scopato con la mia compagna non era certo un punto a suo favore.

Era giunto il momento che mi congedassi anch'io. Alzandomi, trattenni lo sguardo del beta, permettendogli di vedere la fame che si agitava nei miei occhi, una fame destinata alla femmina che non avrebbe mai più avuto il privilegio di toccare. «Torno tra poco» dissi, senza curarmi che qualcuno mi sentisse.

Grum si accigliò. La sua disapprovazione era evidente. *Bene.*

Questa sarebbe stata una punizione anche per lui. La sua giustificazione riguardo i soppressori mi aveva fatto incazzare. Se lui o quel Doc sospettavano davvero qualcosa, avrebbero dovuto agire. Per quanto mi riguardava, si erano dimostrati completamente inutili.

Gli sorrisi, poi mi girai per seguire il profumo delizioso della mia omega.

Mmm, perfetto. Le palline Ben Wa avevano ottenuto proprio il risultato che speravo. Avvicinandomi al bagno, aumentai l'intensità della vibrazione. Sorrisi al sussulto che udii attraverso la porta.

Tecnicamente, non era stato né un gemito, né un grido, quindi glielo concessi.

Non appena varcai la soglia, si inginocchiò ai miei piedi e avvolse le braccia intorno alla mia coscia. «Ti prego, alfa» sussurrò, premendo il viso sul mio inguine. «*Ti prego*, lascia che venga».

Affondai le dita tra i suoi capelli corvini. Era veramente stupenda in quello stato: sottomessa, implorante, intenta a strofinarsi sulla mia erezione, come se non potesse sopportare di rimanere un altro istante senza il mio cazzo dentro di lei.

«Sei in fiamme, Winter?» le chiesi dolcemente. «Ti senti come se stessi per esplodere?».

«Sì» sibilò, premendo la guancia sulla cerniera dei miei pantaloni e strusciandosi come un'omega in calore.

Continuai ad accarezzare i suoi soffici capelli. Il mio tocco era volutamente leggero, del tutto insufficiente per lei. «Ti ricorda l'estro, piccola?».

Annuì, e un mugolio disperato le sfuggì dalle labbra. Premette il naso sui miei pantaloni e inspirò profondamente. «Scopami, alfa. *Ti prego*».

«Dimmi…» mormorai, spostando le dita verso la sua nuca. «Come pensavi di gestire il tuo primo estro senza di me?». Usai la mano libera per premere il piccolo telecomando e rendere l'assalto tra le sue cosce ancora più intenso.

Lei schiacciò la bocca sul tessuto e vi soffocò un suono; era qualcosa di simile a un gemito mescolato a un urlo, ma decisi di non punirla. Stava già soffrendo abbastanza.

«Ci hai pensato, piccola?» le chiesi, serrando la presa sulla sua nuca. «Hai riflettuto su come affrontare il calore senza di me? Perché sarebbe molto peggio di così. Ti ritroveresti in preda a un'insopportabile agonia, pregheresti chiunque di darti il suo nodo. E tutti quei beta ci proverebbero, certo, ma fallirebbero. E allora cosa faresti, Winter? Li spingeresti a farti a pezzi? Mi costringeresti a sentirti morire a migliaia di chilometri di distanza?».

Mi conficcò le unghie nelle cosce e le sue spalle iniziarono a tremare. «No» sussurrò.

«No cosa, piccola?». Feci scivolare il palmo verso l'alto e le afferrai una manciata di capelli, per poi strattonarle la testa all'indietro e studiare il suo bellissimo viso.

Aveva le pupille talmente dilatate da aver praticamente inglobato le iridi, facendo assomigliare i suoi occhi a due pozzi scuri e affamati. Ma colsi la comprensione nei suoi lineamenti, la paura suscitata da ciò che le stavo illustrando. Il destino che aveva scelto per se stessa e per me.

«Provare una cosa del genere mi ucciderebbe, Winter. Sapere che sei troppo lontana per poterti aiutare, pur sapendo esattamente in che modo ti stanno facendo del male».

Mi inginocchiai davanti a lei. Anche così, torreggiavo sulla sua figura minuta, ma almeno avrei potuto stringerla più facilmente. Si aggrappò immediatamente alle mie spalle, premendo il corpo sul mio per trasmettere quanto avesse bisogno di me. Ma la tenni a distanza, stringendole i capelli con una mano e afferrandole un fianco con l'altra.

«Il dolore che stai provando in questo momento, quell'orgasmo che il tuo corpo continua a negarti, verrebbe moltiplicato almeno un milione di volte durante l'estro. Ti perderesti in quel desiderio e ti lasceresti scopare da chiunque e da qualsiasi cosa, pur agognando un solo nodo. *Il mio*». Le sfiorai le labbra con un bacio casto, destinato a provocarla. «Capisci in cosa consiste il nostro legame, dolcezza? Come ci unisce in ogni modo possibile?».

Annuì, avvolgendomi le braccia attorno al collo come se fossi la sua ancora di salvezza. «Mio» disse con un sospiro.

«Tuo» confermai, lasciandole andare il fianco per prendere il telecomando. Fermai la vibrazione. La mia bocca era ancora a un respiro dalla sua. «Alzati e dammi la tua biancheria intima, Winter».

Lei deglutì e fece come richiesto, sfruttando le mie spalle come supporto. Le strinsi i fianchi, aiutandola a tenersi in equilibrio, mentre si chinava per sfilarsi gli slip di pizzo. Tremava violentemente, ma riuscì a portare a termine il compito con una grazia che suscitò la mia ammirazione.

Presi l'indumento e me lo infilai in tasca, poi dissi: «Ora puoi rimuovere il giocattolo. Ma non venire».

«Sì, alfa». Chiuse gli occhi e abbassò la mano, scivolando con le dita nel suo calore, in quel paradiso di desiderio già pronto per me. Fremendo, estrasse le palline di metallo e me le porse.

«Leccale, piccola».

Le sue palpebre si sollevarono, mostrandomi due splendide sfere d'ebano. Mantenendo lo sguardo sul mio, fece esattamente come le avevo ordinato. Le sue labbra e la sua lingua mi sedussero senza nemmeno provarci. Non vedevo l'ora che facesse lo stesso al mio cazzo.

Più tardi, mi dissi. Dopo il modo in cui si era comportata durante la cena, Winter meritava la mia devozione e tutte le mie attenzioni. Aveva obbedito in modo ammirevole, e volevo ricompensarla a dovere.

«Mmm, brava, tesoro» la lodai. «Adesso solleva il vestito, così posso godermi il mio dessert».

Ansimò, impaziente; i suoi capezzoli spuntavano attraverso l'abito di seta. Afferrò il tessuto e lo alzò. Con le mani sui suoi fianchi, la guidai verso la porta. Volevo che avesse qualcosa a cui appoggiarsi.

«Cerca di non cadere» dissi.

«Mi è…?». Inspirò profondamente per riuscire a terminare la domanda. «Mi è permesso venire, alfa?».

Oh, quanto la adoravo. Aveva memorizzato tutte le mie regole alla perfezione.

Non mi sarei limitato a leccarla fino all'orgasmo, no. Le avrei anche dato ciò di cui aveva realmente bisogno. E dopo l'avrei tenuta tra le braccia finché non fosse stata pronta a muoversi di nuovo, anche dopo ore passate in quel bagno minuscolo. Beh, almeno era pulito e arredato con eleganza.

«Puoi venire, gemere e urlare, Winter» le dissi. «Non trattenerti. Voglio che tutti, in questo dannato settore, sentano che ti sto reclamando. Hai capito?».

«Sì». Lasciò cadere la testa all'indietro, sulla porta. «Grazie, alfa».

Emisi un piccolo ringhio, compiaciuto delle sue reazioni, e sigillai la bocca sul suo clitoride.

Il mio nome le sfuggì dalle labbra. Nonostante non le avessi dato il permesso di chiamarmi Kazek, non la corressi né la rimproverai; le avevo ordinato di informare tutto il branco chi la possedesse, ed era esattamente quello che stava facendo.

Venne quasi all'istante. Il suo corpo tremò per

l'orgasmo tanto sospirato che la travolse fin nel profondo. La divorai, prolungando il suo piacere e facendole raggiungere l'apice di nuovo solo pochi minuti più tardi. Non cessai il mio piacevole assalto neanche mentre tentava di riprendere fiato.

La sua mano destra lasciò andare il vestito, retto ancora dalla sinistra, per afferrarmi i capelli e tenermi tra le sue cosce.

Non che fosse necessario; giurai di continuare a farla venire finché non mi avesse implorato di fermarmi. O non avesse preteso di più.

E lo feci.

Succhiai il suo bocciolo sensibile, infilai le dita dentro di lei per massaggiare quel punto che le faceva tremare le gambe, la condussi oltre il limite.

Ancora.

E ancora.

E ancora.

Cantilenò il mio nome, mescolandolo a maledizioni, suppliche e gemiti.

"Basta" divenne "Ancora" e poi "È troppo". Poi cominciò a piangere. Si serrò attorno alle mie dita e mi respinse.

«Nodo» sussurrò, con le lacrime che le rigavano il viso, nonostante l'ennesimo orgasmo stesse crescendo dentro di lei. «Ti prego, alfa. Ho bisogno del tuo nodo».

Mordicchiai il suo bocciolo gonfio; non con forza, ma quanto bastava per bloccare la sua estasi. Principalmente perché sapevo che, se fosse venuta di nuovo, sarebbe finita al tappeto.

Era finalmente pronta per il suo compagno.

Qualsiasi altra cosa non sarebbe stata sufficiente.

«Voglio che ricordi questo momento, Winter» dissi, alzandomi in piedi e sovrastandola. «Ricorda come ti senti.

Questa sensazione di vuoto che provi, nonostante tutti i tuoi orgasmi. Perché è così che sarebbe la vita senza di me. Senza di *noi*».

«Ti prego, non...». Il suo labbro inferiore prese a tremare. «Non lasciarmi così, alfa».

Le posai una mano sulla guancia e la baciai lentamente, per farle sentire il suo sapore sulla mia lingua. «Sarebbe la punizione perfetta, non credi?» sussurrai. «Lasciarti insoddisfatta. Andare via e costringerti a cavartela da sola. Fare il mio dovere nell'altra stanza, invece di occuparmi dei tuoi bisogni e mettere te, *noi*, al primo posto».

Iniziò a tremare per un motivo completamente diverso: il terrore che mettessi in atto le mie minacce. Ne fu talmente spaventata che le sue lacrime ripresero vigore.

Già, sarebbe stata la punizione perfetta.

Ed era anche quello che si meritava per il suo comportamento.

D'altro canto, era stata così brava a cena, così obbediente.

Fu quella la ragione per cui decisi di non andarci troppo pesante con lei.

«Mi dispiace» sussurrò. Le sue mani abbandonarono le mie spalle, e fu sul punto di accasciarsi ai miei piedi.

Ma le avvolsi un braccio attorno alla vita e la tenni stretta a me. «Lo so» risposi. «E ora toglimi i pantaloni».

Si illuminò per il sollievo. Sarebbe stato più facile farla mettere in ginocchio per succhiarmelo, ma non ero così crudele.

Beh, almeno non con lei.

Le mie dita risalirono di nuovo verso i suoi capelli. Giocherellai con le sue ciocche setose mentre mi slacciava abilmente la cintura, apriva il bottone dei pantaloni e abbassava la cerniera. Non mi ero preoccupato di indossare un paio di boxer, consapevole di come sarebbe andata a finire la serata. Così, il mio cazzo fu subito tra le sue mani impazienti.

Me lo accarezzò senza chiedermi il permesso.

Ringhiai in risposta; soprattutto in segno di approvazione, ma con un accenno di avvertimento su chi controllava chi.

La sua fronte cominciò a cadere in avanti in segno di sottomissione, ma la mia presa sui suoi capelli la trattenne. Non le diedi la possibilità di scusarsi o di parlare, e la mia bocca reclamò la sua in un bacio violento e dominante.

La aprì per me.

Mi permise di divorarla nel modo che desideravo.

E aspettò che fossi io a fare la mossa successiva.

Non avrei mai immaginato che baciare potesse essere così fottutamente erotico. Non era mai stato in cima alle mie priorità, perché avevo sempre preferito andare al sodo. Ma Winter aveva cambiato tutto. Mi faceva venire voglia di andarci piano, di memorizzare ogni singolo istante e di assicurarmi che lei fosse a suo agio, prima di fare il passo successivo.

Fu esattamente quello che feci anche in quel momento.

La accompagnai delicatamente nell'esperienza, mantenendo inizialmente il controllo, per poi permettere alle sue preferenze di emergere.

Le piacevano i movimenti fluidi, quelli in cui la mia lingua accarezzava e danzava sensualmente con la sua.

Winter voleva la passione.

Aveva bisogno delle mie emozioni.

Desiderava che le dessi tutto e anche di più.

La accontentai. Con la mia bocca vittima dei suoi sensuali assalti, mi abbandonai ai suoi metodi e le concessi di esplorare ogni parte di me. Le mie emozioni, inclusa la rabbia nei suoi confronti per aver cercato di abbandonarmi. Il mio terrore di averla persa. La mia accettazione del nostro destino, così come la mia avversione per la leadership e la successiva comprensione di quanto fosse necessaria.

E, soprattutto, lasciai che percepisse la mia adorazione per lei. La mia devozione. La promessa di proteggerla sempre. Il mio giuramento di essere sempre al suo fianco. Il pieno riconoscimento del nostro legame e del suo significato.

Aveva ricominciato a piangere, ma non c'era più la paura dietro alle sue lacrime. La mia compagna era sopraffatta da tutto quello che le avevo detto con la bocca, senza pronunciare neanche una parola.

Le afferrai il sedere e la sollevai, per poi bloccarla contro la porta, premendo il corpo sul suo. Mi avvolse le gambe attorno alla vita per tenersi in equilibrio, mentre il mio cazzo trovò il suo sesso con una precisione infallibile e scivolò dentro di lei.

Si inarcò verso di me con un sussulto. Pianse ancora di più mentre la prendevo nel modo che entrambi desideravamo.

Non era una questione di piacere o di dolore, ma di puro *bisogno*.

Il mio lupo esigeva che la reclamassi, e la sua lupa che le dessi il mio nodo.

Le nostre bocche erano sempre più affamate, la sua lingua sulla mia aveva l'effetto di una benedizione. Non mi ero mai sentito così nei confronti di nessuno. Una tale possessività, una tale completezza. Era come se non fossi in grado di respirare senza di lei, come se avessi appena iniziato a vivere grazie a lei.

Conficcai le mie emozioni dentro di lei, consapevole che probabilmente le avrei lasciato i segni, con la potenza delle mie spinte, ma consapevole anche che lei ne voleva di più.

«Winter» ansimai, perso in lei.

L'intera situazione era stata incentrata sul controllo, sul mio bisogno di possederla completamente. Eppure non mi ero mai sentito così libero in tutta la mia vita.

Il nostro legame aveva dominato entrambi, mettendomi figurativamente in ginocchio ed esigendo che mi arrendessi.

E io lo feci.

A lei.

A noi.

Al momento che stavamo condividendo.

Gemette e si serrò attorno a me, a dimostrazione della sua crescente eccitazione. «Vieni» le ordinai. «E urla, Winter. Urla il mio nome».

«Kazek!». Crollò con un suono che avrei ricordato in eterno nei miei sogni più oscuri e che avrei sempre cercato di ricreare.

Pura estasi.

Nessun dolore.

Solo completezza.

Eravamo finalmente sullo stesso livello di consapevolezza. Quella delle nostre menti combaciava con quella delle nostre anime, e il nostro legame si era spinto su un piano completamente nuovo.

Il mio nodo esplose dentro di lei, facendomi ululare, vittima di un piacere agonizzante. Il mio lupo assunse il comando. Smisi di pensare. Reagii. E morsi di nuovo Winter, nello stesso punto in cui l'avevo assaggiata qualche giorno prima.

Lei urlò e precipitò nell'oblio, la sua lupa si arrese al mio senza opporre alcuna resistenza.

Fu come un nuovo accoppiamento. I nostri corpi si

unirono con un legame ancora più forte di prima. Sapevo che non era possibile, ma nulla tra noi sembrava essere normale. Era tutto intriso di magia. Una fiaba perversa. Il mio contorto lieto fine.

Le liberai il collo e la strinsi con una passione che non sapevo di possedere. E lei si aggrappò di nuovo a me, con le gambe che le tremavano e il respiro affannoso.

«Grazie» sussurrò. «Grazie, alfa».

«Kazek» la corressi. Avevo bisogno di sentire il mio nome pronunciato dalle sue dolci labbra.

«Kazek» ripeté dolcemente. «Grazie, Kazek».

La baciai teneramente e mi sedetti sul pavimento, portandola con me. Mi sistemai con la schiena appoggiata alla porta e Winter a cavalcioni su di me, col mio seme che ancora si riversava dentro di lei.

Il silenzio cadde su di noi.

Appagamento.

Un percorso chiaro.

Le nostre vite che si sposavano per l'eternità.

Non mi importava di chi era rimasto nel salone, non mi importava se stavano aspettando il nostro ritorno. Era un momento troppo potente e significativo per interromperlo.

Winter sembrava pensarla allo stesso modo. La sua fronte era appoggiata alla mia spalla, le sue dita giocavano con i bottoni della mia camicia.

Che splendida compagna.

Così perfetta.

Le scostai i capelli dal collo e ammirai il marchio che le avevo lasciato. *Mia.*

Probabilmente percepì i miei pensieri, perché mormorò quello che suonò come un assenso. Un piccolo suono soddisfatto che mi rimescolò tutto.

«Sono tuo, Winter Flor» dissi dolcemente, emettendo una profonda vibrazione dal petto. «Per sempre. Tu scappi, io ti inseguo. Questa è la nostra danza. Ricordatelo, la prossima volta che cercherai di lasciarmi».

Mugolò di nuovo qualcosa; quel suono sembrava l'unica cosa che era capace di formulare, nel suo stato post-orgasmico.

Lo accettai come risposta.

Soprattutto perché la sentii rassicurarmi attraverso il nostro legame.

Anch'io sono tua, stava dicendo. *E lo sarò per sempre.*

WINTER

Kazek mi aiutò a sistemare il vestito. Le sue dita si muovevano sulla seta nera con abilità, spianando le grinze come un esperto. Il suo seme mi ricopriva le cosce, i miei slip erano da qualche parte nelle sue tasche. Non lasciò che mi lavassi e non si diede una ripulita neanche lui.

Ci avevano già sentito tutti. Non aveva senso tentare di nascondere quello che era successo. E soprattutto non volevo prendere le distanze dalla sua rivendicazione. Mi apparteneva, e io appartenevo a lui.

Come se avesse intuito la direzione dei miei pensieri, Kazek avvicinò la bocca al suo marchio e mi posò un bacio sul collo. «Tutto bene, Winter?» sussurrò.

Annuii lentamente. «Sì».

«Ottimo». Mi sfiorò la tempia con le labbra e si mise dietro di me. Non ne capii il motivo, finché nella sua mano non apparve la mia collana. «Volevo ridartela prima, ma me ne sono dimenticato». La fece scivolare sulla mia pelle e chiuse il fermaglio di metallo. «Ludvig ha detto che l'hai lasciata nella suite di detenzione».

Sfiorai il medaglione con l'impronta di una zampa, studiando il mio riflesso nello specchio. «L'ho scordata» ammisi. «Ti ha detto qualcosa?».

Kazek incontrò il mio sguardo sul vetro. «Sì».

Aspettai che continuasse, ma non lo fece. Mi voltai tra le sue braccia e premetti i palmi sul suo petto. «Cosa?».

«Davvero non lo sai?».

«Non so *cosa*?».

Mi strinse i fianchi, la sua presa possessiva e molto gradita. «L'alfa Ludvig è tuo zio».

Le mie sopracciglia si sollevarono. «*Cosa?*».

«Okay, davvero non lo sapevi» mormorò in tono divertito. «È stata una novità anche per me. Cosa ne dici, andiamo a chiedergli qualche informazione in più?».

Non riuscii a prendere abbastanza fiato per rispondergli.

Mio zio?, pensai. *Come?*

Cosa aveva detto Doc? Qualcosa sul fatto che Ludvig avrebbe riconosciuto la collana. Era sicuro che avrebbe convinto l'alfa del settore Norse ad aiutarmi. Quindi Doc lo sapeva. E Grum?

Mi precipitai verso la porta e Kazek mi seguì a ruota. Non mi disse di fermarmi, né mi ricordò il mio posto. La sua vicinanza era al tempo stesso una presenza dominante e di supporto.

E per qualche motivo mi fece innamorare di lui ancora di più. Perché mi permetteva di essere chi avevo bisogno di essere, e mi ricordava il mio posto quando avevo bisogno di una lezione.

Marciare sulla pista senza un piano era stato un grosso errore. L'avevo riconosciuto, così come lui aveva ammesso che tenermi rinchiusa senza dirmi nulla era stato altrettanto grave. Beh, più o meno. Diciamo che lo aveva accennato.

In ogni caso, la comunicazione non era il nostro punto di forza. Dovevamo lavorare su quell'aspetto della nostra relazione. Ero sicura che lo avremmo fatto, ma in quel momento avevo bisogno di risposte.

«Lo sapevi?» chiesi appena arrivammo al tavolo.

Tutti erano passati ai cocktail del dopocena. Con la mia domanda, interruppi qualsiasi discussione stessero avendo, e i loro sguardi si spostarono tutti su di me.

Ma io avevo occhi solo per Grum. «Lo sapevi?» ripetei.

Mi fissò. «Cosa?».

«Che Ludvig è mio zio» risposi a denti stretti.

Grum non esitò nemmeno un istante. «Sì».

«Lo sapevate tutti?» lo incalzai.

«Sì, principessa, lo sapevamo tutti».

«Tutti?» ripeté Kazek.

Ma io sapevo già a chi si stava riferendo Grum. *I miei sette protettori.*

«Di chi parlate?» insistette Kazek quando Grum lo ignorò.

«Non è a te che faccio rapporto, alfa» rispose, senza staccarmi gli occhi di dosso. «La mia lealtà è verso la principessa Snow».

Kazek ringhiò, un suono che vibrò con violenza sulla mia schiena. «Attento, beta».

Alla fine Grum spostò lo sguardo da me al maschio arrabbiato alle mie spalle. «Rispetto che tu sia il suo compagno, alfa Kazek. Ma ho fatto un giuramento alla dinastia dei Frost e non ho nessuna intenzione di infrangerlo».

Silenzio.

Grum non poteva spiegare di più, avendo giurato anche di non farne mai parola con nessuno.

Ma io non ero soggetta alle stesse regole.

I sette esistevano per servire me e la mia famiglia. Kazek vi si era unito in qualità di mio compagno, e, a quanto sembrava, ne faceva parte anche Ludvig. Doveva essere il fratello di mia madre, perché la famiglia di mio padre era stata spazzata via durante la riforma della società, un centinaio di anni prima. Era così che era diventato il re del settore Winter.

Anche Mila, la compagna di Ludvig, era da considerarsi parte della famiglia. E lo stesso valeva per suo figlio Mick, la cui parentela avevo scoperto durante la cena. Avevo anche appreso che tutti lo chiamavano Sven, non Mick.

Gli unici estranei presenti nella stanza erano quindi Kari ed Enrique.

«Che giuramento?» chiese Kazek, facendomi voltare nelle sue braccia. «Di cosa sta parlando, Winter?».

Mi persi nei suoi occhi scuri, permettendo alla sua forza di sopraffare i miei dubbi, e sussurrai: «Fa parte dei miei sette». Se Enrique avesse riferito tutto questo a Vanessa, la mia cerchia di beta sarebbe stata in pericolo. Certo, erano perfettamente in grado di cavarsela da soli, ma la Regina degli Specchi giocava sporco.

«Snow» mi ammonì Grum.

Scossi la testa. «Tecnicamente, tutti i presenti sono parte della mia famiglia, Grum. Tranne due, ma sono sicura che l'alfa Kazek saprà tenerli in riga, se necessario». Forse non Kari, ma con chi avrebbe potuto parlarne? L'unica vera minaccia era Enrique, e il suo destino era già nelle mani del mio compagno.

Kazek mi posò una mano sulla guancia. La sua espressione era incredibilmente affettuosa. «Parlami dei tuoi sette».

«I miei sette protettori» risposi, schiarendomi la voce. «Sono quelli che mi hanno insegnato a combattere. Mi hanno allenata in segreto, all'insaputa di Vanessa, perché erano sempre stati leali alla mia famiglia, non a lei. Sono loro ad avermi aiutata a fuggire sul jet. Le loro identità sono note soltanto a me e agli altri membri della cerchia, e ricoprono tutti una posizione di rilievo nel regno».

«Ecco perché ti sei offerto volontario per venire con me» disse Enrique. Mi girai e lo trovai intento a fissare Grum a bocca aperta. «Sapevi che era qui e volevi proteggerla».

«Sì». Grum, un tipo di poche parole, non era solito mentire. Si limitò a confermare quel dettaglio e riportò la sua attenzione su di me, in attesa di scoprire cos'altro avrei rivelato.

«I sette sono stati creati durante la riforma, per proteggere l'ultimo erede della famiglia Frost, ossia mio padre. Sono una squadra d'élite di beta, che, come ho detto, mantengono dei ruoli di prestigio. Grum è l'esperto di armi del settore. Doc è il capo della mia scorta. Ce ne sono altri cinque, di cui non rivelerò l'identità. Quando ce n'è bisogno, lavorano insieme per proteggere la famiglia Frost».

«Abbiamo fatto un giuramento di sangue a Einar Frost e poi alla sua compagna, Sofie Frost» confermò Grum.

«Ma è fantastico» disse Kazek, non suonando particolarmente colpito. «Quanti anni hai, Winter? Venti? Ventuno?».

Aggrottai la fronte. Sembrava il genere di informazione che avrebbe già dovuto conoscere. «Ventuno».

«Ventuno» ripeté. «Wow. Avete avuto due intere decadi per capire che era un'omega. Capisco che la questione dei soppressori sia un'anomalia per voi, ma ci devono essere stati altri segnali».

«Non lo sapevo nemmeno io» fece notare Enrique. «E ci sono state molte situazioni in cui avrei dovuto accorgermi di qualcosa».

Il suo accenno per nulla sottile alla nostra intimità mi fece trasalire.

Kazek ringhiò e fece un passo avanti, ma io mi misi sulla sua strada. «Non è mai nemmeno andato vicino a darmi il suo nodo» gli dissi, appoggiando le mani sulle sue spalle. «Solo tu, alfa».

Abbassò lo sguardo su di me. I suoi occhi ardevano. «E Grum?».

«Ho facilitato la transizione in vista della prima notte di nozze. È stato più che altro un intervento di carattere sanitario. Non ha avuto nulla a che vedere con lo show che hai appena messo in scena in bagno» rispose Grum. Le sue parole furono accompagnate dallo strisciare della sua sedia sul legno.

Feci una smorfia per il modo in cui aveva descritto la nostra esperienza. L'aveva rappresentata correttamente, ma non mi era piaciuto ascoltarne il riassunto ad alta voce.

«Se vuoi punirmi per qualcosa che è successo prima che tu la reclamassi, alfa, fa' pure» continuò Grum. Il suono dei suoi stivali riecheggiò dietro di me. «Ma ricorda che in questo modo metteresti fuori gioco uno dei protettori di Snow. E credimi se ti dico che entrambi avete bisogno di un leale sostegno, in questo momento».

«Leale sostegno». Kazek sbuffò. «La notte in cui è atterrata nel settore Norse è quasi morta, perché il suo estro è esploso mentre i soppressori le insudiciavano ancora l'organismo. La mia rivendicazione le ha salvato la vita. Tu, invece, cos'hai fatto?».

«Ho aiutato a crescerla, le ho insegnato a difendersi e l'ho protetta al meglio delle mie capacità, il tutto sotto il naso della regina. Conosco il palazzo da cima a fondo, comprendo le motivazioni dei lupi che vivono nel nostro settore e, soprattutto, mi occupo della manutenzione di tutti i depositi di armi. Anche quelli di cui Vanessa non è a conoscenza».

Kazek lo squadrò ancora una volta da capo a piedi. «Mi stai dicendo perché mi saresti utile».

«Sì» confermò Grum, sempre coi piedi per terra e dritto al punto.

«Spiegati meglio» disse Kazek. «Convincimi a lasciarti vivere, nonostante tu abbia toccato ciò che è mio».

Mi rannicchiai addosso al petto di Kazek, cercando di placarlo attraverso il contatto fisico. Percepii la presenza di Grum dietro di me. Si era avvicinato; era un beta, ma aveva il cuore di un alfa. Avrebbe affrontato la sua punizione a testa alta, anche se non ne condivideva le ragioni.

«Kazek» sussurrai in tono implorante. *È mio fratello. Ti prego, non ucciderlo*, avrei voluto dirgli. Ma sapevo che era meglio non interferire troppo. Gli alfa erano creature possessive. Grum mi aveva toccata. Già quello era sufficiente a spingere Kazek a commettere un omicidio, un po' come era capitato a me quando avevo incontrato Alana nell'ufficio di Ludvig.

«Ssh, piccola» rispose Kazek. «Voglio sentire come si difende il tuo *protettore*».

La quieta energia di Grum mi scaldò da dietro, suggerendo che stava mantenendo un atteggiamento rilassato. Si lasciava intimorire raramente dalle minacce altrui, anche se provenivano da un letale assassino. Se si fosse trattato di Doc, lo avrebbe affrontato e si sarebbe messo a discutere. Ma con Kazek sembrò valutare la sua posizione e scegliere con cura le parole da usare.

Il mio Grum è sempre così saggio, pensai.

«Hai bisogno di me, alfa» disse senza mezzi termini. «Quindi colpiscimi, se devi, ma ricorda il mio valore, soprattutto per quanto riguarda Snow. I sette hanno commesso un errore con i soppressori, ma questo non cancella vent'anni trascorsi a salvarle la vita. Ci sono stati altri complotti contro di lei. Li abbiamo sventati tutti senza che nessuno lo venisse a sapere, Snow inclusa».

Sbattei le palpebre, sconvolta. «Cosa?». Cercai di girarmi verso di lui, ma le braccia di Kazek, avvolte attorno alle mie spalle, me lo impedirono.

«Quali complotti?» chiese l'alfa.

Grum iniziò a elencarli uno per uno, come se li stesse leggendo direttamente da un documento riservato che esisteva solo nel suo cervello. La mia mente era affollata di domande.

Qualcuno ha cercato di annegarmi quando avevo cinque anni?

È per questo che sono caduta da quel davanzale, quando ero un'adolescente?

Quand'è che ho dormito per una settimana? Perché non riesco a ricordarlo?

Le altre minacce erano state tutte scongiurate prima di arrivare a me. Come ad esempio un cesto pieno di mele avvelenate. Le mele erano il mio frutto preferito.

«Quante persone hanno cercato di uccidermi?» chiesi, quando terminò. Ero senza fiato.

«Tante» rispose Grum. «Erano perlopiù lupi vagabondi provenienti dall'esterno del regno. Purtroppo, solo due sono sopravvissuti e hanno parlato con noi. Si sono riferiti alla loro benefattrice come "la vecchia strega". Non l'hanno mai incontrata, limitandosi ad accettare la taglia offerta».

«Siete riusciti a rintracciare gli altri cacciatori di taglie?» domandò Kazek.

«Ci abbiamo provato, ma hanno continuato a sparire senza lasciare traccia».

«Ecco a cosa si riferiva» intervenne Enrique in tono cupo. «Una volta Vanessa ha descritto Snow come un "problema che cercava di risolvere da anni senza riuscire a fare progressi". Poi ha passato mezz'ora a complimentarsi con me perché ero la persona giusta per quel lavoro. Ha detto che avrebbe dovuto saperlo che un altro alfa di alto rango sarebbe stato la scelta migliore, non dei bastardi malnutriti. Non avevo idea di cosa stesse parlando. Ora lo so».

Rabbrividii. Era una conversazione surreale. Sapere che Vanessa aveva progettato di farmi uccidere per mano di Enrique mi aveva ferita e mi aveva fatta arrabbiare. Tuttavia, rendermi conto che non era la prima persona che aveva ingaggiato per eliminarmi era profondamente inquietante.

«Perché non me l'avete detto?» chiesi, interrompendo la discussione in atto. Mi girai verso Grum, in modo che capisse che la domanda era per lui. Kazek lasciò che mi muovessi, ma tenne le braccia avvolte attorno a me con un atteggiamento palesemente possessivo. «Perché mi avete tenuta all'oscuro di tutto?».

«Per proteggerti» rispose Grum. «Senza prove, non potevamo accusare pubblicamente Vanessa. E Doc temeva che ti potesse sfuggire qualcosa. Così ti abbiamo insegnato a combattere e a difenderti. È per questo che ti abbiamo fatta allenare così duramente».

«Oh». Aveva senso. Avevo iniziato a sentirmi a disagio in presenza di Vanessa solo nell'ultimo anno. Da bambina, la vedevo quasi come una figura materna. E cercavo sempre di compiacerla, anche se pareva impossibile.

«Cos'è successo ai due cacciatori di taglie rimasti in vita?» chiese Kazek, riportando la conversazione sui tentativi di farmi fuori.

Grum incontrò lo sguardo di Kazek; i suoi occhi azzurri dalle sfumature argentee brillavano di soddisfazione. «Vivono in un buco, mezzi morti di fame. Doc ha pensato che ci sarebbero serviti, se fossimo arrivati a un processo». Grum alzò le spalle. «È un tipo molto razionale, a cui piace pianificare a lungo termine».

«Dove diavolo li tenete?» chiese Enrique.

«In un luogo sicuro in cui la Regina degli Specchi non andrà mai» rispose Grum in modo vago.

Kazek restò in silenzio per qualche istante, ma sentii l'approvazione irradiare dal suo corpo. I suoi muscoli si stavano finalmente rilassando. «Hai ragione. Mi sei molto utile, beta».

«Immaginavo che l'avresti vista così» disse Grum.

«Già» confermò Kazek. «Ma se toccherai di nuovo la mia compagna in qualsiasi modo che non sia per salvarle la vita, ti scuoierò vivo e ti costringerò a mangiare le tue stesse palle. Hai capito?».

Grum mi guardò e inclinò la testa di lato. «Ho giurato di servire Snow Frost. Se è questo che desidera, allora accetterò».

«Gli abbracci sono ammessi». Lanciai un'occhiata al mio compagno. «È come un fratello per me».

«Un fratello che è stato dentro di te» ribatté Kazek con un basso ringhio.

«Ho tollerato l'alfa Alana». *Più o meno.* «Tollererai il beta Grum».

Kazek mi studiò. Nei suoi occhi scuri scintillava un miscuglio di fastidio e orgoglio. Alla fine, però, abbassò il mento in un cenno d'assenso. «Va bene, omega. Sono ammessi *brevi* abbracci».

Sorrisi per i suoi termini. «Okay».

«Okay» ripeté Kazek, posandomi un bacio sulla tempia. Avevamo raggiunto un accordo.

Mi girai e trovai tutti a bocca aperta.

Beh, tutti tranne Mila e Ludvig. Entrambi avevano la stessa espressione di approvazione stampata in faccia. Era molto raro che un alfa cedesse al volere della sua omega, soprattutto in pubblico. D'altro canto, però, avevamo già stabilito che quasi tutti i presenti erano in qualche modo parte della famiglia.

«Andrai bene per lei» disse Grum rivolto a Kazek. Nella sua voce c'era un accenno di rispetto.

Il mio compagno inarcò un sopracciglio. «C'erano dubbi?».

«Sì. Almeno un migliaio» rispose Grum, poi si rimise a sedere. «Ora possiamo smetterla di atteggiarci e parlare di come far fuori la Regina degli Specchi? Perché sono stanco di inchinarmi a quella stronza».

Spalancai la bocca per lo shock. Parlava in quel modo solo in presenza degli altri membri della cerchia. Il fatto che si rivolgesse così a Kazek significava che il mio compagno aveva conquistato la sua fiducia. Il pensiero mi scaldò il cuore. Mi piaceva che avesse accettato Kazek come mio; voleva dire che rispettava la mia decisione. Non che avessi avuto molta scelta, ma non era quello il punto.

Vanessa mi aveva messa in una posizione difficile.

La colpa della mia mancanza di scelte era sua, non di Kazek.

Il mio compagno grugnì, ma l'ombra di un sorriso gli guizzò sulle labbra. «Non preoccuparti, beta. Presto ti inchinerai a me e a Winter».

Grum annuì. «Immagino che tu abbia un piano».

«Sì» rispose Kazek, girandosi verso Enrique. «E comincia con te».

WINTER

Qualche giorno più tardi...

Il mio stomaco protestò durante la discesa. «Non mi abituerò mai a questa sensazione» mormorai, stringendo con forza i braccioli del sedile.

Kazek posò la mano sulla mia, accarezzandomi dolcemente il polso col pollice. Stava guardando fuori dal finestrino del jet. «Non voleremo spesso» disse. «Te lo prometto».

«Bene». Perché era un'esperienza orribile, che non volevo ripetere mai più.

Chiusi gli occhi, inspirai dal naso ed espirai lentamente dalla bocca. Era l'unica cosa che sembrava calmare le mie viscere in tumulto.

Quando il carrello toccò terra, la superficie irregolare sotto di noi rimbombò per la velocità dell'atterraggio, facendo tremare anche me. Avevamo scelto una posizione a una sessantina di chilometri all'esterno del settore Winter, per non rischiare di comparire sui radar o di essere uditi.

Nell'ultimo messaggio, Grum ci aveva confermato di aver disattivato la sorveglianza aerea circa un'ora prima. Era stato il suo obiettivo principale, una volta tornato nel settore Winter. Nel frattempo, Enrique doveva distrarre

Vanessa con le notizie sulla mia morte. Non ci aveva ancora fornito un aggiornamento, quindi non avevamo altra scelta che pensare che fosse occupato a svolgere il suo compito.

Kazek si sciolse i muscoli del collo con dei lenti movimenti circolari. La sua energia ronzava attorno a me, avvolgendomi in un'inebriante ondata di alfa e dominio. Non aveva suggerito nemmeno una volta che rimanessi ad aspettarlo nel settore Norse; il suo piano coinvolgeva anche me. L'avevo già ringraziato a dovere la notte prima, ma in quel momento provai l'impulso di farlo di nuovo. La sua presenza era irresistibile, soprattutto quando emanava quell'aria di autorità…

«Sento l'odore del tuo interesse» mormorò. La sua mano era ancora sulla mia, e la strinse dolcemente. «Ne riparleremo quando avrò smaltito un po' di questa aggressività». Mi lasciò andare, si slacciò la cintura di sicurezza e si alzò in piedi. «Le vibrazioni del nostro atterraggio hanno turbato gli Infetti. Vedo almeno tre covi in lontananza sul mio lato».

«Io ne ho visti due sul mio» disse Alana, rovistando in un borsone posto sul pavimento. Come me, indossava pantaloni neri, stivali neri e un maglione nero.

Kazek era vestito in modo simile, ma portava anche un paio di guanti di pelle.

Mentre mi slacciavo la cintura di sicurezza, prese un altro borsone dal vano portaoggetti e lo lasciò cadere ai miei piedi. «Scegli un'arma, principessa. È giunto il momento di dimostrarmi cosa sai fare».

«C'è un arco lì dentro?» dissi, aprendo la cerniera. Le mie labbra si increstarono in un sorriso deliziato quando ne vidi uno proprio in cima, con accanto una faretra piena di frecce. Guardai il mio compagno con un'espressione adorante. «Grazie».

Mi fece l'occhiolino. «Voglio vedere perché ti chiamano "la freccia di Winter". Spero tu sia pronta».

A parte il mio stomaco, ancora scombussolato per l'atterraggio, mi sentivo abbastanza preparata. Feci scivolare la faretra sulla spalla e mi resi conto che mi si adattava alla perfezione. Inarcai un sopracciglio, incontrando lo sguardo complice di Kazek.

Lui si chinò e mi sfiorò l'orecchio con le labbra. «Consideralo un regalo» sussurrò, poi mi baciò la guancia. «E ora andiamo a testare la tua mira».

Mick entrò nella cabina principale, provenendo da quella di pilotaggio, e sbuffò. «Hai intenzione di gettare anche lei in un covo di Infetti se non raggiunge i tuoi standard, K? Quello sì che è stato un bel weekend». I suoi occhi azzurri si spostarono su di me. «A proposito, è un pessimo insegnante».

«L'hai gettato in un covo di Infetti?» chiesi, scioccata.

Kazek fece spallucce. «Aveva bisogno di fare pratica».

«Sì, certo, solo perché *una volta* ho perso l'occasione per ucciderne uno» disse Mick. «Stronzo».

«Però da quel momento non è più successo, vero?» ribatté Kazek, lanciandogli un'occhiata eloquente. Quando Mick non rispose, il mio compagno sorrise. «Come pensavo».

«Avete intenzione di flirtare tutta la notte o di mettervi al lavoro?». Alana aveva un'enorme mitragliatrice in una mano e una pistola nell'altra. «O è meglio che vi lasci qui a trastullarvi, mentre io mi occupo degli Infetti là fuori?».

Mick grugnì. «Ah-ah. Non vi ho portati qui per stare seduti su questo dannato aereo. Andiamo a porre fine alle sofferenze di questi poveri bastardi».

«Su questo mi trovi d'accordo» disse Kazek, facendo roteare un pugnale, per poi riporlo nella cintura. Aveva anche una pistola su ogni lato, e si chinò per afferrarne una terza da tenere in mano. «È ora di dare inizio alla festa». Mi guardò e aggiunse: «Tu sei con me, Winter».

«Per sempre» risposi automaticamente, guadagnandomi un sorrisetto da parte del mio compagno.

«Per sempre» concordò, trascinandomi verso di sé per darmi un bacio. «Non vedo l'ora di ammirare la tua abilità con l'arco, piccola». Mi mordicchiò il labbro inferiore, poi mi lasciò andare. «Mira al collo, in modo da decapitarli. Poi ci occuperemo del tronco encefalico con i proiettili».

«So come uccidere un Infetto, Kazek» gli dissi. «Una freccia ben piazzata in bocca e il problema è risolto».

Sembrò colpito. «Sei già andata a caccia di Infetti?».

«Come pensi che abbia perfezionato la mia mira?» replicai. Grum e i gemelli mi avevano portata spesso nel bosco per esercitarmi col tiro al bersaglio. Gli Infetti non erano in grado di contagiare i lupi X-Clan, ma potevano comunque morderci e nutrirsi della nostra carne, il che li rendeva una seccatura che richiedeva frequenti operazioni di abbattimento. Erano attirati dal nostro calore corporeo e viaggiavano notte e giorno fino al nostro settore in cerca di un potenziale spuntino.

Un tempo mi sentivo in colpa, ma non c'era una cura per la loro condizione. Quindi, in realtà, ucciderli era un atto misericordioso. La loro umanità si era dissolta nel momento in cui erano diventati mostri senza cervello.

Kazek sorrise. «Va bene, "freccia di Winter". Tingi la neve di rosso».

«Ora sì che si ragiona» disse Alana, aprendo il portellone. «Io prendo il nord».

«Io il sud» ci informò Mick.

«Visto che a ovest c'è soltanto acqua, noi prendiamo l'est» rispose Kazek, lasciando che Mick e Alana uscissero per primi. «Trova un punto di osservazione adatto e dacci dentro, Winter».

Annuii e lo seguii fuori dal jet, nel freddo pungente. Mi gelò la pelle anche attraverso il maglione e i pantaloni, ma l'adrenalina mi spinse a proseguire.

Un tempo, Tromsø era un importante centro culturale.

Ormai era ridotto a una zona morta.

Gli abitanti erano tutti Infetti, perché gli umani sopravvissuti all'epurazione iniziale erano andati a morire sulle montagne. Tutto ciò era avvenuto prima che nascessi, ma i sette mi avevano raccontato quello che era successo.

L'intera regione era stata spazzata via.

Il settore umano più vicino era a metà strada verso Oslo.

Era per quello che gli Infetti si dirigevano verso il settore Winter. Avevano un disperato bisogno di mangiare. Fortunatamente, questo li rendeva più lenti e più facili da eliminare.

Kazek si accovacciò, concentrandosi sulla massa in movimento davanti a noi. Era entrato in modalità predatore. Lo si vedeva dalla tensione dei muscoli e dalla precisione dei suoi passi. Alzò il braccio e sparò tre colpi in sequenza, abbattendo la prima fila di Infetti. «Smettila di guardarmi e mettiti al lavoro» mi ordinò, sparando altre due volte. «Adesso, Winter».

Mmm... adoravo quando faceva il prepotente.

Ma avevo qualcosa da dimostrargli.

Non l'aveva ammesso, ma sapevo benissimo che si trattava di un test. L'aereo sarebbe potuto atterrare in un campo più distante, eppure aveva scelto la pista ai margini della città, consapevole che il nostro arrivo avrebbe attirato gli Infetti.

E l'aveva fatto perché voleva assicurarsi che fossi in grado di cavarmela da sola, prima di intrufolarci nel settore Winter.

Altrimenti, perché avrebbe portato anche un arco?

Va bene, alfa, pensai, tendendo il mio arco. Mi aveva esortata a trovare un punto di osservazione, magari con un qualche appoggio. Ma non ne avevo bisogno: il tiro ravvicinato era una mia specialità.

Rilasciai la freccia espirando e centrai in pieno un Infetto che si stava avvicinando di lato. Poi ne conficcai un'altra nel suo amico. Colpii entrambi in bocca, recidendo il loro tronco encefalico.

Mi ci erano voluti anni per perfezionare la mira, ma ora ogni gesto mi veniva naturale. Mi guardai intorno, cogliendo il barlume della luna e cercando nell'oscurità i loro famigerati occhi rossi.

Era quell'aspetto a rendere la caccia agli Infetti così facile. Gli occhi dei lupi, anche quando erano in forma umana, al chiaro di luna brillavano di giallo.

Quelli degli Infetti, invece, di rosso.

Lanciai una serie di frecce nel buio, e ognuna di esse andò a segno.

Vivere al circolo polare artico mi aveva costretta a imparare a cacciare nelle ore notturne, soprattutto durante i mesi più freddi.

Sfruttai tutto ciò che sapevo a mio vantaggio, prendendo un ritmo che mi portò ad abbattere un Infetto dopo l'altro. Kazek mi stava alle calcagna, con la sua pistola rumorosa che infastidiva il mio udito soprannaturale. Mi costrinsi a ignorare sia lui che i suoni che mi rimbalzavano attorno, concentrandomi sui nemici.

Una volta ero stata morsa da un Infetto.

Non era stata un'esperienza piacevole, e mi aveva lasciato una brutta ferita sulla gamba che ci aveva messo un'eternità a guarire, nonostante la mia genetica di mutaforma.

Mai più.

Passarono i minuti.

Numerosi Infetti morirono.

Gli ululati e le grida del vento facevano da sottofondo alla notte, la neve candida era insudiciata da macabri resti. Ero vagamente consapevole della violenza con cui Mick e Alana stavano frantumando crani, liberando le zone che ciascuno di loro aveva preso in carico, mentre i miei occhi scrutavano l'area per scovare altri bersagli.

Ma, tra tutti e quattro, eravamo riusciti con successo ad annientare tutti gli Infetti che vivevano attorno al campo di aviazione. Ce ne sarebbero stati altri in città, ma non saremmo rimasti abbastanza a lungo per abbattere anche loro.

Kazek aveva portato un altro mezzo di trasporto nella stiva dell'aereo.

Per questo sapevo che si trattava di un test, perché altrimenti avremmo potuto salire su quel veicolo e falciare gli Infetti.

Mi avvicinai a lui, con l'arco in mano, e sollevai un sopracciglio. «Allora, alfa, ho superato la prova?».

Sorrise. «Oh, sì. A pieni voti». Avvolse la mano attorno alla mia nuca e mi strattonò verso di sé. In un attimo la sua lingua stava già lottando con la mia. Mi avvinghiai al suo maglione con la mano libera, aggrappandomi a lui come se ne andasse della mia vita, mentre il mio compagno mi divorava nell'oceano di violenza che ci circondava.

Il mio cuore batteva all'impazzata, e l'adrenalina della battaglia non faceva che aumentare la mia eccitazione. Mi strinsi a lui, desiderosa del suo tocco, della sua adorazione, di tutto. E Kazek me lo diede con i suoi baci infuocati.

«Sei bellissima, mia piccola principessa guerriera» sussurrò. «Sono veramente colpito».

«Quindi non devo preoccuparmi di essere gettata in un covo di Infetti?» chiesi, riferendomi a quello che aveva detto Mick sull'aereo.

Kazek sorrise. «No. Ora l'unica cosa di cui ti devi preoccupare è il settore Winter».

Già. E della malvagia regina seduta sul mio trono. «Voglio piantarle una freccia nel cranio».

«Bene» rispose, sfiorando le mie labbra con un altro bacio. «Allora è il caso di andare a riempire di nuovo la tua faretra».

«Perché sembra un eufemismo per parlare di sesso?» riflettei ad alta voce mentre mi riconduceva al jet.

«Perché sei dipendente dal mio cazzo, omega».

Annuii solennemente. «È vero, alfa. Lo sono».

Scoppiò a ridere e mi diede una pacca sul sedere. «Smettila di cercare di sedurmi. Abbiamo del lavoro da fare».

«Non è colpa mia se sei dipendente da me» risposi, usando di proposito lo stesso termine.

Il suo sguardo mi accarezzò, travolgendomi con un'ondata di eccitazione ardente. «Mi permetto di dissentire, Winter».

Avvampai per il modo affamato in cui mi osservava. Poi mi colpì di nuovo il fondoschiena e mi spinse a salire la scaletta. Mick e Alana erano già tornati e ci stavano aspettando.

«Sto telefonando a Ludvig per aggiornarlo» ci informò Mick. «Avete sentito Enrique?».

«No» rispose Kazek. Con il palmo sulla mia schiena, mi guidò verso i borsoni con le armi. «Ma dubito che avrà quello che ci serve per almeno un'altra ora. Se non si farà vivo entro le undici, allora sarà il caso di preoccuparci».

Enrique aveva il compito più difficile di tutti: convincere Vanessa che ero morta. Kazek gliel'aveva offerto per dargli l'opportunità di voltare pagina. Se Enrique avesse avuto successo, il mio compagno lo avrebbe lasciato vivere. Se invece avesse fallito, beh, il suo destino sarebbe stato un'incognita.

Considerato quanto fosse arrabbiato con Vanessa per aver tentato di usarlo come una pedina, mi aspettavo che portasse a termine il compito che gli era stato assegnato. Ma non si trattava solo di convincerla a credere che mi avesse ucciso. E quella era la parte che mi preoccupava di più.

«Lo farò sapere a Ludvig». Mick fece comparire uno schermo sopra al suo polso e andò verso la stiva dell'aereo. «Preparatevi a partire tra cinque minuti».

Kazek sorrise alle sue spalle. «Sì, alfa».

Mick gli rispose alzando il dito medio e sparì sul retro del velivolo.

«Ah, quell'omega lo tiene proprio per le palle» mormorò Alana.

«O vorrebbe che lo facesse» rispose Kazek, iniziando a frugare tra le provviste. «Mandarla nel settore Andorra è un'ottima idea. Gli scienziati di Ander si prenderanno cura di lei».

«Non sono loro che ti hanno trasformato, vero?» domandai, ripensando a come era diventato un mutaforma. Lo scienziato aveva usato il sangue di Ludvig per fare esperimenti su Kazek nel tentativo di "guarirlo", causando la sua trasformazione in lupo. Era per quello che Kazek considerava Ludvig il suo creatore.

Ovviamente, quando avevo scoperto che Ludvig era mio zio, quel dettaglio mi aveva fatta allarmare. Temevo che ciò rendesse Kazek mio cugino. Ma poi Ludvig mi aveva spiegato quale fosse la sua reale parentela con mia madre. Non erano fratelli di sangue; i suoi genitori avevano accolto mia madre dopo che era rimasta orfana durante gli anni della rivoluzione.

Era un segreto, perché la maggior parte dei lupi non

accettava i randagi, ed è questo che mia madre sarebbe stata considerata, nonostante la sua genetica di omega. Sarebbe stata venduta all'asta a un alfa per educarla e per un eventuale accoppiamento.

La madre di Ludvig non poteva sopportare il pensiero che ciò accadesse a una ragazzina innocente, così la tennero nascosta. Almeno fino a quando mio padre non la scoprì e si innamorò di lei.

Ero stata felice di sapere come si erano conosciuti i miei genitori. Da quello che sapevo, era stata un'unione felice. E la storia di Ludvig me l'aveva confermato.

Kazek grugnì. «No. Ho ucciso il bastardo che mi ha reso il suo piccolo esperimento. Poi, per sicurezza, ho fatto fuori anche i suoi colleghi».

«Me lo ricordo» intervenne Alana in tono divertito. «Ludvig era combattuto tra l'ucciderti e l'assumerti come suo sicario personale».

«Credo che lo sia ancora» ammise Kazek con una risatina, riempiendo con altre frecce la mia faretra.

«Allora è un bene che tu stia per diventare il nuovo alfa del settore Winter». Nel dirlo, Alana mi lanciò un'occhiata. La sua espressione era raggiante di approvazione. Per quanto volessi odiarla, avevo cominciato ad affezionarmi a lei. Più o meno.

«Hai intenzione di prendere il mio posto come vice di Ludvig?» le chiese Kazek.

«Forse». Ci osservò entrambi. «O forse resterò per un po' nel settore Winter, per aiutarvi a sistemarvi».

Kazek si alzò. «Vuoi essere il *mio* secondo in comando?».

Alana si strinse nelle spalle. «Se la posizione è disponibile, può darsi…».

Kazek la fissò, poi si girò verso di me. «Dovremo parlarne».

In quel momento, adorai il mio compagno ancora di più. Invece di prendere la decisione da solo, in qualità di alfa, voleva prima discuterne con me. Probabilmente era per via dei suoi trascorsi con Alana. In ogni caso, apprezzai il gesto, un chiaro segno di rispetto, e lo ringraziai con un bacio sulla guancia.

«Ma certo» concordò Alana. «Non sono comunque pronta ad accettare. Non ancora. Prima dobbiamo liberarci di una certa stronza».

Già, pensai. *Un passo alla volta.*

«Dobbiamo raggiungere il punto di incontro» mormorai. Grum aveva promesso di mandare uno dei miei sette ad accoglierci.

Speravo davvero che non si trattasse di uno dei gemelli.

Avrebbero odiato Kazek a prima vista.

KAZEK

«Sei agitata» mormorai, osservando Winter che camminava avanti e indietro lungo la linea degli alberi. Aveva iniziato a essere ansiosa non appena avevamo raggiunto il punto di incontro. Le sue gambe corte divoravano il terreno carico di neve con un'agilità ammirevole.

«Avrebbero già dovuto essere qui» rispose. «C'è qualcosa che non va».

«Siamo in anticipo» le ricordai dolcemente. «Va tutto bene».

Scosse la testa. «No. Lo sento. C'è qualcosa che non va».

Mi allontanai dall'auto, avvicinandomi a lei. «Winter». Posai una mano sulla sua guancia e la costrinsi a guardarmi negli occhi. «Cosa ti sta dicendo il tuo istinto?».

«Che dobbiamo andare nel settore Winter» sussurrò. «Adesso».

Annuii. «Andiamo, allora».

«Cosa?». Sembrava sconcertata. «Così?».

«Sì» risposi. «Faccio questo lavoro da molto tempo, tesoro. Se il tuo istinto ci spinge a muoverci, è il caso di ascoltarlo».

Lei deglutì e abbassò lentamente la testa. «Okay. Non

so perché né come, è solo... Non possiamo aspettare fino all'alba».

«Va bene». Fischiai per richiamare l'attenzione di Alana e Mick, che stavano controllando il perimetro.

Tornarono verso l'auto in forma di lupo. Uno era grosso e nero come me, l'altro marrone e bianco, con una stazza che rivaleggiava con la mia. Mi concentrai su quest'ultimo, Mick.

«Winter dice che qualcosa non va, quindi ci muoveremo in anticipo» lo informai. «Vuoi andare avanti in perlustrazione?».

Grugnì in segno di assenso e si lanciò tra gli alberi.

«Ho bisogno che tu mi faccia da cecchino» dissi ad Alana. Era bravissima con la pistola, ma ancora di più con un fucile di precisione.

Per tutta risposta, Alana andò sul retro del veicolo e iniziò a tornare in forma umana.

«Che piano B sia» commentai, controllando le mie armi.

«Mi dispiace. È solo che...».

«Non ho bisogno di spiegazioni, Winter. Mi fido di te». La tirai verso di me e le stampai un bacio sulla fronte. «Le Forze Speciali mi hanno insegnato ad avere sempre un piano di riserva. Per questo ne abbiamo diversi. Quindi passeremo al piano B e valuteremo di nuovo come procedere quando saremo più vicini. Okay?».

Annuì di nuovo, e le sue iridi scure si illuminarono di sollievo.

Lo capivo. Fidarsi chiedeva tempo.

Stavamo ancora imparando a conoscerci, a scoprire i nostri limiti e a capire come operava l'altro. Ma non avevo dubbi sul fatto che quella donna fosse perfetta per me. Soprattutto dopo la sua dimostrazione con l'arco. Winter si era mossa con la grazia e la precisione di una recluta ben addestrata. Dopo aver riconquistato il suo trono, mi sarebbe piaciuto continuare a istruirla nelle arti letali.

«Pronta» annunciò Alana, di nuovo con i pantaloni neri e il maglione dello stesso colore. C'erano almeno una decina di armi nascoste nei suoi vestiti, tutte infilate in tasche segrete, le sue preferite per gli oggetti appuntiti. L'avevo scoperto a mie spese la prima volta che avevamo combattuto insieme. Quella stronza era riuscita ad accoltellarmi due volte, prima che riuscissi a prendere il sopravvento e batterla.

Sarebbe stata una vice eccellente.

Ma solo se Winter fosse stata d'accordo. Visto come la pensavo sulla sua decisione di avere Grum come guardia personale, non sarei stato sorpreso se mi avesse mandato al diavolo. Forse, però, avremmo potuto trovare un accordo.

«Bene» dissi, osservando le armi che avevamo a disposizione e facendo il punto della situazione. «Sentiranno il nostro odore e sapranno che ci stiamo avvicinando, quindi dobbiamo muoverci in fretta e con decisione. Abbattete le sentinelle di cui parlava Grum ed entrate attraverso la radura, come avevamo previsto in origine. Se la regina...».

Un odore estraneo attirò la mia attenzione verso est.

Intruso.

La minaccia sconosciuta mi fece rizzare i peli sulle braccia, le mie narici si dilatarono per identificare il tipo di lupo.

Beta.

«Aspetta» disse Winter. Mi bloccò posandomi una mano sull'addome e si mise a scrutare la foresta.

Scambiai un'occhiata con Alana, per poi concentrarmi sulla mia compagna. La sua espressione intensa mi mozzò il fiato; sembrava consapevole di qualcosa che non riuscivo a percepire. Quello era il suo territorio, la sua casa, quindi avrei ceduto e aspettato, proprio come mi aveva chiesto.

Il mio lupo, al contrario, prese ad agitarsi, desideroso di proteggerla. Sapevo che Alana mi stava guardando le spalle, ma il mio istinto era in allarme. Non apprezzavo che qualcuno si stesse avvicinando di soppiatto.

Fu per questo che, avvertendo un movimento lì accanto, cominciai a ringhiare. *Troppo vicino alla mia compagna*. Il mio lupo era furioso. Non potevo vedere l'intruso, ma sentivo la sua presenza. «Fatti avanti» gli ordinai.

«Va tutto bene». Winter mi si avvicinò, come per trattenermi. «È uno dei miei sette».

Un lupo pallido saltò giù da un fottuto albero, atterrando a meno di tre metri da noi. Alana imprecò per la sorpresa, mentre le mie sopracciglia schizzarono verso l'alto.

«Come diavolo hai fatto?» chiesi.

Avevo perlustrato il bosco in cerca di qualsiasi segno di avvicinamento, e avevo percepito quel tizio solo pochi secondi prima che saltasse fuori. Non avevo nemmeno pensato di controllare i fottuti rami degli alberi.

Era come un dannato gatto.

Il lupo annusò l'aria. Piegò la testa di lato esaminando Winter. Lei si accovacciò davanti a lui, risvegliando l'ira del mio animale. «Winter...».

«È Opy» mormorò, allungando la mano per grattare l'enorme beta dietro le orecchie. «È un esploratore e uno dei miei protettori». Lui le diede una testata sulla mano e mi guardò con evidente disapprovazione.

«Attento» ringhiai, guardandolo negli occhi. «È la mia compagna quella su cui ti stai strusciando, beta». Le avvolsi un braccio attorno alla vita e la tirai verso di me. «*Mia*».

Il beta distolse lo sguardo. Una mossa intelligente.

«Bravo lupacchiotto» dissi, incapace di non essere offensivo.

Alana sbuffò.

E Opy, che razza di nome, tra l'altro, si trasformò nella sua massiccia forma umana. Era alto quasi quanto me e aveva anche le spalle larghe. Cosa diavolo davano da mangiare ai beta in questo settore?

«Non c'è tempo per atteggiarsi, alfa» disse Opy a mo' di saluto. «La regina ha indetto una riunione di emergenza. Sta radunando tutti gli abitanti del settore».

«Dev'essere per quello che sono così agitata» sussurrò Winter. «Sta emanando tutto il suo disappunto».

Opy confermò i miei sospetti con un cenno del capo. «Leep ha mandato me perché sono il più veloce, ma ti sta aspettando all'entrata della città con dei vestiti. Speriamo che mascherino il tuo odore abbastanza da permetterti di avvicinarti senza essere scoperta».

Quello si accordava con il piano originale. «Sta convocando tutti nel salone principale?» chiesi.

Il beta incontrò il mio sguardo. «Sì».

Annuii. «Okay». Presi i borsoni con le armi e passai a Winter il suo arco e la sua faretra. «È prima di quanto pensassimo, ma non c'è problema. Facci strada, beta».

Rispose tornando in forma di lupo e precedendoci con passi silenziosi.

Scambiai un'altra occhiata con Alana. Anche lei sembrava altrettanto colpita. La sua agilità e la sua grazia erano in netto contrasto con la sua stazza, e il modo in cui si voltava verso Winter per controllarla, mentre procedevamo, mi diceva che prendeva sul serio la sua sicurezza. Bene. Chiunque avesse messo al primo posto la vita della mia compagna era una risorsa che non avrei trascurato.

Sul confine della città incontrammo altre due di quelle

risorse sotto forma di due gemelli identici, con i capelli arruffati e gli occhi grigi. Winter sembrava in grado di distinguerli, forse grazie all'abbigliamento. Erano entrambi alti, allampanati e assolutamente beta. E puzzavano di pesce.

«Ecco qui, Snow» mormorò uno di loro, porgendole un paio di jeans e un dolcevita neri.

«Grazie, Ez» rispose.

L'altro gemello si chiamava Leep. Un abbinamento appropriato con Opy.

Anche Alana era palesemente divertita dai loro nomi, ma non disse nulla.

Ci cambiammo tutti e tre, indossando abiti scuri e maleodoranti. Il mio naso si arricciò in protesta. «I vestiti che aveva Winter sull'aereo devono essere stati opera vostra» borbottai.

«Ha funzionato, no?» disse Leep.

«Sì» ammisi. «Ma solo perché pensavo che l'odore di Winter fosse frutto della mia immaginazione».

Lei si voltò verso di me. «Cosa?».

«Sì, pensavo che fossi uno scherzo della mia mente» spiegai. «La sera della festa, prima che succedesse tutto quel casino con l'omega Kari, avevo iniziato a darti la caccia. Così ho pensato che il tuo odore mi avesse seguito fino a casa per tormentarmi».

I suoi occhi neri scintillarono nella luce della luna che filtrava tra gli abeti. «Hai cercato di darmi la caccia?».

Le avvolsi un braccio attorno alla vita e la strinsi a me, ignorando la puzza che avvolgeva entrambi. «Mi stai dicendo che tutto quell'atteggiamento strafottente non era in realtà un modo di flirtare? Perché l'ho preso come un invito a giocare con te».

«Volevi punirmi».

«Volevo scopare la tua boccaccia disobbediente».

Premetti le labbra sul suo orecchio. «Sappiamo entrambi quanto ti sarebbe piaciuto, piccola».

Rabbrividì, e i gemelli si schiarirono la gola all'unisono.

Il mio sguardo scivolò di lato e li trovai a fissarmi con rabbia. Non avevano l'espressione di uomini gelosi, quanto di fratelli furibondi per il trattamento della loro sorellina. Concessi loro il risentimento, ma non avevo nessuna intenzione di scusarmi.

«Sì, anch'io avrei voluto ucciderlo, in passato. Ma vi sconsiglio di provarci». Mick venne verso di noi, ancora nudo in seguito alla trasformazione, e prese i vestiti rimasti. «Kazek avrebbe la meglio su di voi in un attimo e vi getterebbe in un covo di zombie solo per vedere come ve la cavereste. È un vero stronzo».

«Non smetterai mai di tirare fuori Stoccolma, vero?» gli domandai.

Mick grugnì e si abbottonò i pantaloni neri. «A dire la verità, stavo parlando di Copenaghen. Ma grazie per avermi ricordato anche di Stoccolma». Si voltò verso i gemelli. «Come dicevo, è un vero stronzo».

Dal momento che aveva ragione, non sentii il bisogno di correggerlo, preferendo concentrarmi sulla mia compagna. Le posai una mano sulla guancia e studiai la sua espressione. «Sei pronta?».

«Sì». Non esitò neanche per un attimo. «Rivoglio il mio tro…».

Fu interrotta da un rumore di passi. Estrassi la pistola, e così fecero anche Alana e Mick. Gli altri, invece, si limitarono a osservare la linea degli alberi. Dovevano aver riconosciuto l'odore della persona in avvicinamento.

Un beta con la carnagione olivastra e i capelli neri spuntò tra gli alberi e ci raggiunse rapidamente. La sua espressione mi disse che avevamo un problema prima ancora che aprisse bocca.

«Cosa c'è, Happa?» chiese uno dei gemelli. Come tutti i presenti, doveva aver percepito il suo disagio.

Il nuovo arrivato fece una piccola pausa per riprendere fiato. Aveva la fronte imperlata di sudore. «Si tratta di Doc» annunciò con voce affannosa.

«Cos'è successo?» domandò Opy. Era tornato in forma umana e aveva indossato un paio di jeans, ma nient'altro.

«Vanessa ha Doc» spiegò Happa. «E vuole giustiziarlo davanti a tutto il settore per non aver protetto Snow».

Winter si irrigidì. «*Cosa?*».

I quattro beta si scambiarono uno sguardo tetro, poi Opy disse: «Lo tiene in custodia fin dalla notte in cui sei sparita. Lo incolpa di aver perso le tue tracce. Non abbiamo idea di come stia».

«Perché Grum non mi ha detto niente?» sbottò. La mia piccola guerriera era venuta alla luce.

Si scambiarono un'altra occhiata, poi Leep si schiarì la voce. «Non posso parlare per lui, ma immagino che abbia pensato che avevi già il tuo bel daffare con... ehm... la tua nuova situazione».

Sbuffai. «Sta gestendo benissimo la sua "nuova situazione"».

«Avrebbe dovuto dirmelo». Winter suonava veramente incazzata, suscitando l'interesse del mio lupo. «Hai sentito Enrique?» mi chiese poi.

Scossi la testa. «Non ancora». E, a quel punto, sospettavo che non sarebbe successo.

Era meglio che quello stronzo non ci avesse tradito. La storia strappalacrime che ci aveva raccontato sul fratello mi aveva convinto a fidarmi di lui, anche se limitatamente. Gli alfa erano creature dominanti, che pensavano solo ai propri interessi.

E l'unico interesse di Enrique era lui stesso.

«Allora dobbiamo solo sperare che abbia ottenuto ciò

che ci serviva. Non permetterò che Doc venga punito senza motivo». Il suo tono e la sua espressione mi sfidarono a ribattere.

Invece le accarezzai il viso e premetti la fronte sulla sua. «Sono con te, Winter. Ma ricorda quello di cui abbiamo parlato. Devo essere io a sfidare Vanessa». Era previsto dalla gerarchia degli alfa, ed era così che andavano le cose nel nostro mondo.

Winter era regina del settore Winter per diritto ereditario. E, in quanto suo compagno, io ne ero il legittimo re. Di conseguenza, era mio dovere eliminare l'alfa che si era messa tra me e il mio trono. Per quanto forte potesse essere Winter, non sarebbe mai riuscita ad abbattere Vanessa. Dovevo farlo io.

Posò la mano sulla mia. «Lo so».

«Cercheremo comunque di sconfiggerla a modo tuo, ma devi lasciare che me ne occupi io» insistetti. «Va bene?».

Stavo riponendo molta fiducia nella sua collaborazione. Non poteva lasciarsi guidare dalle emozioni. Dovevamo lavorare insieme come una squadra, il che richiedeva che anche lei si fidasse di me.

In sostanza, avevamo la stessa responsabilità: io dovevo poter contare sul suo autocontrollo, e lei doveva fidarsi della mia capacità di liberarci di Vanessa come avevamo pianificato.

Le sue iridi di ossidiana brillarono quando annuì, offrendomi la rassicurazione i cui entrambi avevamo bisogno. «Sì».

«Ottimo». La baciai dolcemente, poi mi scostai da lei. «Allora andiamo».

KAZEK

La tensione irritava il mio lupo. Tutti erano riuniti nel salone principale del palazzo, e la loro attenzione era rivolta verso il trono. In quel momento ce n'era uno soltanto, invece dei tre presenti la sera della festa di fidanzamento.

Già quello era un fatto importante, che aveva suscitato un intenso mormorio da parte della folla.

Io mi trovavo in fondo alla sala, nell'ombra, e Opy era accanto a me.

Winter aveva acconsentito a restare fuori, in attesa del mio segnale.

Avevamo formulato diversi piani per poter affrontare qualsiasi piega avesse preso la situazione, ma nessuno prevedeva una potenziale esecuzione. Più tardi avrei scambiato due paroline con Grum per non averci avvertito dell'incarcerazione di Doc. Era un elemento di cui dovevamo essere a conoscenza prima di arrivare. Ma avrei improvvisato per far felice Winter.

Alcuni beta sbirciarono verso l'ombra in cui ero appostato, con i nasi arricciati per la puzza che permeava l'aria. Anche Opy aveva indossato un maglione dal fetore disgustoso per aiutarmi a camuffare il mio odore di alfa.

Lo stesso avevano fatto gli altri protettori di Winter; l'obiettivo era assicurarsi che il suo profumo di omega non potesse essere percepito da nessuno.

Aveva funzionato.

Ci eravamo introdotti tra gli alberi, raggiungendo i sentieri parzialmente asfaltati del settore Winter, quasi tutti avvolti in sciarpe pesanti e cappelli che coprivano i nostri lineamenti. I beta, invece, ci avevano accompagnati a volto scoperto, in modo da non dare troppo nell'occhio. Qualsiasi osservatore avrebbe pensato che eravamo soltanto un gruppetto di lupi diretti al castello che cercavano di proteggersi dal freddo.

I minuti scorrevano, e il mio lupo era sempre più agitato.

Sospettavo che facesse tutto parte del piano di Vanessa, nota amante del dramma; era come se volesse prolungare il momento e aumentare il senso di attesa. Tuttavia, una fitta di inquietudine si fece strada nella mia mente.

Non potevamo affidarci ad azioni avventate. Avevamo bisogno che Vanessa si incriminasse da sola davanti a tutto il settore. Solo così la sua caduta sarebbe stata garantita.

Eppure, l'inquietudine continuava ad assillarmi.

Controllai l'orologio senza farmi notare, sperando di trovarvi un aggiornamento da parte di Enrique o di Grum.

Niente.

Scossi il capo. «C'è qualcosa che non va» borbottai osservando la folla, alla ricerca della fonte della mia agitazione. Come avevo detto a Winter, mi fidavo dell'istinto. Era grazie a quello che ero sopravvissuto così a lungo.

«Fa sempre così» fu la risposta burbera di Opy.

Annuii; me n'ero già reso conto. Ma non bastava a spiegare perché avessi lo stomaco annodato.

«Puoi distrarre le guardie?» chiesi indicando i due

uomini in questione, che sorvegliavano le porte da cui eravamo entrati poco prima. «Devo fare una telefonata veloce». Il mio dispositivo sarebbe stato notato immediatamente, dal momento che nessuno, in quel settore, possedeva nulla di simile.

Ludvig ne aveva fornito un set anche a Grum ed Enrique. Avrebbero dovuto usarli per comunicare con me, ma chiaramente non era andata come avevamo pianificato.

E se Vanessa li avesse trovati? Mi fidavo dell'abilità di Enrique e Grum di tenerli nascosti, ma forse era stata più furba di loro.

In quel caso, avremmo avuto un grosso problema.

Opy sciolse i muscoli del collo e se ne andò.

Probabilmente era il suo modo di dire di sì, perché si diresse verso una delle guardie e le tirò un pugno in faccia.

Il suo attacco inaspettato scatenò il caos. Tutti i lupi presenti si girarono verso la guardia furibonda che stava chiedendo spiegazioni a Opy. Le sue abilità comunicative dovevano essere inesistenti, perché si limitò a tirare un altro pugno in faccia al pover'uomo.

Se non fossi stato troppo preoccupato per la situazione con Vanessa, sarei scoppiato a ridere.

Mi concentrai invece sul mio orologio; feci comparire lo schermo e scelsi rapidamente il canale per comunicare con Mick. La sua voce prese vita nel mio orecchio.

«Lo senti anche tu?» chiese, arrivando dritto al sodo.

«Sì. Budapest?» chiesi sottovoce, riferendomi a un allenamento che avevamo affrontato qualche anno prima, e che avrebbe potuto costare la vita a entrambi.

«Già. È sicuramente una trappola» concordò. Ed era esattamente così che era andata quella missione. Inseguendo alla cieca un lupo Ash, eravamo piombati in mezzo a un covo di Infetti.

Fu una decisione incredibilmente stupida.

Una decisione che non avrei ripetuto.

«Winter sta bene?» chiesi. Mick e Alana erano con lei in un corridoio segreto che fiancheggiava il salone. A proteggerla c'erano anche Leep ed Ez. Happa, invece, era andato alla ricerca di Grum.

«No» mormorò Mick, rispondendo alla domanda sulla mia compagna. «Lo sente anche lei».

Non aveva un orologio, perché tra quelli che avevamo a disposizione non ce n'era uno abbastanza piccolo per il suo polso. Volevo anche che fosse programmato in base al suo DNA, in modo che mutasse insieme a lei, come faceva il mio. Quelli che avevo dato a Grum ed Enrique erano dei vecchi dispositivi, le cui funzioni erano simili a quelle dei telefoni cellulari della mia giovinezza, ma sotto forma di orologio.

Mi massaggiai la nuca e lanciai un'occhiata verso Opy. Ora stava affrontando entrambe le guardie, e il suo sorriso rivelava quanto apprezzasse il compito che gli avevo assegnato.

Forse, dopotutto, quel lupo avrebbe anche potuto essermi simpatico.

«Tutto questo non mi piace» continuò Mick. «Ormai avremmo già dovuto avere notizie di Enrique».

Ero d'accordo. Anche solo un breve messaggio per dire che ce l'aveva fatta. Il fatto che non avessimo ricevuto nulla significava che…

Uno schiocco improvviso crepitò sulla linea, strappandomi una smorfia. «Mick?».

Silenzio.

«Merda» sussurrai, dirigendomi verso la porta.

Solo per bloccarmi qualche istante più tardi, quando Vanessa fece il suo ingresso nel salone. Afferrò Opy per la collottola e lo trascinò attraverso il corridoio improvvisato creato dalla folla.

Enrique era dietro di lei. Teneva in mano la cima di una catena di metallo, collegata a un collare avvolto attorno al collo di un beta pelato. L'alfa non guardò verso di me, troppo concentrato sulla regina.

Accadde tutto rapidamente, in un movimento sfocato che mi fece rizzare i peli sulle braccia.

Il silenzio calò sulla folla. La loro paura era come una droga per il mio lupo. Volevo che si sottomettessero a me, che mi riconoscessero come loro alfa e leader. Ma la loro attenzione era tutta rivolta verso la stronza che stava salendo sul trono.

Il mio *trono*, pensai.

Ma rimasi in silenzio, vigile, domandandomi cosa avrebbe fatto dopo.

In qualche modo, era riuscita a interferire con i segnali radio. Era l'unica spiegazione per quello che era successo durante la telefonata con Mick. Era entrata troppo presto. Non avrebbe mai avuto il tempo di fargli qualcosa, e il legame confermava che la mia compagna stava bene.

Così non mi restava che osservare la famigerata Regina degli Specchi.

Si sedette sul trono con un movimento teatrale. Le sue unghie si conficcarono nella nuca di Opy, costringendolo a inginocchiarsi tra le sue gambe.

Serrai la mascella alla vista di quella scena degradante.

«Osi attaccare le mie guardie?» ringhiò, mentre il sangue colava sulla pelle del beta. «E cos'è questo odore nauseabondo?».

«Sono venuto direttamente qui dopo aver perlustrato il perimetro, mia regina».

«Hai nuotato nel fango per arrivare?». Sembrava disgustata. Su quello non potevo certo biasimarla. La puzza era veramente atroce, ma almeno aveva funzionato alla perfezione per nascondere la nostra presenza.

«Ho corso lungo la costa e ho messo un piede in fallo» spiegò.

Ringhiò e lo allontanò con una spinta. «Inutile bastardo. Resta lì, finché non sarò pronta a occuparmi di te».

«Sì, mia regina» rispose Opy, assumendo una posizione sottomessa sul pavimento.

Lo shock del pubblico indicava che di solito non trattava così i suoi sottoposti. Forse perché si era sforzata di comportarsi bene per vent'anni, mentre cresceva la loro principessa. A quanto sembrava, ora che pensava di aver vinto, il popolo avrebbe conosciuto la vera Vanessa.

Forse, dopotutto, Enrique era riuscito a portare a termine il suo compito. In piedi a un paio di metri da Vanessa, con il beta Doc inginocchiato accanto a lui, non lasciava trasparire nulla. Semmai, la sua espressione trasmetteva una noia che mi ritrovai ad ammirare.

Spero davvero che tu sia riuscito nell'impresa, pensai, rivolto verso di lui. Non che potesse udirmi. E probabilmente era un bene, perché l'immagine brutale che seguì il mio commento l'avrebbe fatto sbiancare. Era il destino che lo aspettava se ci avesse traditi. Già così, era fortunato a essere vivo.

«Bene» disse Vanessa, tamburellando le unghie insanguinate sui braccioli del trono. «Vi ho convocati qui per alcune ragioni. La prima è informarvi che la principessa Snow Frost è morta».

Non aveva perso tempo ad arrivare al punto. Né si era preoccupata di indorare la pillola per i suoi sudditi.

In molti sussultarono, e una generale aura di sgomento avvolse i lupi del settore Winter. Vanessa concesse loro qualche istante per riprendersi, guardandoli con un'espressione fintamente compassionevole. Un leggero tremolio delle labbra rivelò il ghigno celato sotto quella maschera di empatia. Ma i beta erano troppo presi dalla loro disperazione per accorgersene.

Dopo un po' li zittì, attirando la loro attenzione con un gesto della mano. «Sì, sono sconvolta quanto voi. Davvero. Ma ho trovato i responsabili della sua morte, ed è questo lo scopo della riunione di emergenza di stasera».

Responsabili?, ripetei tra me e me, accigliandomi. *A che gioco stai giocando adesso, perfida regina?*

«Dei filmati del campo di aviazione hanno ripreso sette dei nostri costringere Snow Frost a salire su un jet diretto nel settore Norse, dove è stata uccisa dall'alfa Kazek per essersi intrufolata lì senza permesso. Intendo accusare i sette individui per il loro comportamento disonesto, e chiedere che anche l'alfa Kazek venga perseguito per aver ucciso senza giusta causa».

Fui sul punto di sbuffare per il suo astuto stratagemma. Enrique avrebbe dovuto assumersi la colpa di aver ucciso Winter per conquistarsi la fiducia della regina, ma, a quanto sembrava, si era inventato una storia diversa. Se avesse giocato a nostro favore, l'avrei perdonato per aver fatto di testa sua. Dopotutto, conosceva Vanessa meglio di me.

Uhm… chissà se quella versione avrebbe ottenuto lo stesso risultato.

Speravo di sì. Per il suo bene. O avrebbe incontrato la lama di uno dei miei pugnali. Ripetutamente. Non gli avrei concesso una morte rapida.

E lo stesso valeva per quella stronza seduta sul mio trono.

«Bloccate le porte» gridò Vanessa alle guardie.

Inarcai un sopracciglio osservando i suoi tirapiedi che marciavano come cagnolini obbedienti per sigillare le uscite. Sarebbe stato un problema per quello che avevo intenzione di fare, ma ci avrei pensato più tardi. Nel frattempo, avevo bisogno che Vanessa parlasse un po' di più, scavandosi la fossa da sola.

La regina scrutò la folla senza accorgersi minimamente di me. Ero ancora nell'ombra, in fondo al salone. Probabilmente quello era uno dei pochi lati positivi delle candele. Creavano un'atmosfera medievale. Ma non appena fossi salito al trono, le cose sarebbero cambiate drasticamente, e anche il settore Winter si sarebbe adeguato alla modernità. Perché, a differenza di Vanessa, avevo a disposizione tutte le risorse per migliorarlo, a partire dall'installazione della fottuta elettricità.

«Dove siete?» canticchiò Vanessa. «Conosco l'identità di tutti e sette. Ora non potete più nascondervi. Due dei vostri fratelli sono qui con me. E gli altri cinque?».

I sette protettori di Winter.

Come aveva fatto la regina a trovare il filmato della fuga della mia compagna? Lì non c'erano telecamere, e la sicurezza faceva schifo. Stava mentendo? Qualcuno aveva parlato a sproposito? Non sapevamo nemmeno chi fossero i sette di Winter, quindi era impossibile che Enrique avesse spifferato qualcosa a Vanessa.

Forse qualcuno li aveva visti, quella notte… ma allora perché aspettare una settimana per farsi avanti?

«Dove sono i tuoi complici, Doc? Mancano Ez, Leep, Happa, Grum e Bash».

Sussurri si diffusero nella sala. La lista di nomi aveva fatto agitare la folla.

Enrique diede uno strattone alla catena di metallo. «La tua regina ti ha fatto una domanda. Rispondile, beta».

«Fottiti» rispose Doc. E sputò sul pavimento.

Vanessa scoppiò a ridere. Era un suono folle e agghiacciante.

Non mi piaceva la piega che stava prendendo la situazione. Aveva appena rivelato i nomi dei protettori della mia compagna. Forse inconsapevolmente, ma ne dubitavo.

Che qualcuno le avesse fornito quelle informazioni? Dal modo in cui Winter aveva parlato dei suoi sette, sembrava che nessuno fosse a conoscenza della loro esistenza, tranne lei e i beta coinvolti. Forse uno di loro l'aveva tradita?

Grum?

Era dal suo arrivo che non si era più fatto vivo, e ci aveva tenuto nascosta la cattura di Doc.

Eppure avevo visto il modo in cui guardava Winter, la sua adorazione era una sorta di scudo di affetto fraterno. Il loro passato mi faceva infuriare, ma potevo passarci sopra. Aveva compreso chiaramente la mia rivendicazione e sembrava averla accettata.

Quindi non era lui.

E dubitavo che fosse uno di quelli che avevo conosciuto quella sera.

Rimaneva soltanto Bash, del cui nome ero venuto a conoscenza soltanto quando l'aveva pronunciato Vanessa.

Lo aggiunsi alla mia lista di potenziali vittime.

Un sibilo proveniente dal piccolo palco su cui era posto il trono riportò la mia attenzione sulla regina furibonda. Aveva il tacco a spillo argentato premuto sull'inguine di Doc, tenuto fermo da Enrique grazie al collare. L'arnese di ferro lo costrinse a inginocchiarsi davanti alla perfida strega, che continuava imperterrita a conficcargli il tacco nella sua virilità.

Il pubblico reagì con sussulti di protesta e sgomento, stupiti dal comportamento insolito della regina.

«Merita un processo!» gridò qualcuno. Mi girai verso il maschio che aveva parlato, un beta non molto alto le cui spalle ampie sembravano quasi vibrare dalla rabbia. Avrebbe potuto essermi utile.

«Voglio vedere il video» intervenne un'altra voce. Il proprietario era da qualche parte al centro del salone.

«Anch'io!» disse un lupo dal lato opposto della stanza.

«Non è giusto» annunciò una beta minuta tra le prime file.

Domande e proteste si alzarono da ogni angolo, ognuna delle quali accresceva sempre di più il mio rispetto per quel settore. Apprezzavano la democrazia, ed era un bene.

«Dove sono le prove?».

«Ha ammesso di essere colpevole?».

«Perché l'hanno mandata nel settore Norse?».

«Siamo sicuri che sia morta?».

«Perché è in catene?».

«Cosa...».

«Basta!» ruggì Vanessa. La sua attenzione si spostò da Doc ai lupi davanti a lei. «Sono *io* l'alfa. Sono *io* la legge. E voi vi inchinerete a me».

Accompagnò le sue parole con un ululato impressionante che rimbalzò sulle pareti di pietra e mise in ginocchio diversi beta in un batter d'occhio. Quelli che si rifiutarono di farlo vennero fissati finché non si sottomisero, piegati dai suoi ringhi feroci e autoritari.

Lamenti e mugolii riecheggiarono nella sala, talvolta intervallati da imprecazioni. Non riuscii a evitare di sorridere per la sua piccola scenata. «Una vera leader si guadagna il rispetto dei sottoposti con le sue azioni e dando il buon esempio. Non credo che i tuoi metodi saranno ben accetti dagli altri alfa di settore».

Lo sguardo di Vanessa guizzò verso di me. «Fatti vedere» mi ordinò.

«Perché? Per tentare di farmi inginocchiare?».

Ridacchiai ed emersi dall'ombra. «Non succederà, dolcezza».

Un coro di esclamazioni confuse si levò nel salone, il mio nome venne pronunciato come un'oscenità. Presto le cose sarebbero cambiate. O almeno era quello che speravo.

«Come osi presentarti qui dopo aver ucciso la nostra principessa» sbottò Vanessa. Stava recitando la parte alla perfezione. Fui quasi sul punto di applaudire la sua performance, veramente notevole.

«Snow Frost?» chiesi, piegando la testa di lato. «Questa sì che è un'accusa interessante».

«Prendetelo!» ordinò.

«Non lo farei, se fossi in voi» avvertii le guardie. «Non è a lei che dovete rispondere, ma a me. E non accetto di buon grado le sfide nel mio territorio».

I beta che stavano per obbedire al suo comando si bloccarono, in preda alla confusione.

Beh, almeno erano intelligenti.

«Idioti!» urlò Vanessa. «Non ha nessuna autorità, qui! Eliminatelo!».

«Perché non provi tu a farlo?» suggerii. «Dopotutto, è il mio trono quello che hai rivendicato come tuo. E l'arredamento non è un granché. Mi sembra un po', come dire, datato, non credi?».

Iniziai a camminare verso di lei con le mani in tasca, consapevole di ogni lupo presente nel salone e dei loro occhi fissi su di me.

«Il lupo che ha ucciso Snow Frost è qui tra voi, e non fate niente?». Vanessa riuscì a dirlo con tanta disapprovazione e incredulità da meritare una fottuta standing ovation. Ma non avevo voglia di applaudire. Volevo soltanto avvolgerle le dita attorno al collo e stringere.

«Davvero ho ucciso Snow Frost?» le chiesi. «O forse

l'ho salvata?». Quella domanda mi fece guadagnare ancora di più l'attenzione della sala, che era esattamente ciò che volevo. «Winter?» la chiamai, sapendo che, grazie al suo udito soprannaturale, sarebbe riuscita a sentirmi anche al di là della parete. «Ti dispiacerebbe darci la tua opinione?».

WINTER

GRUM MI FECE UN CENNO. «Vai, distraila».

Trassi un respiro profondo e mi sistemai il vestito che mi aveva portato. Non era il mio abbigliamento abituale per le cerimonie di Vanessa, ma quello che aveva indossato spesso mia madre nelle occasioni ufficiali. Grum si era presentato una decina di minuti prima con l'abito, dicendo che dovevo avere un aspetto adeguato. Ed effettivamente sembravo proprio una regina, a parte la faretra sulla schiena. Ma sia lui che gli altri avevano approvato quella modifica.

Mick mi passò l'arco. «Ora ci mettiamo subito all'opera con la registrazione che Enrique ha consegnato a Grum, ma ci vorrà un po'. Il tuo fottuto compagno ha agito prima del tempo».

«Non l'avrebbe fatto, se qualcuno non avesse interrotto inaspettatamente le comunicazioni» disse Alana, fulminando Bash con lo sguardo.

Il beta si limitò a fare spallucce. «Come facevo a sapere che eravate in contatto? Stavo cercando di assicurarmi che Vanessa non potesse trasmettere nulla agli altri settori».

«Beh, se…».

«Stai temporeggiando». La voce di Vanessa interruppe la replica di Alana. Il gelo nel suo tono riuscì a farmi correre un brivido lungo la schiena, anche attraverso il muro di pietra. «Non so perché sei qui, alfa Kazek, ma mi divertirò a ucciderti per tutto quello che hai fatto. Prima hai rubato una schiava omega che non ti apparteneva. Poi hai ammazzato la nostra amata principessa. E infine, non contento, sei arrivato qui senza essere stato invitato, un chiaro segnale di guerra e una potenziale minaccia alla mia posizione di alfa del settore».

«Hai torto su tutto» osservò Kazek. «Per prima cosa, ho vinto l'omega Kari quando l'hai messa in palio alla festa. Secondo, non ho ucciso nessuno. Terzo, non sei tu l'alfa del settore. Sono io».

«Vai» ripeté Grum, dandomi una piccola spinta.

Annuii e iniziai a dirigermi verso l'enorme corridoio del palazzo che conduceva al salone dei ricevimenti.

A ogni passo, il mio odore naturale di omega aumentava, impregnando l'aria. Gli altri avevano celato la mia presenza con i loro abiti maleodoranti, ma presto tutti l'avrebbero percepita. Dovevo solo riuscire a raggiungere Kazek prima che Vanessa si accorgesse di me.

L'avevo udita ringhiare attraverso il muro. Ebbi addirittura l'impressione che le fondamenta stesse del castello tremassero, vittime dell'ira dell'alfa. «*Che cosa?* Mi stai sfidando?».

«Non ho bisogno di sfidarti, Regina degli Specchi» rispose Kazek.

Le sue parole mi accarezzarono la pelle mentre entravo nel corridoio che aveva dato a Vanessa il suo soprannome. In quella parte del palazzo le pareti erano completamente coperte di specchi, perché amava ammirarsi mentre camminava.

«Come ho detto» continuò Kazek. «Sono già l'alfa del settore, almeno secondo le leggi del settore Winter».

«Quali leggi?» chiese Vanessa. Nel frattempo, avevo raggiunto le porte della sala.

Le aprii, facendo voltare tutti verso di me, sia per il suono che per l'odore che emanavo. «La legge per cui il mio compagno è il re» la informai, varcando la soglia con la schiena dritta e lasciando che la luce delle candele mi illuminasse il viso.

Il mio ingresso fu accolto da esclamazioni di sorpresa.

Kazek non si girò verso di me; la sua attenzione era tutta rivolta a Vanessa. Il suono dei miei tacchi sul pavimento di marmo rimbombò in tutto il salone. Mi avvicinai al mio compagno, determinata a stare al suo fianco.

Mantenni lo sguardo di Vanessa per tutto il tragitto, rifiutandomi di inchinarmi alla sua "regale" presenza. In quella stanza c'era un unico alfa per cui mi sarei inchinata. Kazek.

«Come figlia di Einar e Sofie Frost, sono la legittima erede al trono. L'alfa Kazek è il mio compagno, e di conseguenza il legittimo re del settore Winter». Mi fermai accanto a lui, sfiorandogli il braccio col mio. «I tuoi servizi non sono più richiesti, alfa Vanessa».

Kazek sbuffò. «È considerato un servizio nascondere la vera natura di un'omega a tutti, lei inclusa? E somministrarle dei soppressori, facendole credere che siano dei semplici integratori?».

Un'ondata di stupore attraversò la folla, e la stanza si riempì di mormorii sconcertati.

«Io lo chiamerei un crimine» intervenne Enrique con la sua voce profonda. «Un po' come reclutare un alfa in un altro settore per prendere in sposa una beta, sapendo benissimo che in realtà è un'omega».

«E non dimenticare la richiesta di scoparla a morte

dandole il tuo nodo» gli ricordò Kazek, facendo sussultare di nuovo tutti i presenti.

«Oh, quello non lo dimenticherò mai» rispose Enrique. «Anzi, temo che mi tormenterà fino alla fine dei miei giorni».

«Bene». Kazek posò la mano sulla mia schiena e chinò il capo verso di me. «A proposito, *compagna*, sei bellissima».

Non mi aveva nemmeno guardata, ma forse riusciva a vedermi con la coda dell'occhio. Conoscendo Kazek, era sicuramente così che aveva intravisto il mio abito. Non sembrava sfuggirgli niente.

«Grazie, alfa» mormorai, usando di proposito il suo titolo in segno di rispetto.

Mi sfiorò la tempia con le labbra, poi si raddrizzò. «Alfa Vanessa, Regina degli Specchi, ti accuso dell'omicidio di Snow Frost, beta del settore Winter».

Mi strinsi a lui, per mostrare supporto alla sua decisione.

Vanessa, invece, non la pensava allo stesso modo. Scoppiò a ridere e scosse la testa. «È un'accusa oltraggiosa, alfa Kazek, considerando che Snow Frost è accanto a te, viva e vegeta. Per quanto riguarda…».

«Snow Frost è morta la notte in cui è diventata un'omega» intervenni io.

Vanessa ringhiò in risposta, odiando l'idea di essere interrotta da qualcuno che considerava al di sotto della sua posizione. Ma non avevo finito.

«Discendo dalla dinastia dei Frost. Ora sono l'omega Winter Flor del settore Norse, la compagna di Kazek Flor e la regina del settore Winter». Tacqui per qualche istante in modo che rielaborasse tutto quello che avevo detto. E che ne capisse l'importanza. «Sei sul mio trono come un'impostora, e non mi inchinerò a te, *Regina degli Specchi*».

«Osi parlarmi in questo modo dopo tutto quello che ho fatto per te?».

«Sì». Feci vibrare oziosamente la corda del mio arco. «I tuoi soppressori mi hanno quasi uccisa. Hai complottato con l'alfa Enrique per liberarti di me. E hai assassinato i miei genitori».

Dopo l'ultima accusa, un silenzio carico di tensione cadde su tutta la sala.

E poi Vanessa scoppiò di nuovo a ridere. Fu un suono acuto e brutale, che mi ricordò le unghie sul vetro. Il pollice di Kazek mi accarezzò la schiena in segno di avvertimento. Non avevo idea di come sapessi che voleva trasmettermi proprio quello, ma lo sentii nella precisione con cui le sue dita si muovevano sulla mia pelle.

Preparati, stava dicendo. Eravamo entrambi consapevoli che Vanessa non avrebbe accettato la situazione senza ribellarsi. Era un'alfa, e aveva pianificato tutto da troppo tempo per fallire così.

«Che affermazioni bizzarre» disse Vanessa, scuotendo la testa. «Chi ti ha dato gli integratori, Snow? Quali prove hai di questo presunto assassinio? E pensi davvero che avrei mai chiesto a Enrique di ucciderti? Sta mentendo, proprio come ha mentito a me sulla tua morte». Sull'ultima parte, gli scoccò un'occhiata omicida.

«Non ho mentito. Snow Frost è morta. Ora è Winter Flor». Alzò le spalle. «E per quanto riguarda il resto, beh, il settore Winter è già riunito per un processo. Forse dovrebbe essere il tuo, invece di quello del beta Doc».

Vanessa si erse in tutta la sua statura. «Il suo processo e la sua esecuzione sono imminenti».

«Su quali basi?» chiesi. «Doc non ha fatto altro che proteggermi fin da quando ero bambina, cosa che non posso dire di te. Non autorizzo né il suo processo né la sua esecuzione».

«Pensi davvero di avere il diritto di decidere?» domandò, inarcando un sopracciglio.

«Sì» risposi con sicurezza, consapevole dell'approvazione di Kazek. Gli piaceva vedermi prendere in mano la situazione, esercitando il ruolo che mi spettava di diritto. Mi resi conto di amarlo ancora di più per questo.

«Bene». Vanessa sorrise, e la sua espressione malvagia mi fece annodare lo stomaco. Avevo un brutto presentimento. «Non sono d'accordo».

La sua mano si mosse talmente in fretta che non me ne accorsi finché non vidi lo scintillio dei suoi artigli.

«No!» gridai. Si era scagliata su Doc, il suo intento era chiaro.

Reagii d'istinto. Afferrai una freccia, la posizionai sull'arco e la scoccai con una precisione che avrebbe reso orgoglioso Doc.

Ma non fui abbastanza veloce.

Un fiotto di sangue si riversò ai piedi del trono. Vanessa aveva colpito Doc al petto, scatenando un boato di protesta da parte dei presenti.

La mia freccia le trapassò la spalla, rendendo il suo braccio inutilizzabile. Lei urlò dal dolore, proprio mentre il corpo di Doc cadeva in avanti, retto soltanto dalla catena che ancora lo cingeva.

Enrique lo lasciò andare e si concentrò sulla regina. La colpì con un pugno alla mascella, e lei reagì a sua volta.

In un battito di ciglia, l'intero salone passò dalla tensione al caos.

Tesi la corda dell'arco, con una freccia già incoccata, ma non riuscii a fare altro. I beta continuavano a muoversi, impedendomi di prendere la mira.

Vanessa doveva pagare.

Aveva quasi strappato il cuore dal petto del mio

protettore. Le sue mani erano ancora fradicie del suo sangue, mentre cercava di abbattere Enrique.

Opy si allontanò dal trono con un balzo, sparendo tra la folla, e io urlai per la frustrazione.

Poi un ululato risuonò nella sala, un ululato che mi fece tremare le gambe.

Caddi in ginocchio, sopraffatta dall'autorità del mio compagno. La mia lupa voleva rannicchiarsi in un angolo per la furia di cui era intriso il suono. Dalle mie labbra sfuggì un mugolio lamentoso, a cui fecero eco numerosi beta che si accasciarono intorno a me.

Kazek emise un secondo ululato, ancora più violento, che mi fece venire le lacrime agli occhi. L'alfa irradiava potere e voleva che il branco si inchinasse davanti a lui. Mi rannicchiai il più possibile, incapace di sopportare una tale superiorità.

Io ero un'omega.

Ero in fondo alla catena alimentare.

Incapace di competere con una tale autorità.

Non ci avrei nemmeno mai provato. In quel momento, riuscivo a malapena a respirare.

Cadde il silenzio. Il terrore dei presenti mi fece rabbrividire.

«Sono l'alfa di questo territorio» annunciò Kazek in quella calma inquietante. «Il re del settore Winter».

Annuii, d'accordo con lui per puro spirito di sopravvivenza. Quando un alfa era furioso, non bisognava…

Un calore familiare mi accarezzò i capelli, raggelandomi le viscere. «Alzati» disse. Il suo tono era gentile, ma inciso nell'acciaio.

Tremai, incapace di obbedire. Schiusi le labbra per spiegare, ma non avevo abbastanza ossigeno nei polmoni per pronunciare anche solo una parola.

Oh, quello sì che era un problema. Ignorare il comando di un alfa era una sentenza di morte. Soprattutto un alfa così arrabbiato.

Ci provai di nuovo, ma fallii.

Una lacrima mi rigò il viso. Mi odiavo per la mia incapacità di reagire, riuscivo soltanto a provare un orrore profondo che mi squarciava le viscere. Non mi ero mai sentita in quel modo, nemmeno durante le scenate peggiori di Vanessa.

Ma Kazek non era Vanessa.

No.

Era un vero alfa. Un vero leader. Un maschio destinato a essere re.

«Winter». Il modo in cui pronunciò il mio nome fu come un bacio sull'anima.

E poi iniziò a emettere un brusio rilassante.

Le mie membra fremettero, la vibrazione proveniente dal suo petto aveva risvegliato la mia capacità di muovermi. Mi fluì nel sangue come una carezza rovente, sbloccandomi dalla mia posizione sottomessa e dandomi la forza di alzare il capo.

Mi tese la mano e i suoi occhi catturarono i miei. «Unisciti a me, mia regina. Ti prego».

La vibrazione si intensificò, avvolgendomi in una nuvola di benessere che cancellò il mio disagio, lasciandomi rinvigorita e più forte di prima. Strinsi l'arco in un palmo, e con l'altro accettai l'aiuto di Kazek.

Mi fece alzare in piedi, sempre con la mano nella mia, mentre con l'altra mi accarezzò la guancia. «Respira» sussurrò. I suoi occhi scuri scintillavano di potere.

Inspirai. Poi, lentamente, espirai.

«Meglio?» chiese.

Annuii. «Sì».

«Bene». Mi posò un dolce bacio sulle labbra, poi mi

sfiorò la bocca col pollice. «Vieni con me, regina del settore Winter».

Le sue parole riecheggiarono dentro di me. Il mio cuore mancò un battito, quando compresi cosa aveva appena fatto. Aveva preso il controllo del branco con due ululati. Tutti i beta presenti erano in ginocchio.

Perfino Enrique aveva chinato il capo, anche se probabilmente l'aveva fatto in segno di rispetto. Non voleva sfidare Kazek, e la sua postura lo dimostrava.

Vanessa, d'altro canto, era in piedi e vibrava di furia. Eppure sembrava incapace di muoversi, come se Kazek l'avesse intrappolata con un sortilegio.

C'era qualcosa nell'aura del mio compagno. Irradiava dominio. Violente ondate di elettricità che avevano costretto tutti a sottomettersi. Inclusi gli altri alfa.

Mentre ci avvicinavamo al trono, Kazek si portò il mio polso alla bocca e lo mordicchiò appena. Il gesto rappresentava la sua rivendicazione, ma in modo sensuale. La mia lupa avrebbe voluto saltellare di gioia, ma si accontentò di godersi il brusio proveniente dal petto dell'alfa.

Un suono tutto per me.

La sua compagna.

Era ciò che mi spingeva a muovermi. La sua bestia interiore era ancora decisamente al comando. «Ti ergi nel *mio* castello, tentando di impossessarti del *mio* trono, e impartisci punizioni alla *mia* gente senza averne l'autorità». Pronunciò quelle parole con calma, ma la sua aura pulsava di aggressività. «Inginocchiati, *Regina degli Specchi*».

«Mai» riuscì a dire Vanessa a denti stretti.

Kazek sorrise e si portò ancora una volta la mia mano alle labbra. «Mmm, hai sentito, mia regina? Si rifiuta di riconoscerci come suoi superiori». Lo disse sulla mia pelle, con un piacevole brontolio nella voce. «Cosa vuoi fare?».

«Metterla sotto processo» risposi, ricordando il nostro piano originario. Le cose non erano andate esattamente come programmato, ma c'era ancora tempo. E, stando a Grum, avevamo tutti gli elementi necessari per condannarla.

«Un processo...» ripeté Kazek. «Come quello che ha concesso a Doc?».

Trasalii. La realtà vorticò nella mia mente in un sussurro oscuro, ricordandomi i suoi peccati e tutto ciò che era successo. Il brusio di Kazek mi aveva distratta, offuscando il mio giudizio e trascinandomi in un falso senso di pace che non avrebbe dovuto esistere.

«Doc» sussurrai. Il mio cuore si spezzò per l'uomo che mi aveva protetta per tutta la vita. Il capo dei miei sette. Il mio salvatore.

Kazek mi afferrò il mento e mi costrinse a voltarmi verso ciò che non volevo vedere, la scena raccapricciante ai piedi del trono. Il mio mentore massacrato da Vanessa. «Guardalo» disse Kazek. «Guardalo davvero, Winter».

Non volevo, non capivo perché mi stesse facendo una cosa del genere, costringendomi ad affrontare la violenza di...

Un attimo.

Lo osservai con più attenzione. Un movimento quasi impercettibile mi fece sollevare le sopracciglia per la sorpresa. E poi udii un respiro tremolante provenire dalle labbra di Doc. «Sta respirando».

«Sì» rispose Kazek, lasciando andare il mio mento. «La tua freccia gli ha salvato la vita. Per un soffio. Ma sopravviverà».

Fui sul punto di crollare per il sollievo, ma la mano di Kazek si spostò sulla mia schiena, aiutandomi a restare in piedi. Il suo tocco mi ricordò anche che dovevamo rimanere uniti. Mi aveva concesso un momento di emotività, ma adesso voleva che tirassi fuori le unghie. Lo percepii attraverso il nostro legame, e dal modo in cui le sue dita mi accarezzarono la schiena.

«Merita un vero processo» dissi. «Solo un codardo punisce qualcuno prima della condanna».

Vanessa mi ringhiò contro. «Piccola ingrata...».

Kazek ringhiò a sua volta, interrompendola. «Parlerai quando ti dirò di farlo».

«Tu non sei...».

Il suono che lasciò la bocca di Kazek mi fece cedere di nuovo le gambe e scatenò un coro di lamenti da parte dei beta. Vanessa, invece, emise un ululato di rappresaglia.

Si scagliò in avanti e Kazek reagì. I due diventarono in un attimo una massa informe di pugni e grida bestiali. Accadde tutto così in fretta. Il pugno di Kazek colpì la mascella di Vanessa, che, dal canto suo, cercò di conficcargli le unghie nel viso. Ma il mio compagno era troppo veloce, troppo alfa, perché lei potesse avere una possibilità.

«Sottomettiti» le intimò.

«Mai!».

Schizzi di sangue volarono dappertutto. Kazek ringhiò e spinse Vanessa sul pavimento, bloccandola sotto di sé. Il suono del cranio di lei che colpiva il marmo fu un tonfo vittorioso che riecheggiò nel salone.

Lei ringhiò, furibonda, e la sua lupa cercò di prendere il sopravvento. Ma un ringhio di Kazek le impedì di trasformarsi.

Era così potente.

Mi fece rabbrividire di nuovo, e fui sul punto di cadere in ginocchio.

Enrique mi afferrò e mi spinse dietro di sé con un gesto sorprendentemente protettivo, ma non volevo nascondermi.

Quella stronza aveva appena attaccato il mio compagno.

Mi aveva sottratto il trono.

Aveva cercato di farmi uccidere in diverse occasioni.

Aveva soffocato la mia reale essenza per vent'anni.

E aveva ammazzato i miei genitori.

Grum aveva le prove, una registrazione di lei che lo raccontava a Enrique. Avevo progettato di farla sentire a tutto il settore, per mostrare loro la verità su Vanessa. Ma osservandoli in quel momento, mi resi conto che lo sapevano già.

Forse lo avevano sempre saputo.

Forse ero io l'unica persona ignara di quale fosse la sua vera natura.

Mi lasciava uscire raramente, sostenendo di volermi proteggere, ma era tutta una bugia. Vanessa mi aveva separata dalla mia gente, per isolarmi e per negarmi la possibilità di conoscere il mio settore.

Ora mi era tutto chiaro. Il motivo dietro le sue decisioni, dietro al trattamento che mi aveva riservato. Non si trattava solo di uccidermi.

Vanessa mi aveva indebolita da ogni punto di vista perché non mi considerassi degna del regno.

Ma i miei sette mi avevano sostenuta in modi di cui lei non era al corrente, e poi Kazek mi aveva fornito la base su cui reggermi.

Lui era l'ultimo tassello del puzzle della mia vita, il pezzo sulla scacchiera di cui non sapevo di avere bisogno.

Insieme, eravamo i veri regnanti del settore Winter.

Vanessa non aveva mai avuto una possibilità.

Era indegna. Vile. Una creatura che non meritava nemmeno un processo.

Riemersi da dietro le spalle di Enrique, con l'arco già teso e una freccia incoccata.

Kazek aveva bloccato Vanessa sul pavimento, con i denti scoperti in un ringhio ferino, mentre lei si dimenava sotto di lui, rifiutando di sottomettersi.

Ma non importava.

Il mio compagno aveva vinto prima ancora che iniziassero a lottare.

Tutti, nel settore, si erano inchinati a lui. Non a Vanessa.

«Vanessa, Regina degli Specchi, sei sollevata dai tuoi doveri verso la famiglia Frost e il settore Winter» dissi. La mia voce era miracolosamente ferma. L'adrenalina mi scorreva nelle vene, il cuore mi martellava nelle orecchie. Lei si voltò verso di me con uno sguardo carico di odio.

Scoccai la freccia e la colpii esattamente in mezzo agli occhi.

All'impatto, le sue labbra tinte di rosso si schiusero per la sorpresa, donandole un fascino morboso. La osservai per un lungo istante, per poi incamminarmi tra la folla verso le porte del salone.

Nessuno cercò di fermarmi.

Nessuno mi chiese cosa avessi intenzione di fare.

Tutti, incluso il mio compagno, si limitarono a seguirmi con lo sguardo mentre lasciavo la sala ed entravo nel famigerato corridoio degli specchi.

Scelsi quello in fondo e scoccai una freccia da una distanza di sicurezza. Lo specchio si frantumò in mille pezzi. E così fecero tutti gli altri, man mano che scagliavo una freccia contro ciascuno di essi. Distrussi la preziosa creazione di Vanessa.

Poi cercai un frammento abbastanza lungo, lo raccolsi e lo portai con me nel salone.

Kazek aveva lasciato Vanessa a terra e si trovava con il gomito appoggiato pigramente sopra il trono. La sua espressione brillava di orgoglio, il suo lupo era soddisfatto della mia decisione.

Perché conosceva le mie intenzioni.

Probabilmente le conosceva anche Enrique. L'alfa aveva assunto una posizione sottomessa poco distante dal trono, dimostrando a Kazek il rispetto che gli era dovuto. Quando gli passai accanto, lo ignorai. La mia attenzione era tutta rivolta alla donna stesa sul pavimento, con la mia freccia che le spuntava dalla fronte. Aveva rimosso quella che le avevo conficcato nella spalla e aveva iniziato a guarire, nonostante il sangue che ancora le colava dalla testa.

Non era morta. Non ancora. C'era solo un modo per assicurarsi che non respirasse più.

Il suo cuore doveva smettere di battere.

Per sempre.

Interrompendo il flusso di sangue e rendendole impossibile rigenerarsi.

Perché i lupi che perdevano troppo sangue non potevano guarire.

«L'alfa Vanessa è responsabile di numerosi atti violenti contro la famiglia Frost, incluso l'omicidio di Einar e Sofie Frost. Ho deciso di infliggerle una condanna adeguata ai crimini commessi». Mi inginocchiai accanto a lei e posizionai il vetro frastagliato sulla sua gola.

Poi iniziai a segare.

Una lama sarebbe stata più efficiente, e non mi sarei nemmeno tagliata le mani. Ma avevo bisogno che fosse doloroso per entrambe. Avevo bisogno di *sanguinare*. Era l'unico modo che conoscevo per elaborare il lutto.

Grum non era entrato nei dettagli, ma aveva confermato i miei sospetti sulla morte dei miei genitori.

Vanessa l'aveva ammesso. Allegramente, da quello che mi aveva confessato lui.

Doveva pagare.

Sentire ogni fitta di agonia mentre le staccavo la testa.

È quello che si merita.

A ogni affondo nella sua carne, pensavo a tutti i modi in cui mi aveva ferita nel corso degli anni.

«Non sono inferiore» le dissi. «Non sono debole. Non sono un fardello. Non sono merce di scambio da dare in sposa a qualcuno. Non sono una persona da uccidere e gettare via come spazzatura. Sono la regina del settore Winter per diritto di nascita. E tu, Vanessa, per me sei *morta*».

Continuai così, con gli occhi che si annebbiavano per la rabbia e la frustrazione.

La odiavo.

Detestavo il modo in cui mi aveva fatto desiderare il suo affetto e la sua approvazione.

E in cui mi aveva sottratto vent'anni di vita.

Aveva ucciso i miei genitori.

Aveva rubato il mio regno.

Mi aveva condannata all'inferno.

E io stavo ricambiando il favore con ogni... fottuto... *taglio.*

Muori.

Muori.

Muori!

Non riuscivo più a vedere cosa stavo facendo. Il sangue mi accecava con ondate rossastre e acquose.

Fu allora che mi resi conto che stavo piangendo.

Un grido mi squarciò la gola, e Kazek fu accanto a me, con una mano sulla mia schiena e l'altra sulla mia. «Ci sei quasi» mi sussurrò all'orecchio. «Finiscila».

Annuii, soffocai un gemito e feci esattamente come aveva detto. Le mie dita gridavano di agonia, la mia stessa pelle si era lacerata per lo sforzo di segarle la testa. Ma finalmente era lì, staccata dal corpo, e giaceva nella sua macabra gloria con la mia freccia orgogliosamente conficcata nel cranio.

Morta.

È morta davvero.

Mi accasciai all'indietro, sedendomi sui talloni. Kazek era al mio fianco e mi tolse il vetro insanguinato dalla mano. Poi si chinò per leccare la ferita più profonda, senza mai staccare gli occhi dai miei. Era stranamente erotico, un tipo diverso di rivendicazione. Sentii il mio cuore esplodere con un'emozione nuova e selvaggia.

Mi aveva lasciato eseguire la mia condanna senza alcuna interferenza. Mi aveva dato la vendetta di cui avevo bisogno, supportandomi a ogni passo. E mi aveva appena permesso di risorgere come regina.

Mi misi di nuovo in ginocchio e lo baciai con tutta me stessa, confessandogli con la lingua tutto l'amore che provavo per lui. Avvolse una mano attorno alla mia nuca, tenendomi stretta a sé e rispondendo allo stesso modo, senza bisogno di parole.

Mio, sussurrò la mia lupa.

Tuo, rispose il suo.

Non potevamo udire i nostri rispettivi pensieri, ma il nostro legame ci diceva tutto quello che avevamo bisogno di sapere.

Era tutto vero. Il nostro accoppiamento aveva segnato il nostro destino. Eravamo legati per sempre l'uno all'altra e il regno ci apparteneva in egual misura.

«Sei stata magnifica, mia regina» sussurrò sulle mie labbra. «Fottutamente magnifica».

Sorrisi. Il mio battito stava lentamente tornando alla normalità. «Sono stata aiutata da un re altrettanto magnifico».

«È a questo che servono i compagni» rispose,

scostandosi da me abbastanza da mostrarmi il suo sorriso. «Ora credo che dobbiamo parlare con il nostro settore».

«Sì» concordai. «C'è una registrazione che merita la loro attenzione».

Annuì. «Allora facciamogliela ascoltare».

KAZEK

«Congratulazioni, Enrique. Potrai vivere» lo informai dopo aver congedato i beta, esortandoli a tornare a casa.

C'era voluto un po' di tempo per calmarli, dopo la riproduzione dell'audio che suggellava la colpevolezza di Vanessa, ma Winter ci era riuscita con una facilità ammirevole. Anche coperta di sangue, aveva l'aria di una regina degna di rispetto.

Enrique sbuffò. «Non sono sicuro che i tuoi beta siano d'accordo con questa decisione».

Mi strinsi nelle spalle. «Il tuo destino non è mai dipeso da loro, ma da me». Ed era un bene, perché nella registrazione era stato fin troppo bravo a recitare la parte dello stronzo. Ma aveva fatto un lavoro eccellente nell'ingannare la regina.

"C'è solo una cosa che non capisco" aveva detto. *"Sapevi che era un'omega. Come avrei fatto a scoparla a morte? In quanto omega, poteva ricevere il mio nodo".*

Vanessa aveva riso, una sorta di stridio maniacale.

E poi aveva pronunciato le parole che avevano firmato la sua condanna a morte.

"Come pensi che abbia fatto Einar Frost a uccidere Sofie Frost?". *La sua domanda fu seguita da un'altra di quelle risate agghiaccianti.*

"Avresti dovuto vedere la sua faccia, quando ha capito che il suo nodo l'aveva ammazzata. Sono sicura che lei gli abbia gridato di smetterla, ma sai come sono gli alfa quando cadono vittima della frenesia del calore. Soprattutto quando sono drogati di allucinogeni".

"Ha preso degli allucinogeni?". Enrique sembrava scioccato, e a ragione. Gli allucinogeni erano pericolosi per i lupi. Soprattutto per gli alfa.

"Come ben sai, Carlos li usa spesso nel settore Bariloche. Gliene ho chiesti un po' in prestito. È sempre stato così buono con me; d'altro canto, sono la sua sorellina".

La loro parentela era ben nota, ma non avevo pensato che fosse rilevante, in quella situazione. Come mi ero sbagliato. Sembrava che avesse usato più volte l'aiuto del fratello per prendere il controllo del settore Winter. La domanda era: Carlos lo sapeva? Sospettavo di sì, e che non gli importasse.

Dopo quell'ammissione, Enrique era rimasto in silenzio per un po'. Poi aveva fornito l'ultimo tassello mancante, sconvolgendomi e facendo rabbrividire Winter.

"Hai preso in prestito anche il vecchio siero. Quello che usa per punire le omega disobbedienti, facendole diventare più strette".

Vanessa aveva ridacchiato, la sua allegria era palpabile. *"Certo che l'ho fatto, e ne ho presa una dose anche per Snow, ma immagino che ora non sarà più necessaria".*

"Però il siero non uccide le omega".

"Lo fa, se gliene dai più della quantità raccomandata. Ho anche indotto l'estro a Sofie, che, insieme agli allucinogeni, ha fatto perdere completamente la testa a Einar".

Vanessa aveva fatto una pausa per lasciare che Enrique digerisse anche quelle informazioni, poi aveva aggiunto in tono pensoso: *"Lo sapevi che il siero del settore Bariloche ha un effetto diverso sui maschi omega? Li rende incapaci di venire. Però prolunga il piacere per me. Ancora di più quando li stimolo".*

Alana aveva ascoltato quella parte del nastro con un'espressione omicida. Dopo, infatti, era andata nelle stanze di Vanessa alla ricerca degli omega che erano stati torturati dalla loro padrona. Dato che non era ancora tornata, sospettavo che li stesse assistendo nell'unico modo possibile. Non li avrebbe mai costretti ad andare a letto con lei, ma li avrebbe aiutati in qualsiasi modo le avessero permesso.

"Quindi Einar ha ucciso la sua compagna" aveva risposto Enrique dopo alcuni istanti di silenzio. "Ma lui com'è morto?".

"Oh, quando si è reso conto di ciò che aveva fatto, era piuttosto sconvolto. Diciamo che mi sono offerta di fare una passeggiata con lui ed è inciampato. Ci sono delle scogliere molto pericolose, ai confini di questo settore. Sconsiglio di andarci, se non si sa bene dove mettere i piedi".

"L'hai fatto sembrare un suicidio".

"Esatto. E chi se ne sarebbe stupito, dopo il modo in cui è morta Sofie? Sappiamo tutti che il compito principale degli alfa è proteggere i propri compagni. Perché pensi che non mi sia legata a nessuno dei miei omega? Non voglio quel genere di fardello".

Enrique aveva ridacchiato e si era complimentato per quello che aveva fatto, dicendo di esserne molto colpito. E lei aveva ricambiato, ringraziandolo per essersi preso cura del suo problema con la "mocciosa reale".

"Andiamo a dare la buona notizia al settore Winter?" aveva chiesto Vanessa; sembrava elettrizzata. "Possiamo anche uccidere il beta incaricato della sua protezione. È completamente inutile, visto che tra l'altro si è rifiutato di confermare le dichiarazioni di Jackal sul fatto che l'hanno aiutata a fuggire".

Era stato quello il momento in cui avevamo scoperto che non c'era nessun filmato, solo un beta privo di lealtà. Opy me l'aveva consegnato senza nemmeno darmi il tempo di chiederglielo. D'un tratto, il suo entusiasmo nel prendere a pugni le guardie nel salone dei ricevimenti aveva assolutamente senso, visto che Jackal era uno di loro. Avevo offerto a Opy la possibilità di portare a termine il lavoro e fare giustizia, e il beta aveva accettato con gioia.

Ora la testa di Jackal giaceva accanto a quella della vecchia regina.

La ritenni una fine appropriata.

Così, mi era rimasta soltanto una questione in sospeso. Enrique. Si era dimostrato molto utile e aveva messo in chiaro la sua mancanza di interesse a governare. Ma ciò non significava che mi fidassi di averlo intorno.

«Devo prendermi cura della mia compagna» gli dissi. Ero seduto sul trono con Winter in grembo. Aveva la testa appoggiata sul mio petto e si stava godendo il brusio emesso solo per lei. «Non lasciare il settore Winter. Domani voglio parlarti di nuovo». Tecnicamente, vista l'ora, avrei dovuto dire semplicemente "più tardi".

Enrique abbassò il capo in segno di assenso.

«Bene» disse Mick, guardando in cagnesco l'alfa. «Puoi venire con me, perché ho molte domande».

Mentre uscivano, scossi la testa, divertito dall'ossessione di Mick per l'omega Kari. «Non sono nemmeno accoppiati» dissi. Ed ero abbastanza sicuro che non avessero ancora scopato.

«Non può legarsi a nessuno, nelle sue condizioni» rispose Winter sottovoce. «Ma tu mi volevi anche prima di sapere che fossi un'omega. Non è per quello che hai cercato di seguirmi, quando ho lasciato la festa?».

«Volevo scopare te e la tua boccuccia impertinente».

La mia compagna ridacchiò. «Come sei romantico».

«Non sono romantico».

«Ma non mi dire!». Alzò la testa e mi guardò negli occhi. «Ma mi volevi anche come beta. Forse lui la desidera a prescindere dalla sua capacità di accoppiarsi».

Riflettei sulla sua osservazione e annuii lentamente. «È possibile. Volevo davvero scoparti».

«Lo vuoi ancora» mi fece notare, strusciando il suo bel culetto sul mio inguine in modo provocante.

Sorrisi. «Sì. Assolutamente. Ma dobbiamo proprio lavarci».

Arricciò le labbra di lato. «Non sarà piacevole come nel settore Norse».

Fui sul punto di gemere. L'atmosfera lugubre creata dalle candele mi ricordò la mancanza di servizi adeguati in quel settore. «Immagino che dovremo fare qualcosa per scaldare l'acqua».

Si mise a strofinare la guancia sul mio torso, apparentemente incurante della puzza di pesce incollata ai miei vestiti. Forse perché sentiva l'odore della mia pelle. O forse era la vibrazione che stavo emettendo a distrarla da ogni fastidio.

Le informazioni contenute nella registrazione l'avevano turbata. Non aveva permesso agli altri di vederlo, ma io l'avevo percepito attraverso il nostro legame. Il profondo brontolio che mi riecheggiava nel petto era tutto il conforto che potevo offrirle, e sembrava funzionare.

Mi alzai con lei tra le braccia, tenendola stretta al petto come avrebbe fatto uno sposo con la sposa la prima notte di nozze, e attraversai il salone ormai vuoto. «Guidami verso i tuoi alloggi, mia dolce compagna».

Mi diede le indicazioni richieste in tono sommesso. La sua energia sembrava affievolirsi ogni momento che passava.

Ammirai la sua opera nel corridoio degli specchi, sorridendo per la distruzione che ci circondava. La prima volta che avevo visitato il castello, mi aveva ricordato il celebre corridoio della reggia di Versailles. Probabilmente era proprio quello che aveva in mente Vanessa quando lo aveva progettato. L'originale era più maestoso, ma era stato distrutto durante l'ascesa degli Infetti.

Mi domandai come Winter avrebbe preferito ridecorarlo, dopo averlo ripulito dai vetri.

Sarebbe stata una delle tante conversazioni necessarie sulla gestione del palazzo e del settore stesso; prima avremmo indubbiamente parlato degli impianti di riscaldamento e dell'elettricità. In quella regione, i mesi estivi garantivano un'abbondante luce solare che poteva essere usata per rifornire le riserve energetiche. Avevamo solo bisogno di installare la tecnologia più adatta allo scopo, cosa su cui mi sarei messo subito al lavoro con l'aiuto di Ludvig e di suo figlio Ander.

Aprii la porta che mi aveva indicato Winter e mi fermai sulla soglia. Era tutto decorato in oro. Si addiceva alla sua posizione, e questo mi sorprese. Considerato il trattamento che le aveva riservato Vanessa, mi aspettavo che vivesse nelle segrete.

«Sono i vecchi alloggi di mia madre» spiegò. «I miei sette sono riusciti a convincere Vanessa ad assegnarmeli. Era convinta di avere la lealtà di tutti i beta. Ma non era così».

La posai a terra, assicurandomi che fosse in equilibrio prima di scioglierla dal mio abbraccio. «Altri punti a loro favore».

Le sue labbra si incresparono in un sorriso. «Hanno fatto del loro meglio». Ma mentre pronunciava quelle parole, la sua fronte iniziò ad aggrottarsi. «Solo che non capisco come qualcuno abbia potuto credere alla storia di Vanessa sui miei genitori. Come hanno fatto a pensare che mio padre abbia ucciso mia madre? E poi si sia gettato dagli scogli? Il suicidio è quasi impossibile per un lupo».

Infilai i pollici sotto le spalline del suo abito di seta e gliele feci scivolare lungo le braccia. Il tessuto le si raccolse attorno alla vita e poi cadde sul pavimento, lasciandola completamente nuda, se non per le scarpe col tacco.

Bellissima, pensai, godendomi quello spettacolo per qualche istante, prima di dedicarmi ai suoi dubbi.

«Le emozioni possono accecare la percezione di una persona» spiegai. Mi sfilai il maglione sudicio da sopra la testa e lo lanciai in un angolo della stanza.

«Ma le omega posso ricevere i nodi senza problemi» rispose. «Soprattutto durante l'estro».

Mi sbottonai i pantaloni e li abbassai, desideroso di liberarmi di quei vestiti ripugnanti. «Sì, ma non è raro che un alfa uccida accidentalmente un'omega, quando è preso dalla foga del momento. Non tutti gli alfa hanno la stessa capacità di controllarsi». Le posai il palmo sulla guancia e trascinai il pollice sulle sue labbra carnose. «Le omega sono molto più piccole di noi. Per quanto i vostri corpi siano fatti per accoglierci, questo non significa che possiate sempre sopravvivere ai nostri assalti».

Rabbrividì, e le sue pupille si dilatarono.

Allora la strinsi al petto, avvolgendola tra le mie braccia.

«Ecco perché la fiducia è così importante» le sussurrai all'orecchio. «Le omega si fidano che gli alfa si prendano cura di loro, che ascoltino i segnali attraverso il legame e che agiscano di conseguenza. Purtroppo, non tutti gli alfa sono onorevoli. E non tutti sono capaci di controllare l'istinto».

Le baciai la fronte, poi mi inginocchiai davanti a lei. Presi una delle sue caviglie delicate tra le mani e le slacciai il cinturino della scarpa, che poi le sfilai. Lei mi osservava. La sua lingua guizzò fuori per inumidirle le labbra. «Ma mio padre era un uomo onorevole» rispose lentamente. «I beta del settore Winter lo sapevano. Eppure hanno creduto comunque che l'abbia scopata a morte».

«Come dicevo, le emozioni distorcono la percezione della realtà. Erano in lutto e hanno dato ascolto all'alfa di cui pensavano di potersi fidare. Ma hai detto che i tuoi sette hanno sempre sospettato che ci fosse qualcosa di strano in quel racconto. E dopo quello che è successo stasera, sono sicuro che non fossero gli unici. Hai visto quanto hanno fatto presto a rinnegare Vanessa? Non è la reazione di un branco leale al suo alfa».

«Sono stati i tuoi ululati».

Scossi la testa. «No, tesoro. Sei stata *tu*». Finii di sfilarle anche l'altra scarpa e mi alzai in piedi, poi la presi di nuovo tra le braccia. «Si sono sottomessi a me, ma si sono inchinati a te. L'ho visto accadere mentre giustiziavi Vanessa. Nessuno ha protestato. Non hanno fatto altro che ammirare il tuo lavoro e osservarti con approvazione. Sei la loro regina, Winter».

«E tu sei il loro re». Posò la mano sulla mia guancia e mi guardò negli occhi. «Sei il loro re *alfa*».

«Perché sono stato scelto dalla loro regina». L'avevo reclamata in un turbine di lussuria e bisogno, ma a un certo punto del nostro percorso Winter mi aveva accettato, e la sua gente se n'era resa conto.

«Sei mio» disse. Le sue dita scivolarono tra i miei capelli e mi tirò a sé per un bacio. Le lasciai il controllo della situazione, consapevole che al momento era quello che le serviva. Quando ci staccammo, sospirò di contentezza. I suoi occhi neri erano appannati dall'eccitazione. «Sono pronta a scaldare l'acqua».

Le sorrisi. «Bene. Perché sono pronto a divorarti, mia regina».

«Giura».

«Sempre».

WINTER

«Lì» dissi, indicando il centro della parete del corridoio.

Opy prese il quadro incorniciato e lo sistemò proprio dove avevo chiesto. Grum era accanto a me e annuì. «Ottima scelta».

«Meglio di uno specchio?» scherzai.

«Assolutamente sì. Sarò felice di non vedere mai più la mia immagine riflessa».

Le mie labbra si contrassero per il divertimento. «Ma è un riflesso così carino».

«Attenta a non farti sentire dal tuo alfa. Già così vuole tagliarmi le palle...». Lo disse in un finto sussurro, guadagnandosi un grugnito da parte di Kazek, che si trovava in fondo al corridoio.

«Fidati, voglio fare molto di più che tagliartele, beta» commentò. L'occhiolino che mi rivolse mi disse che stava scherzando. Più o meno. Torno alla sua conversazione sullo schermo digitale, ma non distolse mai l'attenzione da me. Kazek sembrava sempre consapevole della mia posizione, anche quando non eravamo nella stessa stanza.

«E questo?» chiese Happa. Teneva in mano un ritratto

di mio padre. «Vicino a Sofie, o dall'altro lato del corridoio?».

«Vicino a Sofie» rispondemmo all'unisono io e Doc.

Era già completamente guarito, grazie alla sua genetica di lupo. Vanessa gli aveva quasi strappato il cuore, un altro modo infallibile per uccidere un mutaforma. Fortunatamente, la mia freccia l'aveva fermata. Ora Doc se ne stava in mezzo al corridoio con le mani in tasca, intento a osservare le immagini dei miei genitori che decoravano l'ambiente. L'arredamento del castello era nettamente migliorato.

Avevamo molto lavoro da fare, ma tutti sembravano desiderosi di aiutarci. Nel suo primo giorno da re, Kazek aveva messo al bando i bordelli di beta, decisione che fui felice di approvare, e al momento era impegnato a cercare di capire quali compiti assegnare a ciascuno. I suoi contatti nel settore Norse e nel settore Andorra ci stavano già venendo utili; la loro tecnologia era di gran lunga superiore alla nostra.

Ci sarebbe voluto del tempo per riorganizzare e modernizzare il settore. Per fortuna, la primavera era alle porte. Ci avrebbe garantito molte ore di luce per lavorare.

«Sarebbero così orgogliosi di te» disse dolcemente Doc, mettendosi al mio fianco. «Vorrei solo che fossero qui per vedere tutto quello che stai facendo».

«Sono qui» lo rassicurai, sorridendo a Opy, che stava usando uno strumento per assicurarsi che i quadri fossero perfettamente paralleli al pavimento. Mi premetti la mano sul petto e guardai il leader dei miei sette protettori. «Li porto nel mio cuore».

I suoi occhi neri brillarono. «Mi ricordi così tanto tua madre, Snow». Mi baciò sulla testa, ma poi due braccia forti mi presero per la vita e mi trascinarono all'indietro, lontano da Doc e Grum.

«Preferisce Winter» gli ricordò Kazek con un sottile ringhio nel tono. Non importava quante volte gli avessi detto che i miei sette erano come una famiglia per me; continuava a non gradire le loro dimostrazioni di affetto.

Lo capivo, perché ogni volta che Alana lo toccava volevo staccarle la testa. Fortunatamente, in quei giorni aveva il suo bel daffare con gli omega. Inoltre, non aveva mostrato alcun interesse per il mio compagno anche prima di allora, ed era per quello che avevo acconsentito che restasse nel settore Winter. Ma sapevo anche che nel momento in cui avessi chiesto a Kazek di mandarla via, lui lo avrebbe fatto.

Quella consapevolezza mi bastava.

«Giusto. Winter» rispose Doc. «La nostra freccia di Winter».

Sorrisi. «Allenata dal migliore». Kazek si schiarì la voce, così modificai la mia affermazione. «Volevo dire... allenata dal miglior team di beta del settore Winter».

Mi strinse più forte e appoggiò il mento sulla mia testa. «Sono stati bravi». Il complimento del mio compagno mi fece battere forte il cuore.

Per la prima volta da quando avevo memoria, mi sembrava che tutto andasse bene.

Un'atmosfera sollevata permeava tutto il regno, facendomi capire che avevamo vissuto sotto una coltre di tirannia senza neanche rendercene conto. Vanessa aveva volutamente limitato la capacità di tutti di migliorare, cosa che Kazek aveva già iniziato a correggere, coinvolgendo i suoi contatti provenienti da altri settori.

«Devo tornare nella sala delle armi per esaminare il sistema di sicurezza aggiornato» disse Grum. «Grazie di essertene occupato» aggiunse, lanciando un'occhiata a Kazek.

«Ce n'era bisogno» rispose lui.

«Lo so». Grum agitò la mano in segno di saluto e se ne andò, seguito da Opy. Che, come al solito, non disse una parola.

Doc si avvicinò al ritratto di mio padre e ne accarezzò i bordi. La sua espressione era colma di ricordi. «È bello riaverti con noi, signore» sussurrò, per poi rivolgersi a Kazek. «Era un grande re. Non sarà facile essere alla sua altezza, alfa».

«Winter si assicurerà che lo sia». Doc abbassò il capo in segno di approvazione e poi si congedò.

Osservai i ritratti dei miei genitori, compiaciuta della mia decisione di posizionarli all'ingresso del corridoio principale. Tutti dovevano vederli.

Per troppi anni il loro ricordo era rimasto avvolto da una nube di inquietudine, perché molti credevano che mio padre avesse perso il controllo e avesse posto fine alla vita di mia madre, oltre che alla sua. Ora tutti conoscevano la verità, per quanto orribile. E io ero contenta che potessimo voltare pagina.

«I miei genitori erano ottimi leader» dissi più a me stessa che a Kazek. «Voglio fare in modo che la loro eredità non venga mai dimenticata».

«Non accadrà» promise Kazek. «Governeremo seguendo il loro esempio». Mi fece voltare delicatamente tra le sue braccia e mi guardò con un'espressione affettuosa. «Mi insegnerai a essere un alfa migliore per la nostra gente».

«Non hai bisogno che lo faccia» gli dissi, accarezzandogli il viso. «Lo sei già».

«Grazie a te» replicò. «Sto facendo tutto questo per te».

Scossi la testa. «Stai facendo tutto questo perché è la cosa giusta da fare».

«No, Winter. È sempre stato per te e sarà sempre per

te». Mi baciò in modo deciso e dominante. Mi arresi al suo assalto, come sempre. Il mio corpo si sciolse istintivamente, ma il momento fu interrotto da un ronzio proveniente dal suo polso. «Mmm... un attimo. Aspettavo questa chiamata».

Non capii cosa volesse dire finché non fece comparire lo schermo del suo orologio, su cui apparve un uomo abbronzato dai lunghi capelli neri. «Alfa Carlos» lo salutò Kazek con un tono falsamente gioviale. «Hai ricevuto il pacchetto?».

«Sì» rispose bruscamente l'altro. Poi mi lanciò un'occhiata. «Questa è la tua nuova compagna?».

«Sì. L'omega Winter Flor, regina del settore Winter» lo informò Kazek. «Mi ha aiutato a preparare il tuo regalo».

«Capisco» rispose l'alfa Carlos con un'espressione palesemente infastidita. «Permetti alla tua compagna di partecipare alle chiamate con gli altri capi di settore, alfa Kazek?».

«Beh, sono ancora piuttosto inesperto. Chiedimelo di nuovo tra un anno e ti farò sapere». La risposta irriverente gli valse un'occhiataccia da parte dell'altro.

«Non durerai così a lungo, bastardo».

«È una sfida?» ribatté Kazek, inarcando un sopracciglio.

«Non da parte mia, ma molto presto ne riceverai da altri».

«Ah, una minaccia, allora» commentò Kazek. «Quelle sono le mie preferite».

Carlos non condivideva la sua ilarità. «C'è un motivo se esistono dei protocolli». Il cambio di argomento confermò il motivo della sua telefonata.

«Tua sorella ha cercato di uccidere la mia compagna in svariate occasioni. Non ho avuto bisogno di seguire nessun protocollo per porre fine alla sua vita. Ma se preferisci che invii una copia della sua confessione a tutti gli alfa di settore, sarò lieto di farlo».

«Chi sta minacciando chi?».

«Oh, sono io a minacciarti» chiarì Kazek. «Se cercherai di vendicarti, ti distruggerò ed esporrò la tua passione per le droghe».

Carlos sbuffò. «Puoi provarci».

Kazek sorrise. «Farò molto di più che provarci».

L'alfa dall'altro capo del filo tacque per qualche istante. Un muscolo gli si contrasse nella mascella, ben visibile sullo schermo. «Per il momento, il settore Bariloche non desidera sfidarti. La morte dell'alfa Vanessa è accettata e perdonata».

La chiamata fu interrotta prima che Kazek potesse rispondere.

Il mio compagno ridacchiò e scosse il capo. «Beh, è più o meno quello che mi aspettavo».

«Pensi che dica sul serio?» chiesi. «Che accetterà semplicemente la morte della sorella?».

«Gli importa più di se stesso che di lei. La registrazione di Enrique coinvolge anche Carlos nella morte dei tuoi genitori. Nonostante non sia stato lui a somministrare il siero e gli allucinogeni, è stato lui a fornirli a Vanessa. Ci sono diversi settori che smetterebbero di commerciare con lui, se sapessero quanto è profonda la sua depravazione».

«Li informerai?» domandai.

Scosse il capo. «No. Per ora la registrazione sarà il mio jolly. Mi aiuterà a muovermi nell'arena politica, visto che sono un nuovo alfa di settore. Ma se Carlos dovesse fare anche solo un passo falso, la condividerò con tutto il resto del mondo».

Annuii; ero d'accordo con la sua decisione. «Ma ne hai data una copia a Ludvig, giusto?».

«Sì, e anche ad Ander Cain» rispose Kazek. «Carlos

non è ingenuo. Siamo al sicuro. Anche perché ha il suo settore di cui preoccuparsi».

«E noi il nostro» dissi, indicando il corridoio con un vago gesto della mano.

«Già». Sorrise e mi strinse a sé. «E abbiamo l'un l'altra».

«Per sempre».

«Per sempre» confermò, premendo le labbra sulle mie. «E forse un giorno avremo anche un cucciolo o due».

Il pensiero mi scaldò il cuore, e nella mia mente affiorò l'immagine di Kazek con in braccio il nostro bambino. «Credo che mi piacerebbe».

«Sì?».

Annuii. «Sì. Ma non ancora. Prima abbiamo ancora molte cose da fare».

«Allora chiederò a Ludvig di procurarmi degli anticoncezionali, prima del prossimo ciclo». Mi baciò di nuovo. «Nel frattempo, però, possiamo fare pratica».

«Anche adesso, magari?».

Per tutta risposta, mi sollevò tra le sue braccia. Solo che non si diresse verso le nostre stanze, ma verso il salone dei ricevimenti.

«Kazek?».

«I troni sono arrivati oggi» disse entrando. «Mi sembrano una scelta appropriata, visto che si trovano dove ci siamo incontrati per la prima volta».

«Qualcuno potrebbe interromperci».

«Non se ci tengono alla vita» rispose, mordicchiandomi il labbro inferiore. «Ora mi siederò sul trono, tu ti metterai a cavalcioni su di me e mi scoperai finché non saremo entrambi soddisfatti. Poi ti prenderò di nuovo solo perché posso. E alla fine, se sarò contento della tua performance, ti leccherò e ti adorerò come la regina che sei».

Quando finì stavo ansimando, con le cosce già umide di desiderio. «Sì» sussurrai. «Sì».

Fece una risatina sinistra, e le sue labbra aleggiarono sulle mie. «Ti amo, Winter Flor».

Il mio cuore mancò un battito. Non aveva mai pronunciato quelle parole a voce alta, nonostante le avessi sentite fluttuare tra noi da quella che mi sembrava un'eternità. «Ti amo anch'io, Kazek Flor».

«Baciami» mi ordinò.

«Scopami» replicai.

«Oh, mia piccola compagna». Si sedette sul trono e mi sistemò a cavalcioni su di lui, proprio come aveva promesso. «Ti scoperò finché non mi pregherai di smettere».

«Accetto la sfida».

«Bene. E adesso spogliati».

«Sempre un alfa» lo presi in giro, pur obbedendo. Fu abbastanza facile sollevarmi il vestito sopra la testa e lasciarlo cadere a terra.

«Sempre il *tuo* alfa» mi corresse, osservandomi con un oscuro interesse. «Così come tu sarai per sempre mia».

Mi scostai i capelli di lato per esporre il marchio sul collo che non sarebbe mai guarito completamente, quello che confermava al mondo la sua rivendicazione. «Tua».

«Tuo» disse lui, strattonandomi verso il basso per un bacio che mi incendiò le viscere.

Gli ci vollero solo pochi secondi per liberare il suo sesso e un'altra manciata di respiri per essere dentro di me, possedendomi come nessuno avrebbe mai potuto fare.

Il trono era abbastanza spazioso per entrambi.

E mi sembrò giusto, proprio come aveva detto lui, che mi prendesse nello stesso luogo in cui ci eravamo conosciuti.

Solo che ora ero una regina, a cavalcioni sul mio re, diretti verso il nostro personalissimo lieto fine.

Per sempre insieme.

Come una cosa sola.

Il re e la regina del settore Winter.

Kazek e Winter Flor.

EPILOGO

SVEN

Camminavo avanti e indietro lungo i corridoi dell'ospedale principale del settore Andorra. Avevo già preso la mia decisione.

Non c'era altra scelta. L'alfa Carlos doveva pagare per quello che aveva fatto. Non potevo permettergli di continuare a respirare. Era un mostro, un alfa senza un briciolo di rimorso. E aveva quasi ucciso la sua stessa figlia.

La mia futura compagna.

Oh, lei non era minimamente d'accordo. Mi avrebbe ostacolato a ogni passo. Ma non poteva negare l'attrazione che c'era tra di noi.

Kari era mia. L'avevo capito nel momento stesso in cui avevo posato gli occhi su di lei, imprigionata in quella gabbia di vetro. I suoi capelli dorati, illuminati dalla luce del fuoco, erano stati come un faro nella notte per me.

E l'alfa Carlos aveva cercato di distruggerla.

Feci comparire lo schermo e chiamai l'unica persona che sapevo avrebbe capito. Beh, l'unica persona che mi avrebbe coperto le spalle, se non altro.

Mio padre voleva che prendessi un'omega più degna, senza tutti quei problemi. Il mio lupo non era d'accordo. Kari mi apparteneva, quindi era mia responsabilità andare fino in fondo.

Kazek rispose con una risatina. La sua omega era stesa accanto a lui nel loro nido. «Sarà meglio che sia una cosa importante» fu il suo saluto.

Winter arrossì e si rintanò sotto le coperte. Erano passate alcune settimane dall'ultima volta che avevo parlato con Kazek e, a quanto sembrava, la sua compagna stava per andare di nuovo in calore.

Una punta di gelosia mi fece stringere il petto. *Kari si comporterà mai così con me?* Avevo l'impressione che mi odiasse, anche se negli ultimi mesi avevo fatto tutto il possibile per aiutarla.

«Mick?» mi esortò Kazek, inarcando un sopracciglio.

Mi schiarii la voce, preparandomi per quello che avevo bisogno di dire. «Ti ho chiamato per farti sapere che sono in partenza per il settore Bariloche».

Ogni traccia di divertimento svanì dalla sua espressione. «*Cosa?*».

«L'alfa Carlos non può continuare a vivere dopo quello che ha fatto. Lo sfiderò e lo ucciderò». Non c'era molto altro da dire. Kazek l'avrebbe considerata una missione suicida, esattamente come avrebbe fatto mio padre, ma non potevo tirarmi indietro. Non dopo quello che aveva appena passato Kari. «Parto domani. Ho pensato che volessi saperlo».

«Aspetta, aspetta. Non puoi semplicemente entrare nel settore Bariloche e sfidare l'alfa. Non riuscirai nemmeno a superare il confine».

«Ci ho già pensato. So come fare». Perché Enrique mi avrebbe aiutato. Dopo aver scoperto il suo legame con la sorella di lei, mi era diventato finalmente chiaro perché fosse così affezionato all'omega. La sorella si era accoppiata col gemello di Enrique. Il che lo aveva in qualche modo vincolato alla ragazza, che era ancora viva e veniva torturata quotidianamente. L'alfa aveva voluto salvare Kari con la speranza di tornare e salvare anche lei.

Gliene avrei dato l'opportunità.

E nel frattempo avrei ucciso Carlos.

«Oh, ti aiuterà Enrique» disse Kazek, intuendo a cosa stessi pensando in quel suo modo inquietante. «Hai completamente perso la testa?».

Trascorse un lungo istante. Sospirai. Poi incontrai e mantenni il suo sguardo, con una determinazione incrollabile.

E dissi l'unica cosa che potevo dire.

L'unica cosa che avrebbe capito.

«No, Kazek. Ho finalmente trovato il mio fottuto cuore».

La storia di Sven e Kari continua con *Il settore Bariloche*...